문화를 잇다
중국을 짓다

인물로
보는
중국문화
28강

문화를
잇다
중국을
짓다

홍윤기
김준연
권운영
지음

뿌리와
이파리

일러두기

1. 중국의 현대 이전을 다룬 제1~26강에서는 인명, 지명, 작품명을 한국 한자음으로 표기했으며, 현대를 다룬 제27~28강에서는 국립국어원 외래어표기법 규정에 따랐다.
2. 같은 낱말에는 한자를 반복적으로 병기하지 않았다. 단, 문맥상 필요하다면 예외를 뒀다.
3. 퍼블릭도메인에 속하는 도판은 본문 말미에 출처를 밝히지 않았다.
4. 단행본, 장편소설, 정기간행물, 신문, 사전 등에는 겹낫표(『 』), 편명, 단편소설, 논문 등에는 홑낫표(「 」), 그 외 예술 작품, 지도 등에는 홑화살괄호(〈 〉)를 사용했다.

중국을 한 권에 담는다면

지난 2018년 우리나라 평창에서 열린 동계올림픽의 기억이 생생할 것이다. 개회식의 축하 공연에서는 '행동하는 평화'라는 평창올림픽의 주제를 다채롭게 보여주었다. 강원도에 사는 다섯 아이가 오행五行을 상징하는 빨강·검정·파랑·하양·노랑 옷을 입고 나와, 고구려 벽화 〈사신도四神圖〉에서 나온 백호의 안내를 따라 모험을 시작했다. 한국의 대표적 문화유산 22종이 홀로그램으로 펼쳐지고, 고대를 표현한 무대에서는 사신과 봉황, 인면조人面鳥, 웅녀가 등장해 춤을 췄다. 어린이들이 평창의 메밀꽃밭을 건널 때는 무형문화유산인 〈정선 아리랑〉도 흘러나왔다. 이러한 축하 공연은 우리나라의 역사와 문화를 전 세계에 소개하는 아름답고 소중한 시간이었다.

올림픽 개회식이 문화 공연의 한마당이 된 것은 국제올림픽위원회IOC가 제정한 '올림픽 헌장'에서 개최국의 문화를 살펴볼 수 있는 프로그램을 넣도록 명시하고 있기 때문이다. 2008년 중국의 베이징에서 개최한 하계올림픽 개회식에서도 다채로운 문화 공연이 마련되었던 것은 물론이다. 영화감독 장이머우가 총감독한 개회식 공연은 '조화和'를 주제로 중국문화의 정수를 보여주는 데 많은 공을 들였다. 중국의 4대 발명품인 종이·인쇄술·나침반·화약을 필두로 한자, 경극, 태극권, 수묵화 등에 이어 공자와 3000명의 제자, 만리장성, 비단길 등을 소개하며 중국의 유구하고 화려한 문화적 전통을 만방에 펼쳐보였다.

올림픽 개회식에서 보듯 문화는 나라의 정체성을 고스란히 드러내는 역할을 한다. 따라서 한 나라의 면모를 총체적으로 파악하기 위해서는 문화를 이해하는 일이 필수적이라 할 것이다. 그런데 문제는 문화의 의미가 매우 다양해 어디서부터 접근해야 할지 갈피를 잡기가 쉽지 않다는 것이다. 좁은 의미에서의 문화는 정신적·물질적으로 우수하고 예술적인 것을 가리킨다. 여기에는 '예술 작품'이나 '문화재'가 해당할 것이다. 넓은 의미에서의 문화는 한 사회의 구성원이 공유하는 모든 생활양식과 상징체계를 가리킨다. 여기에는 의식주뿐만 아니라 가치 및 규범까지 포함된다. 그야말로 문화란 자연이 아닌 사람이 만들어내는 모든 것을 뜻한다고 볼 수 있다. 중국은 지역이 광대하고 역사가 유구한 나라다. 그래서 문화의 의미를 좁게 해석한다 하더라도 살펴야 할 대상이 매우 많다. 하물며 '중국문화'를 총체적으로 이해하기는 얼마나 힘들겠는가.

중국학자들이 펴낸 중국문화 관련 서적들을 훑어보면, 중국문화를 크게 세 가지 영역으로 나누어 살피는 경향이 있다. 바로 제도문화·물질문화·정신문화가 그것이다. 제도문화에서는 정치, 경제, 관직, 종법宗法, 과거, 교육, 결혼 등의 분야를, 물질문화에서는 의

복, 음식, 건축, 교통, 과학기술 등의 분야를, 정신문화에서는 학술, 종교, 문학, 예술 등의 분야를 다룬다. 이 가운데 어느 한 분야만 다루더라도 책 한 권으로 소화하기가 벅찰 만큼 중국의 문화는 역사적으로 축적된 유산이 엄청나다. 그러므로 문화에 포함되는 이 모든 분야를 총망라한 책을 펴낸다는 것은 그만큼 어려운 일일 수밖에 없다.

그런데 제도나 물질, 정신을 막론하고 문화에는 어디 하나 사람이 개입되지 않는 게 없다. 모든 문화가 어느 개인 한 사람에게서 시작된 것은 아니라 하더라도 어떤 문화 산물을 대표할 만한 '인물'은 존재하기 마련이다. 한자를 처음 만들었다는 창힐蒼頡, 유학의 집대성자인 공자, 종이를 발명했다는 채륜蔡倫, 비단길을 개척했다는 장건張騫 등이 그러하다. 그렇다면 이들 인물을 출발점으로 삼아 한 걸음씩 중국문화에 다가가보는 것은 어떨까? 그 '문화 인물'이 살았던 시대를 중심으로 배경을 이해하고, 그의 생애와 활동을 발판으로 관련된 문화의 내용과 의미를 파악한다면 방대하고 어렵게만 보이던 중국문화가 한층 더 친숙하게 느껴지지 않을까? 이 책에서 '인물'에 착안한 것은 바로 이런 이유에서였다.

'인물'로부터 출발한다고 하여 이 책을 중국의 유명 인물을 소개하는 위인전으로 꾸밀 수는 없었다. 그래서 먼저 우리는 중국문화에서 꼭 살피고 넘어가야 할 분야가 무엇인지 의견을 모으는 작업에 나섰다. 토론을 거듭한 끝에 최종적으로 28개 꼭지를 마련하고, 다시 그 분야를 소개하는 데 가장 적합한 인물을 한두 사람씩 정했다. 그 결과 춘추시대의 공자에서 현대 중국의 루쉰까지 2500년의 역사를 아우르는 광범위하고 다채로운 '문화 인물'이 선정되었다.

우리는 이 '문화 인물'이 한 시대를 살아간 삶의 방식과 양태로부터 그들이 창조하거나 발전시킨 문화까지 훑으면서 중국문화의 특징과 다양성을 알차게 소개하고자 최대한 노력했다. 또한 특정 분야의 문화를 대표하는 문헌 가운데 일부를 소개한 것은 원전原典의 무게를 직접 느껴보자는 취지다. 나아가 각 꼭지마다 '생각할 거리'를 제시해 중국문화를 더욱 깊게 들여다보고, 우리 삶이 중국문화와 어떻게 맞닿아 있는지 살피고자 했다.

이 책의 1장에서 8장까지는 홍윤기가, 9장부터 18장까지는 김준연이, 19장부터 28장까지는 권운영이 나누어 집필했다. 공저자 각각의 전공 분야와 가장 가까운 시대와 영역을 맡아 열심히 참고문헌과 씨름하긴 했으나 미진한 부분이 없지 않을 것이다. 강호제현의 질정을 바랄 뿐이다.

이 책을 펴내는 데 도움을 주신 모든 분께 감사를 표한다. 고려대학교 대학인문역량강화사업단에서는 이 책의 기획과 집필에 필요한 제반 비용을 지원해 주었다. 또한 뿌리와이파리 출판사에서는 어려운 출판 여건에도 불구하고 이 책의 출판을 선뜻 맡아 우리에게 큰 힘을 불어넣었다. 아무쪼록 이 책이 중국문화에 대한 이해의 폭을 넓히는 가교 역할을 하기를 바라는 마음 간절하다.

2019년 6월
저자 일동

제1강

인간에 관해 묻다

ᦱ

공자와 인문주의

외로운 삶을 살다

공자孔子(기원전 551~479)는 중국의 춘추시대春秋時代 말기 노魯나라(지금의 산동山東) 사람이다. 중국 전체 역사에서, 중국인의 의식세계와 국가체제 형성에 가장 깊은 영향력을 끼친 사상가다. 고대 중국의 주류 사상인 유가儒家를 처음으로 만들어낸 사람이다.

공자의 일생을 재구성하는 것은 매우 어려운 일이다. 그는 지금으로부터 약 2500년 전 사람이라서, 그에 관해 남아 있는 기록은 많지 않고 파편처럼 흩어져 있다. 남아 있는 기록을 짜 맞춰 재구성해 보면, 그가 살아생전에 했던 말들과 행동이 매우 모순된 구조를 띤 사례가 많다는 것을 발견할 수 있다. 그를 따르는 후대의 유가들이 공자의 삶에 권위를 부여하고 우상화하는 과정에서 그의 삶은 과장되기도 했고, 그를 반대하는 학파의 사람들이 그의 삶을 깎아내리는 과정에서 그의 삶은 부정적으로 왜곡되기도 했기 때문이다.

대체로 그의 말과 생각을 가장 진솔하게 기록하고 있다고 평가받는 저작은 『논어』고, 그의 일생을 최초로 정리하고 기록한 저작은

『사기史記 · 공자세가』다. 그러나 『논어』도 공자 자신이 아니라 제자와 그 제자들이 기록한 것이고, 『사기 · 공자세가』 또한 공자가 세상을 뜨고 나서 약 350년 이상 지난 뒤에 도가道家의 입장에서 기록한 것이다. 『춘추좌전』과 『공자가어孔子家語』 등 공자에 관한 기록은 공자를 극단적으로 미화하려는 경향이 있고, 『묵자墨子』와 『장자莊子』 등의 기록은 자기 학파의 입장에서 공자의 부정적인 측면을 악의적으로 부각하고 있다. 오늘날에 이르러서 과장되고 부정적으로 왜곡된 부분을 도려내고, 실제적이고 순수한 그의 삶을 재구성해내는 것은 사실 거의 불가능에 가깝다.

공자의 삶에 관한 여러 이야기 조각을 엉성하게 짜 맞춰보면 다음과 같다. 공자의 아버지는 숙량흘叔梁紇이다. 숙량은 자字고, 흘이 이름이다. 숙량흘은 하급 직업군인으로서 전투에서 위험을 무릅쓰고 동료를 구해주고, 상관을 호송하는 임무를 완성하기도 했다. 숙량흘의 정처는 시씨施氏였는데, 그 둘 사이에는 아홉 명의 딸만 태어났고, 아들은 하나도 없었다고 한다. 그래서 첩을 들여서 아들 맹피孟皮를 낳았지만, 맹피는 다리를 저는 장애인이었다. 이에 숙량흘은 또 안징재顔徵在라는 여인을 맞아들였는데, 그때 안징재는 채 스무 살이 되지 않았고, 숙량흘은 예순 살을 넘겼을 때였다고 한다. 이 두 사람이 야합野合하여 태어난 이가 바로 공자다. 공자는 정수리가 움푹 꺼지고 둘레가 튀어나온 짱구 머리를 가지고 있었으므로 이름을 구丘(언덕)라고 했고, 그의 어머니가 니구산尼丘山에서 기도를 드리고 태어났기 때문에 자를 중니仲尼라고 지었다고 한다.

공자가 세 살 때 아버지 숙량흘이 죽은 뒤에, 안징재는 홀로 공자

당나라 제일의 화가였던 오도자吳道子의 〈선사공자행교상先師孔子行教像〉.

를 키우며 살았다. 공자는 열아홉 살 때, 송宋나라 기관씨丌官氏의 딸을 아내로 맞이했다. 공자가 스무 살 때 아들을 하나 낳았는데, 노나라의 소공昭公이 때마침 공자에게 잉어를 보내줬으므로, 이를 기념하기 위하여 아들의 이름을 리鯉(잉어)로 지었다. 공자가 스물네 살 때, 그의 어머니 안징재가 세상을 떴다. 공자의 부인이었던 기관씨는 공자와 이혼한 뒤에, 공자보다 먼저 세상을 떠났다. 공자가 예순아홉 살 때 아들 리가 세상을 떴는데, 이즈음 손자인 자사子思가 태어났다. 공자가 일흔두 살에 세상을 떴을 때, 그의 피붙이로는 겨우 네 살배기 손자인 자사만이 남았을 뿐이었다.

삶을 살아가면서 겪을 수 있는 가장 큰 슬픔에는 세 가지가 있다고 한다. 어렸을 때 부모를 잃는 것, 나이가 들어서는 배우자를 잃는 것, 늙어서는 자식을 잃는 것이다. 공자는 이 세 가지를 모두 겪은 슬픈 가정사를 가지고 있는 외로운 사람이었다.

공자는 살아생전 자신의 정치사상을 충분히 실현하지는 못했지만, 조국인 노나라에서 높은 관직에 오르기도 했다. 미천한 집안 출신인 그가 철저한 신분제 사회인 춘추시대에 고위관직까지 올랐으니, 그의 관운官運은 그리 나쁜 편은 아니었다. 공자는 스무 살 때 노나라의 창고 물품을 관리하는 위리委吏로 관직 생활을 시작했다. 그에게 제자들이 생긴 것은 20대 즈음이고, 그의 이름이 다른 나라까지 알려지기 시작한 것은 30대 즈음으로 여겨진다. 쉰한 살 때 중도中都라는 지방의 행정장관인 중도재中都宰가 되었고, 그 뒤로 노나라 국토를 다스리는 사공司空이라는 높은 관직에 오른다. 쉰두 살 때에는 형옥刑獄을 다스리는 법무 관련 최고 장관인 사구司寇에도 오른다.

물론 일부 연구자들은 그가 고위관직을 지냈다는 이러한 기록들에 대해, 후대 유가들이 그의 삶에 권위를 부여하기 위해 거짓으로 꾸며낸 것이라고 의심하기도 한다. 그는 평생에 걸쳐 『시詩』, 『서書』, 『역易』, 『춘추春秋』 등을 편찬한 것으로 알려져 있지만, 현대 연구자들은 이 또한 공자가 죽은 뒤에 그의 업적을 과장하려는 유가 학파가 그에게 덧씌운 신화에 지나지 않는다고 본다.

욕망과 질투, 공자의 인간적 한계

오늘날 우리는 공자는 성인이기 때문에 매우 완벽한 인물일 거라고 지레짐작할 수도 있다. 그러나 그는 완벽하지 않은 인간이었다.

그는 '반듯하게 자르지 않거나, 간장이 없으면' 음식에 손을 대지 않는 매우 까탈스러운 식성을 가지고 있었고, 성격도 예절에 맞는 복식만 고집할 만큼 꼬장꼬장했던 것 같다(『논어·향당鄕黨』). 그리고 그는 자신과 이혼한 기관씨가 세상을 뜨자 아들인 리가 어머니 기관씨를 위하여 1년 넘도록 계속해서 곡을 하는 것을 두고 꾸지람을 했을(『예기禮記·단궁檀弓』) 정도로 인정머리 없는 야박한 인간이기도 했다.

정치적으로도 그는 관직을 얻기 위해 잠시나마 자신의 정치 이상과 대립적인 정치 권력가들 밑에서 관직 생활을 할까 하고 갈등하기도 했다. 노나라 대부大夫 계환자季桓子의 가신家臣인 공산불뉴公山不狃가 반란을 일으켜 윗사람인 계환자를 쫓아내고서 공자를 초청했을 때, 공자는 그에게 가려고 하면서 제자인 자로子路에게 구차스러운 변명을 늘어놓았다(『사기·공자세가』). 공자는 또한 위衛나라 영공靈公의 부인夫人인 남자南子를 만난 적이 있었는데, 그녀는 본디 음란한 성격으로 다른 남자와 사통을 즐기던 여성이었다. 공자가 그녀를 만났을 때, 두 사람 사이에는 묘한 분위기가 흘렀으므로, 공자의 제자인 자로는 이에 대해 불만을 표시하기도 했다(『사기·공자세가』).

공자는, 위나라 대부로서 실질적으로 권력을 틀어쥐고 있던 공어孔圉의 정치적 후원을 받은 적이 있다. 공어는 권모술수를 부리며 자신의 딸을 위나라 정치 지도자와 정략적으로 결혼시키고, 심지어는 위나라 정치 지도자를 무력으로 공격하려고 시도했던 인물이었다. 그런데도 공자는 그가 외교적으로 능력 있고 아랫사람에게 묻는 것을 부끄럽게 여기지 않는 인물이라며 변호하기도 했다(『논어·공야장公冶長』).

공자는 심지어 정치적 라이벌 관계에 있던 소정묘少正卯를 잔인하게 살해했다는 혐의를 받기도 한다. 소정묘는 노나라 대부로서,

공자와 마찬가지로 사학私學을 열어 학생들을 받았는데, 공자의 학생들이 여러 차례 공자를 떠나 소정묘에게 갔다고 한다. 공자가 노나라의 사구司寇가 되어 권력을 틀어쥔 지 7일째가 되던 날, 공자는 구체적인 법률적 죄목도 없이 소정묘를 사상범으로 몰아 처형했고, 사람들이 그의 시신을 보도록 사흘 동안이나 놓아두었다고 한다(『순자荀子』와 『사기·공자세가』 및 『공자가어』). 소정묘에 관한 이 사건은 공자가 저질렀다고 하는 행동 가운데 가장 잔인하고 추악하기 때문에, 후대 유가들은 이 사건 자체를 부정하기도 한다.

공자는 관직에 오르고 싶은 욕망에 휘둘려 때로는 자신의 정치사상과 모순되는 행동을 보이며 구차스럽게 변명도 했고, 심지어는 질투와 시기에 눈이 멀어 경쟁자를 잔인하게 살해했다는 혐의도 받았다. 그만큼 인간적으로 한계를 지닌 인물이었다.

인간에 대한 관심

오늘날 우리는 공자가 수많은 인간적 한계를 가진 인물이라고 쉽게 비판하기에 앞서, 그가 우리보다 훨씬 끔찍한 시대를 살았다는 점을 인정해야만 한다.

공자(기원전 551~479)가 살던 시기는 춘추시대(기원전 770~476) 말기로, 전국시대(기원전 475~221)로 넘어가기 바로 직전이었다. 춘추시대 제후들은 서로 싸우면서도 그들 가운데 강력한 군사력을 가진 다섯 우두머리(春秋五覇)를 암묵적으로 인정하면서 주周나라 왕을 따르는 시늉을 했다. 그러나 전국시대에 들어서면서는 춘추시대의 이러한 형식적 질서는 완전히 무너져서 강력한 군사력을 가진 일곱

나라(戰國七雄)가 무력을 사용하여 남의 나라를 차지하기 위해 전쟁만 일삼게 되었다.

공자가 살던 춘추시대에는 종주국인 주나라 왕의 권력이 형식적으로만 겨우 유지되는 상황이었다. 실권을 가진 여러 나라의 공公들이 주나라 왕의 권력을 위협했고, 제후들도 때로는 자기 밑에 있는 실력을 가진 대부들한테 권력을 빼앗기고 나라에서 쫓겨나기도 했으며, 대부들 역시 자기 밑에 있는 실력을 가진 가신들한테 업신여김을 받기도 했다. 안으로는 예측 불가능한 내전들이 자주 일어났고, 밖으로는 나라와 나라끼리 전쟁이 끊임없이 벌어졌다. 상하 계급 사이에 서로 공인하고 준수하는 법과 질서는 존재하지 않았고, 각자가 생존하기 위해 선택할 수 있는 것이라고는 권모술수와 무장 역량뿐이었다.

권력을 가진 자들은 지배계급의 지위를 유지해줄 수 있는 수단과 육신을 즐겁게 해줄 수 있는 사치스러운 생활에 대해서만 깊은 관심을 가지고 있을 뿐이었다. 그들은 남들이 가지고 있던 권력을 수단과 방법을 가리지 않고 빼앗으려 했고, 빼앗은 계급적 지위와 물질적 향락을 제도적으로 세습·고착화하는 데 골몰했다. 백성들에게는 가혹한 세금이 매겨졌고, 하층계급은 갈수록 몰락할 뿐이었다. 백성들은 때로 지배계급에게 저항했으나, 그들의 저항은 상층계급에 의해서 무자비하게 탄압되었다. 일반 하층민들의 목숨은 파리 목숨과 다를 바가 없었다.

공자의 행동과 사상에 대한 평가는 마치 동전의 양면처럼 이중적이며 때로는 매우 상대적인 성격을 띤다는 점에 우리는 반드시 주의해야만 한다.

가정맹어호. 가혹한 정치는 범보다도 더 사납다는 어느 여인의 말에 공자는 깊이 공감했다.

　공자는 고통받는 백성들을 깊이 동정했다. 공자는 태산 기슭을 지나다가 무덤 앞에서 슬피 곡을 하는 한 부인을 만났다. 그녀의 시아버지와 남편, 아들 3대가 모두 범한테 물려 죽었던 것이다. 그녀는 가혹한 정치가 없기 때문에 범이 나타나는 그곳을 떠날 수 없다고 말한다. 공자는 "가혹한 정치는 범보다도 더 사나운 것(苛政猛於虎)"이라며, 가진 자들의 수탈을 비판하고, 하층의 백성들에게 동정심을 드리운다(『예기禮記·단궁檀弓』). 그러나 공자는 통치자들이 백성들로부터 믿음을 얻을 수 있도록 해야 한다고 주장하면서도, 백성에 대한 그의 동정심은 상층의 백성(人)과 하층의 백성(民)을 나누어 차등을 두는 것이었다. 상층의 백성은 사랑(愛人)의 대상이었지만, 하층의 백성은 부림(使民)의 대상이었다(『논어·학이學而』).

　그는 기존의 정치 지배질서가 역전되어 나타나는 현상에 대해 분노했고(『논어·팔일八佾』), 사회를 구성하는 각 계급들이 자신의 계급적 역할에 충실해야 한다고 생각했다. 즉 통치자는 통치자다워야 하고, 공무원은 공무원다워야 하며, 아버지는 아버지다워야 하고, 자식은 자식다워야(君君, 臣臣, 父父, 子子)만 사회질서가 안정적으로 유지된다고 생각했다. 그는 혼란의 원인을 철저하게 분석하기보다는 기존의 지배질서를 유지하는 것이 더 중요하다고 생각하는 보수적 정치사상가였다. 그는 바람이 불면 풀이 그에 따라 눕는 것처럼 통치자가 솔선수범하면 백성들이 통치자를 따를 것이라(『논어·안연 顏淵』)고 주장했다. 그러나 이러한 주장은 그가 사회문제를 매우 단순하게 바라보는 순진한 정치사상가라는 것을 뜻하거나, 아니면 사회문제가 사실은 통치자의 폭력으로부터 비롯되었음을 그가 의도적으로 흐지부지 덮어버리고 있다는 것을 뜻하기도 한다.

제나라 경공이 공자에게 정치에 대하여 물었다. 공자께서 대답하였다. "임금은 임금다워야 하고, 신하는 신하다워야 하며, 아버지는 아버지다워야 하고, 자식은 자식다워야 합니다." 이에 경공이 말하였다. "훌륭한 말씀이오. 정말로 임금이 임금답지 못하고, 신하가 신하답지 못하며, 아버지가 아버지답지 못하고, 자식은 자식답지 못하면, 비록 곡식이 있다 한들 내가 그것을 먹을 수 있겠습니까?"
齊景公問政於孔子. 孔子對曰: 君君, 臣臣, 父父, 子子. 公曰: 善哉!
信如君不君, 臣不臣, 父不父, 子不子, 雖有粟, 吾得而食諸?

『논어·안연』

공자는 사회를 구성하는 각각의 상하 계급이 저마다 역할에 충실할 때 사회가 안정을 누릴 수 있다고 생각했다. 그러나 경공의 말에서 알 수 있는 것처럼, 사회질서의 안정으로부터 얻어지는 결과물은 결국 통치자의 것이었다. 만약에 신하는 신하다웠는데 임금이 임금답지 못하다면, 어떻게 할 것인가? 이에 대해 맹자는 이렇게 답변한다. "흉포하고 잔학한 인간은 하나의 평민이라고 부를 수 있습니다. 하나의 평민인 주紂를 죽였다는 말은 들어봤어도 임금을 시해했다는 말은 들어보지 못했습니다(殘賊之人, 謂之一夫. 聞誅一夫紂矣, 未聞弑君也)(『맹자·양혜왕하梁惠王下』)." 맹자는 임금이 임금답지 못하다면 그를 임금의 자리에서 끌어내려 죽여도 된다고 보았던 것이다. 맹자는 공자의 사상을 더욱 진일보한 혁명사상으로 고취시켰다.

당시의 억압적인 시대 상황에 비춰보면, 공자는 상대적으로 매우 진보적인 견해를 가진 인물이기도 했다. 미신이 넘쳐나는 시대였음에도 그는 기괴하거나, 폭력적이거나, 반란을 일으키거나, 귀신과 관련된 현상(怪力亂神)에 대해서는 관심을 두지 않았으며(『논어·술이述而』), 현실 속 인간 삶의 문제(『논어·선진先進』)가 주요 관심 대상이었다. 그는 학습과 자기반성이 인간과 사회를 긍정적으로 개량할 수 있다고 생각했고(『논어·학이』), 사회현상을 늘 이해하려고 노력했으며, 지적 활동을 몸소 즐겼다(『논어·옹야雍也』). 그는 인간 세계나 우주의 질서에는 어떤 진리(道)가 있다고 생각했고, 그는 그 진리를 이해할 수만 있다면 죽어도 좋다(朝聞道, 夕死可矣)는 생각을 가진 진리의 추구자이기도 했다(『논어·이인里仁』).

그는 또한 자신의 사상과 이상을 실현하려고 끊임없이 노력하는 실천가기도 했다. 제자들을 거느리고 노나라를 출발하여 위衛나라, 조曹나라, 송宋나라, 제齊나라, 정鄭나라, 진陳나라, 채蔡나라, 초楚나라 등의 지역을 돌아다니다가 마침내 노나라로 되돌아왔는데, 때로는 축 처진 상갓집 개꼴로 남들의 비웃음을 받기도 했고(『공자가어』), 때로는 생명의 위협을 받기도 했다(『사기·공자세가』). 그가 여러 나라를 떠돌았던 시기는 쉰다섯 살부터 예순여덟 살까지였다. 그는 백발의 꼬부랑 할아버지의 육체를 가지고 있었지만, 더 나은 미래사회 건설에 대한 낙관적 이상과 죽음조차 두려워하지 않을 만큼의 뜨거운 열정으로 가득 찬 젊은이의 정신을 가지고 있었다. 나아가 그는 자신이 이상을 실현하기 위하여 끊임없이 노력했음에도 그 결과가 없다면, 그러한 행위는 하늘이 알아주는 가치만큼은 있다(知我者其天乎!)고 스스로를 위로하기도 했다(『논어·헌문憲問』).

문제의 시작과 끝은 나부터

안연이 (공자께) 인仁에 대하여 여쭈었다. 공자께서 말씀하셨다. "자신의 욕망을 이겨내어 예禮로 돌아가는 것이 바로 인仁을 실천하는 것이다. 하루 동안만이라도 자신의 욕망을 이겨내어 예로 돌아갈 수 있다면, 천하가 인仁으로 돌아갈 것이다. 인仁을 실천하는 것은 자기 자신에게 달려 있으니, 어찌 다른 사람에게 달려 있는 것이겠는가?"

顔淵問仁. 子曰: "克己復禮爲仁. 一日克己復禮, 天下歸仁焉! 爲仁由己, 而由人乎哉?"

『논어·안연』

이 글에는 공자사상의 핵심이 되는 두 개의 키워드, 즉 예禮와 인仁

이 잘 정의되어 있다. 공자는 사회 구성원 하나하나가 욕망을 절제하여(克己) 남을 배려하는 형식을 갖추면(復禮) 화목한 사회 건설을 위한 실천 행위를 하는 것이고(爲仁), 사회 갈등 문제는 이로써 해결될 수 있다(天下歸仁)고 보았다. 그리고 구체적 실천 행위의 출발점은 바로 나 자신에게 있다(爲仁由己)고 보았다. 이것은 사회문제가 결국 인간의 문제라고 보는 관점이며, 중국 사상사에서 그가 처음으로 인간의 욕망을 발견한 것임을 뜻한다.

공자는 전쟁이나 내전과 같은 여러 불행한 사회 갈등 현상이 벌어지는 근본 원인이 인간 그 자신에게 있다고 생각했다. 그는 사회를 구성하는 인간 개인이 가지고 있는 욕망을 스스로 억제하고 질서 있는 문화의 상태로 되돌아간다면, 천하의 여러 사회문제도 화해롭게 해결될 수 있을 것(克己復禮, 天下歸仁)이라고 생각했고, 모든 문제의 해결은 바로 그 개인 스스로부터 시작된다(爲仁由己)고 생각했다.

그즈음 춘추전국시대 여러 학파와 사상가 들은 사회문제를 인간 스스로의 문제가 아닌 인간 외적인 문제로 파악했다. 도가는 우주론적 세계관이나 양생의 방법을 습득하는 것을 통해서, 묵가墨家는 실현 불가능한 무한한 이타적인 사랑을 통해서, 음양가陰陽家는 신비로운 자연 현상에 대한 이해를 통해서, 농가農家는 농업 생산력을 늘리는 것을 통해서, 소설가小說家는 문학의 향유와 여론의 전달을 통해서, 명가名家는 사회현상에 대한 올바른 언어적 정의를 통해서, 법가法家는 사회체제를 법제화하는 것을 통해서, 종횡가縱橫家는 외교적인 수단을 통해서, 끝으로 잡가雜家는 위의 온갖 방법을 통해서 사회문제를 해결할 수 있다고 보았다. 그러나 이들과 달리 공자는 바로 인간 사회의 모든 문제가 인간 그 자체에게 있다고 보았던 것이다. 그러나 그의 이러한 관점 또한 한편으로는 사회문제의 주요 논점을 흐트리면서, 모든 사회문제가 발생하는 원인을 증명할 수 없는 인간 본성의 문제로 떠넘기는 것이기도 했다.

공자는 중국 사상사에서 욕망을 가진 인간을 처음으로 발견한 인물이다. 물론 이러한 발견이 근대 서양철학에서 보여주는 인간 존재의 발견과는 본질적으로 다른 것이기는 하지만, 이것이 바로 공자사상의 위대한 점이라고 평가할 수 있다. 인간의 본성 또는 욕망에 대한 그의 사색은 다소 즉흥적이며 인상적이고 파편적이라서 불완전하기는 했지만, 그의 사상은 맹자에 의해서 선善한 인간 본성을 어떻게 발양하고 계발시킬 것인가의 문제로 확장되었고, 순자에 의해서 악惡한 인간의 본성을 어떻게 억제하고 통제할 것인가의 문제로 심화되었다. 교육이라는 비교적 부드럽고 무른 수단으로 인간을 개조할 수 있다고 보았던 순자의 사상은, 그 뒤에 더욱 강력한 법률로 사회를 통제해야 하고 더욱 규격화된 법제에 의해서 국가 통치체제를 구축해야 한다는 법가주의로 진화하게 된다. 따라서 중국 문화·문명을 형성하는 데 공자의 사상은 그 기원이며 주류를 이루었다고 말할 수 있다. 따라서 공자는 중국인의 의식세계와 국가체제 형성에 가장 깊은 영향력을 끼친 사상가라고 평가할 수 있는 것이다.

그러나 그의 사상은 그보다 더 합리적인 법가사상이 출현하면서 철학적 내용에 있어서는 이미 낡아버린 것이 되고 말았다. 공자는 기본적으로 인간의 본성인 욕망을 절제해야 할 대상으로 보고 있다는 점에서, 인간의 본성을 부정적으로 파악했다. 욕망을 극복해야 할 대상으로 보는 유가철학의 관점은 중국의 3000년 역사 동안 인간의 자유로운 감정과 사상을 억압하고 구속하는 끔찍한 문화현상을 주도했고, 마침내 인간 욕망을 긍정하고 그 실현을 추구하는 자본주의 발육을 저애하여 근대사회의 출현을 늦추는 원흉이기도 했다. 공자의 인간에 대한 이해는 후대의 유가학도들에게 깊은 영향을 끼치면서 오랫동안 중국 사회에 긍정과 부정의 문화적 이중성을 드리웠다.

생각할 거리

루쉰魯迅(1881~1936)은 『광인일기狂人日記』(1918)에서 중국의 역사 기록에는 '인의 도덕仁義道德' 따위의 글자만이 삐뚤삐뚤 적혀 있었고, '식인食人'의 두 자가 쓰여 있었다며, 유가철학이 지배해온 중국 역사 전체를 부정적으로 바라보았다. 또한 『공을 기孔乙己』(1919)에서 겉으로는 『논어』의 공자 말투를 흉내 내면서 '학문을 한 사람' 티를 내는 공을기가 사실은 좀도둑질을 일삼다가 다리가 분질러져 술집 외상값도 못 갚고 죽게 되는 이야기를 그리고 있다. 한편, 마오쩌둥毛澤東은 문화대혁명文化大革命 기간에 '비림비공批林批孔(임표와 공자를 비판하다)' 운동을 전개하며, 공자를 반동적 사상가로 평가한 적이 있다. 그러나 개혁·개방 정책이 시행되면서, 2010년부터 2013년까지 중국 정부는 공자를 중국의 위대한 사상가로 평가하는 드라마와 영화를 집중적으로 만들어 뿌리기도 했다. 이렇게 공자에 대한 평가가 시대에 따라 낮아졌다 높아졌다 하는 까닭은 무엇일까?

키워드 | #공자 #인문주의 #이중성 #『논어』 #비림비공

함께 읽은 책들

사마천, 『사기』, 까치, 서울, 1994.

성백효 역주, 『논어집주』, 전통문화연구회, 서울, 1992.

김용옥, 『도올논어』, 통나무, 서울, 2001.

김학주, 『공자의 생애와 사상』, 명문당, 서울, 1997.

H.G.크릴, 이성규 역, 『공자(인간과 신화)』, 지식산업사, 서울, 1983.

신영복, 『강의』, 돌베개, 서울, 2004.

竹内好 역주, 『魯迅文集』, 일월서각, 서울, 1985.

제2강

말로 진리에 가닿기는 어렵다

୭

노자·장자와 도가사상

날아오르는 용과 같은 분?

노자老子(기원전 571?~471?)는, 성姓은 이李고 이름은 이耳다. 중국 춘추시대 사람으로, 유가의 공자와 더불어 중국인의 의식세계 형성에 가장 깊은 영향력을 끼친 사상가다. 고대 중국의 도가학파道家學派를 처음으로 만들어낸 사람이다.

　일부 전문가들은 그가 실존했던 사람이 아니라 허구의 인물이라고까지 주장하기도 한다.『논어』를 읽어보면 공자가 하는 말과 행동이 자연스레 머릿속에 그려지지만,『노자』를 읽어보면 노자의 말과 모습을 떠올리기가 어렵기 때문이리라.『사기 · 노자전』은 노자가 주나라 왕실의 도서를 관리하는 관원(守藏室之官)이었다고 하고,『한서 · 예문지』는 도가의 학파가 사관史官에서 나왔다고 한다. 이는 그가 당시 세상의 모든 지식과 자료를 한곳에 모으고 관리하는 일을 맡았으며, 천문天文 현상의 변화와 인간의 삶과 역사가 갖는 최종적 의미를 꿰뚫어볼 수 있는 직종에서 일했음을 뜻한다. 그가 발견했던 지식의 총합과 천문 현상이 드리우는 우주의 최종 원리, 그

공자가 노자를 찾아가 예를 묻다(問禮老聃). 왼쪽 의자에 공자가, 오른쪽에는 노자가 앉아 있다.

리고 인간의 삶과 역사가 갖는 최종적 의미는 무엇이었을까?

『사기·노자전』에는, 공자가 노자에게 예禮에 대하여 묻는 이야기가 실려 있다. 노자는 공자더러 "그대는 잘난 척하거나 욕심을 지나치게 부리거나, 태도를 번듯하게 꾸미거나 과하게 의지를 다지는 일을 버리라"고 따끔하게 꾸짖는다. 공자는 돌아와서 제자들에게 "비구름을 타고 하늘로 날아오르는 용과 같은 분"이라고 평가한다. 이 이야기는 다층적 의미를 갖는 서술 구조를 띠고 있다. 겉으로는 공자가 자신을 비판한 노자를 추어올리는 말처럼 보이지만, 공자는 사실 노자를 사회문제를 회피하는 도피주의자 또는 현실 인식이 부족한 비현실주의자(실존하지 않는 용)로 비판한 것이다. 이 서술 구조를 한발 물러나서 살펴보면, 결국 공자는 노자의 깊은 뜻을 이해하지 못하는 세속적 인간이 되고, 겉과 속이 다른 위선적인 인간으로 비쳐지게 된다. 이는 결국 유가와 도가는 영원히 화해할 수 없는 사상 체계를 가지고 있음을 뜻한다.

노자는 세상이 혼란스러워지자 조용히 물러나 멀리 은거하기 위해 함곡관을 나서려고 하자, 함곡관의 수비대장이 간곡히 요청하는 바람에 지어준 것이 바로 『노자』라고 한다. 이 이야기의 서술 구조 또한 논리적으로 다층 구조를 가지고 있다. 다시 말해서 『노자』의 전편을 꿰뚫는 "우주와 삶의 원리를 언어로 표현하게 되면(道可道) 그것은 진실한 우주와 삶의 원리가 아니다(非常道)"라는 주장도, 사실은 『노자』라는 저술 작업(언어)을 통해서 표현된 것이기 때문에, 그가 저술을 남기는 행동과 저술의 내용은 모순을 가지고 있으므로, 『노자』의 내용은 진실한 우주와 삶의 원리가 아닌 것이 된다. 그러나 이는 역설적으로 『노자』의 "우주와 삶의 원리를 언어로 표현하게 되면 그것은 진실한 우주와 삶의 원리가 아니다"는 주장이 옳다는 것을 증명하는 것이 되어버린다. 이는 마치 뫼비우스의 띠처럼 논리적 순환 구조를 갖는다.

도道를 도道라고 언어로써 설명하면,

그것은 항상적인 도가 아니다.

이름(名)을 이름이라고 언어로써 설명하면,

그것은 항상적인 이름이 아니다.

이름이 없는 것이 바로 하늘과 땅의 처음이며,

이름이 있는 것이 바로 만물의 어머니이다.

道可道, 非常道. 名可名, 非常名. 無名, 天地之始; 有名, 萬物之母.

『노자』, 제1장

『노자』는 『도덕경道德經』, 『도덕진경道德眞經』, 『오천언五千言』, 『노자오천언老子五千言』 등으로 일컬어진다. 『노자』의 핵심 내용은 바로 위의 제1장에 있는 것으로 알려져 있다. 글자 한 자 한 자가 매우 추상적이고 함축적인 뜻을 담고 있어서, 이에 대한 수많은 해설이 존

재하며, 지금도 만들어지고 있다. 일반적으로 주요 내용은 우주 운행의 원리로서의 도는 언어로 정의할 수 없는 것이며, 그 존재는 인간의 인식으로 파악하기에는 매우 어렵다는 내용으로 이해할 수 있다.

내 삶과 우주를 관통하는 하나의 원리는?

공자가 고민했던 것은 '사회는 왜 혼란스러워졌을까? 질서 있는 사회를 어떻게 회복하고 구축할 것인가? 인간 본성의 문제는 무엇인가?'였다. 그러나 이와 달리 노자가 사색했던 것은 '우주 운행의 원리와 그 속성은 무엇인가? 인간의 삶의 문제에 그것을 어떻게 적응시킬 것인가? 인간이 추구해야 할 이상적인 삶은 무엇인가?'였다. 아마도 실제로는 먼저 인간의 삶의 문제를 작동시키는 궁극의 원리가 무엇인지를 고민하고, 그것을 인간의 삶의 범주를 초월하는 것으로서 우주 운행의 원리를 설정했던 것 같다. 이것은 공자가 고민했던 범주와 다른 것이었으며, 이를 초월하는 그 무엇이었다. 노자는 '우주 운행의 기본 원리' 또는 '인간 삶의 기본 원리'를 '도道'라는 개념으로 풀어나간다. 따라서 노자와 장자가 찾으려고 했던 것은 서양 철학자들이 찾으려고 했던 기본 원리의 '실체' 또는 '존재'가 아니라, 그것의 속성이었고 인간은 그 속성에 순응하면 되는 것이었다.

　노자가 설명하려는 도는 그 존재를 객관적으로 증명할 수 있는 대상이 아니라, 직관의 대상이었기에 매우 추상적이며 파편적이며 모호하다. 그 도는 감각 기관을 통해 인식할 수 있는 대상이 아니며, 언어로 정의할 수 있는 대상도 아니다. 그것은 우주 탄생의 근원이며, 끊임없이 변화하며 운동하고 순환하며 어떤 법칙성을 가진 어

노자가 푸른 소의 등에 올라타 있다. 손에는 『도덕경』을 들고 있으나, 보고 있는 것은 한 마리 박쥐다. 명나라 장로張路의 그림.

떤 것이다. 존재하는 만물은 모두 그것으로부터 말미암았고, 그것은 '허무虛無', '무위無爲'이기도 하며 또는 '자연스레 그러함(自然)'의 속성을 갖는다. 따라서 도는 딱딱하지 않고 부드러우며, 인위적이지 않고 자연스러우며, 만물을 낳는 '어머니'나 자연스럽게 아래로 흐르는 '물'의 속성을 가지고 있고, 그 영향력은 무궁하다.

이러한 도의 원리는 국가나 사회와 동떨어진 것이 아니다. 도의 원리는 국가 통치에 사용할 수도 있고, 개인이 삶을 영위하는 방편으로 사용할 수도 있다. 이러한 도에 순응하지 않은 나라와 개인은 제 목숨을 다하지 못하고 빨리 소멸하게 된다.

"내가 무위하면 백성들은 저절로 교화되고, 내가 고요함을 좋아하면 백성들은 저절로 올바르게 되며, 내가 일을 꾸미지 않으면 백성들은 저절로 부유해지고, 내가 탐욕을 부리지 않으면 백성들은 저절로 순박해진다(57장)." 그의 이러한 주장은 현대인의 눈으로 보면 매우 비현실적인 이상주의로 보인다. 그러나 실제로 한초漢楚 전쟁 이후 한漢나라가 세워지고 무제武帝가 등장하기 전까지 피폐

했던 나라의 생산력이 빠르게 회복될 수 있었던 것은, 국가 주도의 인위적인 행정정책 때문이 아니라, 방임형에 가까운 '인위적 행정 조치가 없는 통치', 즉 '무위지치無爲之治' 때문이었다. 생산력이 어느 정도 회복되어 국가 권력에 체계적인 시스템이 필요해지자, 통치자는 '무위'를 주장하는 도가보다는 '질서(禮)'를 강조하는 유가에게 애정을 느끼게 되었다.

내가 나비인지, 나비가 나인지

장자莊子(기원전 369?~275?)는 성이 장莊이고 이름은 주周며, 전국 시대 송宋나라 사람이다. 그는 노자의 철학사상을 계승한 도가학파의 주요 인물이다.

장자가 주로 고민했던 것은 '자연의 법칙에 순응하여 사는 인간의 삶이란 어떤 삶인가?'였다. 그는 시간과 공간, 국가 제도나 예교의 구속됨이 없는 자유로운 인간의 삶을 추구했다. 그가 설정했던 자유로운 삶이란, 세속적 편견에 사로잡힌 나를 잊고, 감각과 감정과 시비 분별을 초월한 자아로 돌아가서 만물과 내가 한 덩어리가 되는 삶(萬物與我爲一)이다. 장자는 인간 정신의 내적인 생명력이 넘쳐나는 자유를 중시했다.

그는 경험이나 추리를 통한 지식에 의해 얻어진 객관적 인식이나 절대적인 관념 등을 부정했고, 우리의 인식이 주관적이고 상대적인 특성을 가지고 있음을 강조했다. 이러한 주장은 사실 유가학파의 주장을 비판하는 것이었다. 그의 주장에 따르면, 유가학파가 강조하는 '예의'니 '도덕'이니 '정의'니 하는 것도 실제로는 특정 계급이

장자가 나비꿈을 꾸다(莊周夢蝶), 명나라 후
기 화가 육치陸治의 그림.

자신의 계급적 이익을 실현하기 위하여 만들어낸 인위적인 관념에
지나지 않는 것이다.

　그렇다고 그가 정신세계만을 중시한 것은 아니었다. 그는 현세의
육신의 안락과 장수를 위해 은둔隱遁, 처세處世, 양생養生을 중요하게
생각했다. 『사기 · 장자전』에 따르면, 그는 칠원漆園이라는 곳의 하급
공무원을 지냈다. 초나라 위왕威王(재위: 기원전 339~329)이 그를 등용
하려고 특사를 보내 재상 자리를 제의했으나, 장자는 "차라리 시궁
창에서 내 맘대로 뒹구는 돼지가 될지언정" 잘 먹고 지내다가 끝내
는 제사 때 제물로 쓰이는 소는 되지 않겠노라며 이를 거절한다. 이
러한 그의 생각은 타인의 행복을 위해서는 자신의 온 몸뚱이가 맷
돌에 갈려 죽어도 좋다고 생각하는 극단적 애타주의자들인 묵가墨
家의 생각과는 정반대였고, 오히려 세계평화가 이뤄지더라도 자기
정강이의 터럭 하나도 뽑지 않겠다는 극단적 이기주의자인 양주陽
朱의 사상에 닿아 있는 것이었다. 이러한 이들의 인식은 양생술養生
術로 진화해, 고대 중국의 의학과 화학 발전의 밑바탕이 되었다.

옛날 장주가 꿈을 꾸었다. 꿈속에서 자신은 나비로 변하였고, 훨훨 나는 모습이 꼭 나비였다. 그는 가슴속 깊이 즐거워져서, 자신이 본디 장주라는 것도 잊어버렸다. 그때 갑자기 꿈에서 깨어났는데, 소스라치게 놀랍게도 자신은 장주였다. 장주가 꿈속에서 나비가 된 것인가? 아니면 나비가 꿈속에서 장주가 된 것인가? 알 수가 없었다. 장주와 나비는 틀림없이 서로 구분되는 다른 존재(인데도, 꿈속과 같은 특정한 조건에서는 그 존재가 서로 바뀔 수가 있)다. 이것을 일컬어 내가 사물/타자로 바뀌어 변화하는 현상(物化)이라고 한다.

昔者莊周夢爲胡蝶, 栩栩然胡蝶也, 自喻適志與, 不知周也. 俄然覺, 則蘧蘧然周也. 不知周之夢爲胡蝶與, 胡蝶之夢爲周與? 周與胡蝶, 則必有分矣. 此之謂物化.

『장자·제물론齊物論』

우리는 평소에 '나는 바로 나다'라고 생각한다. 그러나 '나'는 정말 '나'일까? 이 물음에서 더 나아가, '나와 이 세계는 객관적으로 존재하는 실체일까?', '절대적 실체라는 게 있는 것일까?'라는 질문도 할 수 있다. 『장자』의 '나비의 꿈'은 우리에게 신비스러운 충격과 공포를 느끼게 한다. 인공두뇌를 가진 컴퓨터(AI: Artificial Intelligence)가 지배하는 세계에서 우리 인간은 'Matrix' 프로그램에 따라 가상현실을 살아가는 것은 아닐까?

도가에서 도교로, 중국문화의 줄기로

도가道家가 노자와 장자의 철학사상을 뜻하는 것이라면, 도교道教는 이들의 철학사상을 이론적 근거로 삼아 중국 고대의 신선 및 귀신 숭배 사상과 온갖 미신적 요소를 결합한 종교다. 이들은 전국시대 이래의 신선神仙 방술方術 사상으로부터 영향을 받았고, 동한東漢 말기에 자신들이 가지고 있던 의학적 지식을 활용하여 민중을 치료해주면서 점차 종교조직화하기 시작했다. 부정부패하고 무능한 왕조의 말기에 이들은 종교조직에서 나아가 기존의 국가조직을 뒤엎으려는 군사조직, 반란조직으로 발전하기도 했다. 유명한 조직으로는 '태평도太平道'와 '오두미도五斗米道'가 있다.

이들 조직이 늘 기존 국가조직의 반대편에 속했던 것만은 아니었다. 당대唐代에 이르러서는 도교가 국교가 되기도 했다. 당나라 황제의 성이 이李씨였으므로, 노자인 이이李耳가 자신들의 조상이라고 주장했다. 당나라를 세운 당 고조高祖 이연李淵은 "도교는 크지만 불교는 작고, 노자를 앞에 두고 부처를 뒤에 둔다(道大佛小, 先老後釋)"고 했으며, 당 태종太宗 이세민李世民은 "짐은 본디 노자로부터 나왔다(朕之本系, 起自柱下)"고 하면서 도교 관련 서적들을 수집했고, 당 고종 이치李治는 노자를 심지어 황제로 격상하여 '태상현원황제太上玄元皇帝'로 삼기도 했던 것이다. 이들은 도가의 주요 철학 개념인 '도道'를 인격화했고, 노자를 '태상노군太上老君'으로, 장자를 '남화진인南華眞人'으로 신격화했다. 이들은 노자의 『도덕경』과 장자의 『남화진경南華眞經』(『장자』의 다른 표현) 및 『주역』 등을 기본 경전으로 삼았고, 『태평경』 등을 주요 경전으로 삼았다. 이들이 추구하는 종교의 최종 목표는 '장생불사長生不死'였다.

도가(도교)문화와 유가(유교)문화는 상호 이질적이고 대립적인 가치를 추구하는 중국문화의 양대 주류문화라고 할 수 있다. 유가문화는 후대 사람들에게 주로 '국가와 사회 질서의 안정과 욕망의 절제' 그리고 '현실주의'에 관심을 갖게 했다면, 도가문화는 주로 '우주 운행의 원리와 개인 정신의 자유와 행복 그리고 육체의 건강과 즐거움' 그리고 '신비주의'에 관심을 갖도록 했다. 예를 들어 고통받는 백성을 안타깝고 따뜻한 시선으로 바라보았던 두보杜甫의 시 세계에는 유가문화가, 자신의 불우함을 자유로운 상상력으로 마음껏 표현해냈던 이백李白의 시 정신에는 도가문화가 짙게 스며 있다고 할 수 있다. 특히 도교문화는 상층계급보다는 하층계급의 다양한 문화 형태와 뒤섞이면서 기발한 상상력의 독특한 민간문화를 형성했다. 주목할 점은 이 이질적이고 대립적인 가치가 중국의 문화와 역사에서는, 서양의 기독교와 이슬람교처럼 적대적 '유혈 충돌'이 거의 일어나지 않고, 융화되어 작동한다는 점이다.

생각할 거리

1.
전 세계적으로 테러 문제가 심각하다. 미국은 '세계평화'를 지킨다는 명분을 내걸고 테러를 막겠다면서 아프가니스탄을 침략했고, 이라크의 후세인 정권을 붕괴시켰다. 그러나 미국에 의해 테러 집단으로 지목받는 이들은 무지막지한 폭력을 행사하는 쪽은 오히려 미국이라고 주장한다. 미국이 말하는 '세계평화'를 유가의 입장에서 지지해보고, 도가의 입장에서 비판해보자.

2.
오늘날 우리 인류는 생물학적으로 인간을 복제할 수 있는 복제 기술을 가지고 있다. 그리고 인공두뇌 기술은 이미 일부 전문 분야에서 인간의 능력을 넘어서고 있으며, 앞으로 많은 분야에서 인공두뇌 기술이 인간의 능력을 넘어설 것이라고 한다. 원래의 '나'가 '복제된 나'를 소유하거나 통제할 권리가 있으며, 더욱 가치 있는 존재라고 생각할 수 있을까?

키워드 | #노자 #장자 #도가 #도교 #『도덕경』 #『장자』 #가상현실 #인공두뇌

함께 읽은 책들

도올 김용옥, 『도올 김용옥이 말하는 老子와 21세기』, 통나무, 서울, 1999.
김학주, 『老子』, 명문당, 서울, 1977.
사마천 원저, 이인호, 『사기열전』, 천지인, 서울, 2009.
陳鼓應, 『老莊新論』, 조합공동체 소나무, 서울, 1992.
막스 칼텐마르크, 『노자와 도교』, 까치, 서울, 1993.
許抗生, 『노자철학과 도교』, 예문서원, 서울, 1997.

제3강

내 삶과 죽음의 의미는 오로지 복수

오자서와 복수

복수를 위해 살고, 복수를 위해 죽다

오자서伍子胥(기원전 559~484)는 이름이 원員이고, 자가 자서子胥다. 본디 초楚나라 명문가 출신으로, 춘추시대 말기 오吳나라의 대부大夫이며 군사 전략가다. 『논어』의 공자(기원전 551~479)보다 약간 일찍 태어났고, 『손자병법孫子兵法』의 손무孫武(기원전 545?~470?)와 와신상담臥薪嘗膽 이야기로 유명한 오왕吳王 합려闔廬(기원전 537?~496)와 그의 아들 부차夫差(기원전 528~473), 그리고 이들의 맞수인 월왕越王 구천句踐(기원전 520?~465)과 함께 역사 이야기를 이끌어간 인물이다. 중국 역사와 문화사에서 가장 처절한 복수의 화신이다.

『사기·오자서전』에 따르면, 그의 생애는 다음과 같다. 춘추시대 말기 초나라 평왕平王 때였다. 평왕은 오자서의 아버지인 오사伍奢를 태부太傅로 삼고, 그 아래에 비무기費無忌를 소부少傅로 삼아서 태자인 건建을 돕도록 했는데, 비무기는 아첨꾼이었다. 평왕은 서북쪽의 진秦나라와 우호관계를 맺고자, 진나라 공주를 태자비로 맞

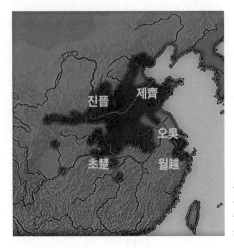

춘추오패. 제나라 환공桓公, 진나라 문
공文公, 초나라 장왕莊王, 오나라 합려,
월나라 구천을 가리킨다. 진나라 목공穆
公이나 오나라 부차 등을 꼽기도 한다.

아들이려고 비무기를 진나라에 파견했다. 그런데 진나라에서 돌아
온 비무기는 평왕의 환심을 사려고 진나라 공주가 너무 예쁘니 진
나라 공주는 평왕이 차지하고, 아들인 태자에게는 다른 여자를 구
해주면 된다고 건의했다. 평왕은 비무기의 건의에 따라 진나라 공
주를 차지하여 그 사이에 아들 진軫을 낳았고, 태자 건을 수도 영郢
에서 멀리 떨어진 변경으로 보내버렸다. 그러나 비무기는 언젠가
평왕이 죽고 태자 건이 왕위에 오르게 되면 자기를 죽일까 두려웠
으므로, 평왕에게 태자 건이 변경 지역에서 반란을 꾸미고 있다고
헐뜯었다. 평왕이 태자 건을 죽이려고 하자, 태자 건은 송宋나라로
달아났다.

비무기는 오사와 그의 두 아들에게도 죄를 씌웠다. 아버지인
오사를 인질로 잡고, 두 아들을 불러들여 죽이려고 했다. '사람됨
이 어진' 큰아들은 이를 알면서도 아버지에게 가서 죽임을 당했지
만, '사람됨이 고집이 세고 참을성이 강한' 작은아들 오자서는 아

버지에게 가지 않고 송나라에서 몸을 숨기고 있던 태자 건에게 달아났다. 오자서는 태자 건을 만날 수는 있었지만, 태자 건은 송나라에서 내란이 일어나자 정鄭나라로 갔다가 다시 진晉나라로 옮겨다니며 이리저리 떠돌다가 정나라에서 살해되고 말았다. 오자서는 태자 건의 아들인 승勝을 데리고 남쪽의 오吳나라로 달아났다. 그는 달아나는 길에 어부의 도움을 받아 강을 건널 수 있었고, 중병에 걸리고 구걸도 하면서 천신만고 끝에 겨우 오나라에 도착할 수 있었다.

오나라는 당시 요僚가 통치하고 있었고, 오왕 요의 사촌아우인 공자公子 광光이 장군으로 있었다. 오자서는 복수의 집념을 짓씹으면서 초나라 태자 건의 아들인 승과 함께 초야에서 농사를 지으며 정국에 변화가 있기를 기다렸다. 5년이 지나 초나라의 평왕이 죽고, 진나라에서 온 여인 사이에서 낳은 아들 진이 후계자가 되었으니, 그가 소왕昭王이었다. 초나라에서 평왕이 죽은 틈을 타, 오왕 요는 아우 둘에게 군대를 이끌고 초나라로 출동하라는 명령을 내렸다. 그런데 초나라를 공격하느라 오나라가 텅 빈 사이, 공자 광은 오자서가 소개해준 자객의 도움으로 쿠데타를 일으켜 오왕 요를 기습적으로 암살하여 스스로 왕위에 오르니 그가 바로 오왕 합려다. 오왕 합려는 여러 차례 초나라를 공격하여 마침내 초나라 수도인 영을 차지했다. 드디어 초나라 수도로 되돌아온 오자서는 평왕이 이미 죽어서 복수할 방법이 없자, 평왕의 묘를 파헤쳐 그의 시신을 꺼내 채찍질했다.

그 사이 진秦나라가 초나라에 지원군을 보내고, 오나라에서 쿠데타가 발생하면서 오왕 합려는 귀국할 수밖에 없었다. 오나라로 돌

오왕 합려는 『손자병법』의 저자 손무에게 군대를 맡겼다. 합려는 초나라를 무찌를 만큼 위세를 떨쳤으나 월왕 구천에게 부상을 당해 죽었다. 『손자병법』을 죽간竹簡으로 재현한 자료.

아온 합려는 쿠데타를 제압하고 나서 영토를 확장하기 위해 월越나라를 공격했으나 월왕 구천의 반격으로 전사하고 말았다. 합려는 죽으면서 아들 부차夫差에게 월나라에 대한 복수를 당부했다. 부차는 왕위에 올라 월나라를 공격하여 마침내 승리를 얻었다.

　오자서는 후환을 없애려면 월왕 구천을 죽여야 한다고 오왕 부차에게 간언했다. 그러나 부차는 오자서의 말을 듣지 않고, 오나라 태재太宰인 백비伯嚭의 말을 듣고 월왕 구천을 살려줬다. 월나라를 먼저 공격해서 멸망시켜야 한다는 오자서와 제齊나라를 먼저 점령해야 한다는 백비 사이에 갈등이 벌어지면서, 오왕 부차는 오자서를 헐뜯는 백비의 얘기를 귀담아듣고 오자서에게 자살을 명령했다. 오자서는 죽으면서, 오나라가 멸망할 것이며 오왕도 곧 죽게 될 것이라는 예언이 담긴 저주를 퍼부으며, 스스로 칼로 목을 찔러 죽었다. 이 소식을 들은 오왕 부차는 오자서의 시체를 가져다가 말가죽 자루에 넣어 강물에 던져버렸다. 그로부터 9년 뒤, 월왕 구천은 마침내 오나라를 멸망시켜 오왕 부차를 죽였으며, 자기와 몰래 내통했던 오나라 태재인 백비마저 죽여버렸다.

오나라 병사들이 (초나라를 공격하여 그 수도인) 영 안으로 들어가자, 오자서는 (원수를 갚고자 초나라) 평왕의 아들인 소왕이라도 잡으려고 하였다. 그러나 오자서는 그를 잡지 못했다. 이에 초나라 평왕의 무덤을 파헤쳐 그의 시신을 꺼내어 300번이나 채찍질한 뒤에야 그만두었다. … (오자서는 오왕 부차로부터 자살 명령을 받게 되자 이렇게 말하였다.) "반드시 나의 무덤 위에 가래나무를 심어두어라. 그러면 그 가래나무로 (오왕 부차의 시신을 넣는) 관의 목재로 삼을 수 있을 터이니. 그리고 내 눈알을 도려내어 오나라의 동문 위에 걸어두라. 월나라 군사들이 쳐들어와서 오나라를 멸망시키는 꼴을 볼 수 있도록 하라"고 하고는 스스로 목을 찔러 죽었다. 오왕은 소식을 듣고 크게 노여워하였고, 이에 오자서의 시신을 가져다가 술을 담는 가죽 자루에 넣어 강물에 던져버리어, 시신이 들어간 자루가 물 위에 둥둥 떠다니게 하였다.

及吳兵入郢, 伍子胥求昭王. 旣不得, 乃掘楚平王墓, 出其尸, 鞭之三百, 然後已. …"必樹吾墓上以梓, 令可以爲器; 而抉吾眼縣吳東門之上, 以觀越寇之入滅吳也." 乃自刭死. 吳王聞之大怒, 乃取子胥尸盛以鴟夷革, 浮之江中.

『사기·오자서전』

오자서는 이미 죽은 평왕의 시신에 채찍질을 하고 나서, 친구인 신포서申包胥에게 자신의 '복수'에 대해 "해는 지고 갈 길은 멀었기 때문에, 도리에 어긋난 짓을 할 수밖에 없었다"라며 그 잘못을 인정했다. 그는 아마도 평생을 두고 이루려던 '복수'가 이렇게 허망하게 마무리되는 것을 보며 회의懷疑했을 것이다. 그랬던 그가 오왕 부차에 대해 또다시 자신의 무덤에 심은 가래나무를 "(오왕의 시신을 넣을) 관의 목재로 삼을 수 있도록 하라" 하고, 자신의 "눈알을 도려내어 오나라의 멸망을 보게 하라"라는 극단적인 복수의 저주를 내렸다. 그의 인생에서 '복수'는 무슨 의미를 지닌 것일까?

쓸개를 씹으며 복수심을 불태우다

고대 남방의 중국인들에게는 정서적으로 집요하고 강렬한 복수復讐의 문화 관념이 있었던 것 같다. 우리가 잘 알고 있는 고사성어인 '와신상담臥薪嘗膽' 이야기도 바로 춘추시대 말기 고대 중국 남방 국가였던 오나라와 월나라 사이의 뒤집어지고 뒤집어지는 처절하고 집요한 복수를 테마로 하고 있다. 와신상담은 '섶나무 위에 엎드려 불편한 잠을 자고, 쓰디쓴 쓸개를 빨면서 과거의 치욕에 대해 복수를 다짐한다'는 뜻을 가지고 있다. 이 성어와 관련한 이야기는 다음과 같다.

춘추시대 오왕 합려는 월왕 구천과 싸우다가 크게 졌고, 결국 월나라 군대가 쏜 화살을 맞아 손가락에 상처가 덧나서 죽고 말았다. 그는 죽으면서 아들인 부차에게 구천에 대한 원수를 갚아달라는 유언을 남겼다. 오왕이 된 부차는 섶나무 위에서 잠을 자면서 복수를 다짐하며 군대를 훈련시켰다. 마침내 오왕 부차는 월왕 구천과의

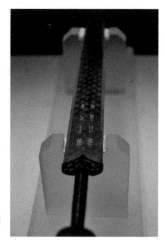

월왕 구천검. 1965년 초나라 고분에서 발견되었다. 구천의 검으로 알려져 있다.

전투에서 크게 이겨, 회계산으로 도망간 구천을 포위했다. 오왕 부차는 구천을 죽여야 한다는 오자서의 말을 듣지 않고, 구천으로부터 뇌물을 받은 백비의 말을 듣고 구천의 항복을 받아낸 뒤 그를 살려줬다. 구천은 월나라로 돌아가 쓸개를 빨면서 회계에서의 치욕을 되새기며 은밀히 군대를 훈련시켰다. 20년이 지난 뒤, 월왕 구천은 오왕 부차를 공격하여 굴복시키고 회계의 굴욕을 씻었다. 오왕 부차는 자살하고, 구천은 패자覇者가 된다.

사실, '와신상담'이라는 이 고사성어는 『사기·월왕구천세가』의 역사를 바탕으로 송나라 사람인 소식蘇軾이 「손권이 조조에게 답하는 편지글의 형식을 빌려서 지어낸 글(擬孫權答曹操書)」에서 상상력을 발휘해서 만들어낸 것이다. 『사기』의 원문에는 월왕 구천이 '상담嘗膽(쓸개를 빨다)'하는 내용만 있을 뿐, 그 누구도 '와신臥薪(섶나무 위에 엎드려 불편한 잠을 자다)'한 내용은 없다.

그런데 오자서는 오왕 부차나 월왕 구천보다도 더 집요하고 잔인

춘추시대 오나라의 수도였던 강소성江蘇省 소주蘇州
에 있는 오자서 상. 오자서는 중국 역사에서 가장 처절
한 복수의 화신이다.

한, 중국 역사에서 가장 처절한 복수의 화신이다. 오자서 이래로 역
사적으로 지금까지 그처럼 집요하고 처절하고 잔인한 복수를 실천
한 인물은 없었으며, 허구의 문학 작품에서조차도 그와 같은 인물
을 찾아보기 힘들다.

그의 복수는 먼저 자신의 아버지와 형을 죽인 조국 초나라의 평
왕에 대한 것이다. 그는 사적인 자신의 복수를 이루기 위하여, 적국
인 오나라로 달아나 오왕 합려를 부추겨 조국인 초나라를 침략했다.
그는 수많은 동포를 죽음으로 몰아세웠고, 마침내 고국으로 되돌아
와서는 이미 죽은 평왕의 묘를 파헤쳐 시신에게 채찍질을 함으로써
광적인 집착과 잔인함을 드러냈다. 그에게 국가와 국가 사이에 벌
어지는 대규모 전쟁과 수많은 백성의 목숨은 단지 그의 사적인 복
수를 완성하는 도구에 지나지 않았다.

그리고 그의 다음 복수는 자신에게 자살 명령을 내린 오왕 부차
에 대한 것이다. 평왕에 대한 복수가 이미 완성한 복수였다면, 부차

에 대한 복수는 앞으로 완성할 복수라는 점에서 차이가 나지만, 둘 다 집요하고 잔인하다는 점에서는 공통된다. 물론 두 번째 복수의 잔인함은 남을 향한 것이 아니라, 자신을 향한 것이다. 죽으면서까지 월나라 군사들이 쳐들어와서 오나라를 멸망시키는 것을 보기 위해서 자기 눈알을 도려내어 오나라 동문에 걸어두라는 오자서의 유언을 읽노라면, 처절함을 넘어서 그 광적인 집요함과 잔인함에 몸서리가 쳐진다.

한편, 와신상담이 합려와 구천 사이의 복수와 관련된 사자성어라면, '동병상련同病相憐'은 바로 오자서와 관련된 사자성어다. 오자서는 비무기의 헐뜯음으로 아버지와 형이 살해되어 오나라로 달아나 오왕 합려의 대부大夫가 되었는데, 마찬가지로 비무기의 헐뜯음으로 집안사람이 몰살되어 오나라로 달아나 오자서를 찾아온 한 사람이 있었다. 그가 바로 백비였다. 오자서는 백비를 머뭇거림 없이 곧바로 합려에게 추천했다. 곁에 있던 이가 오자서에게 그 까닭을 묻자, 오자서는 '같은 병을 앓는 사람끼리는 서로 가엽게 여긴다'는 뜻의 동병상련의 노래가사를 들어서, 같은 원한을 지닌 처지이기 때문이라고 설명한다. 백비는 나중에 태재太宰에 올랐고, 월왕 구천에게 매수되어 오자서를 죽음으로 몰아넣는다(『오월춘추吳越春秋·합려내전闔閭內傳』). 동병상련이란 말은 배신의 씨앗을 품고 있는 말이니, 썩 좋은 말은 아니다.

태사공은 말한다. 사무치는 원한이 사람에게 끼치는 영향이라고 하는 것은 참으로 격렬한 것이다! 아무리 왕이라고 하더라도 신하에게 원한을 사무치게 해서는 아니 되는 것이니, 하물며 동등한 지위에 있는 사람에 대해서는 더더욱 말할 나위가 없다! 만약에 오자서가 아버지 오사를 따라서 함께 죽었다면, 하찮은 땅강아지나 개미와 무엇이 달랐겠는가? 그는 (아버지를 따라 죽음으로써 효도하는) 소의小義를 버리고 (마침내 초나라 수도를 점령하여 자신이 과거에 받았던) 커다란 치욕을 되갚아줌으로써, 그 이름이 후세에까지 드리우게 되었다. (그러나 이러한 과정은) 슬프다! 오자서는 (달아나면서) 강가에서 위급한 상황에 놓인 적도 있었고, 길에서 걸식을 한 적도 있었다. 그러면서도 그가 마음속에 잠깐이라도 초나라 수도인 영郢을 어찌 잊은 적이 있었겠는가? 그러므로 그는 (사무치는 원한을) 가슴속에 꾹꾹 담아두고서 참고 견디며 마침내 공명을 이룰 수 있었던 것이다. 뜨거운 가슴을 가진 대장부가 아니었다면 어느 누가 이런 일을 이루어낼 수 있었겠는가?

太史公曰: 怨毒之於人甚矣哉! 王者尚不能行之於臣下, 況同列乎! 向令伍子胥從奢俱死, 何異螻蟻. 棄小義, 雪大恥, 名垂於後世, 悲夫! 方子胥窘於江上, 道乞食, 志豈嘗須臾忘郢邪? 故隱忍就功名, 非烈丈夫孰能致此哉?

『사기·오자서전』

위 글은 오자서에 대한 사마천의 평가다. 사마천은 무슨 이유로, 개인적인 복수를 이루고자 조국을 배반하고 적국의 왕에게 귀순하여 조국을 상대로 전쟁을 일으켜서 수많은 동포를 죽음으로 내몰았던 오자서에 대해 이렇게 높은 평가를 했던 것일까? 사마천의 오자서에 대한 찬미는, 사마천이 가지고 있던 어떤 '사무친 원한'과 관련이 있을까? 사마천이 생각하는 대의大義는 무엇이었을까?

이간질과 배반, 복수, 비극적 삶의 비장미

복수의 테마에서 빠질 수 없는 것이 바로 '이간질'이요, '배반'이다. '복수'가 주인공이 지향하는 의식세계라면, '이간질'은 악역인 조연이 맡은 역할이며, '배반'은 주인공이 자신의 의식세계를 실현하기 위해서 어쩔 수 없이 선택해야만 하는, 자신의 내적 본성과는 상호 대립적이고 모순된 가치를 가지는 수단으로, 사실 '복수'의 또 다른 외적 표현이다.

오자서 가족과 초나라 평왕 사이를 갈라놓는 '이간질'을 해대는 악역 조연은 비무기고, 오자서와 오나라 부차 사이를 갈라놓는 '이간질'을 해대는 악역 조연은 백비다. 오자서는 자신의 사무친 원한을 갚아주기 위해서는 어쩔 수 없이 자신의 고국인 초나라를 '배반'해야만 하고, 나아가 자신의 복수를 실현하도록 도와준 오나라에게 멸망의 저주를 퍼부어야만 한다.

주인공인 오자서에게 실존하는 현실세계는 적대적이며 억압적이다. 이러한 적대적이고 억압적인 현실세계는 오히려 그에게 '복수'만이 삶의 의미를 던져주며, 이 '복수'는 끝내 주인공을 파멸로 몰아넣음으로써 그의 비극적 삶은 완성된다. 그러나 우리는 주인공 오자서가 억압적이고 폭력적인 현실세계에 굴복하거나 타협하지 않고 끝내 부당한 현실세계와 더불어 폭발하고, 산화散華하여 마침내 자신의 의식세계를 완성해내는 것을 보면서, 그의 삶으로부터 모종의 아름다움을 느끼게 된다. 우리는 이러한 비극적 삶이 가져다주는 장중한 심리적 아름다움의 느낌을 '비장미悲壯美'라고 부른다.

생각할 거리

최근 한국과 중국 사이에서는 한국의 사드 배치 문제로 1992년 수교 이래로 가장 불편한 외교 관계가 연출된 적이 있다. 중국 정부는 한국으로 가는 중국인 여행객을 비공식적 방법으로 통제했고, 롯데마트에도 온갖 행정조치를 부과했다. 롯데마트도 이를 견디지 못하고 중국 시장에서 철수하고 있다. 한국 기업에 대한 중국 정부의 일련의 부정적 행정조치들은 자동차와 같은 제조업 분야를 비롯해서 여행 등의 서비스 분야 및 영세 규모의 기업에 이르기까지 광범위하게 가해지고 있다.

한국에서는 북한의 미사일 위협에 대비하기 위한 자위적 조치인데도 중국이 사드에 대해 치졸한 '보복'을 하고 있다고 하고, 중국에서는 한반도의 전략적 균형 관계를 위태롭게 한 것은 한국이므로 한국에게 책임이 있다고 한다. 일부에서는 한국도 중국에게 '보복'해야 한다는 주장을 제기하기도 한다. 보복 또는 복수는 어느 때, 어떻게 해야 대의大義에 부합하는지에 대해서도 생각해보자. 나아가 인간의 보편적 심리와 그 행동으로서의 '복수'와 문화현상으로서의 '복수'의 차이점에 대해서도 생각해보자.

중국에는 "원대한 뜻을 가진 사람이 하는 복수는 10년이 지난 뒤에라도 늦지 않는다(君子報仇, 十年不晚)"라는 속담이 있다. 한국인은 전반적으로 복수나 보복을 부정적으로 생각하여, 때로는 원칙 없는 화해를 하기도 한다. 그러나 중국인에게는 복수를 긍정적으로 생각하는 문화가 있음을 알아야 할 것이다.

키워드 | #오자서 #복수 #부차 #합려 #구천 #와신상담

함께 읽은 책들

사마천 원저, 이인호, 『사기열전』, 천지인, 서울, 2009.
사마천, 정범진 외 역, 『사기열전-상』, 까치, 서울, 1995.
조엽, 임동석 역주, 『오월춘추』, 동서문화사, 서울, 2015.

제4강

장강을 떠도는 넋의 노래

굴원과 『초사』

절대적 고독

굴원屈原(기원전 340?~278)은 중국 전국시대 초나라 시인이자 정치가다. 공자, 노자와 장자, 오자서가 춘추시대 사람이라면, 굴원은 전국시대 사람이다. 그는 맹자(기원전 372~289), 순자(기원전 313~238)와 비슷한 시기를 살았다. 그는 중국에서 역사상 첫 번째 애국 시인으로 평가받고 있다. 그러나 그의 시 세계를 애국으로 한정 짓기에는 그의 시 세계가 훨씬 넓고 깊다는 점에서 그 표현은 충분하지 않다. 그의 시에는 순수한 이상을 향한 추구, 소통의 단절, 시대와의 불화, 절대적 고독, 그리고 극단적 절망감 등 현대적 감성이 짙게 배어 있다. 그는 중국 낭만주의 문학의 기초를 건설했고, 초나라 노래를 처음으로 지었다.

일부 사람들은 굴원이 실존했던 인물이 아니라고까지 주장한다. 어쨌든『사기·굴원전』에 따르면, 그의 생애는 다음과 같다. 그는 초나라 회왕懷王의 좌도左徒였다. 회왕은 굴원을 매우 믿었으므로 그에게 국가의 법령을 만들도록 했다. 굴원이 초안을 작성하고 있을 때, 그와 정치적 경쟁 관계에 있던 상관대부上官大夫가 굴원의 일을 빼앗으려 했으나 굴원이 넘겨주지 않자, 굴원을 헐뜯었다. 이에 회왕은 분노하여 굴원을 멀리했다. 굴원은 근심에 젖어 「이소離騷」를 지었다. 이소는 '근심스러운 일을 만나'라는 뜻이다.

굴원이 파면됐을 때, 국제 정세는 급변하기 시작했다. 진秦나라 혜왕惠王은 제나라를 정벌하려고 했는데, 제나라는 초나라와 연맹을 맺고 있었으므로, 먼저 이 두 나라 사이를 이간질할 필요가 있었다. 진왕秦王은 우선 유세가인 장의張儀를 초나라에 파견해, 초나라가 제나라와 관계를 끊으면, 진나라는 초나라에게 상商과 오於 지역의 600리 땅을 바칠 것이라고 했다. 초나라 회왕은 그 말을 믿고 제나라와 외교 관계를 끊고서 사신을 진나라에 파견해서 그 땅을 받아오도록 시켰다.

그러나 장의는 6리의 땅을 약속했지, 600리를 약속하지 않았다고 시치미를 뗐다. 초 회왕은 격노하여 진나라를 공격했으나, 진나라의 반격으로 크게 패배했고 오히려 초나라의 한중漢中 지역마저 잃고 말았다. 초나라 회왕은 격분하여 다시 대군을 일으켜 진나라 수도 근처의 남전藍田까지 쳐들어갔다. 그러나 대군을 출동시켜 초나라의 내부가 텅 비었다는 정보를 들은 위魏나라가 초나라를 습격하자, 초나라 군대는 진나라로부터 철수할 수밖에 없었다. 제나라마저 등을 돌리고 초나라를 지원하지 않았으므로, 초나라는 몹시 곤경에 빠지게 되었다. 그 뒤로 여러 나라들이 초나라를 공격하면서 초나라는 위축되기 시작했다.

한편, 진 소왕이 초 회왕에게 화합을 요청하자 회왕은 굴원의 만류를 뿌리치고 진나라로 갔으나, 진나라 병사들이 회왕을 억류했다.

나라를 걱정하며 시를 읊던 굴원은 멱라강에 몸을 던졌다.

회왕은 도주하여 조趙나라로 갔다가 그곳에서 받아주지 않자, 다시
진나라로 돌아왔다가 죽임을 당하고 말았다. 초나라에서는 그 뒤로
회왕의 큰아들 경양왕頃襄王이 임금의 자리에 올랐고, 그의 아우 자
란子蘭은 재상에 해당하는 영윤令尹에 올랐다. 이들은 굴원의 충정
을 이해하지 못하고 오히려 굴원을 또다시 멀리 유배 보냈다. 굴원
은 마침내 바위를 품고서 멱라강汨羅江에 몸을 던져 죽었다. 굴원이
죽은 뒤(기원전 278)에 초나라(기원전 1115~223)는 날로 쇠락하여, 겨
우 55년 뒤에 결국은 진나라에 의해서 멸망당하고 말았다.

굴원이 대답하기를 "내가 듣건대,
새로이 머리를 감은 사람은 반드시 관을 털어서 쓰고,
새로이 몸을 씻은 사람은 반드시 옷을 털어서 입는다 했소.
어찌하여 깨끗한 몸으로

더러운 것을 받아들일 수 있겠소.

차라리 상강의 물살에 뛰어들어

물고기의 뱃속에 장사를 지내고 말지.

어찌하여 희디흰 몸으로

세속의 먼지를 뒤집어쓰리오!"

어부는 빙긋이 웃으면서

배 가장자리를 두드리며 떠나가면서 노래를 불렀다.

"푸른 물결의 물이 맑으면,

내 갓끈을 빨면 될 터이고.

푸른 물결의 물이 더러우면,

내 발을 씻으면 될 터인데!"

어부는 마침내 떠나가서, 다시는 함께 말하지 않았다.

屈原曰: "吾聞之, 新沐者必彈冠, 新浴者必振衣. 安能以身之察察, 受
物之汶汶者乎? 寧赴湘流, 葬於江魚之腹中. 安能以皓皓之白, 而蒙
世俗之塵埃乎!" 漁夫莞爾而笑, 鼓枻而去. 乃歌曰: "滄浪之水淸兮,
可以濯吾纓. 滄浪之水濁兮, 可以濯吾足." 遂去, 不復與言.

『초사 · 어부漁父』

위 노래는 『초사 · 어부』의 일부다. 굴원은 자신은 고상하고 순결하
기 때문에 더러운 세상과는 타협할 수 없으므로 차라리 죽겠다고 하
고, 어부는 더러운 세상일지라도 적당히 적응하며 살아가라고 한다.
자신의 꿈과 이상을 추구하며 세상과 맞서며 끝까지 싸워 나아갈 것
인가? 아니면 현실에 적당히 타협하고 적응하며 살아갈 것인가?

『초사』, 고독의 슬픔과 환상문화의 결합

굴원의 작품들은 『초사楚辭』라고 부르는 초나라의 노래모음집에 실려 있다. 이 굴원의 작품들은 고대 중국의 신비주의 계열 학파로 서 양생과 신선의 존재를 믿었던 전한前漢 시기의 회남왕 유안劉安 과 유향劉向 등과 같은 사람들에 의해 전승되었다. 『초사』의 노래들 은, 초나라를 동서로 가로지르는 장강長江을 그 배경으로 한다. 장 강은 청장고원靑藏高原에서 발원하여 짙은 안개가 자욱한 삼협三峽 이라고 하는 깊은 협곡 사이를 흘러 중국의 동해로 흐르는, 전체 길 이가 약6300킬로미터인 긴 강이다. 아마도 이 자욱한 안개 속의 음 습한 장강의 지리적 특징이 초나라 사람들로 하여금 괴기스럽고 환 상적이며 무속적인 상상력을 발동시켰나 보다.

중국 문학사에서 『시경』은 북방의 황하黃河를 지리적 배경으로 국가와 사회의 문제점 및 남녀의 연애 감정을 비교적 진솔한 표현 방법으로 노래한 현실주의 문학 풍격의 민가民歌 모음집이다. 반면 『초사』는 남방의 장강을 지리적 배경으로 개인의 순수한 이상과 사 랑에 대한 열정 및 삶과 죽음에 얽힌 갈등의 심리를 환상적 표현 방 법으로 노래한 낭만주의 문학 풍격의 무가巫歌 모음집이라고 할 수 있다.

『초사』가 표현하려는 것은 무엇일까? 그것은 인간의 '슬픔'이다. 인간이 살아가면서 겪을 수 있는 일 가운데, 가장 슬픈 일은 무엇일 까? 이미 앞에서도 공자의 삶에 대하여 간단히 언급했지만, 부모의 죽음, 배우자의 죽음, 자녀의 죽음을 겪는 것이야말로 한 인간의 삶 에서 가장 슬픈 일일 것이다. 그런데, 이와 동등한 또는 이를 넘어

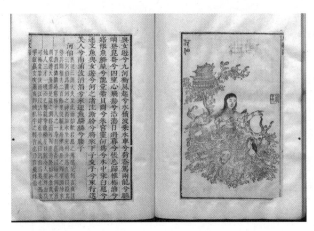

「이소離騷」의 삽화.

서는 또 다른 슬픔이 있다. 바로 자신이 스스로의 선택으로 '자신의 죽음'을 겪는 것이다.

『초사』에 수록된 굴원의 대표작인 「이소」의 작품 성격을 한마디로 정의하자면, 바로 '자살시'라고 할 수 있다. 그런데 그 자살시의 구성이 좀 괴기스럽고 섬뜩하다. 「이소」는 굴원 자신이 태어나서 스스로 목숨을 끊기까지 겪었던 절망감과 고독감을 노래하는 구성으로 이뤄져 있는데, 무당들이 굿판을 벌이면서 원통하게 죽은 이의 넋을 자신의 몸 안으로 불러들여 죽은 이의 원통한 죽음을 사설로 풀어내는 형식과 일치한다.

굴원의 원통한 넋이 부르는 노래의 내용은 다음과 같다. 그는 먼저 자신의 조상에 대하여 밝히면서 자신이 범의 해(寅年), 범의 달(寅月), 범의 날(寅日)에 태어났다고 한다. 개의 해(戌年), 개의 달(戌月), 개의 날(戌月), 개의 시(戌時)에 태어나서 '개를 놓았다'라는 뜻의 이름을 가진 기생 '논개' 또한 범상치 않은 삶을 살았으니, 이들의 비극적 삶은 그들이 스스로 선택하여 결정할 수 있었던 것이 아니라, 어쩌면 태어나면서 이미 결정되어 있었던 것일지도 모른다. 굴원은 태어나면서부터 뛰어난 능력을 갖추고 있었고, 향초를 몸에 두르기를 즐기며 깨끗한 것을 좋아하는 품성을 가지고 있었다.

그러나 그가 사랑하는 임금은 그의 충정을 알아주지 않았다. 그리고 사람들은 그의 단점만을 들추어냈다. 그는 부귀 따위는 관심이 없었고, 아름다운 이름을 세우지 못할까 걱정할 뿐이었다(恐修名之不立). 그는 이슬을 마시며 살면서 오랫동안 굶주려 창백하더라도 슬프지 않았다. 그는 사람은 나면서 제각기 즐기는 바가 있는 법인데, 자신은 홀로 선을 좋아하여 법도로 삼는다고 생각했다(民生各有所樂兮, 余獨好修以爲常).

굴원의 누이는 신화와 역사 이야기를 들면서 아우인 굴원에게 부정한 세상에 맞서는 것은 달걀로 바위치기라며 그를 말리지만, 굴원도 신화와 역사 이야기를 들면서 부정한 무리는 끝이 좋지 않다고 대답한다. 그는 흐느끼면서 자신이 세상과 어울리지 못하는 것을 슬퍼한다. 절망감에 빠진 그는 환각 상태에 빠져서 환상의 세계로 올라간다. 그는 환상의 세계 곳곳을 돌아다니며 천제天帝를 만나고자 했으나 문지기는 문을 열어주지 않았고, 미녀를 만나고자 했으나 중매쟁이는 중매를 서지 않았고, 점쟁이를 만났으나 점쟁이는 "쌍방이 아름다워야만 합쳐지는 법"이라며 다른 방법을 찾으라고 했고, 무당을 찾아갔으나 무당은 늦기 전에 다른 임금을 찾으라고 권했다.

그는 마침내 모든 것을 체념한 채, 좋은 날을 골라 자살하기로 결심했다. 바로 그때 그의 시각은 마비되어 환각으로 컴컴해졌고, 그의 청각은 착각을 일으켜 환청으로 가득해진다. 끝으로 그는 자신이 사랑하는 고국 초나라를 애틋한 눈길로 내려다보면서, 모든 것이 끝났노라(已矣哉!)고 울부짖으며 자살을 한다.

이 노래의 구성은 자신의 탄생이라는 출발점으로부터 자살이라는 종착점까지의 과정을 시간의 순서대로 늘어놓는 직선 구조를 가지고 있다. 그러나 굴원의 죽은 넋이 무당의 몸에 들어와 스스로 어떻게 태어나서 어떤 삶을 살다가 어떻게 죽게 되었는지를 이야기로 풀어간다는 점에서 보면, 종착점이 다시 출발점으로 연결되는 고리 구조를 가지고 있음을 알 수 있다.

그 밖에 『초사』에는 주목할 만한 노래들이 더 있다. 그 가운데 「천문天問」은 하늘에게 묻는 172개의 질문을 잇달아 늘어놓는 구성으로 이루어진 노래다. 그 첫 번째 질문은 이러하다. "묻겠노라. 아득한 태초에는 '우주 천지가 혼돈이었다'고 말하는데, 그 누가 어떻게 그것을 알고서 그런 말을 전하고 말하였단 말인가(邃古之初, 誰傳道之)?" 굴원은 깨끗하고 정당한 자신이 핍박받고 고통받는 삶을 살아야 하고, 더럽고 부정한 세력들이 세상을 주도하는 세태를 도저히 이해할 수가 없었다. 따라서 그는 착한 사람을 지켜주고 악한 사람을 벌준다는 인격적 하늘의 절대적 권위를 인정할 수가 없었다. 그러기에 하늘의 권위를 치받는 이와 같은 질문을 하고 있는 것이다. 그러나 하늘을 향해 외치는 이러한 질문은 역설적으로 하늘의 절대 존재를 인정하는 셈이 된다. 하늘의 존재를 거부할수록 하늘의 존재를 더욱 인정하는 꼴이 되는 모순된 역설, 그것은 비극이다.

굴원은 조국인 초나라에 대한 애정을 임에 대한 사랑으로 표현한다. 국가와 개인의 관계를 조직과 조직원이 아니라, 둘 사이에 정서를 나누는 사적인 관계로 파악하고 있는 것이다. 아울러 임에 대한 사랑은 순수하고 이상적이며, 그 실천은 극단적이고 집요하며, 그 표현은 기괴스럽고 환상적이라는 점에서 남방문화의 대표적인 특징을 오롯이 가지고 있다. 이후 『초사』는 『산해경山海經』 및 『장자莊子』 등과 더불어 신비주의 색채가 짙은 중국 환상문학의 밑거름이 되어 후대 작품들에 깊은 영향을 끼친다.

저의 집은 가로지른 둑에 있구요,

붉은 깁이 드리워진 방에는 계수나무 향내가 가득하지요.

푸른 구름 틀어 올려 머리타래 삼았구요,

밝은 달을 떼어다가 귀고리를 만들었죠.

연꽃 향내 머금은 바람이 일어나야,

강가에는 봄이 내리지요.

긴 둑 위 이곳,

북으로 가려는 손님 머물게 하지요.

당신은 잉어의 꼬리를 잡수세요,

저는 오랑우탄의 입술을 먹겠어요.

양양으로 뻗은 길은 가리키지도 마세요,

푸르른 강어귀에 돌아오는 돛단배는 드무니까요.

오늘 보신 창포 꽃 어여쁘지만,

내일 아침이면 단풍은 벌써 늙어버리잖아요.

妾家住橫塘, 紅紗滿桂香. 靑雲敎綰頭上髻, 明月與作耳邊璫.

蓮風起, 江畔春. 大堤上, 留北人.

위 시는 중당中唐 시기 시인 이하(790~816)의 작품이다. 둑 가에서
몸을 팔며 살았던 창녀가 귀신이 되어 길가는 나그네를 홀리며 부
르는 노래다. "당신은 잉어의 꼬리를 잡수세요, 저는 오랑우탄의 입
술을 먹겠어요"라는 뜻을 알 수 없는 노랫말은 변태적이면서도 환
상적이며, 소름 돋을 정도로 아름다워서 현대적이다. 이하가 빚어
낸 '귀신의 변태적인 노래가 울려 퍼지는 환상세계'는 굴원이 빚어
냈던 「이소」의 신비스러운 환상세계로부터 영향을 받은 것이다.

가장 좋은 날, 가장 쓸쓸한 죽음

굴원의 자살과 단오절은 도대체 무슨 관계가 있는 것인가? 굴원은
자살하기 전에 자살하기에 좋은 날짜를 고른다. 그가 고른 날이 바
로 음력 5월 5일이었다. 그런데 점치는 책인 『주역周易』에 따르면,
홀수는 양수陽數에 해당하고 짝수는 음수陰數에 해당한다. 양의 기
운이 달과 날로 겹치는 날이 길일吉日이 된다. 음력 1월 1일인 설날
춘절春節, 3월 3일인 상사절上巳節, 5월 5일인 단오절端午節, 7월 7일
인 칠석절七夕節, 9월 9일인 중양절重陽節은 모두 양의 기운이 넘치
는 길일인 셈이다. 따라서 굴원이 생명을 끊으려고 고른 자살의 날
은, 하늘과 땅에 양의 기운이 겹쳐 넘쳐나서 다른 모든 생명체가 온

쫑즈.

몸으로 그 양의 기운을 받으려고 약동하는 그런 날이었다. 그는 살아 있는 동안 사랑하는 이한테 내쳐진 채 내내 고독했고, 죽는 날조차도 다른 생명체들과 어울리지 못한 채 끝내 고독하게 자신의 생명을 끊어야만 했다.

　중국 사람들에게는 단오절이 되면, 쫑즈粽子라고 부르는, 대나무잎이나 갈댓잎에 찹쌀과 고기나 달걀노른자 등을 넣어 싸서 삼각형으로 묶은 후 찐 떡을 먹거나 이를 강물에 던지는 풍속이 있다. 이런 풍속은 어떻게 생긴 것일까? 굴원은 더러운 세상과 타협하고 살아가느니, '차라리 물고기 뱃속에 장사를 지내겠노라'며 멱라강에 몸을 던져 죽는다. 사람들은 물고기들이 그의 시신을 뜯어 먹는 것을 안타깝게 생각했기 때문에, 물고기들이 굴원의 시신을 대신하여 이 떡을 먹기를 바라는 마음으로 이 쫑즈라는 떡을 강물에 던졌고, 그 뒤로 단오절이 되면 이 떡을 먹음으로써 굴원의 죽음을 기리게 되었다고 한다. 단오절이 되면 강물 위에서 용선龍船 경기를 벌이는 것도 강물에 몸을 던져 죽은 굴원을 기리는 것이라고 한다. 그러나 쫑즈와 용선 경기는 단오절의 습속일 뿐이지, 이 습속이 구체적으로 굴원과 어떤 관계가 있는지는 분명하지 않다.

생각할 거리

1.

2016년을 기준으로 한국인의 자살률은 12년째 경제협력개발기구OECD 국가 가운데 1위를 차지하고 있다. 10~30대 사망 원인의 1위는 자살이고, 40~50대 사망 원인 2위도 자살이다(통계청 '2016년 사망 원인 통계'). 그런데 자살을 바라보는 시선에는 두 가지의 대립적 시선이 존재한다. 하나는 자살을 '자기 살인'으로 보며 극단적으로 '혐오'하는 것이고, 다른 하나는 자살을 불쌍하고 가련하게 여기며 '동정'하는 것이다. 자살을 혐오하는 태도는 사람들로 하여금 자살에 대해 부정적인 인식을 심어주어 사람들이 자살하지 않도록 교육하는 효과를 낼 수도 있겠지만, 오히려 자살한 사람의 정서 상태를 이해하는 데에는 부족한 측면이 있다. 자살을 동정하는 태도는 자살한 사람의 정서 상태를 이해하여 자살을 방지하는 대책을 세우는 데 도움을 줄 수도 있겠지만, 오히려 사람들로 하여금 자살에 대해 긍정적 인식을 심어주어 사람들에게 자살을 부추기는 효과를 낼 수도 있을 것이다. 우리는 '자살'을 어떻게 이해해야만 할까?

2.

2005년 강릉단오제가 유네스코 인류무형문화유산으로 등재되었다. 그런데 이에 대해 일부 중국인들은 한국이 중국의 단오제를 훔쳐갔다고 주장한다. 한편 중국에서는 중국에 거주하는 조선족의 농악무Farmers' dance of China's Korean ethnic group를 2009년 인류무형문화유산에 등재했다(「강릉단오가 중국단오를 훔쳤다고?」, 『오마이뉴스』, 2010-07-10). 2011년에는 중국에서 연변 길림성 조선족의 〈아리랑〉을 중국의 국가무형문화유산으로 등재했고, '아리랑'을 유네스코에도 등재하려고 시도했기에, 한국에서도 이에 맞서 2012년 〈아리랑〉을 유네스코 인류무형문화유산으로 등재했다. 한국의 강릉단오제는 중국의 단오제를 훔쳐간 것인가? 중국의 주장처럼 〈아리랑〉은 중국 조선족 문화의 일부라고 할 수는 없는가? 무형의 문화유산을 유네스코에 자기 국가의 문화유산으로 지정하려는 문화전쟁을 어떻게 이해해야 하는가?

키워드 | #굴원 #초사 #이소 #환상문화 #단오 #전국칠웅

함께 읽은 책들

사마천, 정범진 외 역, 『사기열전-상』, 까치, 서울, 1995.

선정규, 『장강을 떠도는 영혼』, 신서원, 서울, 2000.

장기근, 하정옥 역, 『新譯屈原』, 명문당, 서울, 2003.

김인호, 『초사와 무속』, 신아사, 서울, 2001.

朱熹 撰, 『楚辭集注』, 上海古籍出版社, 安徽教育出版社, 上海, 2001.

제5강

처음 하나가된 중국

ᴄ

진시황과 통일제국

천하를 가진 자의 슬픈 가족사

진시황秦始皇(기원전 259~210)은 진秦나라 장양왕莊襄王(기원전 281~247)과 조희趙姬의 아들이다. 진시황의 이름은 정政이고, 성姓은 조趙다. 중국을 역사적으로 최초로 통일한 인물이다.

누구나 한번쯤은 진시황이 부러워서, 그처럼 살고 싶다고 생각했던 적이 있을 것이다. 이른바 천하를 가진 자, 갖고 싶은 모든 것을 가질 수 있고, 하고 싶은 모든 일을 할 수 있는 자, 그래서 그 누구보다도 행복할 것 같은 존재인 황제. 그의 가정사를 살펴보자.

그의 전기는 『사기』의 「진시황본기秦始皇本紀」와 「여불위전呂不韋傳」과 「이사전李斯傳」 등에 실려 있다. 그의 아버지 장양왕은 진나라의 볼모로 조나라에 머물고 있었다. 그즈음 진나라와 조나라 사이에 크고 작은 전쟁이 자주 벌어졌으므로, 그는 언제 죽을지도 몰랐고, 생활마저 곤궁했다. 이때 대상인이었던 여불위呂不韋가 조나라 수도인 한단邯鄲으로 물건을 사러 갔다가 그를 만났다. 여불위는 그를 보자, "이 진귀한 재화는 사서 둘 만하다"라면서 그에게

투자가치가 있음을 알아차렸고, 그를 진나라의 계승자로 만들고자 했다. 장양왕은 여불위가 열어준 술잔치에서 여불위의 첩을 보고 반하여 그녀를 아내로 맞이했다. 그러나 그녀는 이미 여불위의 씨를 밴 상태였다. 여불위와 그녀는 장양왕에게 이 사실을 숨겼고, 그녀는 마침내 진시황을 낳았다.

　진시황은 조나라 수도인 한단에서 태어나 어린 시절을 보냈다. 아버지 장양왕이 먼저 진나라로 들어가 왕위 계승 쟁탈전의 경쟁자였던 20여 명의 형제들을 제치고 왕위에 오르면서, 진시황은 여덟 살 무렵에 어머니인 조희와 함께 조나라를 탈출하여 진나라로 들어갔다. 아버지 장양왕이 죽자, 그는 열세 살에 진왕秦王에 올랐다. 그는 나이가 어렸으므로, 여불위가 상국相國으로 있으면서 정권을 틀어쥐었다. 그때 진시황은 여불위를 둘째아버지라는 뜻의 중부仲父라고 불렀다.

　이때 여불위는 지난날의 첩이었던 진시황의 어머니 조희와 몰래 간통하는 사이였다. 여불위는 이즈음 식객食客들을 그러모아 『여씨춘추呂氏春秋』를 짓게 했고, 한 글자라도 더하거나 뺄 수 있는 자에게는 천금을 주겠다고 널리 알렸다. 진시황이 차츰 장성해가는데도, 진시황의 어머니 조희는 여불위에게 육체적 관계를 계속 요구했다. 여불위는 두 사람의 관계가 발각될까 두려워서, 조희에게 매우 특별한 능력을 가진 노애嫪毐라는 남자를 바쳤다.

　노애는 음경에 오동나무 수레바퀴를 달고서도 걸을 수 있을 만큼 음경이 컸고, 성적인 능력과 기술이 뛰어났다. 조희는 노애를 총애하여 그를 환관으로 꾸며 동거했다. 그 두 사람 사이에는 아들 둘이 태어났다. 그러자 이들은 진시황이 죽으면 자신들이 낳은 아들

〈아방궁도阿房宮圖〉. 청나라 화가 원요袁耀가 아방궁을 상상해서 그렸다.

을 후계자로 삼겠다는 야욕을 부렸다. 이 일은 마침내 발각되었고, 이들은 반란을 일으켰다. 진시황은 반란을 진압하여 노애의 삼족을 깡그리 죽이고, 어머니가 낳은 배다른 동생 둘마저도 죽여버렸다. 그리고 어머니를 먼 곳으로 추방했다가 다시 황궁으로 불러들여 연금하고, 여불위를 면직한 다음 압박하여 자살하게 했다.

진시황이 죽자 그의 아들인 호해胡亥는 진시황의 큰아들이자 자신의 큰형인 부소扶蘇를 죽이고서 2세 황제의 자리에 올랐다. 호해는 이어서 자신의 정치적 경쟁자이자 형제자매인 공자 12명을 함양의 시장바닥에서 죽였으며, 공주 10명을 사지를 찢어 죽여버렸다. 그러나 호해도 또한 환관 조고趙高한테 압박을 받아 자살했다. 진시황의 손자이자 호해의 조카인 자영子嬰이 호해의 뒤를 이었으나, 그 또한 항우項羽에게 살해당했다.

진시황은 천하를 가졌지만, 가정사는 불우했다. 그는 자신의 실제 아버지가 여불위였음을 알았던 것 같고, 자신의 어머니가 매우 난잡한 남자관계를 즐기는 여인이라는 것도 알았다. 중국의 후대 여느 황제와는 달리, 진시황이 여성에 대하여 깊은 관심을 갖는 기록을 보기 어려운 것은 어쩌면 난잡한 남자관계를 즐겼던 어머니를 싫어한 탓인지도 모른다. 그는 반란을 일으킨 이복동생들을 죽였으며, 자신의 자녀들은 자신의 아들인 호해한테 모두 살해되었고, 그의 핏줄이 삼대를 넘기지 못하고 모두 살해되었다. 그의 삶은 결코 부러워할 만한 삶은 아니었다.

(진시황이 죽자) 진시황의 관을 온량거輼輬車(창문을 열면 시원하고 닫으면 따뜻해지는, 누울 수 있는 수레)에 싣고 예전에 총애받던 환관으로 하여금 함께 타게 하여, 이르는 곳마다 황제에게 음식을 올렸으며, 신하들이 예전과 다름없이 국사國事를 상주하면 환관이 수레 안에서 상주된 일을 허가하였다. 오직 호해와 조고 및 총애받던 환관 오륙 명 정도만 황제가 죽은 사실을 알고 있었다. … 때마침 여름철이어서 황제의 온량거에서 시신이 썩는 악취가 나자, 수행관원에게 소금에 절여서 말린 생선 1석石을 수레에 싣게 하여 시신의 악취와 어물의 냄새를 구분하지 못하게 하였다. … 옛날 진시황이 처음 즉위하여 여산에 치산治山 공사를 벌였는데, 천하를 통일한 뒤에는 전국에서 이송되어온 죄인 70만여 명을 시켜서 깊이 파게 하고 구리물을 부어 틈새를 메워서 외관을 설치했으며, 모형으로 만든 궁관宮觀, 백관百官, 기기奇器, 진괴珍怪들을 운반해서 그 안에 가득 보관하였다. 장인匠人에게 명령하여 자동으로 발사되는 활과 화살을 만

들어놓고 그곳을 파내어 접근하는 자가 있으면 그를 쏘게 하였으며, 수은水銀으로 백천百川, 강하江河, 대해大海를 만들고, 기계로 수은을 주입하여 흘러가도록 하였다. 위에는 천문天文의 도형을 장식하고 아래는 지리地理의 모형을 설치했으며, 인어人魚의 기름으로 양초를 만들어 오랫동안 꺼지지 않도록 하였다. 2세 황제가 말하기를 "선제의 후궁後宮들 가운데 자식이 없는 자를 궁궐 밖으로 내쫓는 것은 옳지 않다"라고 명령을 내려서 모두 순장해버리니 죽은 자가 매우 많았다. 매장이 끝나자 어떤 사람이 말하기를 장인匠人이 기계를 만들었고, 그 일에 참여한 노예들도 모두 그것을 알고 있는데 그들의 숫자가 많아서 누설될 것이라고 하였다. 장중한 상례가 끝나고 보물들도 이미 다 매장되자 묘도墓道의 가운데 문을 폐쇄하고, 또 묘도의 바깥문을 내려서 장인과 노예들이 모두 나오지 못하게 폐쇄하니 다시는 빠져나오는 자가 없었다. 묘지 바깥에 풀과 나무를 심어서 묘지가 마치 산과 같았다.

棺載輼涼車中, 故幸宦者參乘, 所至上食. 百官奏事如故, 宦者輒從輼涼車中可其奏事. 獨子胡亥, 趙高及所幸宦者五六人知上死. … 會暑, 上輼車臭, 乃詔從官令車載一石鮑魚, 以亂其臭. … 始皇初卽位, 穿治酈山, 及幷天下, 天下徒送詣七十餘萬人, 穿三泉, 下銅而致槨, 宮觀百官奇器珍怪徙臧滿之. 令匠作機弩矢, 有所穿近者輒射之. 以水銀爲百川江河大海, 機相灌輸, 上具天文, 下具地理. 以人魚膏爲燭, 度不滅者久之. 二世曰. 「先帝後宮非有子者, 出焉不宜.」 皆令從死, 死者甚衆. 葬旣已下, 或言工匠爲機, 臧皆知之, 臧重卽泄. 大事畢, 已臧, 閉中羨, 下外羨門, 盡閉工匠臧者, 無復出者. 樹草木以象山.

『사기 · 진시황본기』

이 글은 진시황의 죽음을 기록하고 있는 『사기 · 진시황본기』의 일부다. 사마천은, 먼저 진시황이 죽자 그의 죽음을 비밀리에 부쳐 시신을 어물魚物과 함께 옮겼다는 사실을 기록했다. 다음으로 그의 무덤은 더할 나위 없이 사치스러웠으며, 후궁들은 그의 아들에 의해서 살해되었다는 사실을 기록하고 있다. 중국 역사상 최대의 권력을 누렸던 그의 죽음이 가지는 초라함과 사치스러움을 극도로 대비해놓음으로써, 삶의 허망함을 두드러지게 드러내고 있다. 그런데 사마천은 그 당시에 아무도 몰랐던 국가 최고 기밀에 속하는 이 사실들을 어떻게 알고서 기록했던 것일까?

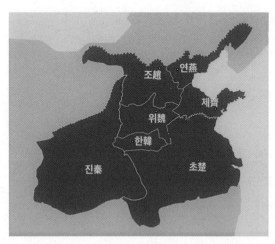

전국칠웅.

병마용兵馬俑의 신발 밑창 모습. 앞쪽과 가운데
와 뒤쪽의 마찰기능을 달리하기 위하여 울퉁불퉁
한 돌기 형태를 다르게 제작했음을 알 수 있다.

처음으로 하나의 제국을 만들다

진시황의 최대 업적은 중국 역사상 최초로 중국을 통일했다는 점이
다. 진시황은 기원전 230년부터 기원전 221년까지 10년 동안 한韓
나라 → 조趙나라 → 위魏나라 → 초楚나라 → 연燕나라 → 제齊나
라 등 여섯 나라를 무력으로 멸망시키고 중국을 통일했다. 그는 이
로써 춘추전국시대春秋戰國時代(기원전 770~221) 500여 년 동안 제
후諸侯들이 할거하여 전쟁을 벌이던 국면을 끝내고, 중국 역사상
최초로 군주중앙집권국가君主中央集權國家를 건립했다. 천하를 통
일했을 때, 그는 서른아홉 살이었다.

그는 중국 역사상 최초로 '황제皇帝'라는 칭호로 스스로를 부르
게 했다. 지방을 통치하는 데 있어서 분봉제分封制를 폐지하고 군현
제郡縣制를 실시하여, 중국을 36개 군郡으로 나눠 행정 관원을 두
어 천하를 통치했다. 수도 함양咸陽에 전국의 병기를 모아놓고, 그

서안西安 지역에서 발굴된 병마용을 진시황 병마용으로 부르고 있지만, 이들 병마용이 정확히 진시황의 병마용이라는 결정적 증거는 아직 나오지 않았다고 한다.

것을 녹여서 12개의 동인상銅人像을 만들었는데, 그 무게가 저마다 1000석石(약 30톤)으로 모두 궁전 안에 놓아두었다. 법가를 제외한 유가를 비롯한 제자백가의 서적들을 폐기해서 백성들을 어리석게 만들었다. 법률과 도량형을 통일하고 수레의 궤 폭을 통일했으며, 문자의 서체를 통일했다. 그는 다섯 차례에 걸쳐 전국을 돌았고, 역사상 실존 인물로는 최초로 태산泰山에 올라, 자신이 황제가 되었음을 하늘과 땅에 아뢰는 제사인 봉선封禪 의식儀式을 거행했다. 위수渭水의 남쪽에 아방궁阿房宮을 지었는데, 전전前殿의 동서 너비는 500보步(693미터)이고 남북의 길이가 50장丈(115.5미터)으로 위쪽에는 1만 명이 앉을 수 있었고, 구름다리를 만들어 아방에서 위수를 건너 함양에 이를 수 있게 했다.

그는 역사적으로 지금에 이르기까지 중국인들에게 중국의 영토

규모를 하나의 통일된 국가정권이 통치할 수 있다는 의식을 심어주었다. 그는 국가권력이 통치자인 황제 1인에게 집중되는 중앙집권제도를 채택했으며, 중앙정부가 군현으로 나누어진 지방정부를 통제하는 통일대제국의 통치시스템을 최초로 구축했다.

제가 들건대, 땅이 넓으면 곡식이 많게 되고, 나라가 크면 백성이 많으며, 병력이 강하면 병사가 용감해진다고 합니다. 태산泰山은 한 줌의 흙도 양보하지 않았으므로 그 높음을 이룰 수 있었던 것이며, 하해河海는 작은 물줄기도 가리지 않았으므로 그 깊음을 이룰 수 있었던 것입니다. … 무릇 진나라에서 생산되지 않은 물건들 가운데 보배로운 것이 많으며, 진나라에서 태어나지 않은 인재들 가운데 충성을 바치려는 자가 많습니다.

臣聞地廣者粟多, 國大者人衆, 兵彊則士勇. 是以太山不讓土壤, 故能成其大; 河海不擇細流, 故能就其深, … 夫物不産於秦, 可寶者多; 士不産於秦, 而願忠者衆.

「외국인 관원을 쫓아내서는 안 됩니다(諫逐客書)」, 『사기·이사전』

이 글은 이사李斯가 진시황에게 바친 「외국인 관원을 쫓아내서는 안 됩니다」의 일부다. 당시 진나라에는 외국에서 온 사람들이 진나라 관원이 되어 국가 정책에 참여하면서 진나라의 국력을 소모해 국가 발전에 부정적 영향을 끼친 사례가 있었으므로, 외국인 관원들을 진나라 밖으로 쫓아내야 한다는 의견이 들끓었다. 이사는 초나라 사람이었으므로, 쫓겨날 관원의 대상에 들었다. 이사는 진나

라가 부국강병하려면 외국인 인재를 오히려 적극적으로 끌어안아
야 한다는 주장을 펼쳤고, 그의 주장은 받아들여졌다.

생각할 거리

역사상 최초로 중국을 통일한 왕조는 진나라이며, 중국을 가리키는 'China'라는 말도 '진秦'에서 나왔다고 한다. 그런데 중국 사람들은 왜 스스로를 진족秦族으로 부르지 않고, 제2대 통일왕조인 한漢의 국호를 따라 한족漢族으로 부르는 걸까?

중국인들은 스스로 중국中國을 통일적統一的 다민족국가多民族國家로 정의하고 있다. 중국이 주장하는 이러한 통일적 다민족국가 관념을, 조화와 안정이라는 긍정적 측면과 폭력과 패권이라는 부정적 측면에서 논의해보도록 하자.

현재 세계적으로 많은 국가들이 이질적 문화를 가진 외국인들에 대하여 배타적인 행정조치를 취하려는 경향이 높아지고 있다. 이는 우리나라도 예외는 아니다. 외국인을 받아들이는 것이 해당 국가의 부국강병에 유리한 것일까, 불리한 것일까? 어떠한 원칙과 태도로 외국인을 받아들여야만 하는가? 외국인은 자신이 머무르고 있는 국가에서 어떻게 행동해야만 할까?

키워드 | #진시황 #진 왕조 #통일제국 #여불위 #China #진시황릉

함께 읽은 책들

사마천 원저, 이인호, 『사기열전』, 천지인, 서울, 2009.

사마천, 정범진 외 역, 『사기』, 까치, 서울, 1995.

장펀텐, 이재훈 역, 『진시황 평전』, 글항아리, 서울, 2009.

제6강

통일제국의 파괴자들

ᥩ

조고·진승과 제국의 분열

통일과 분열이 반복되는 역사?

명明나라 나관중의 소설 『삼국연의三國演義』는 "천하의 대세란 나누어진 상태가 오래되면 반드시 합쳐지고, 합쳐진 상태가 오래되면 반드시 나누어지게 되는 법이다"라는 이야기로 시작한다. 이것은 중국 역사가 통일과 분열을 반복하는 역사라는 실제적인 사실을 드러내기보다는 하나의 역사관을 제시하는 말일 터이다. 중국 역사의 흐름은 한족과 이민족이 황하와 장강 일대의 토지를 차지하려고 서로 다투는 역사라고 바라볼 수도 있을 것이며, 절대다수의 인민은 억압된 상태에 놓인 채 특정의 무장 세력이 돌아가며 정권을 장악하는 역사라고 바라볼 수도 있을 것이다. 아울러 나관중의 위의 관점은 중국의 영토(천하)를 하나의 고정된 무대로 전제하고 있고, 아무리 분열되더라도 마침내 통일될 것이라는(후한 → 삼국 → 진晉) 주관적 바람이나 의지가 배어 있는 역사관이다.

어쨌든 '중국의 역사는 통일과 분열이 반복되는 역사'라는 관점을 일단 전제로 받아들이면, 통일제국에는 반드시 통일된 상태를 파괴하는 두 가지 세력이 있어왔다. 하나는 정권 내부의 파괴 세력이고, 또 다른 하나는 정권 외부의 파괴 세력이다. 중국의 역사에서 정권 내부의 파괴 세력은 환관과 외척 세력이었고, 정권 외부의 파괴 세력은 농민 반란 세력과 이민족 세력이었다고 볼 수 있다.

중국 역사상 최초로 통일을 이룬 진제국秦帝國(기원전 221~207)은 겨우 14년 동안 통일 상태를 유지했을 뿐이다. 이 통일 진제국을 파괴한 세력은 북방의 이민족인 흉노족이 아니었다. 통일 진제국을 파괴하는 데에는, 정권 내부적으로는 바로 통일 진제국의 건설을 주도했던 여불위와 이사가 조연의 역할을 했고, 2세 황제 호해의 브레인이었던 조고가 주연의 역할을 했으며, 정권 외부적으로는 농민 반란군의 우두머리였던 진승陳勝이 도화선이 되었고, 항우와 유방劉邦이 그 뇌관을 터뜨려 진제국을 파괴했다고 할 수 있다.

여불위는 통일제국이 성립하기 전에 통일제국 건설을 주도한 인물이다. 그는『여씨춘추』를 편찬하여 정치·경제·사상·문화적으로 제국을 건설하기 위한 이론적·사상적 기초를 마련했으며, 다른 나라들과의 정복 전쟁을 기획하여 영토를 개척했다. 또한 정국거鄭國渠 등 사회 기반시설을 확충하여 농업 생산력을 높였고, 널리 인재를 그러모아서 통일에 필요한 사회경제적 기반을 마련한 인물로 평가할 수 있다.

그와 달리 이사는 통일제국 성립 후에 여불위가 닦아둔 기반 위에서 통일제국이라는 건물을 구축한 인물이다. 통일제국의 통치시스템을 견실히 하고,『시경』과『서경』, 그리고 제자백가의 서적을 폐기하고, 도량형과 문자를 통일하고, 전국적인 도로망을 구축하여 통일 이후에 본격적인 통일 작업을 주도하고 완성한 사람은 바

진시황의 〈역산각석嶧山刻石〉. 진나라의 7각석 가운데 하나다. 이사가 통일한 문자 서체인 소전체小篆體로 쓰여 있다. 이사는 군현제도의 확립, 도량형 설정, 사상의 통일 등의 작업을 모두 주도했다.

로 그였다. 이사에게는 조고의 진시황 유서 조작 음모에 가담하는 데 끝내 동의할 수밖에 없었던 이유가 있었다. 과거에 자신을 진시황에게 추천해준 사람이 조고였던 이유도 있었지만, 그가 직접 통일 진제국의 주요 시스템을 만들었기 때문에 그 시스템의 취약점, 즉 법가사상을 바탕으로 하여 모든 국가권력을 황제 1인에게 집중해놓아 황제 부재 시 행정 결재 시스템이 작동하지 않게 되면 국가 통치가 파국을 맞아 붕괴될 위험이 있다는 점을 그는 누구보다도 잘 알고 있었다.

조고야말로 정권 내부에서 통일 진제국의 파괴를 주도한 인물이다. 그는 세 차례나 진제국의 정변을 기획·실행했다. 그는 1차로 진시황의 유서를 조작하여 진시황의 후계자를 호해로 바꿔치기 했고, 2차로 호해를 망이궁에서 자살하게 했고, 3차로 스스로 황제의 자리에 오르려고 했다. 앞의 두 번의 쿠데타는 성공했으나, 세 번째 쿠데타는 실패했다.

`진승은 정권 외부에서 통일 진제국의 파괴를 처음으로 이끌었던 인물이다. 그는 본디 날품팔이였으나 "왕과 후와 장군과 재상의 씨가 어찌 따로 있겠는가!"라고 주장하며, 중국 역사상 최초의 농민 반란군의 우두머리로서 하나의 국가를 세우고 스스로 왕의 자리에 올랐다. 그의 뒤를 이어서 일어난 항우와 유방은 어쩌면 겉모습을 달리하는 진승에 지나지 않을지도 모른다.

세 번의 쿠데타, 조고의 국정농단

조고(기원전 ?~207)는 진시황과는 같은 집안의 먼 친척으로, 통일 진제국 2세 황제인 호해 때에 승상丞相을 지냈다. 중국 역사상 최초의 통일 국가였던 진나라를 내부로부터 파괴한 인물이다.

그는 거세를 당한 환관으로서, 능력이 뛰어나고 형법에 능통하여 진시황의 신임을 얻어 황제의 차량을 담당하는 관직인 중거부령中車府令을 지냈다. 그는 진시황의 열여덟째 아들인 호해를 섬기며 그에게 판결하는 법을 가르쳤다. 조고는 진시황이 다섯 번째 순행을 할 때, 호해를 모시고 함께 수행했다. 진시황은 사구沙丘에 이르러 병이 악화되자, 조고를 시켜 변경에 있던 첫째 아들인 부소扶蘇에게 장례를 맡긴다는 글을 보내게 한 다음 세상을 떴다. 그런데 그 글과 옥새는 모두 조고가 지니고 있었고, 오직 열여덟째 아들인 호해, 승상인 이사, 중거부령인 조고, 환관 대여섯 명만이 진시황의 죽음을 알았다. 이사는 황제가 순행 중에 죽은 데다가 정식 태자가 책봉되지 않았음을 고려해서 진시황의 죽음을 비밀에 부쳤다. 이들은 진시황의 유해를 온량거 속에 넣어둔 채로 백관들이 정사를 아뢰고

진시황이 다섯 번째 순행을 할 때, 조고는 호해를 함께 모시고 수행했다. 진시황병마용박물관에 전시된 마차.

식사를 올리는 것을 예전처럼 계속하게 했다. 그리고 환관이 온량 거 안에서 여러 국사를 결재했다.

조고는 진시황의 첫째 아들인 부소를 곁에서 돕는 장군 몽염蒙恬 과 사이가 좋지 않았으므로, 부소가 다음 황제가 되면 자신이 배척 당할 것이라고 생각했다. 이에 조고는 호해와 이사를 설득하여, 쿠 데타를 시도했다. 세 사람은 공모하여 진시황이 내린 조서를 받았 다고 날조하고, 호해를 태자의 지위에 오르게 했다. 그리고 맏아들 부소에게는 자결하라는 명령의 조서를 보내 부소를 죽였고, 자살을 거부한 몽염은 체포했다. 아울러 조서를 내려 미래의 정치적 경쟁 자들인 자신의 형제자매 20여 명을 죽였다. 법령과 형벌을 가혹하 게 하면서, 반란을 일으키려는 자들이 많아졌다.

이사의 아들 이유李由는 삼천군三川郡 군수로 있었는데, 이곳을 지나가던 진승과 오광의 반란군을 저지하지 못했다는 이유로 이 사는 여러 번 심문을 받았고, 그의 입지는 갈수록 좁아졌다. 조고 는 2세 황제를 정치 업무로부터 격리시키면서 쾌락에 빠져들게 했으며, 이사가 2세 황제를 만나는 것도 허락하지 않았다. 이사는 2세 황제에게 글을 올려 조고가 변란을 일으킬 것이라고 경고했으나, 2세 황제는 오히려 이사를 조고에게 넘겨 그를 투옥하고 모반죄로 심문하게 했다.

이사는 고문의 고통을 못 이겨 허위로 자백하고 말았다. 이사는 얼굴에 먹물로 글씨를 새기는 경형黥刑과, 코를 베어내는 의형劓刑과, 다리를 절단하는 비형剕刑과, 생식기를 도려내는 궁형宮刑과, 도끼로 머리통을 쪼개는 대벽大辟이라는 다섯 가지 형벌을 모두 받은 다음에 함양의 시장바닥에서 작두로 허리를 자르는 요참형腰斬刑을 받아 죽었고, 그의 삼족三族은 모두 사형을 당했다. 이사가 죽자 견제할 세력이 없어진 조고는 국가 권력을 오로지하면서 2세 황제를 망이궁望夷宮으로 가서 살게 했다. 조고는 한편으로 몰래 병사들에게 흰옷을 입혀 망이궁 안으로 쳐들어가게 한 다음, 2세 황제에게는 반란군이 쳐들어왔다고 보고했다. 조고는 2세 황제를 위협하여 그를 자살하게 했다.

조고가 옥새를 손에 넣고 황제의 복장을 했는데, 좌우의 백관들이 아무도 따르지 않았고, 궁전에 올랐으나 궁전이 세 번이나 무너지려고 했으므로 어쩔 수 없이 황제의 자리에 오르지 못하고, 진시황의 손자인 자영을 불러 옥새를 넘겨줬다. 자영은 황제의 자리에 오르자, 조고가 두려웠으므로 병을 핑계대고 자리에 누웠다. 조고가 자영에게 병문안 갔을 때, 자영의 명령을 받은 심복들이 조고를 죽였고, 그의 삼족을 깡그리 죽여버렸다. 자영이 황제의 자리에 오른 지 석 달 만에 유방의 군대가 함양으로 쳐들어왔다. 자영은 처자와 더불어 옥새가 달린 끈을 자신의 목에 걸고서 유방의 군대에 항복했다. 자영은 나중에 함양으로 들어온 항우한테 목이 베여 죽었다. 이에 통일 진제국은 중국 역사상 최초로 통일을 이룬 지 14년 만에 멸망하고 말았다.

조고는 반란을 일으키고 싶었지만, 여러 신하들이 자신의 말을 듣지 않을까 두려웠다. 이에 먼저 이들을 시험하기로 하였다. 사슴을 가져다가 2세 황제에게 바치며 말하였다. "말이옵니다." 2세 황제가 웃으며 말하였다. "승상이 잘못 말한 것 아니오? 사슴을 가리켜 말이라고 하다니요." 그러고는 곁에 있던 신하들에게 물었다. 곁에 있던 신하들 가운데 어떤 이는 아무 말을 하지 않았고, 어떤 이는 말이라고 말하며 조고에게 알랑거렸다. 어떤 이는 사슴이라고 말하였는데, 조고는 사슴이라고 말한 사람들을 뒤에서 몰래 법으로 얽어 넣었다. 이러한 일이 있은 다음부터, 군신들은 모두 조고를 무서워하였다.

趙高欲爲亂, 恐群臣不聽, 乃先設驗, 持鹿獻於二世, 曰: "馬也." 二世笑曰: "丞相誤邪? 謂鹿爲馬." 問左右, 左右或黙, 或言馬以阿順趙高. 或言鹿(者), 高因陰中諸言鹿者以法. 後群臣皆畏高.

『사기·진2세본기』

위 내용은 '지록위마指鹿爲馬', 즉 '사슴을 가리켜 말이라고 하다'는 성어의 출전으로, 윗사람과 아랫사람들을 농락하여 권세를 휘두르는 조고의 행동을 가리킨다. 우리나라에서는 아무런 관직에도 있지 않았던 최순실이 박근혜 대통령의 권력을 등에 업고 국가권력을 제멋대로 휘두르다가 구속된 일이 있다. 이는 '호가호위狐假虎威' 즉 '여우가 범의 위엄을 빌려 세도를 부린다'는 성어에 들어맞는 일일 것이다. 참으로 세상은 동물의 왕국이다.

왕후장상이 어찌 따로 씨가 있겠는가!

진승(기원전 ?~208)은 과거 춘추시대 진陳나라 땅이었던 양성陽城 사람으로 자는 섭涉이다. 진나라 말기에 농민 반란을 일으킨 우두머리다. 그는 오광吳廣과 함께 대택향大澤鄕(지금의 안휘安徽 숙주宿州 서남쪽)에서 반란을 일으켰다. 그는 중국 역사상 최초로 장초張楚라는 농민 정권을 수립했다.

진승은 날품팔이였다. 남들이 불러주어야만 노동력을 제공하고 입에 풀칠이나 하는 일용직 머슴이었다. 어느 날 진승은 남의 밭에 불려 나가 일을 하다가 문득 괭이를 놓고 길게 한숨을 내쉰 뒤에 동료들에게 이렇게 말했다. "여보게. 앞으로 잘나가게 되더라도 서로 잊지 않도록 하세!" 동료가 대꾸했다. "날품팔이 주제에 무슨 헛소리를 지껄이는 거야." 진승이 한숨을 내쉬더니 말했다. "참새가 어찌 기러기의 뜻을 알겠는가!"

진승과 오광은 진秦나라의 통치 시기에 둔장屯長으로 임명되어 작은 규모의 군대를 이끌고 지금의 베이징 지역으로 수자리를 살러 가는 길이었다. 그런데 큰비가 계속 내리고 도로가 끊겨서 나아갈 수가 없었다. 정해진 기한을 지키지 못하면 처형을 당했으므로, 이들은 어쩔 수 없이 인솔하던 군관을 죽이고 900명의 신병을 이끌고 반란을 일으켰다. 진시황이 죽은 지 1년 뒤인 기원전 209년의 일이

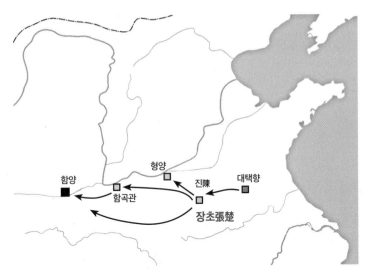

진나라 말기 진승과 오광의 반란군 공격 노선도. 대택향에서 반란을 일으켜 '장초'라는 중국 역사상 최초의 농민 정권을 수립했다. 그 세력이 크지 않았음에도 통일 진제국은 이로 말미암아 붕괴되기 시작했다.

었다.

그는 병사들에게 심리 선전 공작을 펼치기도 했다. 하얀 천에다가 붉은색으로 '진승이 왕이다'라고 적어 병사들이 먹는 생선의 뱃속에 넣어두기도 했고, 또 오광이 밤에 사당에서 도깨비불을 놓고는 여우 울음소리를 흉내내 "대초大楚가 일어날 것이며, 진승이 왕이다. 캥캥" 하며 소리를 내게 함으로써, 병사들이 이를 믿도록 만들기도 했다. 그리고 그는 "왕후장상이 어찌 따로 씨가 있겠는가!"라며 연설을 했다. 현재 이 말은 너무 당연한 말이겠으나, 신분제 사회가 엄격했던 이 시기에 이 말은 하층계급을 격동시키는 혁명적 구호였다.

그는 진현陳縣을 점령하고 나서 장초라는 국가를 세우고 스스로 왕위에 오른다. 장초는 초나라(楚)를 확장한다(張)는 뜻이다. 그가 왕위에 오르자, 지난날 함께 날품을 팔며 살아가던 날품팔이 패거리들이 왕궁으로 찾아왔다. 그 패거리들은 왕궁을 구경하면서 진승이 옛날에 하찮은 삶을 살았다며 그의 권위를 훼손했다. 진승은 이에 그 가운데 한 놈을 붙잡아 죽여버렸다.

그는 왕위에 오르기는 했지만, 국가를 통치하는 기술에 관한 교육을 받은 적이 없었다. 그의 주변에는 국가를 통치하고, 전략·전술을 기획할 만한 인재가 없었으므로, 국가조직과 군대조직을 통제하지 못했다. 그는 군대 내의 점쟁이였던 주문周文에게 수십만 명의 병력을 주어 진나라를 공격하게 했으나, 진나라의 장한張邯이라는 장군에게 쉽사리 패배하고 말았다. 그가 파견했던 장군들은 작전 지역을 점령하면 제멋대로 스스로 왕위에 올라버리거나, 아래 부하들에게 살해되거나 했다. 결국 진승이 왕의 자리에 오른 지 6개월째인 기원전 209년 12월, 진나라의 장군 장한의 군대가 진격해오자, 진승은 도읍을 버리고 도망가다가 자신의 호위병에게 살해되고 말았다.

진시황이 죽고 나서도 남은 위세는 풍속을 달리하는 곳까지 떨쳤었다. 그런데 진섭은 깨진 옹기로 창문을 만들고 새끼줄로 문지도리를 만드는 가난한 집안의 자식으로, 머슴살이하던 사람으로, 끌려 나와서 수자리를 살던 무리였다. 그의 재능은 중간쯤의 여느 사람에도 미치지 못하였으며, 공자나 묵자의 현명함이나 도주나 의돈만큼의 재산도 없었다. 병사의 행렬 사이에 발을 디밀어 밭두둑에서 들고 일어나, 지치고 흩어진 병졸들을 이끌고 수백 명의 무리를 거느리고 몸을 되돌려 진나라를 공격했다. 나무를 베어 병기로 삼고 장대를 높이 들어 깃발로 삼으니, 천하에서 구름같이 모여들어 호응하고, 식량을 짊어지고 그림자처럼 따랐다. 산동의 호걸들도 마침내 일어나서 진나라의 일족을 멸망시켰다.

始皇旣沒, 餘威震於殊俗. 然而陳涉, 甕牖繩樞之子, 甿隷之人, 而遷徙之徒也, 才能不及中人, 非有仲尼, 墨翟之賢, 陶朱. 猗頓之富, 躡足行伍之間, 而倔起阡陌之中, 率罷散之卒, 將數 百之衆, 轉而攻秦, 斬木爲兵, 揭竿爲旗, 天下雲集而響應, 贏糧而景從, 山東豪俊遂幷起而亡秦族矣.

가의, 「진나라의 잘못을 비판하다(過秦論)」

가의賈誼(기원전 200~168)의 「진秦의 잘못을 비판하다(過秦論)」라는 논설문의 일부다. 진나라가 멸망하고 약 30~40년 뒤에 쓰였다. 중국 전체를 통일할 만큼 강력한 국력을 가지고 있던 진나라가 진승 같은 하찮은 인물한테 무너져버린 원인은 외부에 있는 게 아니라 '인의仁義'의 정책을 시행하지 않았던 내부에 있다고 보았다. 그런데 '인의'의 정책만으로 국가 통치는 가능한 것일까?

진나라에서는 북방 유목 민족의 침입을 막기 위해 만리장성을 쌓았다.
그러나 진나라는 외부의 이민족에 의해서가 아니라, 내부 세력에 의해
서 멸망하고 말았다.

생각할 거리

중화인민공화국은 국토의 총면적이 약 959만 7000평방킬로미터로, 유럽의 총면적 약 1018만 평방킬로미터와 거의 비슷하고, 러시아와 캐나다와 미국에 이어 세계에서 네 번째로 크다. 인구는 약 14억 명으로 전 세계 약 70억 인구의 약 20퍼센트를 차지한다. 간단히 말해서 지구인의 다섯 명 가운데 한 명은 중국인인 것이다. 중국에는 한족漢族을 제외하고 55개의 민족이 있다. 다양한 민족의 수많은 사람이 넓은 영토의 한 국가 안에서 생활하고 있다. 국가 내부의 수많은 갈등과 모순을 완화·억압하고, 통일되고 안정된 국가 시스템을 유지하기 위하여 지출하는 비용이 국방비의 규모를 초월한다고 한다. 수많은 내부의 문제에도 불구하고 이들은 그 시스템을 오히려 외부 세계로 확장하고자 한다. 독립을 주장하는 타이완臺灣이나 자치를 주장하는 홍콩에 대하여 군사적인 무력과 행정적인 억압을 행사한다.

대부분의 중국인은 중국이 유럽처럼 여러 국가로 쪼개지는 것에 대해 극도의 공포감을 느낀다. 여러 개의 국가로 분열되면 중국은 작은 국가들끼리의 전쟁터로 바뀔 것이라고 두려워한다. 개인의 행복을 추구하려는 현대의 중국인들에게 통일은 지고의 선善이고, 분열은 지고의 악惡인가? 현대 중국에서 대표적인 내부 분열의 사회문제로는 무엇이 있을까?

키워드 | #조고 #진승 #농민봉기 #분열 #과진론過秦論

함께 읽은 책들

사마천 원저, 이인호, 『사기열전』, 천지인, 서울, 2009.

사마천, 정범진 외 역, 『사기』, 까치, 서울, 1995.

장펀텐, 이재훈 역, 『진시황 평전』, 글항아리, 서울, 2009.

타카시마 토시오, 신준수 역, 『중국, 도적 황제의 역사』, 역사넷, 서울, 2007.

제7강

인간 중심으로 역사를 빚어내다

사마천과 『사기』

고통을 역사 저술 작업으로 승화시키다

무릇 『시詩』나 『서書』에서 뜻이 은미하고 언사가 간략한 것은 마음 속에 있는 의지를 실현하고자 하였던 것이다. 옛날 서백西伯은 유리羑里에 억류되어 있었기 때문에 『주역周易』을 추연推演했고, 공자孔子는 진陳과 채蔡에서 액난厄難을 겪고 나서 『춘추春秋』를 지었으며, 굴원屈原은 추방된 뒤에 「이소離騷」를 지었으며, 좌구명左丘明은 실명을 하고 나서 『국어國語』를 편찬하였고, 손빈孫臏은 다리를 잘리고 나서 병법을 논찬했으며, 여불위呂不韋는 촉蜀으로 좌천되고 난 뒤 세상에 『여람呂覽』을 전했으며, 한비자韓非子는 진秦에 갇힘으로써 「세난說難」과 「고분孤憤」이 세상에 있게 되었으며, 『시』 300편도 대체로 현성玄聖들이 자기의 비분을 촉발하여 지은 것이다. 이런 사람들은 모두 마음속에 울분이 맺혀 있으되 그것을 시원하게 풀어버릴 방법이 따로 없어서 이에 지난날을 서술하여 미래에다 희망을 걸어본 것이었다.

夫詩書隱約者, 欲遂其志之思也. 昔西伯拘羑里, 演周易; 孔子厄陳蔡,

作春秋; 屈原放逐, 著離騷; 左丘失明, 厥有國語; 孫子臏脚, 而論兵法;

不韋遷蜀, 世傳呂覽; 韓非囚秦, 說難, 孤憤; 詩三百篇, 大抵賢聖發憤

之所爲作也. 此人皆意有所鬱結, 不得通其道也, 故述往事, 思來者.

『사기 · 태사공자서太史公自序』

사마천司馬遷(기원전 145~?)은 이릉李陵을 변호하다가 궁형을 당했
다. 그는 치밀어 오르는 억울한 마음을 누를 길이 없었다. 그는 "이
것이 내 죄란 말인가! 이것이 내 죄란 말인가!"라며 울부짖었다. 그
러나 그는 물러나서 옛 사람들이 자신들의 고통을 어떻게 승화시켰
는지에 대해 가만히 숙고했다. 생각해보니, 옛 성인들이 남긴 위대
한 저작은 그들이 겪은 고통으로부터 맺어진 결과물이었던 것이다.
이에 그는 자신의 고통을 『사기』라는 역사서 편찬 작업으로 승화시
킬 것을 다짐했다.

사마천은 자字가 자장子長이며 용문龍門(지금의 섬서성陝西省 한성
韓城) 사람이다. 서한 시기의 사학가이며, 산문가다. 중국 최초 기전
체紀傳體 역사서인 『사기』를 엮었으며, 중국 역사의 아버지(歷史之
父)라고 불린다.

사마천은 외아들로 태어났으며 어려서 아버지 사마담司馬談의
지도 아래 글자를 깨우쳐서 열 살 때에는 이미 고문古文 『상서尙
書』, 『좌전左傳』, 『국어』, 『계본系本』 등의 책을 읽고 읊을 줄 알았다.
아버지 사마담이 수도인 장안長安으로 가서 태사령太史令의 일을

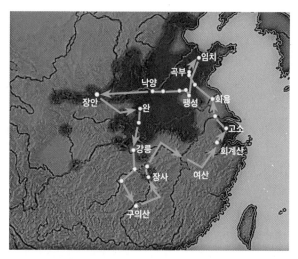

사마천이 스무 살 때 다닌 여행 노선을 표시한 지도다.

맡아보고 있을 때, 사마천은 열아홉 살까지 고향인 용문에서 생활했다. 그는 "어려서는 고삐 풀린 말과 같은 행동을 하였기 때문에, 커서는 마을에서 칭찬하는 소리가 없었던(少負不羈之才, 長無鄕曲之譽)(「임소경께 드리는 답장(報任少卿書)」)" 그저 평범한 젊은이였다. 그 뒤로 그는 아버지가 있는 장안으로 갔고, 아버지의 가르침에 따라 스무 살 때부터 중국의 역사 유적지 곳곳을 돌아다니며 여행했다.

그가 스무 살 때 다닌 여행의 노정은 아래와 같다. 그는 수도인 장안을 출발하여 무관武關을 나와 완宛에 이르렀으며, 남쪽으로 양양襄陽을 거쳐 장강의 중류 지역인 강릉江陵에 이르렀다. 그는 장강을 건너 원수沅水를 거슬러 올라가 상수湘水에 다다랐다. 그리고 구의산九嶷山을 둘러보고 북쪽의 장사長沙로 올라갔고, 멱라수汨羅水에 이르러 굴원에게 조의를 표시했으며, 동정호洞庭湖를 넘어 동쪽으로 여산廬山에 올라 우禹 임금이 구강九江을 튼 것을 보았다.

파양호鄱陽湖를 거쳐 회계산會稽山에 올라 우 임금의 무덤을 살펴
보았고, 오나라 지역에서 전국시대 초나라 대신을 지냈던 춘신군의
궁실을 둘러보았다. 그는 고소姑蘇로 가서 오호五湖를 바라보았고,
회수淮水의 하류 지역인 회음淮陰과 산동 지역인 임치臨淄와 곡부
曲阜를 돌아다니며 공자가 활동했던 제노齊魯 지역의 문화를 살펴
보았다. 그는 여행 중에 한때 파鄱와 설薛, 팽성彭城 지역에서 그 지
역 사람들에게 억류되기도 했다. 그는 양梁과 낙양洛陽을 거쳐서 다
시 장안으로 돌아왔다(「태사공자서」).

　스무 살 때 시작했던 여행을 마치고 돌아와서, 그는 당대 최고
의 지식인이었던 공안국孔安國과 동중서董仲舒 밑에서 학문을 전
수받는다. 공안국은 공자의 12대손으로, 공자가 살던 집의 벽을 허
물다가 발견된, 올챙이처럼 생긴 과두문자蝌蚪文字로 쓰인『고문상
서古文尚書』,『예기』,『논어』및『효경孝經』을 금문今文으로 읽고, 이
에 대하여 해설을 단 고문경학古文經學 계열의 학자였다. 동중서(기
원전 179~104)는 금문경학今文經學의 대가로서, "하늘의 뜻과 인간
의 일은 서로 교감한다(天人感應)"면서, 군주의 권력은 하늘이 내려
준 것이라고 주장했고, "백가百家의 사상을 몰아내고 오로지 유가
의 학술을 존중할 것(罷黜百家, 獨尊儒術)"을 주장했으며,『춘추번로
春秋繁露』를 저술하기도 했다. 사마천은 금문경파와 고문경파의 당
시 최고의 학자들로부터 학술 이론의 정수를 전수받았다.

　사마천은 그즈음 황제를 수행하는 하급 관원인 낭중郎中으로 관
직 생활을 시작했다. 그는 그 뒤로 서른네 살 때(기원전 111) 한 무제
의 명령을 받아 사자使者로서 서남부의 이민족 거주 지역에 파견되
어 지금의 곤명昆明 지역까지 다녀오기도 했다. 그가 서른다섯 살

때(기원전 110), 사마천은 무제의 봉선의식封禪儀式에 참여하기 위하여 태산泰山에 올랐고 북쪽으로는 만리장성이 있는 지금의 내몽골 자치 지역인 오원군五原郡 지역을 살펴보기도 했다. 그는 역사 유적지를 둘러보면서 그곳 사람들로부터 역사 관련 정보를 수집하고 이야기를 나누었으며, 이를 기록했다. 봉선을 마치고 돌아오는 길에, 무제의 봉선 의식에 참석하지 못하여 화병을 앓고 있던 태사령太史 슈인 아버지 사마담으로부터 역사서를 써달라는 유언을 받게 된다.

사마천은 서른일곱 살 때(기원전 108), 세상을 뜬 아버지의 관직을 이어받아 태사령이 된다. 그는 이때부터 아버지의 유언을 받들어 사관의 기록과 나라의 책을 소장해두는 석실과 금궤의 서적들을 정리하기 시작했다. 사마천이 『사기』를 엮으면서 참고했던 역사 자료로는 『세본世本』, 『국어』, 『진기秦記』, 『초한춘추楚漢春秋』, 제자백가의 서적과 국가의 공문서 및 그가 실제로 조사하며 얻었던 자료 등이 있다. 따라서 그의 삶은 그야말로 만 권의 책을 읽고 만 리의 길을 여행했던(讀萬卷書, 行萬里路) 삶이라고 할 수 있을 것이다. 마흔한 살(기원전 104)에 사마천은 역법 전문가들과 함께, 한나라가 그동안 써왔던 진秦나라의 전욱력顓頊曆이 현실생활에 맞지 않는다는 문제점들을 지적하고 태초력太初曆을 만들어 바친다. 태초력은 1년의 날짜 수를 365.2502일로, 1개월의 날짜 수를 29.53086일로, 그리고 135개월의 일식 주기를 계산해냈다고 한다. 당시로서는 세계에서 가장 선진적인 역법 체계였다.

한 무제는 흉노를 상대로 약 10년 동안 공세적인 전쟁을 벌였고(기원전 126~117), 잠시 동안 휴전 상태를 유지하다가(기원전 116~101) 사마천이 마흔다섯 살 때(기원전 100) 다시 전쟁을 벌이기 시작했다(기원전 100~87). 사마천이 마흔여섯 살 때(기원전 99) 무제는 이사장군貳師將軍 이광리李廣利에게 3만 기병을 거느리고 주천酒泉을 나와 천산天山에서 흉노의 우현왕右賢王을 공격하게 했다. 그러나 그는 흉노에 포위당해 전군이 거의 전멸하고 말았고, 이광리는 포위를 뚫고 겨우 자신의 목숨을 건질 수 있었다. 이때 기도위騎都尉 이릉은 5000명의 보병을 거느리고 이광리의 부대로 출병했다가 흉노의 선우가 이끄는 8만 기병에 포위되어 흉노에게 항복하고 말았다. 한 무제는 이릉이 항복하고 나서 흉노 병사를 훈련시키고 있다는 잘못된 정보를 듣고, 이릉의 어머니와 아우 및 아내와 아들을 비롯한 삼족을 깡그리 죽여버린다.

한나라 조정이 이릉의 죄과를 성토하고 있을 때, 사마천은 서로 가까이 알고 지내는 사이도 아니었던 이릉을 위해, 이릉은 어쩔 수 없이 항복했던 것이라고 변호하는 말을 한다. 그러나 그의 이러한 변호는 전쟁 패배의 원인이 무제가 총애하는 이부인李夫人의 오빠로서 무제와는 처남 매부 사이에 있던 이광리에게 있다는 비판으로 곡해되고 말았다. 이에 사마천은 생식기를 잘리는 궁형宮刑을 당하고 만다. 그는 궁형을 당한 치욕을 극복하는 길은 자살이 아니라 『사기』의 저술을 완성하는 것이라고 생각했다. 사마천은 쉰네 살(기원전 91)에, 마침내 52만 6500여 자의 『사기』의 저술을 완성했다. 그가 언제 죽었는지에 대해서는 알 수가 없다.

역사적 사실과 문학적 진실, 그 사이에서

『사기』 이전의 역사서로는 『춘추』, 『국어』, 『전국책戰國策』이 있다.

『사기』는 중국 최초의 기전체 역사서다. 명나라 때 출간된 『사기』 제2권 「하본기夏本紀」.

『춘추』는 기원전 770년부터 기원전 476년까지 춘추시대 노나라 역사를 시간의 흐름에 따라 기록한 편년체編年體 역사서다. 『국어』는 서주시대西周時代 목왕穆王 12년(기원전 990)부터 동주시대東周時代 춘추시대 말기인 기원전 453년까지 여러 나라의 역사를 기록한 중국 최초의 국별체國別體 역사서다. 『전국책』 또한 전국시기부터 진나라가 여섯 나라를 멸망시키기까지 약 240년 동안의 서주, 동주 및 진나라, 제나라, 초나라를 비롯한 여러 나라 역사를 기록한 국별체 역사서다. 『사기』 이전의 역사서들은 시간의 순서에 따라서 한 국가에서 벌어진 역사 사건을 기록한 것이다.

이와 달리 『사기』는 상고의 전설 속의 황제黃帝 시대부터 한 무제 태초太初(기원전 104~101) 4년까지 약 3000년의 역사를 인물이 겪은 사건을 중심으로 서술한 중국 최초의 기전체紀傳體 역사서다. 『사기』가 다루려고 했던 시간의 대상은 인간의 역사 최초의 시점부터 사마천이 살던 시기까지였고, 공간의 대상은 중국을 비롯한 그 주변국, 즉 당시로서는 천하이자 세계였고, 인물의 대상은 역사상 최초 인간인 황제로부터 사마천이 살던 시기까지의 인간이었다. 사마천의 관점으로 보자면, 역사는 시간 속에서 사건들이 무의미하게 순차적으로 배열되는 것이 아니라, 욕망과 의지를 가진 사람과 사람이 서로 뒤엉켜 엮어가는 하나의 이야기였다.

시간과 국가와 사건의 역사가 아닌, 인간의 역사를 서술하기 위해 그는 중국 역사상 최초로 기전체라는 역사 서술 형식을 고안했다. 바로 한 인간의 일생을 기록하는 형식인 전기체傳記體 형식을 개발해낸 것이다. 그는 수많은 인간의 역사를 가지런히 하기 위하여 먼저 신화적인 성격을 의식적으로 제거해낸 전설상의 황제 및 최고 통치자의 전기를 줄기로 삼아 본기本紀에 배치했고, 춘추전국 시대 각 제후국 정치지도자들의 전기를 가지 삼아 세가世家에 배치했다. 다양한 성격 특징을 가지고 있는 인물들을 잎사귀 삼아 열전列傳에 배치했으며, 시간 속의 사건들을 표表로 만들었고, 문물제도의 연혁과 그 원리를 서書에 배치하여 전체를 구성했다.

사마천은 억울하게 궁형을 당하여 『사기』를 지었으므로, 그는 분한 마음을 격발시켜 역사를 지었다는 뜻으로 '발분저서發憤著書'했다고 한다. 이 때문에 『사기』는, 객관적이고 사실적이어야 할 역사 기록에 사마천이 자신의 주관적 감정을 불어넣었다는 혐의를 받는다. 이 때문에 『사기』는 객관적 역사 사건 자체를 중시하는 후대의 역사가들로부터 비판을 받기도 했지만, 그가 기록해낸 역사 인물들은 욕망과 의지를 가지고 있으며, 희노애락喜怒哀樂을 느끼는 생동적 인간들의 형상을 지니고 있다.

따라서 『사기』의 기록은 인간과 사건으로 조직된 역사 기록이면서도, 감정을 지닌 인간들이 살아가는 삶의 이야기라는 문학적 성격을 갖는다. 예를 들어 진시황이 죽은 뒤에 조고와 이사, 호해가 쿠데타를 모의한 다음 진시황의 맏아들인 부소를 죽음으로 몰아간 사건과 형가가 진시황을 죽이려고 시도했던 사건을 객관적 역사 사실을 하나하나 나열하는 방법으로 기록했다면, 그 기록은 매우 무미건조하고 복잡한 쿠데타 사건이나 암살 사건의 법정기록문이 되었을 것이다. 그러나 사마천은 이들 사건을 기록하면서 인물들로 하여금 직접화법으로 은밀히 대화를 나누게 하고 역동적 동작을 하도록 연출하고, 어지러이 흩어져 있는 사건들을 이야기 구조로 단순화·형상화함으로써 오히려 사건의 본질을 더욱 정확하게 꿰뚫는 생동감 있는 역사기록을 완성해낼 수 있었다. 이러한 기록은 엄밀한 의미에서 역사적 사실事實은 아닐지 몰라도 역사적 진실眞實에 더 가까울지 모른다.

(항우는) 패현으로 사람을 보내어 한왕(유방)의 가족들을 잡도록 하였다. 한왕의 가족들은 모두 도망하여 한왕과 만날 수가 없었다. 한왕은 도중에 아들인 효혜孝惠와 딸인 노원魯元을 만나 이들을 수레에 태우고 길을 재촉하였다. 초군의 기병이 한왕을 쫓아오니 한왕은 다급하여 효혜와 노원을 수레 아래로 밀쳐 떨어뜨렸으나 (수레를 몰던) 등공滕公이 매번 내려가서 수레에 태웠으니 이렇게 하기를 세 차례나 하였다. 등공이 말하기를 "비록 상황이 아무리 다급하고 말도 빨리 몰 수가 없지만, 그들을 어찌 버리려고 하십니까?"라고 하였다. 이러다가 마침내 기병들의 추적을 벗어날 수가 있었다.

楚亦使人追之沛, 取漢王家. 家皆亡, 不與漢王相見. 漢王道逢得孝惠, 魯元, 乃載行. 楚騎追漢王, 漢王急, 推墮孝惠, 魯元車下, 滕公常下收載之. 如是者三. 曰: "雖急不可以驅, 奈何棄之?" 於是遂得脫.

「항우본기項羽本紀」

한왕이 팽성에서 패전하여 서쪽으로 철수하는 도중, 사람을 보내어 가족을 찾았으나 가족들도 모두 도망쳐버려서 행방을 알 길이 없었다. 패주하던 중에 다만 효혜孝惠만을 찾을 수 있었다.

漢王之敗彭城而西, 行使人求家室, 家室亦亡, 不相得. 敗後乃獨得孝惠.

「고조본기高祖本紀」

위 두 기록은 하나의 같은 사건을 「항우본기」와 「고조본기」에서 저마다 따로 기록한 것이다. 항우가 주인공인 「항우본기」의 기록에서는 유방이 항우의 기병한테 쫓겨 달아나다가 저만 살겠다고 아들과 딸을 수레에서 밀쳐 떨어뜨리는 유방의 이기적인 모습을 생동적으로 묘사하고 있으나, 유방이 주인공인 「고조본기」에서는 유방의 이러한 부정적인 장면이 생략된 채 기록되어 있다. 역사기록은 역사가의 주관적 견해에 의해 편집될 수 있음을 알 수 있다. 이는 기록자의 주관적 관점에 따라서 사실이 어떻게 달리 기록되는지를 보여주는 것으로, 매우 현대적인 문학 묘사의 특성을 보여준다.

중국의 이십오사와 조선왕조실록

이십오사二十五史는 중국 역대의 25부 기전체 사서를 가리키는 말이다. 『사기』·『한서漢書』·『후한서後漢書』·『삼국지三國志』·『진서晉書』·『송서宋書』·『남제서南齊書』·『양서梁書』·『진서陳書』·『위서魏書』·『북제서北齊書』·『주서周書』·『수서隋書』·『남사南史』·『북사北史』·『구당서舊唐書』·『신당서新唐書』·『구오대사舊五代史』·『신오대사新五代史』·『송사宋史』·『요사遼史』·『금사金史』·『원사元史』·『명사明史』·『신원사新元史』다. 어떤 사람들은 『신원사』를 넣지 않고, 『청사고淸史稿』를 넣는다. 『사기』만 통사通史고, 나머지는 단대사다. 이 이십오사는 중국 전체 역사를 아우르는 역사서들이다.

이 가운데, 사마천의 『사기』, 반고班固(32~92)의 『한서』, 범엽范曄(398~445)의 『후한서』, 진수陳壽(233~297)의 『삼국지』를 전사사前四史라고 부르며, 이 전사사는 관찬官撰이 아니라 사찬私撰이다. 즉 놀랍게도 이들 역사서는 정부의 조직 역량이나 금전 지원을 받아 엮어진 것이 아니라, 오롯이 개인의 의지에 의해 저술된 역사서인 것이다. 사마천은 궁형을 당했고, 반고는 정권 내부의 권력 투쟁 속에서 투옥되어 옥에서 죽었으며, 범엽은 모반에 연루되어 피살되었고, 진수는 여러 차례 관직에서 쫓겨나기도 했다. 이들 역사가는 뜨거운 삶을 살았던 사람들이라고 말할 수 있을 것이다. 이십오사는 모두 기전체로 역사를 서술하기 때문에 역사를 인물 중심으로, 인간과 인간의 관계에서 바라본다. 그래서 생동감이 있고 이해하기가 쉽다. 이러한 기전체 서술방식의 원형은 바로 사마천으로부터 비롯된 것이다.

『조선왕조실록』 태백산사고본.

『조선왕조실록朝鮮王朝實錄』은 조선왕조의 시조인 태조 이성계李成桂부터 철종 이변李昪에 이르기까지 25대 472년(1392~1863)의 역사사실을 연월일 순서로 기록한 편년체 역사기록이다. 세계에서 가장 긴 하나의 왕조에 대한 기록이다. 만약에 맨 뒤의 고종과 순종의 임금에 관한 기록을 포함한다면, 27대 519년(1392~1910) 사이의 기록이 된다. 총 1893권, 888책, 약 6400만 자에 이른다. 중국 역사기록물인 이십오사가 약 4000만 자에 이르는데, 『조선왕조실록』은 이십오사의 1.5배가 넘는 분량이다.

편년체 역사기록 형식은 기전체에 비해 더욱 엄격하고 객관적으로 기록할 수 있는 특성을 가지고 있다. 따라서 『조선왕조실록』의 기록은 동일한 사건을 기록한 중국의 이십오사 기록보다 대체로 정확하고 엄밀하고 풍부한 정보를 담고 있다는 평가를 받는다. 게다가 조선의 임금조차도 당대 자신의 역사기록을 열람할 수가 없었고, 그 기록 내용은 비밀에 부쳐졌다. 따라서 『조선왕조실록』은 그 기록의 엄밀성과 정확성, 그리고 객관성을 높이 평가받고 있다. 1997년 훈민정음과 함께 유네스코 세계문화유산으로 등록되었다.

생각할 거리

일본 작가 아쿠타가와 류노스케芥川龍之介(1892~1927)의 단편 소설 「라쇼몽羅生門」
을 원작으로 하는 구로자와 아키라黑澤明 감독의 영화 〈라쇼몽〉은 하나의 살인 사
건을 소재로 다루고 있다. 살해당한 사무라이, 강도에게 강간당한 사무라이의 부인,
사무라이를 죽인 강도 세 사람은 동시에 하나의 살인 사건을 경험한다. 그러나 이들
이 기억하고 있는 살인 사건은 서로 일치하지 않고 서로 다른 내용으로 이뤄져 있
다. 이들은 저마다 서로 자신에게 유리하게 사건을 왜곡하여 기억했고 그렇게 기억
하려고 했다. 일반적으로 역사는 객관적이라고 하고, 문학은 허구적이라고 한다. 하
지만 역사 또한 주관성을 가지고 있고, 문학 또한 진실성을 가지고 있다. 역사의 주
관성과 문학의 진실성은 무엇인지 토론해보자.

키워드 | #사마천 #『사기』 #한 무제 #기전체 #이십오사 #『조선왕조실록』

함께 읽은 책들

사마천, 『사기』, 까치, 서울, 1994.

김영수, 『사마천과 사기에 대한 모든 것』, 창해, 서울, 2016.

이성규, 『사마천 사기-중국고대사회의 형성』, 서울대학교출판문화원, 서울, 2007.

버튼윗슨, 박혜숙 역, 『위대한 역사가 사마천』, 한길사, 서울, 1995.

천퉁성, 장성철 역, 『사기의 탄생, 그 3천년의 역사』, 청계출판사, 서울, 2004.

제8강

신이 된 사나이

ꔰ

관우와 삼국지

만 명의 적과 맞싸울 만한 장수

관우關羽(?~220)는 본디 자字가 장생長生이었으나, 나중에 운장雲長으로 바꿨다. 촉한蜀漢의 황제에 오른 유비劉備의 최측근 장군 가운데 하나인 장비張飛와 함께 '만 명의 적과 맞싸울 만한(萬人敵)' 장수로 일컬어진다. 죽은 뒤에는 중국에서 신神으로 추앙받는다.

『삼국지·촉서·관우전』에 따르면, 그의 생애는 다음과 같다. 그는 본디 우사례右司隷 하동군河東郡 해현解縣(지금의 산서 운성運城) 사람이었으나, 아마도 불법 행위를 저질러서 호적을 버리고 유주幽州 탁군涿郡으로 달아났던 것 같다. 유비가 고향에서 무리를 모았을 때, 관우는 장비와 함께 유비의 호위관이 되었다. 유비는 이 두 사람과 잠을 잘 때면 침상을 함께 썼고, 이들에게 베푸는 은혜는 마치 형이 아우에게 대하는 것처럼 했다. 유비가 도겸을 이어 서주의 자사가 되었으나 여포의 공격을 받아 서주를 잃게 되자, 관우는 유비와 함께 조조에게 달아나 몸을 맡겼다.

조조는 대군을 이끌고 여포를 공격하여 그를 죽이고 서주를 차지한 다음, 유비를 서주로 보내 북쪽으로 올라가던 원술의 길을 막게 하려고 했다. 이때 유비는 조조를 배신하고 서주를 차지한 다음 관우로 하여금 하비를 지키게 했다. 건안 5년(200) 조조가 서주에 있던 유비를 정벌하자, 유비는 원소에게 달아났고, 서주 하비국에서 성을 지키고 있던 관우는 조조의 포로가 되었다. 조조는 관우를 편장군偏將軍으로 임명했고, 관우를 넉넉하게 예우했다. 조조와 원소 사이에 관도지전官渡之戰이 벌어졌을 때, 원소는 대장大將인 안량顏良을 보내 연주兗州 동군東郡의 백마현白馬縣을 공격하게 했다. 이에 조조가 관우를 선봉으로 삼아 안량을 치게 하니, 관우는 수많은 적군 한가운데로 달려들어 안량을 찔러 죽이고 그 모가지를 베어 돌아왔다. 그 때문에 백마현의 포위는 풀릴 수 있었다. 이러한 전과戰果로 관우는 조조의 추천을 받아 한수정漢壽亭의 정후亭侯로 임명된다.

그러나 관우는 끝내 조조를 떠나 유비에게로 달려간다. 「촉기蜀記」의 기록에 따르면, 조조가 유비와 함께 하비에서 여포呂布를 포위했을 때, 관우는 조조에게 여포의 부장部將인 진의록秦宜祿의 아내를 자신의 아내로 삼고 싶다고 요청했다. 조조는 관우의 요청을 허락했으나, 그녀가 미인이라는 것을 알게 되자 자신이 그녀를 차지했다. 관우는 이때부터 조조에 대하여 불안한 느낌을 갖게 되었다고 한다. 여자 문제 때문에 조조와 관우의 사이가 틀어졌을 가능성이 있다고 볼 수 있다. 그 뒤로 관우는 유비를 따라서 유표劉表에게 가서 몸을 맡겼다. 유표가 죽고 조조가 남쪽으로 쳐들어와 적벽대전이 벌어졌다. 유비가 손권과 함께 조조를 물리친 다음, 유비는 관우를 양양襄陽 태수太守와 탕구장군盪寇將軍으로 임명했다. 유비가 서쪽으로 익주를 평정하자, 관우로 하여금 형주의 일을 통솔하게 했다.

219년, 유비가 한중漢中의 왕이 되자 관우를 전장군前將軍으로 임명했다. 이해에 관우는 군대를 이끌고 번樊에서 조인曹仁을 공격했고, 조조도 조인을 돕고자 우금于禁을 보냈다. 큰비가 쉬지 않고 내려서 우금이 거느리고 온 칠군七軍이 모두 물에 잠겼다. 우금은 이에 관우에게 항복했고, 관우는 위나라 장군인 방덕龐德의 모가지를 벴다. 관우가 온 중국에 위엄을 떨치자, 조조도 황제가 있던 도읍 허도許都를 옮기려고까지 했다. 관우가 조인을 포위해서 공격하자, 조조도 대군을 이끌고 관우를 정벌하러 출동했는데, 조조가 미처 이르기도 전에 조조의 장수인 서황徐晃이 관우의 군대를 쳐서 깨뜨리니 관우는 달아났다.

이 틈에 손권은 관우의 부하 미방糜芳이 다스리던 강릉현을 점거했다. 예전에 손권이 관우에게 관우의 딸을 며느리로 삼고 싶다는 뜻을 사자를 보내 전했으나 관우가 사자에게 욕을 퍼부으며 혼인을 허락하지 않자 크게 화가 난 적이 있었다. 그때 손권은 관우의 부하면서도 그와 사이가 좋지 않던 미방과 사인士仁을 몰래 자기 편으로 만들어뒀었다. 손권이 미리 손을 써두어 관우의 부하와 그의 아내와 아들들을 모조리 사로잡은 상태였으므로, 관우의 군대는 마침내 흩어지고 말았다. 관우 및 그의 아들 관평은 형주 남군南郡 임저현臨沮縣에서 손권이 보낸 군사들한테 살해되었다. 손권은 관우의 모가지를 조조에게 보냈고, 조조는 제후의 장례를 치를 때와 같은 격식을 갖춰서 그 머리를 장사 지냈다.

『삼국지』에서 『삼국연의』로

『삼국지三國志』는 서진西晉의 사학자 진수陳壽(233~297)가 쓴 위魏 · 촉蜀 · 오吳 세 나라 삼국시대(220~280)의 단대斷代 '역사서'다. 그의 역사기록은 매우 엄격하여 단조로운 느낌이 강했으므로, 남조 송宋나라 때 문제文帝가 배송지裴松之(372~451)에게 명령을 내려 주注를 달게 했으니, 그에 따라 엮어진 책이 바로 『삼국지주三國志注』다. 그는 약 210가家의 자료를 인용하여 역사 『삼국지』의 내용을 풍부하게 했다. 그 뒤로 삼국시대부터 전해 내려오던 삼국시대 인물들에 대한 필기소설筆記小說과 이야기 대본인 화본話本 및 대중 공연인 희곡戲曲 등이 민간에 널리 유행하게 되었다.

원말元末 명초明初에 이르러 산서山西 태원太原 사람인 나관중羅貫中(1330~1400)이 마침내 이들의 내용을 결합하여 역사소설 『삼국지통속연의三國志通俗演義』를 쓰게 된다. 그 뒤에 다시 청대淸代에 모종강毛宗崗(1632~1709?)이 『삼국지통속연의』의 이야기를 더욱 재미있게 개작했다. 오늘날 우리가 읽는 '소설'은 바로 모종강이 개작한 『삼국연의三國演義』다. 오늘날에 이르러서는 『삼국연의』의 내용이 연극 · 드라마 · 영화 · 애니메이션 · 캐릭터 산업 · 모바일 게임 등으로까지 다양한 형식으로 재창조되고 있으니, 그 이야기의 생명력이 1800년이나 이어져 내려오고 있는 것이다.

관우에 대한 『삼국연의』의 허구들

소설 『삼국연의』에는 관우과 관련된 여러 이야기가 있다. 이 이야

도원결의. 명나라 때 출간된 『삼국연의』 금릉만권루金陵萬卷樓 간본에 실린 삽화다.

기 가운데에는 역사적 근거가 있는 진짜 이야기도 있고 완전히 허구로 지어낸 가짜 이야기도 섞여 있다. 다음 이야기는 진짜일까, 가짜일까?

관우는 도원결의桃園結義를 했을까?

소설 『삼국연의』 1회에는, 유비·관우·장비 세 사람이 복숭아 동산에 모여 "같은 해, 같은 달, 같은 날에 태어나지는 못했지만, 같은 해, 같은 달, 같은 날에 죽기를 바라나이다"라는 맹세를 하며 서로 의형제를 맺는 도원결의 내용이 있다. 그러나 역사 『삼국지』에는 그저 다음과 같은 기록이 있을 뿐이다. "선주(유비)는 이 두 사람과 잠을 잘 때면 침상을 함께 썼고, 이들에게 베푸는 은혜는 마치 형제처럼 따뜻하였다(「관우전」)." "저는 유장군(유비)으로부터 두터운 은혜를 받았고, 함께 죽기로 맹세하였으니 그분을 등질 수는 없소이다(「관우전」)." "(장비는) 어려서 관우와 함께 유비를 섬겼다. 관우가 장비보다 몇 살 더 많았으므로 장비는 그를 형으로 섬기었다(「장비전」)." 따라서 세 사람이 복숭아 밭에 모여서 '같은 해, 같은 달, 같은

『고금도서집성古今圖書集成』에 그려진 언월도.

날에 죽기를 바라나이다"라는 맹세를 하면서 도원결의를 했다는 것은 허구다.

　관우는 정말 청룡언월도靑龍偃月刀를 휘둘렀을까?

　소설『삼국연의』1회에서, 관우는 '푸른 용이 누운 달을 집어삼키는 꼴을 한 긴 자루 칼'이라는 뜻을 가진 청룡언월도를 만들었고, 이를 '차고 고운 톱'이라는 뜻을 가진 '냉염거冷艶鋸'라고도 이름 지었는데, 무게는 82근(18.04킬로그램)이나 되었다고 했다. 그러나 동한東漢 말기와 삼국시대에 이러한 스타일의 병기는 쓰인 적이 없었다. 첫째, 고고학적으로 발굴된 문물 가운데, 이 시기에 이런 스타일의 무기는 발견된 적이 없다. 둘째, 한나라 때의 문화 문명이 조각되어 있는 화상석畵像石이나 화상전畵像磚에도 이런 스타일의 무기는 나오지 않는다. 셋째, 송대宋代보다 앞선 시대의 저작에서 이런 스타일의 무기에 대한 기록이 없다. 청룡언월도와 같은 스타일의 병기는 송대宋代에 이르러서야 만들어진 무기다. 언월도란 '누운 달처럼 생긴 칼'을 뜻한다. 청룡은 긴 칼자루를 뜻한다. 위 그림은 커다란 용이 누운 달을 집어삼키는 모양새다. 이 청룡은 사람의 피를 먹어야만 생명을 유지하는 용의 한 종류다. 칼날에 묻어 흐르는 사람의 피를 먹으려고 안달하는 용이 새겨진 청룡언월도를 휘두르면 싸움에서 어찌 이기지 않겠는가! 따라서 관우가 청룡언월도를 휘두르며 전투를 벌였다는 것은 가짜다.

관우는 적토마赤土馬를 탔을까?

적토마에 대해 옛 문헌에 기록된 경우는, 역사서『삼국지·위서·여포전』에 "여포는 적토라고 불리는 좋은 말 한 필을 가지고 있었다"라는 내용과 이에 대해 배송지가 주석으로 인용한「조만전曹瞞傳」에 실려 있던 당시 사람들의 이야기인 "사람 가운데에는 여포가 있고, 말 가운데에는 적토가 있다"는 내용이 전부다. 동탁이 여포를 자기 편으로 만들려고 여포에게 적토마를 주었다든지, 조조가 여포를 죽이고 나서 관우에게 적토마를 주었다든지 하는 이야기는 모두 꾸며낸 이야기다. 따라서 관우가 멋진 수염을 휘날리며 적토마를 타고서 청룡언월도를 휘두르는 형상은 허구적으로 꾸며낸 가짜 형상일 뿐이다.

관우는 유비의 두 아내를 모시고 다섯 관문을 지나며 여섯 장수를 죽였을까(過五關, 斬六將)?

소설『삼국연의』에 따르면, 관우는 조조에게 붙잡히고 나서 원소의 장수 안량을 죽이는 공을 세운 다음, 유비의 두 아내를 모시고 유비를 찾아간다. 그는 허창許昌에서 출발하여, '동령관東嶺關→낙양洛陽→사수관汜水關→형양滎陽→활주滑州' 관문 다섯 곳을 지나면서 길을 막고 있던 여섯 장수인 공수孔秀·맹탄孟坦·한복韓福·변희卞喜·왕식王植과 진기秦琪의 모가지를 베고 마침내 황하를 건너 유비를 찾아간다. 그러나 동령관은 역사적으로 존재하지 않는 지명이고, 활주는 송대에나 나오는 지명이며, 그 노선 또한 유비를 찾아가는 직선이 아니라 S자 형태에 가깝다. 게다가 장수 여섯 명은 역사적으로 실존하는 장수들도 아니다. 당시 유비는 이미 원소의 명령을 받아 여남汝南으로 가서 유격전을 벌이며 조조를 견제하고 있었으므로, 관우가 여남으로 유비를 찾아간 것은 사실이라고 할 수 있다. 그러나 관우가 관문 다섯 곳을 지나며 장수 여섯 명을 죽였다는 것은 역사적 근거가 하나도 없는 허구의 이야기에 지나지 않는다.

관우는 화용도華容道에서 붙잡은 조조를 풀어주었을까(華容道義釋曹操)?

소설『삼국연의』의 이야기는 다음과 같다. 적벽대전에서 대패한 조조는 겨우 300기의 기병을 거느리고서 제갈량이 매복해놓은 복병들의 공격을 가까스로 넘겨가며 북쪽으로 달아나다가 마침내 화용도에서 길을 막고 있는 관우를 만나게 되었다. 조조는 관우에게 옛날 달아나던 관우를 뒤쫓지 않았던 일을 일깨우며 살려달라고 요청했다. 관우는 지난날의 의리를 떠올리며 조조를 풀어준다. 조조가 화용도를 벗어났을 때는 겨우 기병 27기밖에 남아 있지 않았다. 그러나 역사기록 그 어떠한 곳에서도 조조가 적벽대전 뒤에 달아나면서 관우를 만났다는 기록은 없다. 배송지가 인용하고 있는『산양공재기山陽公載記』에 다음과 같은 기록이 있을 뿐이다. "조조의 군함들이 유비의 군대에 의해 불타버리자, 조조는 군사를 이끌고 형주 남군南郡 화용현華容縣의 화용도華容道를 따라 걸어서 되돌아갔다. 가는 길에 진창을 만나 길은 통하지 않았고 날씨 또한 궂어서 큰 바람이 불었다. … 조조가 말하였다. '유비는 나와 견줄만한 맞수다. 하지만 꾀를 내는 것이 조금은 무디다. 만약 진작 불을 질렀더라면 우리는 하나도 살아남지 못하였을 것이다.' 유비(의 군대)가 곧바로 또한 불을 질렀지만, 이미 때는 늦고 말았다." 따라서 관우가 화용도에서 붙잡은 조조를 풀어주었다는 것도 완전한 허구의 이야기에 지나지 않는다.

관우는 팔뚝의 뼈를 긁어내어 독을 제거하는 수술을 받으면서 바둑을 두었을까(刮骨療毒)?

『삼국연의』72회에 따르면, 관우는 조인과 전투를 벌이다가 오른쪽 팔뚝에 독을 바른 쇠뇌살을 맞고 말았다. 이에 화타가 그의 팔뚝을 수술했다. 이에 대한 『삼국연의』의 묘사는 다음과 같다. "화타는 칼을 찔러 살을 째서 벌렸다. 뼈가 드러났다. 뼈는 이미 푸르스름하였다. 화타가 칼로 뼈를 긁어내는데, 써걱써걱 소리가 났다. 군막 안의 위아래에서 이를 지켜보고 있던 사람들이 모두 두 손으로 얼굴을 파묻었고 낯빛이 하얗게 질려버렸다. 관우는 술을 마시고 고기를 뜯어 먹으며 이야기도 하고 껄껄거리며 웃기도 하면서 바둑을 두었다. 아파서 괴로워하는 낯빛이 조금도 없었다. 이윽고 뚝뚝 팔에서 흘러내린 피가 동이를 가득 채웠다. 화타는 독을 다 긁어낸 다음 뼈에 약을 바르고 나서 쨴 살을 실로 꿰맸다. 관우가 껄껄껄 크게 웃으면서 일어났다." 이 이야기는 기본적으로 아래에서 인용하는 『삼국지·촉서·관우전』의 기록에 근거하고 있다. 허구가 아니라 역사적 근거가 있는 진짜 이야기라고 볼 수 있다.

관우는 일찍이 날아오는 화살을 맞아 왼팔을 관통당한 적이 있었다. 그 뒤로 화살에 맞은 자리는 아물었지만, 흐리거나 비 오는 날이 될 때마다 뼈가 늘 쑤시는 듯 아팠다. 의원이 말하였다. "화살촉에 독이 묻어 있어서, 독이 뼛속까지 들어갔기 때문에 그렇습니다. 팔을 째어 상처를 내고 뼈를 깎아내어 독을 제거해야만 합니다. 이렇게 한 뒤에야 이러한 고통을 없앨 수 있을 따름입니다." 관우는 이에 팔을 뻗어 의사로 하여금 상처를 째어 열도록 하였다. 이때 관우는 때마침 여러 장수를 불러서 서로 마주하며 술을 마시고 음식을 먹고 있던 참이었다. 팔에서는 피가 줄줄 흘러나와 접시에 가득 찼지만, 관우는 구운 고기를 썰고 술을 마시면서 여느 때처럼 이야기를 나누고 웃거나 하였다.

羽嘗爲流矢所中, 貫其左臂, 後創雖愈, 每至陰雨, 骨常疼痛, 醫曰: "矢鏃有毒, 毒入于骨, 當破臂作創, 刮骨去毒, 然後此患乃除耳." 羽便伸臂令醫劈之. 時羽適請諸將飮食相對, 臂血流離, 盈於盤器, 而羽割炙引酒, 言笑自若.

『삼국지 · 촉서 · 관우전』

위 내용은 역사서『삼국지 · 촉서 · 관우전』에 기록된 관우가 화살에 맞은 왼팔을 수술받는 부분이다. 앞서 인용했던 소설『삼국연의』72회의 묘사와 비교해보면 소설이 역사보다 형상적으로 묘사하는 데 훨씬 뛰어나다는 점을 알 수 있다.

서울 동묘의 관우상.

관우, 신이 되다

역사 『삼국지』의 기록을 살펴보면, 관우는 안량을 찔러 죽였던 일과 조조의 칠군이 큰비에 잠기자 위의 장수인 우금을 사로잡고 방덕을 죽인 것이 최고의 전공戰功이라고 할 수 있다. 그는 중국 역사에 나오는 수많은 장수들 가운데 딱히 두드러지는 장수는 아니다. 그러나 관우는 소설 『삼국연의』의 영향으로 말미암아 실제 전투기술에서 뛰어나고, 군사전략에도 뛰어나고, 역사서인 『춘추』에도 정통하고, 군주에 충성하고, 인간적으로는 의리를 지키는 이상적 장수로 형상화된다. 그의 형상은 시간이 지날수록 이상화되어 신격화된다. 그의 신격화 과정은 후侯에서 왕王으로, 왕에서 제帝로, 제에서 성聖으로, 성에서 천天으로 상승한다.

　그가 살았을 적에 받았던 작위爵位는 한수정漢壽亭의 정후亭侯였고, 가장 높은 관위官位는 전장군前將軍이었고, 죽은 뒤에 받은 시호는 장무후壯繆侯였다. 북송 휘종徽宗 때에 그의 봉호封號는 충혜공忠惠公에서 숭녕진군崇寧眞君으로, 다시 무안왕武安王, 의용무안왕義勇武安王이 된다. 공에서 군으로, 다시 군에서 왕으로 된 것이다. 남송과 원나라 때에도 봉호가 조금 길어진 왕이었으나, 명나라 때에는 삼계복마대제신위원진천존관성제군三界伏魔大帝神威遠鎭天尊關聖帝君이라는 봉호를 받게 된다. 청나라 때에는 봉호가 이보다 더 길어져서 충의신무령우인용위현호국보민정성수정익찬선덕관성대제忠義神武靈佑仁勇威顯護國保民精誠綏靖翊贊宣德關聖大帝라는 어마어마한 봉호를 받게 된다. 그는 중국 문화에서 사람들로부터 가장 높은 인기를 누리는 신화적 인물이 되었다. 관우를 신으로 섬기는 무묘武廟의 숫자는 공자를 섬기는 문묘文廟의 숫자를 압도한다.

관우와 이순신

중국에서는 관우묘를 일반적으로 '관제묘關帝廟'라고 부르는데, 가장 이른 시기의 관제묘는 수나라 개황開皇 9년(589) 산서성에 세워진 해주解州 관제묘다. 현재 중국에 세워진 관제묘는 통계를 낼 수 없을 정도로 많다고 한다.

중국 삼국시대의 이야기가 우리나라에 들어온 것은 고려高麗 말로 추측된다. 고려 말의 중국어 교재인 『노걸대老乞大』에 고려 상인이 북경에서 『삼국지평화三國志平話』를 구입하는 내용이 나오기 때문이다. 소설 『삼국연의』가 조선朝鮮에 들어온 것은 적어도 선조宣祖 2년(1569) 이전일 것으로 추측할 수 있다. 『조선왕조실록』에 선조가 『삼국연의』에 나오는 이야기를 신하에게 물어보는 기록이 남아 있다. 선조가, 장비가 장판파長坂坡 전투에서 한번 고함쳐서 만군을 달아나게 했다는 이야기를 꺼내자, 신하인 기대승奇大升이 임

조선 선조 34년, 서울 동대문 밖에 동묘가 세워졌다.

금이 '허망하고 터무니없는' 소설 내용에 빠졌다며 비판하는 기록이 보이기 때문이다. 이는 나관중이 죽은 뒤 약 150년이 지난 시점이다.

관우가 조선 사람들에게 신으로 떠받들어지면서 관우묘가 세워지게 된 계기는 임진왜란壬辰倭亂 때문이다. 임진왜란에 참전한 명나라 장수들은 관우를 전쟁의 신으로 섬기고, 병사들의 사기를 고취하기 위해 조선 땅에 관우의 사당을 짓게 된다. 조선에 최초로 세워진 관우묘는 1597년 모국기茅國器가 성주에 세운 관왕묘였다. 그 뒤를 이어 세워진 것이 1598년 지금의 서울역 앞에 세워진 남묘南廟였다. 명나라 장수 진인陳寅(?~1621)이 일본군과의 전투에서 부상을 입고 남대문 가까이에서 치료를 받으면서 관우 신령의 도움을 받고자 관우를 섬기며 개인적으로 사당을 세웠는데, 그 뒤 조선 정부의 지원으로 서울역 앞 남산 자락에 정식으로 커다란 규모의 관우 묘를 세우니, 남묘는 바로 이렇게 세워진 것이다. 이와 더불어 설호신薛虎臣이 안동에, 남방위藍芳威가 남원에, 진린陳璘이 고금도古

今島에 관왕묘關王廟를 세운다. 그 뒤로 선조 34년(1601) 동대문 밖에는 동묘東廟가 세워지게 된다.

한편 전라남도 완도군 고금도에 세워진 관왕묘는 이순신李舜臣 장군과 깊은 관련이 있다. 1598년 7월 명나라 수군 도독인 진린은 조선의 고금도에 도착하자 왜군과의 대규모 전투를 앞두고 관우를 모시기 위해 9월에 관왕묘를 준공했다. 2개월 뒤인 11월에 임진왜란의 마지막 해전인 노량해전에서 이순신 장군이 전사하자, 그 유해는 고금도의 관왕묘 앞에 잠시 안장되었다. 이러한 까닭으로 숙종 9년(1683)에는 고금도 관왕묘 서쪽에 사당을 새로 짓고 충무공 이순신을 모시도록 했다. 한편 일제강점기에 들어서면서 고금도의 유림들은 관왕묘에 제사를 드리기 위하여 필요한 토지(祭位畓)를 매입하면서 그 소유권자의 이름을 '이관왕李關王'이라는 가명을 사용했으니, 관우의 제사를 드리는 데 드는 기금을 마련하기 위한 땅이 한국에 있게 되었다. 1960년 고금도의 관왕묘는 훼철되었고 이순신 장군을 기리는 고금도 충무사忠武祠로 바뀌게 된다. 현재 조사된 바로는 조선시대에 세워진 관우묘는 30곳이 넘으며, 현존하는 곳은 14곳으로 확인된다. 이후 관우는 조선의 고전소설 『임진록』에서 조선의 수호신으로 묘사되며, 판소리 〈적벽가〉에서는 군사를 이끌고 행군하는 대목에 등장하기도 하며, 조선 민간의 무당들이 섬기는 주요 신의 하나가 되기도 한다.

생각할 거리

임진왜란 때 조선이 침략자인 왜군을 물리칠 수 있었던 것은 명나라 지원군의 도움도 컸겠지만, 가장 큰 이유는 아무래도 자발적으로 들고일어난 조선의 의병義兵들이 침략자인 왜군에 대하여 격렬히 저항했기 때문이었을 것이다. 그런데도 명나라 지원군과 조선의 왕은, 왜군을 물리칠 수 있었던 까닭이 관우 신령의 도움 때문이라고 주장한다. 이는 무엇 때문일까?

키워드 | #관우 #『삼국지』 #『삼국연의』 #관우상 #관왕묘 #전쟁의신 #언월도 #임진왜란 #동묘

함께 읽은 책들

진수, 『삼국지』, 중화서국, 북경, 1959.

나관중, 『삼국연의』, 상해고적출판사, 상해, 1980.

민관동, 「國內 關羽廟의 現況과 受容에 대한 硏究」, 『중국소설논총』 제45집, 서울, 2015.

유성웅 장경희, 「고금도古今島 관왕묘關王廟 연구」, 『동방학』 제32집, 서울, 2015.

홍윤기, 「關羽東廟의 明 使臣이 지은 懸板에 대한 考證과 그 외교적 문화적 의미에 관하여」, 『중국학논총』 제49집, 서울, 2015.

홍윤기, 「조선 고종 〈북묘묘정비北廟廟庭碑〉 비문의 관우關羽 관련 기록과 모종강毛宗崗 평본評本 『삼국연의三國演義』」, 『중국어문논총』 제90집, 서울, 2018.

제9강

시인은 숲으로 가지 못한다

완적과 위진 현학

한 시대가 저무는 우울함

완적阮籍(210~263)은 삼국시대 위나라 사람이다. 건안칠자建安七子의 한 사람인 완우阮瑀의 아들로, 자는 사종嗣宗이며 보병교위步兵校尉라는 벼슬을 지낸 적이 있어 완보병阮步兵이라고도 불린다. 완적은 세 살 때 아버지를 여의어 어머니 품에서 어렵게 자랐다. 그러나 타고난 자질과 노력으로 학문에 열중해 때로는 한 달 동안 문밖으로 나오지 않고 독서에 매진할 때도 있었다. 여러 방면의 책을 두루 읽는 가운데 특히 도가의 대표적 책인 『노자』와 『장자』를 즐겨 읽은 것으로 알려져 있다.

완적이 서른 살이 되었을 때인 239년, 위나라는 3대 임금인 조방曹芳이 여덟 살의 나이로 제위에 올라 조상曹爽과 사마의司馬懿의 보좌를 받았다. 당시 조상과 사마의는 서로 권력을 독차지하고자 암투를 벌여 정국은 매우 혼란스럽고 뒤숭숭했다. 그로부터 10년 뒤, 사마의는 결국 조상을 살해하고 일인자의 자리에 올라 정적들을 잔인하게 숙청했다. 완적은 이런 사마의의 전횡을 못마땅하게 여겨 벼슬길에 나서지 않고 두문불출하며, 혜강稽康 등과 어울려 '죽림칠현竹林七賢'으로 세상에 알려졌다.

깊은 밤 잠 못 이루어

일어나 앉아 금을 타노라니,

엷은 휘장으로 밝은 달빛 비치고

맑은 바람 내 옷깃에 스민다.

외로운 큰기러기 들판에서 소리치고

철새들 무리 지어 북쪽 숲에서 우는데,

배회한들 무엇을 보겠는가

근심 걱정에 홀로 마음 상할 뿐.

夜中不能寐, 起坐彈鳴琴.

薄帷鑒明月, 淸風吹我襟.

孤鴻號外野, 朔鳥鳴北林.

徘徊將何見, 憂思獨傷心.

완적, 「영회詠懷」

이 시는 어둠의 시대를 살아가는 시인의 방황과 고민을 담고 있다. 위나라 말기에 집권한 사마씨 집단은 그들에게 반기를 드는 사람들을 가차 없이 처단했다. 완적의 「영회」는 이처럼 정치적 압박이 심한 시대를 암시적으로 풍자한 작품이다. 이 시에서 화자는 깊은 밤에도 잠을 이루지 못하고 금을 탄다. "큰기러기"와 "철새"에서 상징적 의미를 찾아볼 수 있다. 전자가 시인을 비유하는 것이라면, 후자

술을 좋아하고 예법을 거부했던 완적은 세상과 단절된 채 거칠게 살았던 것처럼 보이지만, 내면은 모순과 갈등으로 얼룩져 있었다.

는 권력을 좇는 무리, 즉 사마씨 집단을 가리킬 것이다.

그러나 얼마 지나지 않아 완적은 사마의에게 마음을 열고 휘하에서 종사중랑從事中郎을 맡았고, 사마의가 죽은 뒤에는 그의 아들 사마사司馬師 밑에서 몇 년 동안 같은 벼슬을 지냈다. 이후 관내후關內侯, 산기상시散騎常侍 등을 역임하고, 다시 사마소司馬昭 밑에서 보병교위步兵校尉 직으로 한동안 자리를 지켰다. 263년, 사마소가 촉한蜀漢을 멸망시킨 그해에 완적은 쉰네 살을 일기로 눈을 감았다.

완적의 일생에서 빼놓을 수 없는 것은 '술'이었다. 그에게 술은 가슴속 근심을 씻어낼 수도 있고 화를 피할 수도 있는 명약이었다. 완적이 '완보병'으로 불리게 된 이유가 일종의 무관武官인 보병교위를 지냈기 때문인데, 보병의 주방장이 술을 잘 빚어서 창고에 300곡斛(1곡은 다섯 말)의 술이 있다는 말을 듣고 이 직책에 자원한 것이었다. 그는 보병교위로 있는 동안 이 술을 죄다 마셨다.

완적에게 보병교위 자리를 마련해준 사마소는 완적과 사돈을 맺어 아들 사마염司馬炎의 배필로 완적의 딸을 데려올 생각이었다. 그러나 완적은 두 달 내내 술에 취해 지내면서 사마소에게 혼담을 꺼낼 기회를 주지 않았다. 또 죽림칠현의 한 사람인 혜강을 사지로 몰아넣은 종회鍾會가 완적에게도 시국에 관한 의견을 물으면서 꼬투리를 잡으려 하자 완적은 늘 술에 취한 상태로 그를 응대하며 빌미를 주지 않았다.

명분만 따지는 더러운 세상

완적은 평소 '명분을 따르는 유교적 가르침, 즉 명교名敎를 뛰어넘어 자연에 맡겨야 한다'는 생각을 가지고 있었다. 그런 까닭에 그가 남긴 일화에는 이와 관련한 이야기가 많다. 일례로 완적의 형수가 인사차 친정에 갈 때 그는 형수에게 달려가 작별인사를 건넸다. 남녀가 유별하다고 생각하는 사람들이 그의 행동이 예법에 맞지 않다고 비난하자, 완적은 "예법이 어찌 나를 위해 만들어졌겠는가"라며 맞받아쳤다. 또 이런 일도 있었다. 미모의 여인이 주점에서 술을 팔고 있었는데 완적이 그 집에서 술을 마시다 취해 그 여인 곁에 누워 잠이 들었다. 그러나 여인의 남편은 평소 완적의 성품이 자유롭고 호방한 것을 잘 알고 있기에 완적의 행동을 문제 삼지 않았다.

눈의 흰자위를 보이며 흘겨본다는 뜻의 '백안시白眼視' 고사 역시 그가 명교에 대해 가졌던 반감을 잘 보여준다. 완적의 어머니가 세상을 떠나 혜강의 아우 혜희嵇喜가 문상을 왔을 때였다. 평소 혜희가 명교를 내세우며 사마씨의 권력을 추종한다고 생각했던 터라 완적은 그를 '백안시'했다. 이에 혜희는 몹시 무안해하며 서둘러 그 자리를 떠났다. 그러나 잠시 후 그의 형인 혜강이 문상을 왔을 때는 반가워하며 '청안시靑眼視'했다.

완적은 세상 거칠 것 없이 살아간 것처럼 보이지만, 내면의 모순과 갈등, 그리고 그로 인한 심적 고통은 매우 컸다. 이런 심사가 잘 반영된 그의 시「영회詠懷」82수를 두고, 당나라 이선李善은 이렇게 평한 바 있다. "완적은 난세의 조정에서 벼슬하며 늘 남의 비방을 근심하고 화를 당할까 두려워했다. 이런 마음을 노래했기 때문에 그의 시에는 늘 인생을 근심하는 탄식이 배어 있다." '도궁곡途窮哭'이라는 고사도 그의 답답하고 울적한 심리 상태를 전해준다. 완적이 이따금 홀로 수레를 몰아 길이 아닌 곳으로 가다가 막다른 길에 다다르면 대성통곡을 하고 돌아왔다는 것이다. 그의 성품으로는 견디기 힘든 세상을 살았던 것으로 여겨진다.

대인 선생이라는 사람이 있어, 천지를 하루아침으로 여기고 만 년을 한 순간으로 여기며, 해와 달을 문과 창문으로 삼고 광활한 천지를 들과 거리로 삼았다. 다님에 흔적이 없고 거처함에 일정한 집이 없어, 하늘을 장막으로 삼고 땅을 자리로 삼아 마음이 가는 대로 행했다. 머무르면 작은 술잔 잡고 큰 술잔 잡고, 움직이면 술통을 차고 술병을 들고 오직 술 먹는 일에만 힘썼으니, 어찌 그 나머지 일을 알겠는가?

귀한 집 공자, 벼슬아치, 공부하는 자들이 있어 우리의 명성을 듣고는 그렇게 행동하는 이유를 비난했다. 마침내 소매를 떨치고 옷깃을 날리며 눈을 부라리고 이를 갈면서, 예법을 늘어놓으며 시비가 벌떼처럼 일어났다.

선생은 이때 막 술 단지와 술통을 받아들고는 술잔을 입에 물고 탁
주로 입가심을 한 다음, 수염을 털어내며 두 다리를 뻗고 걸터앉아
누룩을 베고 술지게미를 깔고 앉으니, 아무런 생각도 걱정도 없이
그 즐거움이 도도했다. 멍하니 취해 있고 어렴풋이 깨어 있어, 귀
기울여 들어도 우레 소리를 듣지 못하고 힘주어 보아도 태산의 형
상을 보지 못했다. 추위와 더위가 피부를 끊어내는 것과 기호의 욕
심이 마음을 감동시키는 것도 깨닫지 못하여, 만물의 어지러움을
마치 장강이나 한수에 떠 있는 부평초처럼 굽어보았고, 따지러 온
두 호걸이 옆에 지키고 서 있어도 마치 나나니벌이 배추벌레를 대
하듯 했다.

有大人先生, 以天地爲一朝, 萬期爲須臾, 日月爲扃牖, 八荒爲庭衢. 行無轍
跡, 居無室廬, 幕天席地, 縱意所如. 止則操巵執觚, 動則挈榼提壺, 唯酒是
務, 焉知其餘. 有貴介公子, 縉紳處士, 聞吾風聲, 議其所以. 乃奮袂揚衿, 怒
目切齒, 陳設禮法, 是非鋒起. 先生於是方捧甖承槽, 銜盃漱醪, 奮髥踑踞,
枕麴藉糟, 無思無慮, 其樂陶陶. 兀然而醉, 恍爾而醒, 靜聽不聞雷霆之聲,
熟視不見泰山之形, 不覺寒暑之切肌, 嗜慾之感情. 俯觀萬物, 擾擾焉, 如江
漢之浮萍, 二豪侍側焉, 如蜾蠃之螟蛉.

유영劉伶, 「술의 덕을 노래하다(酒德頌)」

이 글은 완적과 함께 죽림칠현의 한 사람이던 유영이 대인 선생이
라는 가공의 인물을 빌려 명교를 추종하는 인물들의 위선적 행태를
풍자한 것이다. 술은 유영에게 예법에 찌든 이들에 대항하는 무기
의 일종이었다. 작자는 술에 흠뻑 취한 뒤의 느낌으로 위선적인 이

들의 벌레 같은 행동을 한껏 조롱했다.

위진 현학, 유가와 도가의 오묘한 만남

위진魏晉 현학玄學은 위나라와 진나라 시기에 노장사상을 근간으로 유가와 도가를 모두 흡수한 철학적 흐름을 가리킨다. '현학'의 '현'은 『노자』 제1장에서 "가물고 또 가문 곳, 모든 오묘함이 나오는 문이다(玄之又玄, 衆妙之門)"라고 한 데서 비롯된 말로, 심오하여 헤아리기 어렵다는 뜻이다. 위진 시대의 철학자들은 유가의 『주역』과 도가의 『노자』, 『장자』를 사상적 근거로 삼아 이를 '삼현三玄'이라고 불렀다.

현학에서 다룬 중심 주제는 '본말本末'과 '유무有無', 즉 천지만물이 어떻게 존재하는지에 대한 형이상학적 문제였다. 현학에서는 노장사상으로 유가의 경전을 해석했다. 도가의 '자연무위自然無爲' 사상을 유가의 명교名敎와 결합하면서 당시 문벌귀족의 통치에 필연성과 합리성을 제공하는 역할을 하기도 했다. 이는 한나라 말기 사회가 극도로 혼란스러워지고 사상 해방의 물결이 몰아치면서 주도적 위치에 있던 유가사상이 몰락한 결과였다. 현학은 유가사상의 빈자리를 헤집고 들어온 대체물 가운데 하나로서, 우주와 인생에 대한 본체론적 문제에 철학적 답변과 논증을 제시했던 것이다.

현학은 크게 명교파名敎派·자연파自然派·격의파格義派로 나뉘어 발전하는 양상을 보였다.* 명교파는 기본적으로 유가적 질서를 옹

---

*   정세근, 「명교파와 죽림파 그리고 격의파: 위진현학의 3대 학파」, 『종교연구』 13집, 1997, 138쪽.

호하는 입장이었다. 이러한 주장을 펼친 주요 인물로 하안何晏, 왕필王弼, 곽상郭象이 있었다. 이들은 각각 『논어집해論語集解』, 『노자주老子注』, 『장자주莊子注』 등을 펴내며 현학의 기본 사상을 정리했다. 이들은 만물이 '무無'에서 나오는지 등의 문제를 두고 격론을 벌이기도 했다. 하지만 결론은 인간이 운명의 지배를 받아들여야 한다는 쪽으로 귀착되어 문벌제도를 합리화하는 데 이론적 기반을 제공했다.

자연파는 명교파와 달리 '자연으로 돌아가라'는 노자의 가르침을 더 숭상했다. 대표적으로 죽림칠현이 이 자연파에 속하는데, 그중에 더러는 기회주의적 행태를 보이거나 변절을 일삼은 이들도 있어서 순수한 의미의 '자연파'라고 보기는 어렵다. 자연파는 특별한 이론적 주장을 내세우기보다는 노자의 가르침을 생활 속에서 실천하는 수단으로 금琴과 술을 강조했다. 남조 양梁나라 때의 시인 유신庾信이 「영회시를 본떠(擬詠懷)」라는 시에서 "완적이 술을 마시지 않고 혜강이 금을 타지 않으니, 적막하여 진정한 기운이 없고 혼미하여 속된 마음 생긴다(步兵未飮酒, 中散未彈琴. 索索無眞氣, 昏昏有俗心)"라고 노래한 데서 자연파가 추구한 경지를 짐작해 볼 수 있다.

격의파는 현학의 주요 개념을 빌려 불교에 접목하려 했던 승려들을 가리킨다. 이들은 불교 경전을 한문으로 번역하면서 현학의 해박한 지식을 활용하고자 했다. 지둔支遁, 도안道安, 혜원慧遠이 그러한데, 이들은 모두 『노자』와 『장자』, 그리고 유가의 경전에 정통했다. 이들은 불교의 중심 사상인 '공空' 등의 개념을 설명하기 위해 현학의 '본말론'과 '유무론'에 관심을 가졌다. 예를 들면 『장자』에 자주 등장하는 '무시비無是非', 즉 '이도 저도 아니다'와 같은 말은 불교의 교리를 이해하는 데 유용했다. 그러나 격의파가 활약하면서 현학은 쇠퇴와 소멸의 길을 걸었다. 현학의 주요 개념이 불교에 흡수되고 지배층에서 불교를 후원하면서 현학은 더 이상 설 자리를 잃었던 것이다.

현학의 발달과 함께 유행한 것이 이른바 '청담淸談'이었다. 청담은 지식인들이 모여 현학에서 다루는 주요 문제들을 토론하는 것을 가리킨다. 형이상학적인 주제에 대한 담론을 통해 철학적 사유가 확산되고 이로써 중국철학의 이론적 수준이 한 단계 올라서는 데 기여했다. 그러나 한나라 말기에 유학을 비판했던 '청의淸議'에 근본을 두고 있으면서도 지식인들의 지적 유희에 그치고, 현실에서 벗어난 문제에 집착하면서 사회적 반향을 불러일으키는 데까지 이르지 못한 것은 청담의 한계로 지적된다.*

세속을 떠나 대나무 숲에 갔지만

죽림칠현은 위나라 정시正始 연간에 활약한 일곱 사람을 가리킨다. 죽림칠현의 '죽림'은 이들이 당시 산양현山陽縣(지금의 하남성 수무현修武縣 일대)의 대나무 숲에 모여 술을 마시고 노래했다 하여 붙여진 말이다. '칠현'이라고 한 까닭은 이때 대나무 숲에 모였던 주요 성원이 완적·혜강·산도山濤·상수向秀·유영·왕융王戎·완함阮咸 등 일곱 명이었기 때문이다. 죽림칠현이라는 말이 역사서에 처음 등장

---

*   청담사상에 대한 더 자세한 내용은 '이재권, 「청담사상의 형성 과정과 의미」(『동서철학연구』 제26호, 2002)'를 참조.

죽림칠현.

한 것은 『진서晉書』의 「혜강전嵇康傳」이다.

　죽림칠현은 모두 현학을 대표하는 인물로 대체로 도가를 숭상하는 '자연파'에 속하나, 산도와 왕융은 유가의 학설도 수용해야 한다고 주장했고, 상수는 명교와 자연의 합일을 주장했다. 이들은 예법에 구속되는 것을 꺼려 대나무 숲에 모여 자유분방하게 술 마시고 노래하는 것을 즐겼다. 그래서 이들이 지은 문학 작품에는 사마씨가 집권한 조정의 허위를 폭로하고 풍자하는 내용이 많았다. 그러나 정치적으로는 입장 차이를 보여, 혜강은 산도가 승진하면서 빈자리에 자신을 추천하자 절교의 편지를 보내기도 했다. 이러한 정치적 이견이 생기면서 죽림칠현은 결국 뿔뿔이 흩어지게 되었다.*

　앞에서 소개한 완적 외에 죽림칠현의 나머지 여섯 사람의 행적을 간단히 살펴보면 다음과 같다. 먼저 혜강은 조조曹操의 손녀사위가 되어 권력에 가까이 갈 기회가 있었으나, 스스로 마다하고 재

---

*　　콩이孔毅, 정용선 역, 『죽림칠현과 위진명사』 인간의 기쁨, 2014, 99쪽.

혜강은 금琴 연주의 대가였다.

야에서 대장간을 운영하는 등 의식적으로 정치권과 거리를 두려 한 인물이다. 그러나 명망이 높았던 까닭에 권력을 쥔 사마씨 일파에게 견제를 당하게 되었고, 결국 종회鍾會의 모함을 받아 사형에 처해졌다. 불로장생을 꿈꾼 「양생론養生論」, 금 연주의 대가로서 '소리에는 본디 슬픔과 기쁨이 없다'는 주장을 담은 「성무애락론聲無哀樂論」 등의 글을 남겼다.

상수는 현실 정치와 일체의 관련을 끊고 '죽림'에만 머물렀던 인물이다. 그는 평생 『장자』 연구에 몰두해 자세한 주석을 붙이면서 '명교가 곧 자연'이라는 결론에 이르렀다. 유영은 기행으로 잘 알려진 인물이다. 그는 「술의 덕을 노래하다(酒德頌)」라는 글에서 현실에 저항하는 무기로서의 술에 대해 노래했다. 방에서는 벌거벗은 채 지내면서 찾아오는 손님에게 왜 남의 옷 속으로 들어오느냐며 면박을 준 일화는 유명하다. 완함은 완적의 조카였으며, 비파 연주에 능했다. 명교를 무시하기로는 숙부인 완적 못지않아서 손님을 접대하던 중에 손님의 말을 잡아타고 나가기도 했다. 고모를 모시는 선비족 시녀가 마음에 들어 데려오고 싶다는 이유였다.

산도는 완적과 혜강의 절친한 벗이었지만 부귀공명에 대한 미련을 버리지 못한 인물이었다. 본래 능력이 출중했던 까닭에 사마씨 정권에 출사하자마자 승승장구해 고관대작의 반열에 올랐다. 위진 시대의 인물로는 드물게 79세까지 장수한 것도 죽림칠현의 다른 성원들과 다른 점이다. 왕융 역시 산도와 마찬가지로 벼슬길에 올라 형통한 관운을 즐겼다. 그러나 사위의 일에 연루되어 면직되면서 상황이 급변한 이후로는 완적, 혜강과 죽림에서 어울려 지내던 과거를 그리워했다. 남조 송宋나라 때의 문인 안연지顔延之가 죽림칠현 가운데 산도와 왕융 두 사람을 제외하고 다섯 사람만을 노래한 「다섯 군자의 노래(五君詠)」라는 작품을 남긴 것은 이들 두 사람이 사마씨 정권에서 벼슬한 것을 간접적으로 비판하는 의미였다.

생각할 거리

루쉰魯迅은 「위진의 풍격·문장과 약·술의 관계」라는 글에서 완적이 술을 잔뜩 마신 이유를 두 가지로 분석했다. 하나는 위진 현학에서 비롯된 허무주의로서, 모든 게 허무하다면 술에 탐닉하지 않을 수 없다는 것이다. 다른 하나는 당시의 정치 환경으로서, 사마씨가 정권을 잡아 공포정치를 시행하고 있으니 늘 술에 취해 있는 것이 차라리 꼬투리를 잡히지 않는 좋은 방법이라는 것이다. 완적의 처세를 지지하거나 비판하는 입장에서 각각의 이유를 말해보자.

키워드 | #완적 #죽림칠현 #위진현학 #청담 #「영회」

함께 읽은 책들

『진서晉書』

심규호 역주, 『완적집』, 동문선, 2012.

콩이孔毅, 정용선 역, 『죽림칠현과 위진명사』, 인간의 기쁨, 2014.

쑤치시 외, 김원중 외 역, 『동양을 만든 13권의 고전』, 글항아리, 2011.

劉雅茹, 『竹林七賢』, 文化藝術出版社, 2014.

陳伯君, 『阮籍集校注』, 中華書局, 2006.

이재권, 「청담사상의 형성 과정과 의미」, 『동서철학연구』 제26호, 2002.

정세근, 「명교파와 죽림파 그리고 격의파: 위진현학의 3대 학파」, 『종교연구9』 13집, 1997.

제10강

중국 고대의 신비한 잡학사전

장화와 박물학

공자는 왜 새와 짐승,
풀과 나무 이름을 공부했을까

인류는 삶을 영위하면서 부단히 외부 세계와 접촉한다. 다른 생물과 달리 명석한 두뇌를 가지고 있는 인류는 그 접촉 과정에서 획득한 지식과 기술을 활용해 생명체로서의 입지를 더 단단히 다질 수 있었다. 또 이 가운데 일부는 저술로 남아 후세에 전해지는데, 고대 로마제국의 학자인 플리니우스Plinius가 77년에 펴낸 책『자연사 Natural History』가 좋은 사례다. 그는 수천 권의 문헌에서 2500여 항목을 뽑아 자연에 관한 고대의 지식을 종합했다. 플리니우스가 사용한 '자연사'라는 용어는 이후 '박물학'으로도 번역되는데, 이때는 '자연사'보다 다소 좁은 의미로 쓰인다.

중국에서도 박물학의 전통이 일찍부터 자리를 잡았다. 토머스 헉슬리의『진화론과 윤리학』, 애덤 스미스의『국부론』등을 번역해서 소개했던 청나라 말기의 학자 엄복嚴復은 중국과 서양의 문화·사상적 차이를 설명하면서, 중국의 학자는 박학을 숭상해 지식이 풍부한 것을 자랑하고, 서양의 학자는 견해를 중시해 새로운 지식을 우러른다고 말한 바 있다.* 엄복의 표현 그대로 중국에는 박학다식을 지식인의 표상으로 여기는 문화가 존재한다고 볼 수 있다. 예컨대 공자가 제자들에게 『시경』을 공부할 것을 권하면서 그 이유 가운데 하나로 『시경』을 공부하면 새와 짐승, 풀과 나무의 이름에 대해 많이 알게 된다는 점을 든 것이 그러하다.** 이러한 문화적 전통은 중국 박물학 발전의 토대라 할 것이다.

중국 박물학의 원류는 어디서 찾을 수 있을까. 우선 유가 경전에 대한 훈고학 부류의 저작을 들 수 있다. 유가 경전의 하나에 속하기도 하는 사전류 저작 『이아爾雅』와 이에 대한 곽박郭璞의 주석서인 『이아주爾雅注』를 비롯하여 『시경』에 등장하는 동식물류를 설명한 육기陸機의 『모시초목조수충어소毛詩草木鳥獸蟲魚疏』가 여기에 속한다. 다음으로는 제자백가諸子百家 가운데 의학과 농학도 박물학의 범주에 넣을 만하다. 『채약록採藥錄』이나 『신농본초경神農本草經』을 예로 들 수 있다. 또 지리에 대한 지식을 담은 저작도 빼놓을 수 없다. 『상서』 「우공禹貢」 편과 『산해경山海經』, 역도원酈道元의 『수경주水經注』가 대표적이다. 문학에서도 일부 박물학적인 성격을 띤 작품이 있다. 굴원屈原의 「이소離騷」에도 식물 이름이 많이 보이고, 한대의 장편 부賦에도 온갖 사물이 소재로 거론된다.

마지막으로 들 수 있는 것이 진晉나라 때 장화張華가 쓴 『박물지』처럼 백과사전의 형식을 띠는 저작이다. 중국의 박물학은 서양

*　　　周遠方, 「試論中國傳統博物學的內容及其與西方博物學的差異」, 『貴州大學學報(社會科學版)』, 2017년 6월, 113쪽.

**　　　『논어·양화陽貨』: 多識於鳥獸草木之名.

과 다른 몇 가지 특징을 보인다. 첫째는 '박물'이라 할 때의 '물'에 자연물뿐만 아니라 인공물이나 이야기까지 포함된다는 것이고, 둘째는 자연을 연구하고 이해하기 위한 목적이 아니라 정통 학문이 미처 다루지 못한 부분을 보완하는 역할을 한다는 것이며, 셋째는 사물이나 현장 자체에 대한 실증적 고찰보다는 문헌적 탐구에 의존한다는 것이다.* 장화의 『박물지』는 이러한 중국 특유의 박물학 전통을 고스란히 보여준다는 점에서 주목할 만한 박물학 저작이다.

『박물지』에 기이한 이야기가 많은 이유

> 관구검이 왕기를 보내 고구려 왕궁까지 추격하도록 했다. 옥저의 동쪽 끝에 이르러 그곳의 노인들에게 바다 동쪽에도 사람이 사는지 물었다. 노인들은 이렇게 대답했다. "우리나라 사람들은 항상 배를 타고 고기를 잡는데, 풍랑을 만나 바람에 떠밀린 지 수십 일 만에 동쪽에서 한 섬을 발견했습니다. 그 섬에는 사람이 있었는데 말을 알아들을 수 없었습니다. 그곳의 풍습은 항상 칠석이면 동녀를 데려다 바다에 빠뜨렸습니다.
>
> 毌丘儉遣王頎追高句麗王宮, 盡沃沮東界, 問其耆老, 海東復有人不. 耆老言, 國人常乘船捕魚, 遭風見吹, 數十日, 東得一島, 上有人, 言語不相曉. 其俗常以七夕取童女沈海.
>
> 『박물지』 권2, 「기이한 풍속(異俗)」

---

* 　　張鄕里, 「博物志的博物學體系及其博物學傳統脞論」 『蘭臺世界』, 2016년 3월, 132쪽.

북경 이화원 회랑에 있는 견우직녀 그림.

옛말에 은하수와 바다가 통한다고 했다. 최근에 바닷가에 사는 어떤 사람이 해마다 8월이면 뗏목을 띄워 은하수를 오가면서 기일을 어긴 적이 없다고 했다. 그러자 한 사람이 기이한 뜻을 품고 뗏목에 높은 누각을 세우고 식량을 가득 실은 뒤 뗏목을 타고 떠났다. 열흘 남짓 동안에는 그래도 별, 달, 해가 보이더니 그 뒤로는 아득하고 혼미한 상태가 되어 밤낮도 구별할 수 없게 되었다. 그렇게 열흘이 넘은 어느 날 갑자기 한 곳에 이르렀다. 그곳에는 성곽이 있었고 집들이 사뭇 가지런했다. 멀리 궁궐에 베를 짜는 아낙네들이 여럿 보였고, 한 사내가 소를 끌고 물가로 와 물을 먹였다. 소를 끌고 온 이가 사람을 보고 깜짝 놀라 어떻게 여기 왔느냐고 물었다. 뗏목을 타고 간 사람은 찾아온 뜻을 자세하게 설명해주면서 여기가 어디냐고 되물었다. 소를 끌고 온 이는 돌아가서 촉군의 엄군평을 찾아가면 알게 될 것이라고 답했다. 뗏목을 타고 간 사람은 결국 뭍에 오르지 않고 그대로 기일에 맞춰 돌아왔다. 나중에 촉군에 가서 엄군평에게 물으니, 아무 해 몇 월 며칠에 뜨내기 별 하나가 견우성을 침범했다고 말해주었다. 날짜를 계산해보니 바로 뗏목을 타고 갔던 그 사람이 은하수에 도착한 날이었다.

舊說云, 天河與海通. 近世有人居海渚者, 年年八月有浮槎, 去來不失期, 人有奇志, 立飛閣於槎上, 多齎糧, 乘槎而去. 十餘日中, 猶觀星月日辰, 自後茫茫忽忽, 亦不覺晝夜. 去十餘日, 奄至一處, 有城郭狀, 屋舍甚嚴. 遙望宮中多織婦, 見一丈夫, 牽牛渚次飮之. 牽牛人乃驚問曰, 何由至此. 此人具說來意, 並問此是何處, 答曰, 君還至蜀郡, 訪嚴君平則知之. 竟不上岸, 因還如期. 後至蜀, 問君平, 曰, 某年月日有客星犯牽牛宿. 計年月, 正是此人到天河時也.

『박물지』 권10, 「잡다한 이야기(하)(雜說下)」

현재 전해지는 10권본 『박물지』는 장화가 지은 원본 그대로가 아니다. 장화가 295년에서 300년 사이에 완성*했을 것으로 보이는 『박물지』는 일찌감치 사라지고, 나중에 다른 여러 책에 인용된 『박물지』의 내용을 한데 모은 게 현재 모습이다. 그렇다면 원본은 어느 정도 분량이었을까? 진晉나라 때 사람인 왕가王嘉는 『습유기拾遺記』에서 장화가 진晉나라 무제武帝에게 바친 『박물지』가 400권본이었다고 한다. 그런데 무제가 그것을 읽어본 뒤 공자가 언급하지 말라고 했던 이른바 '괴력난신', 즉 '괴이함·폭력·혼란·귀신'에 대한 내용이 대단히 많다고 지적하며 이런 내용을 삭제하고 10권본으로 다시 만들 것을 명했다. 어디까지 믿어야 할지 모를 내용이다.

---

* 　　王媛, 「博物志的成書體例與流傳」, 『中國典籍與文化』, 2006년 4월, 58쪽.

『산해경』은 중국에서 가장 오래된 지리서다. 『산해경』의 「해외경海外經」에는 먼 나라의 주민과 그에 관한 신화와 전설이 많이 실려 있다. 기이하고 환상적인 이야기에 이끌리는 중국문화의 한 특징을 보여준다.

(좌상) 소 머리, 뱀 꼬리에 날개 달린 육어鯥魚. (우상) 머리 하나에 몸이 셋인 삼신국三身國 사람들. (좌하) 중국 남쪽 관흉국貫匈國에 사는 관흉인들. 가슴에 나 있는 커다란 구멍에 막대기를 꽂아 두 사람이 들고 움직였다. (우하) 북방 바다 밖에 사는 눈이 하나뿐인 일목국一目國 사람.

현재 전해지는 『박물지』에는 전체 서문도 남아 있지 않아서 장화가 이 책을 쓰게 된 동기도 정확히 알기가 어렵다. 권1의 첫머리 「지리략地理略」에 서문 격의 글이 붙어 있을 뿐이다. 그는 여기서 『산해경』, 『상서·우공』, 『이아』 등을 읽다가 빠진 게 눈에 띄어서 그것을 보충한다고 했다. 『산해경』 등은 앞에서 살펴본 것처럼 박물학의 원류에 속하는 책인데, 이들의 미비한 점을 보완하겠다는 뜻이다. 그러고는 천하의 '박물지사博物之士'에게 자신이 쓴 내용을 살펴보고 감별해보라는 자신감도 내비쳤다.

먼저 38개의 조목으로 나뉘어져 있는 『박물지』의 목차를 살펴보면 다음과 같다.

『박물지』의 구성에서 가장 눈에 띄는 것은 지리서적인 성격이다. 먼저 여러 나라의 지리적 형세를 개괄하여 '박람회'를 열 물리적 공간을 마련하고, 그 속에 그곳에서 산다고 알려진 사람과 동식물을 배열했다.* 이에 따라 각 조목의 기본적 서술 형태는 '어디에 ~이 있다'는 식이다. 예를 들어 제12조「기이한 짐승」의 한 단락을 보면 "대완국大宛國에 한혈마汗血馬가 있다"라는 말로 시작된다. 이어서 이 한혈마는 천마의 일종으로 한나라, 위나라 때까지 서역에서 진상했다는 내용을 덧붙였다. 이와 같은 서술방식은 미셸 푸코의 지

---

*   김영식, 「박물지 시론」, 『중국문학』 제31집, 1999, 54쪽.

적처럼 중국문화는 시간적인 사건보다 공간 전개에 집착하는 경향이 있다는 분석을 떠올리게 한다.*

내용에서 특이한 점은 집요하리만큼 '기이함(異)'에 매달린다는 것이다. 권2, 권3, 권7은 조목의 이름부터 '기이함'을 표방했고, 권8~10도 기이한 이야기가 주류를 이룬다. 이러한 특징은 장화가 『박물지』를 저술하면서 정통 유가 경전에 대한 보완 또는 전복을 시도했기 때문으로 풀이된다. 유가 경전에서 다루지 않은 것을 보충해 서술한다는 점에서는 '보완'이지만, 공자가 언급을 삼갔던 '괴력난신'이 다수 포함되었다는 점에서는 '전복'이라 할 수 있다. 예를 들어 권2에서 '염인국炎人國'을 소개하면서 이 나라에서는 "친척이 죽으면 그 살을 다 발라낸 다음에 갖다 버리고 나중에 뼈만 묻는 것을 효도로 여긴다"고 했다. 이 내용은 도가道家의 책인 『열자列子』와 묵가墨家의 책인 『묵자墨子』에 공통으로 실려 있는 것을 장화가 『박물지』에 옮긴 것이다. 유가의 서적에서 찾을 수 없는 내용은 보완하는 한편, 유가에서 효도를 바라보는 관점에 대해서는 전복하는 효과가 있다고 여겨진다.

괴력난신과 벗하며, 유교적으로 산다는 것

장화(232~300)는 자가 무선茂先이며, 위魏나라와 진晉나라 시대에 걸친 사람이다. 한나라 고조인 유방의 책사였던 장량張良의 후손이고, 당나라 때 재상을 지낸 장구령張九齡에게는 선조가 된다. 위나

---

*　　　김지선, 「박물지에서의 공간의 의미」, 『중국어문학지』 제12권, 2002, 61쪽.

라 때 중서랑中書郎을 지내고 진나라로 왕조가 바뀌어서도 시중侍中을 맡는 등 두 왕조에서 줄곧 요직에 있었다. 장화의 부친 장평張平은 어양군漁陽郡의 태수를 지냈으나 일찍 세상을 뜬 것으로 보인다. 그래서 장화는 소년 시절부터 생계가 여의치 않아 다른 사람이 양을 치는 것을 도우면서 생활해야 했다.

장화는 영특하고 다재다능했던 것으로 알려져 있다. 그의 독서 이력을 보면 예언이나 신선에 관한 책은 섭렵하지 않은 것이 없었다. 문학적 재능도 뛰어나 뱁새를 소재로 읊은 「초료부鷦鷯賦」로 당시의 명사인 완적阮籍에게 칭찬을 받은 것은 널리 알려진 일화다. 이때부터 그의 이름이 유명세를 타게 되어 어양태수 선우사鮮于嗣가 그를 태상박사太常博士에 추천했고, 이어서 위나라의 실권자인 사마소司馬昭에게도 재주를 인정받아 중서랑에 임명되었다.

장화가 서른네 살 되던 해인 265년, 사마소의 아들인 사마염司馬炎이 위나라 원제元帝로부터 제위를 선양받아 진나라를 세웠다. 진나라 무제 사마염은 장화를 황문시랑黃門侍郎에 임명해 곁에 두고 장화에게 한나라 궁실의 여러 제도에 대해 자문했다. 박학다식했던 장화는 그때마다 자신이 아는 바를 소상히 고해 무제는 물론 주변 사람들까지 탄복하게 만들곤 했다. 279년, 무제는 오나라를 정벌할 계획을 세우고 작전과 군수 분야를 탁지상서度支尙書인 장화에게 맡겼다. 이듬해 무제는 오나라를 멸망시키고 삼국통일의 대업을 이룬 뒤 장화의 공로를 높이 사 광무현후廣武縣侯에 봉했다.

장화가 쉰아홉 살 때인 290년, 무제의 뒤를 이어 혜제惠帝가 제위에 올랐다. 장화는 이 무렵 태자소부太子少傅 직에 있었으나 권신인 양준楊駿의 견제를 받아 국정에는 참여하지 못했다. 그러다 가밀賈謐이 집권하면서 다시 중용되어 296년에는 사공司空에 임명되고 국사 편찬을 맡았다. 장화의 가장 유명한 저작『박물지』가 국사 편찬을 맡은 해로부터 몇 년 사이에 나왔던 것을 보면, 이 무렵에 여러 전적을 두루 살펴볼 수 있는 위치에 있었던 덕분이 아닌가 한다. 또 이때는 이미 혜제가 재위하던 때이니, 왕가가『습유기』에서 "장화가『박물지』400권을 무제에게 바쳤다"고 한 것은 사실과 다르다고 여겨진다.

아들을 낳지 못한 황후 가남풍賈南風은 299년 조카 가밀의 진언에 따라 사씨謝氏 소생의 태자인 사마휼司馬遹을 폐위하려 했다. 이 소식을 접한 태자의 좌위솔左衛率 유변劉卞이 태자에게 학문을 가르치는 태자소부 직에 있던 장화에게 먼저 손을 써 황후를 몰아내자고 제안했다. 장화는 태자에게 불효를 권할 수 없다며 받아들이지 않았고, 황후는 그 사이에 유변과 태자를 죽였다. 이를 지켜보던 무제의 백부 사마륜司馬倫이 혜제의 조서를 위조해 가남풍을 폐위하고 끝내 독살했다. 이 과정에서 사마륜은 장화에게 사람을 보내 거사에 협조할 것을 요청하였으나 장화는 거절했다. 가남풍이 제거된 후 사마륜의 부하 장림張林이 사마휼이 폐위당할 때 태자의 스승으로서 목숨을 바쳐 막지 못한 죄를 물어 장화를 살해했다. 이런 사실로 볼 때 장화가『박물지』를 지어 유가에서 금기시하는 기이한 일에 큰 관심을 보였다고는 해도, 근본적으로는 유가적 질서를 존중했던 인물이라 해야 할 것이다.

생각할 거리

현대 학문의 견지에서 볼 때 『박물지』의 최대 약점은 실증적이지 못하다는 것이다. 예를 들어 장화는 『박물지』 권1에서 "태항산을 따라 북으로 가면 그 산의 끝이 어딘지 알 수 없다"고 기술했는데, 장화의 고향은 태항산에서 멀지 않은 곳이어서 마음만 먹으면 태항산을 답사하고 그 결과를 『박물지』에 담을 수도 있었으나 장화는 그러지 않고 기존의 문헌에만 의존했다. 이런 약점에도 불구하고 『박물지』는 널리 유행해서 송나라 이석李石의 『속박물지續博物志』, 명나라 유잠游潛의 『박물지보博物志補』와 동사장董斯張의 『광박물지廣博物志』 등의 속작이 꾸준히 이어졌다. 이러한 문화현상이 일어난 원인을 생각해보자.

키워드 | #장화 #괴력난신 #『박물지』 #박물학 #『시경』 #『산해경』

함께 읽은 책들

『진서晉書』

임동석 역주, 『박물지』, 동서문화사, 2011.

김영식, 「박물지 시론」, 『중국문학』 제31집, 1999.

김지선, 「박물지에서의 공간의 의미」, 『중국어문학지』 제12권, 2002.

江曉原, 「中國文化中的博物學傳統」, 『廣西民族大學學報(哲學社會科學版)』 2011년 11월.

王媛, 「博物志的成書體例與流傳」, 『中國典籍與文化』, 2006년 4월.

張鄕里, 「博物志的博物學體系及其博物學傳統脞論」, 『蘭臺世界』, 2016년 3월.

周遠方, 「試論中國傳統博物學的內容及其與西方博物學的差異」, 『貴州大學學報(社會科學版)』, 2017년 6월.

제11강

그는 정말 하늘로 올라갔을까

◞

갈홍과 신선사상

벼슬도 버리고 신선을 꿈꾼 남자

갈홍葛洪(283~343)은 진晉나라 사람이다. 오나라가 망한 후 진나라에서 소릉태수邵陵太守를 지낸 갈제葛悌의 셋째 아들로, 자는 치천稚川이다. 세상 사람들이 자신을 '박을 안고 있는 이'라는 뜻의 '포박抱朴'이라 부른다 하여 자신의 별호를 '포박자抱朴子'라 했다. 열세 살 때 아버지를 여읜 후로 생계가 점점 곤란해지자, 갈홍은 땔나무를 판 돈으로 종이와 붓을 사서 매일 밤 글씨를 쓰고 글공부를 하곤 했다. 그는 욕심이 없고 내성적인 성격이어서 사람들과 어울려 바둑을 두거나 도박을 할 줄 몰랐다. 명예를 드높이거나 재산을 불리는 일에도 관심을 두지 않고 오로지 서책에 파묻혀 지내기 일쑤였다.

갈홍이 즐겨 읽은 책은 『시경』, 『역경易經』, 『효경』, 『논어』 등 유가의 경전이 주류를 이루었으나 신선에 대해서도 관심이 많았다. 그의 종조부인 갈현葛玄은 별호가 '갈선옹葛仙翁'일 만큼 신선술의 대가였는데, 갈홍은 종조부의 제자인 정은鄭隱의 문하에서 수학하며 그에게서 연단술鍊丹術을 익혔다. 또 나중에는 남해태수南海太守로 있던 포현鮑玄에게 실력을 인정받아 그의 사위가 되었다. 포현은 양생술과 점복에 능했던 인물이었기에 갈홍은 그에게 많은 것을 전수받을 수 있었다.

갈홍이 처음부터 산에 은거하며 신선을 연구한 것은 아니었다. 그가 스무 살 되던 해, 세상이 어지러워지면서 그의 스승인 정은이 곽산霍山으로 피신할 때에도 갈홍은 단양丹陽에 남았다가, 후에 오흥태수吳興太守 고비顧秘의 휘하에서 장병도위將兵都尉 직을 맡아 석빙石冰이 이끄는 반란군을 토벌한 공로로 '복파장군伏波將軍'에 봉해지기도 했다. 그러나 전공을 세우는 일에 관심이 없었던 갈홍은 틈만 나면 낙양에 가서 진귀한 서적을 찾아보느라 바빴다.

그러던 중 갈홍은 천하의 대란이 임박했음을 느끼고 남쪽 지방으로 피신하고자 광주자사廣州刺史로 있던 혜함嵇含의 참모로 자리를 옮겼다. 광주에서 여러 해를 머물다 서른두 살 때인 314년에 고향으로 돌아와 깊은 산에 은거하며 그의 사상을 집대성한『포박자』저술에 매달렸다. 317년 동진東晉 왕조가 세워진 이후에 다시 여러 차례 벼슬길에 오르라는 추천이 있었으나 모두 사양하다가, 남쪽 지방인 교지交趾에서 단약의 원료인 단사丹砂가 난다는 소식을 듣고 구루령勾漏令을 맡을 것을 자청해 내려갔다. 구루로 부임하던 길에 광주에 들렀다가 광주자사로 있던 등악鄧嶽을 만났는데, 그가 자신의 관할 지역인 나부산羅浮山이 신선의 산으로 유명하다며 갈홍에게 연단鍊丹의 원료를 제공할 것을 제의해오자 갈홍은 가던 길을 멈추고 나부산에 은거했다.

등악이 그를 동완태수東莞太守로 임명하려 했으나, 갈홍은 벼슬

〈갈치천이거도葛稚川移居圖〉. 원나라 왕몽이 상상해서 그린 갈홍의 처소.

을 마다하고 주명동朱明洞 앞에 암자를 짓고 저술과 강학에 전념했다. 그를 따라 수학하려는 사람들이 날로 늘어나 암자를 셋이나 더 지어야 할 정도였다. 강동江東 지역에서는 그의 박학다식함을 따라갈 이가 없다는 세간의 평 그대로였다. 그가 남긴 저술로는 신선술의 이론과 실천 방법을 집대성한『포박자』외에도, 신선 84인의 행적을 모은『신선전神仙傳』이 있다. 또『주후구졸방肘後救卒方』과『금궤약방金匱藥方』과 같은 의서醫書도 남겨 '중국 고대 10대 명의'의 한 사람으로도 거론된다.

『진서晉書』「갈홍전」에는 그의 마지막 모습이 드라마틱하게 묘사되어 있다. 갈홍이 어느 날 등악에게 편지를 보내 이렇게 말했다. "내가 스승을 찾아 먼 길을 떠날 터인데 약속된 기일이 되면 바로 떠나려 하오." 등악이 편지를 받자마자 배웅하기 위해 갈홍을 찾아갔다. 갈홍은 정오가 될 때까지 꼿꼿하게 앉아 등악을 기다리다가 갑자기 편안히 잠들듯 세상을 떠났다. 등악은 아쉽게도 그의 임종을 지키지 못했다. 그는 사후에도 안색이 살아생전 그대로이고 몸이 부드러웠다. 시신을 염습하여 관에 넣자 염의殮衣의 무게만 느껴질 정도로 관이 가벼워, 세상 사람들은 그가 형해形骸만 남기고 신선이 되어 하늘로 올라갔다고 여겼다.

불사를 바라는 마음, 신선사상이 되고

신선의 사전적 의미는 '세속을 초월하여 장생불사하는 사람'이라고 할 수 있다. 이를 더 풀어서 말하면 신선은 "우주의 궁극적 실재인 도와의 합일을 통해 도의 영원성과 자유자재를 획득하여 영원한 생명과 자유를 누리는 존재"다.* 중국에서 신선에 대한 기록은 대략 기원전 5세기 무렵부터 등장한다. 『장자』에서는 이들을 신인神人 또는 진인眞人이라 부르며 구체적인 행적을 소개하고 있고, 『산해경』에는 황제黃帝와 서왕모西王母가 신선의 모습으로 서술된다. 여러 전적에 등장하는 팽조彭祖라는 인물이 '장수長壽'를 특징으로 하는 신선의 면모를 대변한다. 신선을 뜻하는 한자 '선仙'이 나타내는 바와 같이, 신선은 '사람(人)'이 장수하여 '산(山)'으로 들어간다는 의미를 담고 있다.**

신화학자인 정재서는 "실제적·육체적으로 죽음을 초월하고자 소망하는 의식형태 및 그 달성에 수반되는 다양한 방법적·기술적 체계를 총칭하는 개념"이라고 신선사상을 정의한 바 있다.*** 이러한 신선사상에 관한 기록은 사마천의 『사기』에 처음으로 등장한다. 「봉선서封禪書」의 내용을 살펴보면 전국시대 제나라와 연나라를 중심으로 신선사상이 유행했던 사실을 알 수 있다.**** 불사不死'를 추구하는 것은 모든 민족에서 '공통적으로 나타나는 문화적 현상인데, 중국에서는 주로 가족을 중심으로 한 집단적·유전적인 불사를 추구했다. 이런 맥락에서 볼 때 개인적으로 불사를 추구하는 신선사상은 다소 예외적인 현상이라 하겠다. 신선사상이 확립되기 위해서는 두 가지 철학적 배경이 필요하다. 첫째는 인간이 몸과 마음의 합일체로서 몸의 불사가 전제되어야 한다는 것이다. '촛불의 비유'가

* 한국도가도교학회 편, 『포박자연구』 문사철, 2016, 208쪽.

** '산山'을 '하늘'로 풀이하는 사람도 있다.

*** 정재서, 『불사의 신화와 사상』 민음사, 1994, 34쪽.

**** 도광순, 「중국고대의 신선사상」 『도교학연구』 제9집, 1992, 25쪽.

말해주는 것처럼 초가 다 타면 촛불도 꺼지는 것과 같은 이치다. 둘째는 사람의 목숨이 하늘에 달려 있지 않고 인간에 달려 있다는 것이다. 인간의 노력 여하에 따라 목숨은 연장될 수도 있고 영원할 수도 있다는 생각이다.

전국시대로부터 형성·발전되어온 신선사상을 종합한 이가 바로 『포박자』의 저자인 갈홍이다. 『포박자』 내편 20편은 체계적 논증을 통해 신선에 관한 이론을 정립하여 신선의 존재 여부와 인간이 신선이 될 수 있는 가능성을 긍정적으로 검토하고, 불로장생에 이를 수 있는 수행과 복약 등의 구체적 방법을 제시했다. 이는 이전까지 산발적으로 전개되던 신선사상을 한데 아우르는 한편, 개인이 노력을 통해 신선이라는 불사의 초월적 존재로 변신할 수 있다는 자력적 구원의 가능성을 보여준 것이다.*

갈홍이 정립한 신선사상의 핵심은 신선이 실제로 있다는 '존재론'과 보통사람도 노력 여하에 따라 신선이 될 수 있다는 '가학론可學論'으로 요약된다. 먼저 갈홍이 신선 존재론을 주장하는 근거를 살펴보자. 그는 인간의 경험과 지식에 한계가 있음을 전제하고, 인간이 자신의 경험과 지식에 비추어 그 한도 내에서 신선을 직접 보거나 목소리를 듣지 못했다고 해서 신선의 존재를 부정하는 것은 성급하다고 지적했다. 또 믿을 만한 문헌의 기록을 무시하는 것도 옳지 못하다고 했는데, 『포박자』 「대속對俗」 편에서 "세상에 신선이 없다 하는데 이전의 명철한 이들이 기록한 바가 1000여 명에 이르고 모두 성姓과 자字가 있으며 행한 일들 또한 자세하니 허망한

---

*　　　한국도가도교학회 편, 앞의 책, 230쪽.

말이 아니다"라고 한 것이 그러하다. 갈홍이 신선의 사적을 기록한 '명철한 이'로 꼽은 사람은 『사기』의 저자인 사마천과 『열선전列仙傳』의 저자인 유향劉向이다. 갈홍은 특히 이들의 기록 가운데 등장하는 노자老子가 바로 신선의 존재를 보여주는 뚜렷한 사례라고 주장했다. 그는 이처럼 신선의 존재를 긍정하면서 장생불사의 신선이 될 수 있는 종자가 따로 있지 않다고 보았다. 인간에게는 명철함이 있어 신선의 도를 닦을 수 있다는 것인데, 이처럼 배움을 통해 신선이 될 수 있다는 주장은 갈홍에게서 처음 제기되어 신선사상의 패러다임을 바꾸어놓았다.

신선이 되는 방법

신선이 된다는 것은 죽음이라는 인간의 유한성을 극복하고 장생불사에 이르는 것이므로, 그렇게 되기 위한 방법을 아울러 '장생술'이라고 부른다. 장생술의 기본 원리는 우주 운행의 도를 깨우치고, 그 도를 바탕으로 우리 몸을 구성하는 물질 또는 기운을 무한의 성질을 띤 다른 요소로 대체하는 것이다. 이를 위한 여러 방법을 도교에서는 단학丹學이라 부른다. 단학은 크게 우리의 몸 자체를 변화시키는 것과 외부 물질을 복용해서 변화시키는 것으로 나눌 수 있다. 전자의 방법을 내단內丹이라 하고, 후자의 방법을 외단外丹이라고 한다.

먼저 내단에 속하는 여러 장생술을 살펴보자. 여기에는 음식을 가려 먹는 벽곡법辟穀法과 복식법服食法, 신체를 단련하는 호흡법과 도인법導引法, 남녀 간의 성생활을 조절하는 방중술房中術 등이 포함된다. 이러한 장생술은 모두 우리 몸이 본래부터 가지고 있는 장생의 실마리를 잘 배양하는 것이 우선이라는 생각을 원리로 삼는다.* 벽곡법은 화식火食을 삼가고 생식生食을 위주로 하여 음식이 가지고 있는 본래의 생명물질을 그대로 섭취하자는 것이고, 복식법은 몸에 좋은 여러 가지 음식을 고루 섭취하자는 것이다. 호흡법과 도인법은『장자』에도 소개된 것처럼 유서가 깊은 장생술이다. "깊은 호흡을 하면서 탁한 공기는 내뱉고 신선한 공기를 들이키면서, 곰이 나무에 매달리듯, 새가 날면서 발을 뻗는 듯한 동작을 하는 것은 장수를 위해서이다."** 호흡법은 한나라 환제 때 위백양魏伯陽이 지었다는『주역참동계周易參同契』에서 한 차례 이론적으로 정리되었는데, 우주의 운행 원리에 맞춘 호흡을 통해 생명체의 근원인 기를 흡입하고 체내의 경로를 통해 운행시킨다는 것이다. 도인법은 사지의 운동을 통해 기와 혈을 잘 운용하여 질병을 예방하거나 치료하는 방법이다. 방중술이란 남녀 간의 성행위를 통해 기를 보존하는 방법이다.『한서예문지』에 소개된「황제삼왕양양기黃帝三王養陽記」20편 가운데 한 편이었을 것으로 추정되는『소녀경素女經』은 황제가 소녀를 비롯한 여러 신선과 방중술의 철학과 기술을 논하는 내용으로 구성되어 있어 방중술의 역사도 매우 오래되었음을 알 수 있다.

외단의 장생술은 연단술을 통해 불사약을 만들어 복용하는 방법이다. 갈홍은 이를 신선이 되는 절대조건으로 여겨, 내단의 장생술만으로는 수명 연장만 가능할 뿐 신선이 될 수 없다고 단언했다. 도

*   백남귀,「갈홍의 신선사상과 성선법」,『한국종교사연구』제13집, 2005, 192쪽.

**   『장자·각의刻意』.

진시황에게 "동방의 삼신산에 불로장생의 영약이 있다"고 고한 서불은 배를 타고 동쪽으로 떠났지만 돌아오지 않았다(임웅任熊, 『열선주패列仙酒牌』).

교에서는 본래 신선이 사는 곳을 찾아가서 불사약을 얻어 온다고 생각했다. 불로장생을 꿈꾸던 진시황이 삼신산으로 서불徐市을 보내 불로초를 찾아오라 명했던 것이 바로 그 예다. 이후 이러한 생각은 연단술을 익혀 자체로 불사약을 제조한다는 쪽으로 방향이 바뀌었는데, 이는 불사의 비약秘藥을 만들어낼 수 있다는 믿음이 사회 전체에 널리 퍼진 영향이었다.

당시 연단술에 심취한 사람들이 생각한 불사약은 금액金液과 환단還丹 두 가지였다. 금액은 황금을 주 재료로 하고 다른 광물질을 혼합하여 액체 상태로 만든 것이고, 환단은 단사丹砂를 주 재료로 하여 고체 상태로 만든 것이다. 갈홍이 황금과 단사 등의 광물질을 불사약의 원료로 생각한 이유는 이들이 가지고 있는 '무한성' 때문이다. 그는 황금과 단사에 '영원함과 오묘함', '사라지지도 썩지도 않음'의 성질이 있다고 보고, 이를 복용하는 것은 곧 외계의 원기를 몸 안에 끌어들여 자신의 원기를 보충하는 효능이 있다고 주장했다. 연단술이 유행해서 생긴 파생적 효과로 광물질의 성질이나 화학적 반응에 대한 이해가 심화된 것은 긍정적으로 평가된다. 이는 당시 사람들이 자연에 존재하는 황금보다 사람이 만들어낸 황금이 더 약효가 좋다고 생각했던 덕분이었다. 그러나 불사약의 원료로 여겨진 광물질 가운데 하나인 수은의 경우 독성이 강해 인체에 치명적인 영향을 주었다는 점에서 연단술이 끼친 폐해도 결코 적지 않았다.

양생의 방법이라 하면 침을 뱉을 때 멀리 뱉지 않고, 걸을 때 내달리지 않는다. 귀로는 다 들으려 하지 않고, 눈으로는 오래 보지 않는다. 앉아서 오래 있지 않고, 잠을 자도 피곤할 때까지 있지 않는다. 추워지기 전에 옷을 껴입고, 더워지기 전에 옷을 벗는다. 극도로 배가 고플 때가 되어 먹지 않고 먹어도 과식하지 않는다. 극도로 목이 마를 때가 되어 물을 마시지 않고 마셔도 들이키지 않는다. 과식하면 체하고 들이키면 담에 걸린다. 과로하거나 늘어지지 말고, 늦잠을 자서는 안 된다. 땀을 흘리지 말고, 늘어지게 잠을 자서는 안 된다. 수레나 말로 내달리지 말고, 눈 닿는 데까지 멀리 보려 해서는 안 된다. 날것이나 차가운 것을 많이 먹지 말고, 술을 마신 뒤 바람을 쐐서는 안 된다. 자주 목욕을 하지 말고, 의지나 소원을 늘려가서는 안 되며, 괴이한 술수를 만들어내서도 안 된다. 겨울에는 난방을 심하게 하지 않고, 여름에는 냉방을 심하게 하지 않아야 한다. 이슬이 내릴 때 별 아래 노숙하지 않고, 잠잘 때 이부자리 밖으로

어깨를 내놓지 않는다. 큰 추위나 더위, 심한 바람이나 안개 등은 모두 맞서려 해서는 안 된다. 다섯 가지 맛의 음식을 섭취할 때 편식하지 말아야 한다. 신맛이 넘치면 지라가 상하고, 쓴맛이 넘치면 폐가 상하고, 매운맛이 넘치면 간이 상하고, 짠맛이 넘치면 심장이 상하고, 단맛이 넘치면 콩팥이 상하니, 이는 오행의 자연스러운 이치다. 상한다는 말은 또한 바로 자각하지 못하는 것이니, 오래되면 수명이 짧아진다고 할 수 있다. 이런 까닭에 양생을 잘하는 사람은 잠자고 일어남에 사철에 따른 시각이 있고, 일상생활에 지극히 조화로운 상규가 있다. 근육과 골격을 잘 단련하기 위해 자연스럽게 터득한 비법이 있고, 질병이나 사악한 기운을 막는 호흡법이 있다. 기혈氣血을 순환시키기 위해 허증虛證과 실증實證을 다스리는 침술이 있다. 피로와 안일을 조절하기 위해 취사선택하는 요령이 있다. 노여움을 참아 음기를 보전하고, 기쁨을 억눌러 양기를 보양한다. 이렇게 한 다음에 먼저 약초를 복용하여 수명의 단축을 예방하고 이어서 금단金丹을 복용하여 무궁한 장수를 누리는 것이니, 불로장생의 이치가 바로 여기에 다 있다.

養生之方, 唾不及遠, 行不疾步, 耳不極聽, 目不久視, 坐不至久, 臥不及疲, 先寒而衣, 先熱而解, 不欲極饑而食, 食不過飽, 不欲極渴而飲, 飲不過多. 凡食過則結積聚, 飲過則成痰癖. 不欲甚勞甚逸, 不欲起晚, 不欲汗流, 不欲多睡, 不欲奔車走馬, 不欲極目遠望, 不欲多啖生冷, 不欲飲酒當風, 不欲數數沐浴, 不欲廣志遠願, 不欲規造異巧. 冬不欲極溫, 夏不欲窮涼, 不露臥星下, 不眠中見肩, 大寒大熱, 大風大

> 霧, 皆不欲冒之. 五味入口, 不欲偏多, 故酸多傷脾, 苦多傷肺, 辛多傷肝, 鹹多則傷心, 甘多則傷腎, 此五行自然之理也. 凡言傷者, 亦不便覺也, 謂久則壽損耳. 是以善攝生者, 臥起有四時之早晩, 興居有至和之常制. 調利筋骨, 有偃仰之方. 杜疾閑邪, 有吞吐之術. 流行榮衛, 有補瀉之法. 節宣勞逸, 有與奪之要. 忍怒以全陰氣, 抑喜以養陽氣. 然後先將服草木以救虧缺, 後服金丹以定無窮, 長生之理, 盡於此矣.
>
> 갈홍, 『포박자抱朴子』 내편內篇 「극언極言」

이 글은 갈홍이 양생을 통해 불로장생에 이르는 방법을 잘 설명한 부분이다. 그는 심신의 절제와 조화를 중시하여, 일상에서 항상 염두에 두어야 할 양생의 생활수칙을 다양하게 보여주었다. 또 양생을 잘하는 사람들에게 어떤 비법이 있는지 소개하고, 최종적으로 약초와 금단을 복용하면 불로장생에 이를 수 있다고 주장했다.

생각할 거리

갈홍의 설명에 따르면 신선은 두 가지 부류로 나뉜다. 하늘에 오르는 자와 지상에 머무는 자, 둘 다 불로장생한다는 점에서는 똑같기 때문에 각자의 취향에 따라 자신의 거처를 정한다고 한다. 신선사상에 이렇게 두 부류의 신선이 등장하게 된 배경이 무엇이었을지 생각해보자.

키워드 | #갈홍 #신선 #『포박자』 #장생술 #연단술 #불로장생

함께 읽은 책들

『진서晉書』

운월, 『갈홍의 신선사상과 양생법』, 엠-애드, 2006.

이준영 해역, 『포박자』, 자유문고, 2014.

임동석 역주, 『신선전』, 동서문화사, 2009.

정재서, 『불사의 신화와 사상』, 민음사, 1994.

한국도가도교학회 편, 『포박자연구』, 문사철, 2016.

김현수, 「갈홍의 '신선가학론'과 '신선명정론'의 관계에 대한 고찰」, 『중국학보』 제82집, 2017.

도광순, 「중국고대의 신선사상」, 『도교학연구』 제9집, 1992.

백남귀, 「갈홍의 신선사상과 성선법」, 『한국종교사연구』 제13집, 2005.

정우진, 「포박자 갈홍의 양생술 연구」, 『동양철학』 제40집, 2013.

제12강

글씨는 어떻게 예술이 되었는가

왕희지와 서예

붓끝에서 흘러나온 중국의 정신

중국인이 쓰는 글자가 예술품이 될 수 있는 것은 두 가지 중요한 요소가 있어서다. 첫째는 중국 글자의 기원이 상형이라는 것이고, 둘째는 중국인이 붓을 썼다는 것이다. 허신許愼은 「설문해자 서문(說文解字序)」에서 문자를 이렇게 정의했다. 창힐倉頡이 처음 글자를 만들 때 사물에 따라 형태를 본뜬 까닭에 '문文'이라 하고, 그 후에 형태와 소리가 서로 더해진 것을 '자字'라 하니, '문'과 '자'는 대응하는 것이다. 단일 형태의 '자'는 '水'나 '木'과 같은 것이고, 복합 형태의 '자'는 '江', '河', '杞', '柳'와 같은 것이다. '글씨를 쓰다'는 뜻과 정확히 부합하는 고대의 용어는 '書'로서, '서'는 '같다'란 뜻이라 했으니 '서'의 임무는 쓴 글자가 사물에 대한 우리 마음속의 파악과 이해와 같아야 한다는 것이다. 추상적인 점획으로 표현한 '사물의 근본', 이것은 곧 사물의 '文'이라고도 할 수 있는데, 하나의 사물 또는 사물과 사물의 상호관계로 짜여 있는 맥락이다. 이렇게 파악된 '문'은 동시에 그것에 대한 사람들의 감정적 반응도 반영한다. 이렇게 "감정에서 '문'이 생기고 '문'에서 감정이 생기는" 글자가 예술의 경지로 승화되어 예술적 가치를 가지고 미학의 대상이 되는 것이다.

두 번째 중요한 요소는 붓이다. '書'자는 '聿(율)'의 의미를 취하는데, '聿'은 바로 붓이다. 상商나라 사람들에게도 붓이 있었으니, 이 특수한 도구가 중국인의 서예를 세계에서 독특한 예술이 되게 만들고, 중국의 그림에 독특한 풍격을 가져다주었다. 중국인의 붓은 동물의 털(주로 토끼털)을 꼬아서 만든 것이다. 붓은 털을 모아 뾰족하게 만들고 탄력성을 갖춘 까닭에 거대한 것부터 세밀한 것까지 종횡무진이고 변화무쌍하다. 이는 유럽인들이 썼던 깃펜, 만년필, 연필이나 유화 붓에 비할 바가 아니다. 상나라 때 발명하고 사용했던 이 붓이 서예를 창조했고, 역대로 끊임없이 위대한 발전이 있었다. 당나라 때 각종 예술이 모두 최고조로 발전할 때에 이르러, 당나라 태종 이세민이 유독 진나라 사람 왕희지가 쓴 「난정집 서문」을 애호해 죽을 때까지 손에서 놓지 못하고 자기 아들에게 관 속에 넣어 달라고 부탁했다. 이로부터 중국 예술이 최고봉에 이르렀을 때 중국 서예가 차지한 위치를 짐작해볼 수 있을 것이다.[*]

종백화宗白華, 「중국 서예의 미학 사상」

---

[*]   王岳川 편, 『宗白華學術文化隨筆』, 中國靑年出版社, 1996, 154~155쪽.

한자는 세계에서 가장 오래된 문자 체계 가운데 하나다. 중국 한자·이집트 상형문자·바빌로니아 설형문자·인도 문자를 세계 4대 고문자라 하는데, 그중에서 중국 한자만 갑골문甲骨文에서 출발해 현재까지 단절 없이 사용되고 있다. 춘추전국시대에는 각각의 제후국별로 한자의 형태가 저마다 달라 소통에 어려움이 있었으나, 진秦나라가 중국을 통일한 후 소전체小篆體로 문자 역시 통일하면서 서예의 발전에도 큰 도움을 주었다.

한자는 개별 사물의 형상을 하나하나 본뜬 상형문자로부터 출발한 까닭에 표음문자와 달리 글자의 형태가 비교적 복잡하고 개수도 많다. 이러한 특성은 의사소통 수단으로 한자를 익히는 데 다소 장애 요인으로 작용하지만, 일단 한자를 깨친 지식인들은 한자에서 문자로서의 실용성 외에 그 형태와 의미에 내포된 예술성까지 인식하게 되었다. 마치 그림을 그릴 때와 마찬가지로 누군가가 자신의 필치로 한자를 쓰면 그것에 그 사람의 개성이 담기게 된다고 생각했던 것이다. 그래서 독일의 철학자 헤겔도 중국의 서예가 가장 뚜렷하게 중국문화의 정신을 드러낸다고 말한 바 있다.

서예는 한자가 가지고 있는 선의 아름다움을 2차원의 구도에 배치해 회화미를 한껏 드러내면서 글의 내용이 담고 있는 정신세계를 포함해서 서예가가 추구하는 이상과 개성까지 표출하는 예술 장르라고 할 수 있다. 이런 예술미의 단초는 상商나라 때의 갑골문이나 주나라의 종정문鐘鼎文에서 찾아볼 수 있다. 한자의 자체 가운데 중요한 요소인 전체篆體의 경우 주나라 때 이미 완비되어 모공정毛公鼎이나 산씨반散氏盤에 새겨진 글씨는 이미 상당한 수준에 올라선 것으로 평가된다.

진나라 때 문자의 통일에 이어 예서隷書가 출현한 것은 획기적인 일이었다. 한자의 모양이 점차 네모반듯해지고 한 글자 내에서의 획의 굵기가 다양해지면서 여러 서예 유파의 발전을 촉진했기 때문이다. 1975년 호북성湖北省 운몽현雲夢縣에서 발견된 수호지진묘죽간睡虎地秦墓竹簡에 새겨진 글씨는 진나라 때 전서篆書에서 예서로 이행하는 과도기를 보여주는 귀중한 자료다. 예서는 한나라 때에 이르러 마침내 보편적으로 사용되었고, 뒤이어 예서에서 변형된 장초章草와 진서眞書, 행서行書가 나왔다. 먹물로 연못물이 새까맣게 될 때까지 글씨 연마에 매진했다는 한나라의 장지張芝와 글씨 연습을 위해 16년간 문밖 출입을 하지 않았다는 삼국시대 위나라의 종요鍾繇 등이 나오면서 중국의 서예는 본격적으로 웅비할 준비를 마치게 된다.

왜 왕희지의 글씨인가

왕희지王羲之(303~361)는 고대로부터 진晉나라까지 전해 내려오던 서예 기법을 집대성해 서성書聖으로 추앙받는다. 그는 장지의 초서와 종요의 해서를 중심으로 이전의 필법을 종합하고 변화·발전시킴으로써 중국 서예의 새 장을 열었다. 그의 서예가 풍기는 미학은 한마디로 '유려한 아름다움'으로 정리할 수 있는데, 이를 해서楷書·행서行書·초서草書로 나누어 간략하게 살펴보면 다음과 같다.

진서眞書라고도 부르는 해서는 옆으로 흐르게 뻗어 쓰는 파책波磔이 없는 네모반듯한 서체를 가리킨다. 왕희지의 해서는 종요의 글씨에 근간을 두고 있다. 그러나 종요가 다분히 예서의 풍격을 띠

왕희지, 〈황정경〉(해서).

는 해서를 보여준 데 반해, 왕희지는 다른 여러 사람의 장점을 창
조적으로 결합해 해서에서 필획 사이가 배치되는 방식을 확립했다.
그렇게 신형의 해서가 만들어졌다. 새로워진 해서는 횡으로 널쭉하
던 모습이 종으로 바뀌면서 전보다 더 가지런하고 힘이 있으면서도
우아함을 잃지 않는 장점을 보여주었다. 해서의 대표작으로는 도사
에게 거위를 얻기 위해 써주었다는 「황정경黃庭經」을 비롯해 「악의
에 대해 논함(樂毅論)」, 「동방삭 그림에 대한 평(東方朔畵贊)」 등이 손
꼽힌다.

　행서는 약간 흘려 쓴 서체로서 해서와 초서의 중간 형태에 해당
한다. 행서는 예서에 실용성을 가미해 간결하면서 힘찬 모습을 띠
는 것이 특징이며, 한나라 때 이미 민간에서 유행했다. 왕희지 이전
에는 종요와 호소胡昭 두 사람의 서체가 표준이었다. 왕희지는 두
사람의 서체를 면밀히 검토한 끝에 종요의 행서를 바탕으로 삼았

왕희지, 〈난정집 서문〉(행서).

다. 여기에 글자의 오른쪽이 올라가는 기울여 쓰기와 초서의 자유
분방한 필법을 행서에 적용해 그만의 독특한 행서를 개발했다. 그
결과 그의 행서는 필법이 변화무쌍하고 자연스러우면서 경쾌한 속
도감이 느껴진다는 평가를 받는다. 대표작인 「난정집 서문(蘭亭集
序)」에 쓰인 '갈 지(之) 자' 스무 글자의 형태가 모두 다르다는 것은
잘 알려진 이야기다.

초서는 한자의 전서, 예서 등에서 쓰이는 자획을 생략하여 흘림
글씨로 쓴 서체다. 초기의 초서는 대체로 예서에 가까운 장초章草
였다가 장지와 같은 초서의 대가가 등장하면서 글자가 하나로 이어
지고 형태도 더 자유로워진 금초今草가 출현했다. 왕희지도 처음에
는 장지의 초서로 서예를 익혔으나, 점점 장지의 글씨체에서 벗어
나 자신만의 세계를 열어갔다. 그 결과 왕희지의 초서는 더욱 생동
감 있게 살아 움직이고 점과 획이 자유분방하면서 필치가 유창하다
는 평가를 받게 되었다. 초서의 대표작으로는 「십칠첩十七帖」, 「초
월첩初月帖」, 「장풍첩長風帖」 등이 있다.

왕희지의 글씨는 역대로 중국 제왕들의 사랑을 받았다. 남조 양
나라의 무제武帝가 그 첫 번째 인물인데, 그는 왕희지와 그의 아들

왕희지, 〈십칠첩〉(초서).

왕헌지王獻之의 서예 작품을 1만 점 넘게 수집했다고 한다. 그 뒤를
이은 것이 당나라 태종 이세민이다. 그는 천하의 왕희지 작품을 모
두 사들이라고 명해 2290점을 모은 뒤, 그것을 모두 자기 무덤에 부
장품으로 넣으라는 유언을 남겼다. 이로 인해 왕희지의 친필은 세
상에서 거의 자취를 감추었다고 한다.

힘 있는 글씨의 비결

내 글씨가 종요나 장지와 맞먹는다고 한 데 대해 지나친 평가라고
하는 이도 있겠지만, 장지의 초서와는 더욱 경지가 비슷하다. 장지
는 정묘하고 숙달됨이 남들보다 뛰어나지만 연못가에서 글씨를 공
부하여 연못물이 모조리 시커멓게 변하게 만들었으니, 만약 내가
이처럼 서예에 빠진다면 반드시 그에게 뒤처지지는 않을 것이다.
그러니 훗날 통달한 이가 있다면 그 평가가 허황되지 않다는 것을
알게 될 것이다. 내가 온 마음을 기울여 정성껏 글씨를 쓴 것도 오

래되었지만, 옛 책에서 찾아보니 종요와 장지의 글씨만이 여전히 비할 데 없이 훌륭했고, 그 나머지는 조금 훌륭하기는 해도 마음에 담아둘 정도는 되지 않았다. 이 둘을 제외하면 내가 그다음이 될 것이다. 하지만 글씨를 쓰는 마음이 점점 깊어져서 점과 획 사이에 모두 뜻을 담아놓으면 저절로 말로 못다 한 뜻이 담김으로써 그 오묘함을 얻게 될 것이니, 만사가 모두 그러하다. 내 숙부 왕이王廙와 이식李式이 그대에 대해 평한 것에도 뒤지지 않을 것이다.*

吾書比之鍾張當抗行, 或謂過之, 張草猶當雁行. 張精熟過人, 臨池學書, 池水盡墨, 若吾耽之若此, 未必謝之. 後達解者, 知其評之不虛. 吾盡心精作亦久, 尋諸舊書, 惟鍾張故爲絶倫, 其餘爲是小佳, 不足在意. 去此二賢, 仆書次之, 頃得書, 意轉深, 點劃之間皆有意, 自有言所不盡. 得其妙者, 事事皆然. 平南李式論君不謝.

왕희지, 「스스로 서예를 논함(自論書)」

---

* '궈렌푸郭廉夫, 홍상훈 역, 『왕희지 평전』, 연암서가, 2016, 305쪽'의 번역을 인용했다.

왕희지는 자가 일소逸少이며, 우군장군右軍將軍을 지냈다 하여 왕우군王右軍으로 칭하기도 한다. 왕희지의 부친 왕광王曠은 단양태수丹陽太守를 지낸 인물로, 사마예司馬睿가 동진東晉을 건국할 때 일조했으나, 흉노족과 벌인 상당上黨 전투에서 패한 후 얼마 되지 않아 사망한 것으로 보인다. 그래서 왕희지는 자신이 쓴 글에서 "일찍이 불행을 당해 부친의 가르침을 받지 못하고 모친과 형의 양육으로 사람 노릇을 하게 되었다"고 어린 시절을 회상한 바 있다. 왕희지는 어린 시절부터 글씨 쓰기를 좋아해 해서·행서·초서의 필법을 정리한 서예의 대가로서 서성書聖, 곧 서예의 성인으로 추앙되었다.

왕희지는 스물세 살 때 귀족 자제들에게 주어지는 벼슬인 비서랑秘書郎에 임명된 것으로 추정된다. 이는 다른 귀족 자제에 비하면 다소 늦은 나이에 출사한 것인데, 왕희지가 기본적으로 정치에 별 관심이 없었기 때문인 것으로 보인다. 이후 임천태수臨川太守, 강주자사江州刺史, 우군장군, 회계내사會稽內史 등의 관직을 차례로 지냈다. 그러나 쉰세 살이 되던 해 일찌감치 벼슬을 그만두고 산수를 유람하며 낚시질하는 것을 낙으로 여겼다. 그러다 지병으로 세상을 떠나니 쉰아홉의 나이였다.

왕희지의 생애와 관련하여 몇 가지 일화가 자주 거론된다.[*] 첫 번째 일화는 왕희지가 거위를 몹시 좋아했다는 것이다. 회계 땅에 사는 노파가 울음소리를 잘 내는 거위 한 마리를 기르고 있다는 소식을 듣고 왕희지는 곧장 사람을 보내 사오게 했다. 그러나 노파는 거위를 팔 생각이 전혀 없었고 재차 설득해도 마음을 바꾸지 않았다. 그러자 왕희지가 노파에게 직접 가기로 했는데, 노파는 유명한 서예가인 왕희지가 찾아온다는 말을 듣고 기쁜 마음에 손님을 대접할 요량으로 왕희지가 사려고 했던 거위를 잡았다. 왕희지는 거위를 보지도 못하고 돌아와서는 며칠 동안 탄식을 거듭했다고 한다.

거위와 관련된 일화는 하나가 더 있다. 산음山陰 땅에 사는 어느 도사가 하얀 거위를 여러 마리 기르고 있어서 왕희지가 한 마리 팔

---

[*] 임태승, 『중국서예의 역사: 인물로 읽는』 미술문화, 2006, 29쪽.

송말 원초 전선錢選이 그린 〈왕희지관아도王羲之觀鵝圖〉. 왕희지가 거위를 보고 있다.

라고 하자, 도사는 도가의 경전인 『황정경黃庭經』을 써주면 그렇게 하겠다고 조건을 내걸었다. 왕희지는 흔쾌히 동의하고 1000자가 넘는 「상청황정외경경上淸黃庭外景經」 전문을 정성껏 써준 다음 거위를 받아왔다고 한다. 청나라의 서예가 포세신包世臣이 "거위 떼가 물 위를 가는 형세를 깨달으면, 비로소 다섯 손가락의 힘을 고르게 하는 게 어려움을 알리라" 했던 것처럼, 거위를 통해 배우는 서예의 비법이 있었는지도 모른다.

두 번째 일화는 부채에 글씨를 써서 빈민을 구제했다는 이야기다. 왕희지는 관직에 있으면서 가난에 시달리는 하층 백성들의 상황을 잘 알게 되었다. 그러던 어느 날 산음의 한 아낙네가 대나무로 만든 육각형 모양의 부채인 육각선六角扇을 팔고 있는 것을 보았다. 그러나 산음 백성들은 대체로 가난해 부채를 사가는 사람이 드물었다. 그 광경을 본 왕희지는 아낙네가 딱하다는 생각이 들어 부채마다 큼지막하게 다섯 글자씩 써주었다. 아낙네는 왕희지와 그의 글씨를 알아보지 못했지만 왕희지가 시키는 대로 '왕희지 글씨 부채'라 하고 100냥에 팔았는데, 그러자 순식간에 부채를 사겠다는 사람이 몰려들어 금세 동이 났다고 한다.

세 번째 일화 역시 서예와 관련이 있다. 왕희지가 어느 날 제자의 집을 찾아갔는데, 제자는 집에 없고 고급스런 탁자 위에 먹과 벼루만 놓여 있었다. 왕희지는 붓을 집어 들고 탁자 위에 한가득 글씨를 썼다. 그런데 그 제자의 아버지가 그것을 발견하고 불같이 화를 내며 누가 몰래 들어와 귀한 탁자에 낙서를 해놓았다고 했다. 그러고는 목공을 불러 탁자 표면을 대패질해 글씨를 지우라고 했다. 그런데 왕희지의 글씨가 얼마나 힘이 있었는지 먹이 나무에 한껏 스며들어 목공들이 한참을 대패질해도 글씨가 잘 지워지지 않았다. 나중에 제자가 집으로 돌아와 탁자 위에 쓴 왕희지의 글씨를 아버지가 대패질을 시켜 없애버렸다는 사실을 알고 망연자실했다고 한다.

왕희지의 후예들

왕희지 이후로 중국의 서예계에는 여러 대가들이 뒤를 이었다. 그 가운데 구양순歐陽詢, 안진경顏眞卿, 회소懷素, 조맹부趙孟頫 네 사람의 성취를 간략히 살펴보자. 먼저 구양순(557~641)은 당나라 초기의 서예가다. 왕희지체에 힘찬 필력을 더해 글자마다 반듯하고 근엄한 인상을 주는 게 특징이다. 「구성궁예천명九成宮醴泉銘」이라는 글씨를 대표작으로 전하고 있으며, 우리나라에서는 고려 초까지 왕희지체보다 오히려 구양순체가 유행할 정도로 인기가 있었다.

안진경(709~784) 역시 당나라의 서예가로, 소식蘇軾은 그를 일러 서예의 집대성자라 했다. 역대의 서예 기법을 두루 섭렵하는 한편 자신만의 서체를 개발했다는 것이다. 특히 큰 글씨를 잘 썼다는 평이 있으며, 「동방삭 그림에 대한 평(東方朔畵贊)」 등이 대표작으로 손꼽힌다. 회소(737~799)는 당나라의 승려 서예가로 초서에 특히 능해 '초성草聖'으로 일컬어진다. 집이 가난해 종이를 구하기 어려워지자 집 주변에 파초를 심어 그 잎으로 글씨를 연습했다고 한다. '광초狂草'라 불리는 그의 초서는 한바탕 소나기가 쏟아지듯 힘이 넘친다. 대표작으로 「자서첩自叙帖」 등이 있다.*

조맹부(1254~1322)는 원나라의 서예가로, 해서와 행서에 조예가 깊었다. 그는 진晉나라와 당나라 서예가의 필법을 두루 배워 일가를 이룬 것으로 평가받는다. 그의 서실書室 이름이 송설재松雪齋였다 하여 '송설체松雪體'로도 불리는 그의 서체는 해서의 균형 잡힌 아름다움과 행서의 유려함을 조화시켜, 필법이 굳세고 아름다우며 구조가 정밀한 것이 특징이다. 특히 우리나라에서는 고려 말부터 조선 초까지 200여 년 동안 송설체가 일세를 풍미했다.

---

* 숭빙밍熊秉明, 곽노봉 역, 『중국서예이론체계』, 동문선, 2002, 277~282쪽.

생각할 거리

중국 당나라 때 관리를 등용하는 시험에서 인물을 평가하는 기준으로 '신언서판身言書判'이 제시되었다. '신언서판'은 사람의 자질을 풍모·언변·필체·판단력 네 가지로 가리킨다. 이 가운데 필체가 포함되어 있는데, 관리를 선발할 때 응시자의 필체를 살핀 이유에 대해 토의해보자.

키워드 | #왕희지 #서성 #예서 #해서 #『황정경』 #행서 #초서 #안진경 #조맹부 # 구양순 #회소

함께 읽은 책들

임태승, 『인물로 읽는 중국서예의 역사』, 미술문화, 2006.

궈렌푸郭廉夫, 홍상훈 역, 『왕희지 평전』, 연암서가, 2016.

슝빙밍熊秉明, 곽노봉 역, 『중국서예이론체계』, 동문선, 2002.

王岳川 편, 『宗白華學術文化隨筆』, 中國靑年出版社, 1996.

鍾朝發, 「王羲之書法藝術淺論」, 『文學敎育』, 2014년 제7기.

제13강

너의 큰 구름장이 해를 가리고 있다

혜능과 선종

한순간의 깨달음이 바꾼 삶

중국 선종의 제6조인 혜능慧能(638~713)은 아버지가 영남 신주新州 (지금의 광동성廣東省 신흥현新興縣 경내)로 좌천되면서 그곳에서 태어났다. 속성俗姓은 노盧씨였으며, 세 살 때 아버지를 잃고 어머니 슬하에서 땔나무를 내다팔며 어렵게 자랐다. 하루는 땔나무를 구입한 손님이 "머무는 바 없이 마음을 내라(應無所主 而生其心)"는 『금강경 金剛經』의 한 구절을 낭송하는 소리를 들었다. 혜능은 그 말에서 깨달음을 얻고, 홍인弘忍 스님이 『금강경』을 설법하고 있다는 동산사 東山寺를 찾아갔다.

홍인은 멀리 신주에서 찾아왔다는 혜능을 보고, 짐짓 남쪽에서 온 오랑캐에게 성불成佛이 가당키나 한 일이냐고 물었다. 혜능은 물러서지 않고 사람에게 남북이 있을지 몰라도 성불에는 남북이 없는 줄 안다고 답했다. 홍인은 크게 될 인물이라고 생각했지만 내색하지 않고 혜능을 받아들여 방아 찧는 허드렛일을 시켰다. 그렇게 8개월이 지난 어느 날, 홍인은 문하생들에게 그간 배운 것을 바탕으로 게송偈頌을 하나씩 지으라고 했다. 문하생의 만형 노릇을 하던 신수神秀가 바로 게송을 하나 지었다.

몸은 보리수요 마음은 명경대와 같으니, 때마다 부지런히 갈고 닦아 먼지와 티끌이 없게 하리.

홍인은 신수의 게송을 보고 수행자에게 좋은 글귀라며 문하생들에게 낭송하게 했다. 방아를 찧고 있던 혜능도 신수의 게송을 전해 들었는데, 조금 부족한 부분이 있다고 생각하여 스스로 게송을 지었다.

보리는 본래 나무가 없고 명경 또한 대가 아니다. 본래 사물이란 것은 하나도 없거늘 어디에 먼지와 티끌이 끼랴?

홍인이 혜능의 게송을 보더니 혜능의 머리를 세 번 두드렸다. 혜능은 바로 그 뜻을 알아차리고 한밤중인 삼경三更에 홍인을 찾아가니, 홍인이 혜능에게 의발衣鉢(가사와 바릿대)을 건네주었다. 이는 중국 선종의 오조五祖인 홍인이 혜능을 후계자인 육조六祖로 인정한다는 의미였다. 홍인은 그로 인해 분란이 벌어질까 염려하여 그날 밤 혜능을 나루터까지 전송하며 남쪽으로 내려가도록 했다.

혜능은 다시 광동으로 돌아와 10여 년 동안 은둔하며 지냈다. 그러던 어느날 광주廣州의 법성사法性寺에 이르렀더니, 인종印宗 스님이 『열반경涅槃經』을 설법하고 있었다. 설법 도중에 바람이 불어 깃발이 나부끼자 그것을 보던 사람들 사이에서 흔들린 것이 바람인

혜능이 경전을 찢고 있다. 중국 남송 화가 양해梁楷의 그림 〈육조파경도六祖破經圖〉.

지 깃발인지의 문제를 두고 의견이 갈렸다. 논쟁을 듣고 있던 혜능이 나서서 흔들린 것은 바람도 아니고 깃발도 아니며, 보는 사람의 마음이라고 일갈했다. 그 말이 예사롭지 않다고 생각한 인종이 혜능을 따로 불러, 홍인의 설법이 남방으로 전해졌다는데 당신이 혹시 그 전수자가 아니냐고 물었다. 혜능은 그렇다며 홍인이 건네준 의발을 증표로 내보였다. 그러자 좌중의 모든 사람이 혜능에게 예를 갖추며 설법을 전해주시라고 간청했고, 혜능은 마침내 은둔생활을 접고 설법에 나서게 되었다.

이후 혜능은 조계曹溪(지금의 광동성 소관시 韶關市 경내)의 보림사寶林寺에서 30여 년 동안 설법했다. 당시 소주자사韶州刺史로 부임한 위거韋璩가 혜능을 소주의 대범사大梵寺로 초빙해 설법을 부탁했다. 이때 설법한 내용을 제자인 법해法海가 집성한 책이 바로 『육조대사법보단경六祖大師法寶壇經』이다. 당나라 중종中宗이 장안으로 혜능을 불렀으나 응하지 않자, 혜능의 신주 고택에 국은사國恩寺라는 큰 절을 세워주었다. 혜능은 후에 세수世壽 일흔여섯 살의 일기로 국은사에서 입적했고, 유해는 다시 보림사에 모셔졌다.

한때 오조 홍인의 수제자였던 신수도 홍인의 가르침을 이어받았다고 주장하며 북방에서 설법을 행하니 이를 북종北宗이라 하고, 혜능의 설법을 남종南宗이라 한다. 남종은 돈오頓悟, 즉 순식간의 깨달음을 중시하고, 북종은 점수漸修, 즉 점진적인 수양을 중시하여 중국의 선종은 '남돈북점南頓北漸'의 양상을 띠며 발전했다. 신수의 제자들은 혜능의 제자들과 다투며 양보함이 없었으나, 신수는 혜능의 설법을 인정하여 그의 제자들에게 조계로 가서 더 많은 것을 배워야 한다고 타일렀다.

중국이 처음 불교와 만났을 때

불교가 처음 중국에 유입된 것은 후한 때인 2세기경으로 알려져 있다. 유입 초기에는 안식국의 왕자 안세고安世高와 중앙아시아 대월지大月氏에서 온 지루가참支婁迦讖 등의 번역을 통해 점차 중국인들에게 불교가 알려지기 시작했다. 이후 불교는 '토착화'를 위해 중국의 본토 사상인 노장사상의 힘을 빌리려 했다. 이런 방식으로 받아들여진 불교를 격의불교格義佛敎라 한다. 이후 서역 지방 출신의 구마라집鳩摩羅什이 산스크리트어와 한문에 모두 능통한 언어 능력을 바탕으로 다수의 불경을 번역했고, 이러한 번역가들의 노력에 힘입어 여러 불교 경전이 번역되면서 중국의 불교도 매우 빠른 속도로 발전했다.

중국의 불교는 남북조 시대에 북조의 사원만 3만 곳을 넘기고, 승

파란 눈의 서역(중앙아시아) 승려와 동아시아 승려. 9세기경에 그려진 벽화로, 중국 베제클리크 천불동에 있다.

려가 수백만에 이를 만큼 크게 융성했다. 하남성 낙양에 있는 용문석굴龍門石窟은 당시 불교의 흥성을 짐작하게 해주는 문화유적이다. 불교를 숭상했던 북조의 북위北魏가 494년에 낙양으로 수도를 옮기면서 석굴을 세우기 시작해 당나라 초기까지 동굴 1352곳과 불감佛龕 785곳을 조성했다. 남조에서도 양나라 무제가 수도에만 500곳의 불사를 건립하는 등 불교를 적극 후원했다. 그러나 이처럼 국가 차원의 불교 숭상은 순수한 종교 목적에서 벗어나 왕권 강화나 지배층의 기복신앙에 머무르는 한계도 뚜렷했다.

달마가 서쪽에서 온 까닭은

양나라 무제가 한창 불교에 관심을 보일 때 남인도 향지국香至國에서 중국으로 건너와 무제를 만난 사람이 달마達摩였다. 산스크리트어로 보디다르마Bodhidharma라는 이름이 보리달마菩提達摩로 음역

되어 약칭 달마라 부르는 것이다. 그가 양나라 무제를 만나 나눈 대화가 『벽암록碧嚴錄』이라는 불서에 보인다. 무제가 달마에게 무엇이 성스런 진리냐고 묻자 달마는 텅 비어서 성스럽다고 할 것이 없다고 대답했다. 무제가 다시 자신과 마주한 그대는 누구냐고 묻자 달마는 모르겠다고 대답했다. 이 짧은 대화를 통해 달마는 무제와 불교에 대한 생각이 다름을 인식하고, 양나라를 떠나 북위로 갔다.

양현지楊衒之가 지은 『낙양가람기洛陽伽藍記』에는 달마가 북위의 영녕사永寧寺 9층탑을 보고 감탄을 금치 못하며 '나무南無(귀의를 뜻함)'라는 말을 되뇌었다고 전하고 있다. 그러나 이 역시 불교의 가르침 자체보다는 절이나 탑과 같은 외형에 얽매인 중국 불교의 특징을 간파한 말로 여겨진다. 그래서 달마는 낙양 인근의 숭산嵩山 소림사少林寺에 들어가 9년간 면벽좌선面壁坐禪하며, 사람의 마음이 본래 청정하다는 이理를 깨달아야 한다는 내용의 설법을 제자 혜가慧可에게 전수했다. 즉 당시 유행하던 가람불교나 강설불교講說佛敎와는 달리 참선을 강조한 것이다. 이런 달마의 가르침이 대대로 전해지면서 달마는 중국 선종의 초조初祖로 추앙되고 있다.

『육조단경』, 인간의 얼굴을 한 불교

달마의 가르침은 자신의 한쪽 팔을 잘라 불심을 보였다는 이조二祖 혜가에게 전수되고, 지난날의 죄를 참회하고자 한다 하니 혜가로부터 죄를 가져오라는 말을 듣고 깨달음을 얻은 삼조三祖 승찬僧璨에게 전수되었다. 승찬에게 해탈의 법문을 물었다가 누가 너를 묶었느냐는 반문을 듣고 깨달음을 얻은 도신道信이 사조四祖가 되고, 이

면벽좌선하는 달마에게 구도의 의지를 보이기 위해 왼팔을 자른 혜가. 일본 전국시대 화가 셋슈 도요雪舟等楊의 〈혜가단비 도慧可斷臂圖〉.

름을 묻는 도신에게 성은 공空이요 이름은 무無라고 답했다는 홍인이 오조五祖가 되었다. 육조는 앞에서 살펴본 바와 같이 홍인의 의발을 전수한 혜능이며, 그의 제자 법해가 스승의 설법을 모아 펴낸 『육조대사법보단경』이 혜능의 가르침으로 전해진다.

흔히 『육조단경』 또는 『법보단경』으로 약칭되는 『육조대사법보단경』(이하 『단경』)은 불교에서 석가모니의 가르침이 아닌 것으로는 유일하게 '경經'이 붙어 있다. 이는 중국불교사에서 혜능이 차지하는 위치가 석가모니와 다를 바 없다는 것을 의미한다. 『단경』에 보이는 혜능의 불교 사상은 '진여연기론眞如緣起論'의 세계관, '즉심즉불卽心卽佛'의 불성론佛性論, '돈오견성頓悟見性'의 수양론, '자성자도自性自度'의 해탈론으로 요약된다.

'진여연기론'은 참다운 실상을 의미하는 '진여'가 최고의 존재이고 세상 모든 것이 이로부터 파생된다는 우주 생성론이다. '즉심즉불'은 내 마음 자체에 부처가 있다는 뜻으로, 구체적인 사람의 마음이 추상적인 불심과 일체가 된다는 것이다. '돈오견성'은 깨달음을 얻기 위해 장기간의 수행이 필요하지 않고 하루아침이라도 마음의 지혜가 밝아지면 성불할 수 있다는 뜻이다. '자성자도'는 스스로 몸 안에 있는 자성을 드러내어 스스로 깨닫는 것을 가리킨다. 이러한 내용을 종합하면 혜능의 불교 사상은 한마디로 말해 '불성의 인성화人性化'라고 할 수 있다.

『단경』이 나오기 이전의 중국 불교는 얼마간 학술적 연구에 치우쳐 일반 대중과 유리된 측면이 있었다. 이에 비해 『단경』에 드러난 불교 사상은 귀족화된 불교에서 방향을 바꾸어 보통 사람들도 불교에 입문해 해탈할 수 있는 길을 열어주었다. 이는 불교의 완전한 중국화를 의미하는 것으로서 종교적 의미뿐만 아니라 중국 전통문화의 일부로서 후대에 많은 영향을 미치게 되었다.

작은 뿌리의 사람은 이 단박에 깨닫는 가르침의 설법을 듣고, 마치 너른 땅의 풀과 나무 성질 자체의 작은 것이, 만약 큰비가 한꺼번에 쏟아진다면, 모두 다 쓰러지게 되어 더 이상 자랄 수가 없게 되는 것과 같느니라. 작은 뿌리의 사람도 또한 이와 같느니라. 반야의 지혜가 있다는 점에서는 큰 지혜를 가진 사람과 또한 차별이 없으니, 무슨 까닭으로 법문을 듣고도 곧 깨닫지 못하겠느냐? 삿된 견해에 연하여 방해됨이 무겁고, 번뇌의 뿌리가 깊은 것이, 마치 큰 구름장이 해를 덮어 가려서, 바람이 불지 않으면, 해가 나타날 수가 없는 것과 같느니라.

반야의 지혜는 또한 크지도 않고 작지도 않느니라. 모든 중생은 스스로 미혹한 마음을 가져서, 밖으로 닦아 부처를 구하여, 자성을 깨닫지 못하니, 이 사람이 곧 작은 뿌리의 사람이니라. 이 단박에 깨닫는 가르침을 듣고, 밖으로 닦음에 의지하지 않으면서, 단지 자기 마음에서 자기 본성이 항상 바른 견해를 일으킨다면, 모든 삿된 견해와 번뇌와 진로의 중생일지라도, 당장 깨닫기를 마치느니라.

마치 큰 바다가 여러 물줄기를 받아들여서, 큰 물 작은 물이 한몸으로 합쳐지니, 이것이 곧 성품을 본 것이니라. 안에도 밖에도 머물지 않고, 오고 감이 자유로우며, 능히 집착심을 없애서, 통달함에 걸림이 없느니라. 마음 깊이 이 행을 닦는다면, 곧 『반야바라밀경』과 근본에서는 차별이 없느니라. 모든 경서와 문자, 대소 이승 12부 경은, 모두 사람으로 인하여 있느니라. 지혜의 성품으로 인한 까닭으로, 그러므로 그렇게 건립될 수가 있느니라.

만약 세상 사람이 없다면, 모든 만법도 근본이 또한 있지 않느니라. 그런 까닭에 만법은 본래 사람에 의지하여 일어났으며, 모든 경서가 사람으로 인하여 설하게 된 것인 줄을 알지니라. 미혹한 사람이 지혜 있는 사람에게 묻고, 지혜 있는 사람은 어리석은 사람에게 설법하여, 어리석은 사람이 깨달아 마음이 열리도록 해야 하느니라. 미혹한 사람이 만약 깨달아서 마음이 열리면, 큰 지혜 있는 사람과 다름이 없느니라.[*]

혜능, 『육조단경』(일부)

---

* '지묵 강설, 『육조단경』 우리출판사, 2003, 118~119쪽' 번역을 인용했다.

왕유의 〈설계도雪溪圖〉. 왕유의 시와 그림은 소식에게 "시 속에 그림이 있고, 그림 속에 시가 있다(詩中有畵 畵中有詩)"고 평가받았다.

선禪, 중국을 잇는 기다란 선線

혜능과 『단경』이 확립한 중국 선종은 중국의 전통 문학·예술·사상 등에 두루 영향을 주었다. 먼저 문학에서는 산수시에 '선적 취향'이 가미된 것을 들 수 있다. 예를 들면 당나라의 산수시인 왕유王維는 독실한 불교도로서 '시불詩佛'이라는 별칭으로도 불리며, 그가 지은 많은 산수시에 선禪의 경지가 펼쳐져 있다고 평가받는다. 또 만당晩唐 이후로는 선시禪詩가 본격적으로 창작되었고, 송대에 이르러서는 창작과 이론 두 방면 모두에서 '선'이 중요한 역할을 했다. 창작에서 소식蘇軾이 선시의 새로운 경지를 보여줬다면, 이론에서는 엄우嚴羽의 『창랑시화滄浪詩話』를 '선'으로 시를 평한 대표적 사례로 들 수 있다.

중국 회화에 미친 '선'의 영향도 지대한 것으로 알려져 있다. 중국의 전통 회화는 선종의 사상이 널리 확산되면서 재현에서 표현으로, 객관에서 주관으로 대상을 보는 관점이 변모했다고 평가된다. 그림을 그릴 때 사물이나 경치를 있는 그대로 담는 것보다는 사람의 마음이 어떻게 그 사물이나 경치와 어우러지는지를 그려내는 일이 중요한 문제로 대두되었기 때문이다. 선의 경지를 추구하는 그림은 "붓은 다함이 있으나 뜻은 다함이 없는" 경지를 추구하며, 전통적인 회화와 다른 방향을 모색해갔다.

중국 선종은 성리학의 변화와 발전에도 영향을 준 것으로 평가된다. 당나라에 이르기까지 중국 유학은 여전히 경전에 주석을 붙이는 단계에 머물러 있었다. 그러나 『단경』의 출현으로 중국화되고 인성화된 불교는 역시 인성을 중시하는 유학과 접점을 찾게 되었다. 불교 고유의 우주론과 본체론이 유학자들에게 새로운 사고를 일깨우면서 "송나라 유학의 출발점은 모두 선에 있었다"는 말이 있을 만큼 영향력이 컸다. 주희朱熹가 정리한 성리학에서도 선종의 영향을 많이 찾아볼 수 있지만, 특히 왕양명王陽明의 심학心學은 선종의 주관적 유심주의를 받아들여 이루어졌다고 해도 과언이 아니다.

만일 서방 민족이 인간과 인간, 인간과 사회, 인간과 자연, 주체와 객체를 대립시키는 습관이 있어 각종 영역 가운데 종적인 논리관계를 탐색하고 유類와 종種의 기초 위에 각종 사물 간에 놓여 있는 층차 관계를 탐색하여, 이러한 관계의 객관적 질서에 부합될 수 있는 말을 애써 찾는 데 익숙하다고 한다면, 중국 민족은 인간과 인간, 인간과 사회, 인간과 자연 및 문학예술을 복합시키는 데 습관이 되어 이러한 횡적인 그물 모양의 연계를 탐색하고, 윤리·도덕적 원칙하에 각종 사물 가운데 잠재되어 있는 총체적 정신을 탐색하는데 익숙하다고 말할 수 있다.

인도 민족은 다른 세계와 다른 범주에 속하는 다양한 종류의 사물을 동등하게 취급하여 하나의 혼돈된 상태에서 우주와 인생의 궁극적 의의를 체험하는 데 익숙하다. 인도에 뿌리를 두고, 중국에서 성장한 선종은 그들과 마찬가지로 결코 주체와 객체를 구분하지 않으며, 객관적 사물의 특성과 속성을 분별하지 않고, 다만 '동서남북을 분별하지 않는' 다각적 경계에서 범아합일梵我合一에 도달하고, 자기의 생명으로 하여금 시간을 초월하게 하고, 내심을 사물의 속박에서 벗어나게 한다. 그러므로 그들이 철학에 관심이 있다고 말하기보다는 차라리 그들이 관심을 갖고 있는 것은 일종의 인생철학이라고 말하는 편이 낫다. 그래서 서방 사람들의 관습적인 철학 패턴으로 동방의 사상을 저울질하는 것은 어떤 의의는 있는 일이겠지만, 더욱 쉽사리 그 내용사의 주체적 부분—심리적 메커니즘, 사유의 특징, 문화적 영향 따위를 홀시하여 생략할 수도 있다.[*]

거자오광葛兆光, 『선종과 중국문화』(일부)

---

[*]   거자오광葛兆光, 정상홍·임병권 역, 『선종과 중국문화』, 동문선, 1988, 311~312쪽.

생각할 거리

1.
중국 선종은 이미 초조 달마부터 오조 홍인까지 이어진 전통이 있었다. 그런데 왜 육조 혜능에 와서야 이론적으로 체계화되어 『단경』이 나왔을까. 그 배경이 무엇일지 토의해보자.

2.
중국 선종처럼 외래문화가 중국으로 유입된 이후 토착화 과정을 거쳐 중국 전통문화와 동등한 지위를 가지게 된 것으로 또 무엇이 있을지 사례를 들어보자.

키워드 | #선종 #달마 #혜능 #『육조단경』 #진여연기론 #즉심즉불 #돈오견성 #자성자도

함께 읽은 책들

김윤수 역주, 『육조단경 읽기』, 마고북스, 2003.
달마, 덕산 스님 역, 『달마는 서쪽에서 오지 않았다』, 비움과소통, 2010.
지묵 강설, 『육조단경』, 우리출판사, 2003
거자오광葛兆光, 정상홍·임병권 역, 『선종과 중국문화』, 동문선, 1988.
후루다 쇼킨다나카 료쇼, 남동신·안지원 역, 『혜능』, 현음사, 1993.

제14강

황제가 사랑했던 것들

☙

당 현종과 음악

사람은 떠나도 노래는 남아

현종 이융기李隆基(685~762)는 당나라의 6대 임금이다. 현종은 아버지 예종睿宗과 어머니 덕비德妃 두씨竇氏 사이에서 셋째 아들로 태어났다. 어머니 두씨는 현종이 여덟 살 때 할머니인 측천무후의 지시로 살해되었다. 이 일로 현종도 초왕楚王에서 임치왕臨淄王으로 강등되어 6년 동안 연금 상태에 있었다. 그 후 다섯 형제와 함께 장안의 흥경방興慶坊에서 생활했는데, 나중에 현종이 제위에 올라 이때 지냈던 고택을 허물고 새 궁궐을 지은 뒤 흥경궁興慶宮이라 불렀다. 그는 젊은 시절부터 음악을 좋아해 임치왕으로 지낼 때도 음악을 담당하는 부서를 따로 두었다.

현종은 스물네 살 때 장안을 떠나 지금의 산서성 경내인 노주潞州의 별가別駕로 부임했다. 이때 산동 지방에서 온 악사樂士 조원례趙元禮에게 가무에 능한 딸이 있었다. 현종이 아내로 맞은 이 여인은 훗날 조려비趙麗妃가 되어 태자 이영李瑛을 낳았다.* 이후 현종은 장안으로 돌아와 백부인 중종中宗을 독살한 위후韋后 일파를 제거하고, 아버지 예종을 제위에 올렸다. 예종은 현종을 태자로 임명했다. 고모인 태평공주太平公主가 정치를 농단하려고 하자 현종은 이들 일파까지 몰아낸 후 예종의 양위로, 스물여덟 살에 제위에 올랐다.

현종이 즉위한 이듬해에 제정한 연호가 개원開元으로, 이후 30년 가까운 세월 동안 현종은 당나라를 번영으로 이끌어 이 시기를 '개원의 치세治世'라고 부른다. 요숭姚崇, 한휴韓休, 송경宋璟 등 현명한 재상들을 등용하여 선정을 베풀고, 환관이나 외척과 같이 왕권을 위협할 만한 세력을 차단하는 한편 널리 인재를 등용해 정치를 안정시켰다. 관리들이 수도와 지방을 순환근무하게 함으로써 균형 발전을 도모하고, 문학과 예술에 소질이 있는 사람들도 적극 등용했다. 이러한 노력에 힘입어 당나라는 경제적으로 번영하고 해외 여러 나라에 문호를 개방하는 국제화된 대국으로 성장할 수 있었다.

현종은 황후 왕씨 사이에서는 후사를 얻지 못했고, 여러 후비들 가운데 무혜비武惠妃를 총애했다. 그래서 무혜비를 황후로 삼고자 했으나, 대신들이 측천무후의 일가라는 이유로 반대해 성사되지 못했다. 그러다 쉰세 살 때 무혜비가 죽자 크게 낙담하면서 국정에 관심을 잃자, 현종의 의중을 꿰고 있던 환관 고력사高力士가 무혜비와의 사이에서 태어난 아들 이모李瑁의 비妃인 양옥환楊玉環을 현종과 맺어주었다. 양옥환과 5년 정도 함께 지내던 현종은 예순 살 생

*   옌서우청閻守誠 외, 임대희 외 역, 『당현종』, 서경문화사, 2012, 28쪽.

일을 맞아 양옥환을 귀비貴妃에 임명해 정식 부부가 되었다.*

현종이 예순여덟 살 되던 해 16년간 재상을 맡아 국정을 좌지우지하던 이임보李林甫가 세상을 떠났다. 그간 이임보의 지위를 호시탐탐 노리던 두 사람이 있었는데, 양귀비의 사촌오빠 양국충楊國忠과 이민족 출신 절도사 안녹산安祿山이었다. 755년 안녹산은 간신 양국충 제거를 구실로 반란을 일으켰다. 안녹산의 반군에 장안이 함락될 위기에 몰리자 현종은 사천성 성도成都로 피란을 떠났다. 도중에 마외파馬嵬坡에 이르러 현종을 따르던 병사들이 반란의 원인을 제공한 양국충을 주살한 뒤에 양귀비에게도 책임을 물을 것을 요구했다. 현종은 어쩔 수 없이 양귀비에게 자진할 것을 명했고, 양귀비는 불당에서 목을 매 불귀의 객이 되었다.

현종은 장안을 떠난 지 한 달 보름 만에 수행한 1300여 명과 함께 성도에 도착했다. 그보다 사흘 전에는 태자 이형李亨이 영무靈武에서 제위에 올라(숙종) 반란 제압을 지휘했다. 석 달 뒤 장안을 수복한 숙종은 현종에게 복귀를 요청했고, 현종은 성도를 떠나 그해 12월 장안에 당도해 흥경궁에 기거했다. 지난날 양귀비와 자주 행차했던 화청궁華淸宮에 갔다가 양귀비 생각이 난 현종은 필률篳篥이라는 서역 피리를 잘 부는 장야호張野狐를 불러 성도로 피란 갈 당시 만들었던 〈우림령雨霖鈴〉을 연주하게 했다. 숙종은 현종의 정치적 재기를 우려해 현종의 거처를 감로전甘露殿으로 옮겨 사실상 유폐시켰고, 그곳에서 현종은 일흔여덟 살을 일기로 생을 마쳤다.

---

*　　임사영任士英, 류준형 역, 『황제들의 당제국사』, 푸른역사, 2016, 165~167쪽.

중국 음악은 어디에서 왔을까

대체로 소리의 시작은 사람의 마음에서 생기는 것이다. 사람 마음의 움직임은 외물이 그렇게 만든다. 외물에 자극을 받아 반응이 일어나고 그것이 소리로 형상화되는 것이다. 소리는 상응하는 것이어서 변화가 생겨나고 변화가 가락을 이룬 것을 '음音(노래)'이라 한다. 노래를 늘어놓고 악기 연주와 각종 무용 도구를 곁들인 것을 악樂이라 한다. 악은 음으로부터 생겨난 것이고, 그 근본은 사람의 마음이 외물에 자극을 받은 것이다. 이런 까닭에 슬픈 마음이 발동하면 그 소리가 조급하고 가라앉게 된다. 즐거운 마음이 발동하면 그 소리가 여유롭고 늘어지게 된다. 기쁜 마음이 발동하면 그 소리가 고양되고 낭랑하게 된다. 성난 마음이 발동하면 그 소리가 거칠고 사납게 된다. 공경하는 마음이 발동하면 그 소리가 경건하고 맑게 된다. 사랑하는 마음이 발동하면 그 소리가 조화롭고 부드럽게 된다. 이상의 여섯 가지는 천성이 아니라 외물의 자극에 반응하여 발동한 것이다.

凡音之起, 由人心生也. 人心之動, 物使之然也. 感於物而動, 故形於聲. 聲相應, 故生變, 變成方, 謂之音. 比音而樂之, 及干戚羽旄, 謂之樂. 樂者, 音之所由生也, 其本在人心之感於物也. 是故其哀心感者, 其聲噍以殺. 其樂心感者, 其聲嘽以緩. 其喜心感者, 其聲發以散. 其怒心感者, 其聲粗以厲. 其敬心感者, 其聲直以廉. 其愛心感者, 其聲和以柔. 六者非性也, 感於物而後動.

『예기禮記』「악기樂記」(일부)

중국 음악의 기원은 멀리 신석기시대로 거슬러 올라간다. 이때 진흙으로 만든 훈壎과 같은 악기를 보면, 당시에 이미 중국 사람들에게 음악을 향유하는 능력이 있었음을 알 수 있다. 상고시대의 음악은 노래, 춤, 기악이 하나로 합쳐진 형태로서, 주로 토템 숭배 활동에 쓰였던 것으로 추정된다. 그러던 게 점점 자연이나 사회를 정복한 인간에 대한 찬송 목적으로 변모했다. 치수에 공을 세운 우임금을 위한 〈대하大夏〉라든지 걸왕을 정벌한 탕임금을 위한 〈대확大濩〉 등이 그런 음악이다. 이때부터 음악을 직업으로 삼는 사람이 나타났고, 악어가죽으로 만든 타고鼉鼓 등 더욱 발전된 형태의 악기도 속속 출현했다.

주나라 시대에는 궁정을 위한 예악禮樂 제도가 완비되면서 중국 음악도 크게 발전했다. 6대 악무라 하여 고대로부터 전해지던 음악을 정비하고, 각 지방에 사람을 보내 민요를 수집하게 했다. 이때 수집된 민요를 후에 공자가 정리한 것이 바로 『시경』의 국풍國風이다. 유가의 경전인 『예기』에 중국 최초의 음악이론인 「악기樂記」가 편입된 것도 특기할 만하다. 남쪽 초楚나라 지역에서는 중원과는 다른 성격의 음악이 유행했는데, 굴원이 이를 정리한 것이 〈구가九歌〉다. 초나라 출신의 금琴 연주자 백아伯牙와 그의 친구 종자기鍾子期에 얽힌 '지음知音' 고사나, 진秦나라 출신의 가수 진청秦靑이 노래를 불러 흘러가던 구름을 멈춰 세웠다는 고사는 춘추전국시대에 이르러 중국의 악기 연주와 가창 실력이 매우 높은 수준에 이르렀음을 짐작하게 해준다.

한나라 무제武帝 때(더 이전 진나라 때라는 설도 있음)에는 악부樂府라는 관청에서 음악을 관장했다. 한나라 때의 대표적인 가곡은 〈상화가相和歌)로, 한 사람이 선창하고 세 사람이 화창하는 형식이었다. 여기에 관현악 반주가 곁들여진 게 〈상화대곡相和大曲〉이다. 서역에서 전해진 고취악鼓吹樂은 관악기와 타악기가 결합된 음악으로, 말 위에서나 행진 중에도 연주할 수 있었다. 이어 진晉나라 때에 이르러서는 북방 음악이 남방에 전해지면서 대규모의 융합 현상이 일어났으며, 노래와 관현악 반주에 연극적 요소가 결합된 가무희歌舞戲가 발전하면서 중국 음악의 양상도 더욱 다양해졌다.

음악 애호가 황제의 특별한 선물

현종은 음악에 관한 천부적인 소질을 가지고 태어났던 듯하다. 그는 음악 이론에 정통해 작곡을 할 수 있었고, 호금, 비파, 피리, 갈고羯鼓와 같은 각종 악기를 손수 연주하기도 했다.* 현종이 자주 연주한 악기 가운데 하나는 갈고였다. 갈족羯族에게서 유래한 갈고는 양가죽으로 메운 양면을 두 개의 나무막대기로 두드리면 소리를 내는 악기였다. 리듬이 빠르고 격렬한 데다 음량이 풍부해 빠른 가락의 악곡에 적합하며, 그래서 전장에서 병사를 고무하는 악기로 쓰였다. 갈고는 악기의 특성상 악대를 지휘하는 역할을 맡았으며, 아마 현종 또한 악대를 지휘하고 훈련할 때 직접 갈고를 연주했던 것으로 짐작된다. 현종이 중국 음악에 미친 영향은 다음 몇 가지로 나누어 살펴볼 수 있다.**

---

*　　　吳華山, 「論唐玄宗與唐代樂舞」, 『求索』, 2003년 제4기, 170쪽.

**　　옌서우청閻守誠 외, 앞의 책, 267~270쪽.

〈당 채회도악녀용唐彩繪陶樂女俑〉. 당나라 때 연주하는 여인들의 형상을 빚어놓은 도예품이다. 왼쪽에서 두 번째 인형은 공후를, 네 번째 인형은 비파를 다루고 있다. 뉴욕 메트로폴리탄 미술관 소장.

첫째로 현종은 궁중 연회용 음악인 연악燕樂을 발전시켰다. 고대 중국의 음악은 아악雅樂·청악淸樂·연악으로 나뉜다. 아악은 궁중 전례에 쓰이는 장중한 음악으로서 당나라 사람들의 정서와 그다지 맞지 않았다. 청악은 민간에서 유래한 한족의 청상악淸商樂인데, 당나라에 와서는 서역의 음악과 섞이기 시작했다. 현종은 지배층이 즐길 만한 연악이 더 활성화되어야 한다고 보고, 이를 진작하기 위해 연악의 관리를 국립음악원 격인 교방敎坊에 맡기고 4개의 교방을 증설하여 장안과 낙양에 각각 2개소씩 두었다.

둘째로 현종은 법곡法曲을 전문적으로 교육하기 위한 기관으로이원梨園을 설치했다. 법곡은 관현악과 가무가 결합된 대형 가무곡 가운데서도 특히 우아하고 악곡이 뛰어난 것을 말한다. 현종이 이방면에 재능이 뛰어난 자 300명을 선발해 이원에서 직접 훈련했기에 이들을 '이원제자梨園弟子'라고 부르기도 한다. 300명 중에서 음을 틀리게 내는 사람이 있으면 현종이 반드시 집어내 교정해줬다는 일화는 유명하다. 또 궁중의 이원에는 15세 이하의 어린이 30명으로 구성된 소부음성小部音聲을 따로 둬서 다채로움을 더했다.

셋째로 현종은 작곡가로서 여러 곡을 편곡하거나 작곡했다. 기록에 의하면, 현종은 즉흥적인 작곡에 능해 각종 악기를 활용해 연주하는 곡도 순식간에 만들어냈다. 그가 창작한 악무로는 〈광성악光聖樂〉, 〈용지악龍池樂〉, 〈예상우의곡霓裳羽衣曲〉 등이 있는데, 그중에서도 현종이 양귀비가 처음 입궁하던 날 연주하게 했다는 36단段의 대곡 〈예상우의곡〉이 특히 유명하다. 이후 양귀비는 궁중에서 늘 현종을 위해 〈예상우의곡〉의 춤을 추었다고 한다.*

이상과 같이 현종이 음악을 애호하고 중시한 까닭에 조야朝野를 막론하고 음악이 널리 유행했다. 왕족이나 귀족들도 저마다 악대를 꾸렸고, 지방 관청에서도 '아전악衙前樂'을 정비했다. 현종은 또 자주 음악 경연대회를 개최해 음악을 애호하는 분위기를 고조시켰다. 일례로 낙양의 궁궐에서 벌어진 음악 경연대회에는 300리 내 지방 관아에서 수많은 악대가 참가해 사흘 동안 떠들썩하게 경연을 벌였다고 한다.

> 나는 옛날 원화 연간에 헌종 임금을 모시고
> 소양전에서 베푸는 궁중 연회에 함께한 적이 있었는데,
> 온갖 노래와 춤이 셀 수 없었고
> 그중에서도 예상우의무를 가장 좋아했지.

---

*   吳貢山, 「唐玄宗與霓裳羽衣曲」, 『吉林師範學院學報』, 1997년 5월, 7쪽.

춤추던 때는 봄바람 불던 날

옥고리 난간 아래, 향기로운 탁자 앞,

탁자 앞 무희의 얼굴은 옥 같고

인간세상 속세의 옷을 입지 않았다.

무지개 치마 노을 색 저고리에 보요관

장식물이 주렁주렁 달린 패옥 쟁그랑거렸고,

호리호리한 자태는 비단옷도 감당하지 못할 듯

배치한 악기 소리를 경청하며 나아갔다 멈췄다.

경쇠, 퉁소, 쟁, 적이 번갈아 섞이며

치고 누르고 뜯고 불며 소리가 이어졌고,

산서가 여섯 번 연주될 때는 아직 춤옷을 움직이지 않아

양대에서 잠자던 구름도 노곤한 듯 날아가지 않았지.

중서에서 탁탁 처음 박자가 들어가니

가을 대나무가 갈라지고 봄 얼음이 쪼개지는 듯,

두둥실 도는 모습 날리는 눈처럼 가볍고

아름답게 내닫는 모습 노니는 용이 놀란 듯.

조그맣게 손을 늘어뜨리니 버들가지 힘없는 양

비스듬히 치맛자락 당길 때는 구름이 피어나는 양,

거무스름한 눈썹 살짝 찡그리며 자태를 이기지 못하는 듯

바람에 날리는 옷소매 올렸다 내렸다 마치 정이 있는 듯,

상원부인은 머리를 매만지며 악록화萼綠華 선녀를 부르고

서왕모는 소매를 휘날리며 허비경許飛瓊 선녀와 이별했지.

여러 가지 소리, 급한 박자로 열두 번

진주가 튀어오르고 옥이 굴러가는 소리 울려 퍼질 때

날아가던 난새도 춤을 멈추고 날개를 거둬들이고

울던 학도 노래를 마치느라 길게 소리를 끌었다.

…

我昔元和侍憲皇, 曾陪內宴宴昭陽.

千歌萬舞不可數, 就中最愛霓裳舞.

舞時寒食春風天, 玉鉤欄下香案前.

案前舞者顏如玉, 不著人間俗衣服.

虹裳霞帔步搖冠, 鈿瓔纍纍佩珊珊.

娉婷似不任羅綺, 顧聽樂懸行復止.

磬簫箏笛遞相攙, 擊擫彈吹聲邐迤.

散序六奏未動衣, 陽臺宿雲慵不飛.

中序擘騞初入拍, 秋竹竿裂春冰坼.

飄然轉旋回雪輕, 嫣然縱送遊龍驚.

小垂手後柳無力, 斜曳裾時雲欲生.

煙蛾斂略不勝態, 風袖低昂如有情.

上元點鬟招萼綠, 王母揮袂別飛瓊.

繁音急節十二遍, 跳珠撼玉何鏗錚.

翔鸞舞了卻收翅, 唳鶴曲終長引聲.

백거이白居易, 「예상우의무가霓裳羽衣舞歌」

이 시는 당나라의 시인 백거이가 「예상우의무」에 얽힌 세 개의 일화를 옴니버스 식으로 엮은 것이다. 인용한 단락은 그 가운데 첫째 부분으로, 헌종이 재위하던 원화 연간에 궁중에서 공연된 「예상우의무」를 회상한 것이다.

중국의 전통 악기에 대해*

적.　　　　　　　금.　　　　　　　운라.

관악기

금속, 나무, 대 등의 관을 입으로 불어서 관 속의 공기를 진동시켜 소리를 내는 악기. 소簫, 적笛, 관자管子, 생笙, 훈壎 등이 있다.

현악기

현을 발음체로 하여 음을 내는 악기다. 연주 방법에 따라 손가락이나 손톱이나 피크 등으로 퉁겨서 소리 내는 발현악기, 활로 마찰시켜서 소리를 내는 찰현악기, 채로 쳐서 소리를 내는 타현악기와 같이 세 가지로 나뉜다. 쟁箏, 금琴, 비파琵琶, 완阮, 공후箜篌, 이호二胡 등이 있다.

---

* 　　　方建軍,『中國古代樂器槪論』(陝西人民出版社, 1996)을 참고.

타악기

몸체를 손이나 채로 쳐서 또는 서로 부딪쳐서 소리를 내는 악기. 운라雲鑼, 편경編磬, 대고大鼓, 갈고, 판板 등이 있다.

생각할 거리

공자는 『논어』 「태백泰伯」편에서 "시에서 감흥을 느끼고, 예에서 행동의 기준을 세우며, 음악에서 인격이 완성된다(興於詩, 立於禮, 成於樂)"고 했다. "음악에서 인격이 완성된다"는 공자의 말이 현대 중국에서 어떻게 실천에 옮겨지고 있는지 사례를 찾아보자.

키워드 | #당 현종 #양귀비 #안사의 난 #운라 #공후 #비파 #아악 #청악 #아악 #백거이 #가무희

함께 읽은 책들

옌서우청閻守誠 외, 임대희 외 역, 『당현종』, 서경문화사, 2012.

임사영任士英, 류준형 역, 『황제들의 당제국사』, 푸른역사, 2016.

王光祈, 『中國音樂史』, 廣西師範大學出版社, 2005.

方建軍, 『中國古代樂器槪論』, 陝西人民出版社, 1996.

吳貢山, 「唐玄宗與霓裳羽衣曲」, 『吉林師範學院學報』, 1997년 5월.

吳華山, 「論唐玄宗與唐代樂舞」, 『求索』, 2003년 제4기.

제15강

장안의 명인 혹은 산속의 신선

⌒

이백과 낭만주의

술과 달만 있다면

이백李白(701~762)은 자가 태백太白이고, 호는 청련거사靑蓮居士다. 시인 하지장賀知章에게 하늘나라에서 귀양 온 신선이라는 뜻으로 '적선인謫仙人'이라는 별칭을 얻은 바 있다.* 시의 풍격에서도 신선같이 낭만적이고 환상적인 분위기를 선보여 '시선詩仙', 곧 시를 쓰는 신선이라고 일컬어진다. 여러 제재 중에서도 특히 술과 달에 대한 시를 많이 지어 '술과 달의 시인'이라는 별칭도 있다. 두보杜甫와 함께 중국 시를 대표한다 하여 '이두李杜'로 나란히 불리기도 한다.

이백의 출생지를 두고 두 가지 설이 팽팽히 맞서고 있다. 하나는 이백이 지금의 키르기스스탄 경내인 서역의 쇄엽성碎葉城에서 태어나 사천으로 이주해왔다는 것이고, 다른 하나는 원래 지금의 사천성 강유시江油市 경내인 청련향靑蓮鄉에서 태어났다는 것이다. 예전에는 전자를 주장하는 이가 많았으나 지금은 후자로 많이 기

---

*   류멍시劉夢溪, 한혜경 외 역, 『광자의 탄생』, 글항아리, 2015, 104쪽.

이백은 「청평조사」를 지을 때 환관 고력사에게 신발을 벗기게 하고, 양귀비에게 벼루를 들게 할 만큼 기세가 높았다. 17세기 청나라 그림.

울고 있다. 이백은 다섯 살 때부터 당시의 글자 교본인 '육갑六甲'을 익히기 시작해 열다섯 살 무렵에는 이미 시를 여러 수 짓는 등 문학적 재능을 발휘했다. 서서히 도가사상의 영향을 받아 검술을 배우고 협객을 흠모하며 사천 지방의 은자나 도사 들과 교분을 맺었다.

이백은 스물네 살 때 고향을 떠나 성도와 아미산峨眉山을 둘러보고, 배에 올라 장강을 타고 지금의 중경시重慶市인 유주渝州로 내려갔다. 그 길로 장강 하류인 양주揚州까지 갔다가 호북성 안륙安陸에서 재상을 지낸 허어사許圉師의 손녀와 결혼했다. 안륙을 중심으로 여기저기 다니며 구직 활동을 펼쳤으나 큰 소득은 없었다. 서른 살에 장안으로 들어가 문단의 영수인 장열張說과 그의 아들 장게張垍를 통해 현종의 인정을 받고자 했으나 뜻대로 풀리지 않았다. 그러나 이때 교분을 갖게 된 현종의 누이동생 옥진공주玉眞公主와 하지장의 알선으로 현종이 이백의 시를 읽게 되었고, 마침내 현종이 이백을 궁궐로 불러 한림공봉翰林供奉에 임명했으니, 이백의 나이 마흔둘의 일이었다.

이백의 〈상양대첩上陽臺帖〉. 세상에 남은 이백의 유일한 서예 작품이다. 이백은 낙양에서 두보와 고적을 만나 은사를 뵙고자 황하를 건너 도교 사원으로 갔으나 이미 그가 죽은 지 9년이 지난 뒤였다. 은사가 남긴 벽화를 보고 회포를 풀어놓은 시다.

이백은 시적 재능을 마음껏 발휘해 연회 때마다 멋진 시를 지어 현종을 즐겁게 했다. 743년 늦봄, 현종이 양귀비와 흥경지興慶池에 흐드러지게 핀 모란을 감상할 때도 이백에게 시를 짓도록 명했다. 이때 이백이 지은 시가 「청평조사淸平調詞」 3수인데, 현종이 신임하는 환관 고력사高力士에게 신발을 벗기게 하고 양귀비에게 벼루를 들게 했다는 이야기가 전해질 만큼 이백의 호기가 잘 드러난다. 그러나 연회에 불려 나와 시를 짓는 게 이백이 원하던 일도 아니었거니와 그의 재주를 시기하는 사람도 점점 불어나, 이백은 궁중 생활에 점차 싫증을 느끼고 자주 술에 취해 하루하루를 보냈다. 그러자 현종도 차츰 이백을 멀리하다 마침내 궁궐에서 내보냈다.

궁궐을 나온 이백은 낙양으로 갔다가 그곳에서 두보를 만났다. 두 사람은 의기투합하여 함께 술을 마시고 시를 논하며 한동안 교분을 쌓았다. 지금의 산동성 경내에서 두보와 이별한 이백은 이후 선성宣城과 금릉金陵 등지를 오가며 방랑생활을 계속했다. 그러던 중 쉰다섯 살 때 안녹산의 난이 일어나자, 안휘성 당도현

當塗縣과 여산廬山에서 피란살이를 했다. 전세가 다소 호전되자 영왕永王 이린李璘의 막부에 들어갔으나, 이린은 당시 태자 이형李亨이 제위에 오르자 그에 반대해 독자적으로 세력을 규합하다 역적으로 몰리게 되었다. 이백도 그 와중에 관군에 붙들려 심양潯陽 감옥에 갇혔다가 지금의 귀주성 경내인 야랑夜郎으로 유배되는 판결을 받았다.

이듬해 늦봄 이백은 결국 야랑으로 유배 길에 올라 겨울 무렵 삼협에 들어섰다. 그런데 이백이 기주夔州의 백제성白帝城에 당도했을 때 사면령이 내려왔다. 그 덕분에 자유의 몸이 된 이백은 "아침에 채색 구름 사이로 백제성을 하직하고, 천 리 물길 강릉에 하루 만에 당도했네(朝辭白帝彩雲間 千里江陵一日還)"라고 노래하며 강릉으로 돌아왔다. 친구가 태수로 있는 강하江夏에서 잠시 머물다가 예전에 노닐던 선성과 금릉으로 되돌아가 여러 지인의 도움으로 생활했다. 그러나 환갑을 넘긴 이백은 병을 얻은 데다 금릉에서의 생활도 날로 어려워져 하는 수 없이 당도현령으로 있는 친척 이양빙李陽氷에게 의지했다. 그는 병세가 악화되자 그가 쓴 시의 원고를 이양빙에게 넘기고, 마지막으로「임종가」를 지어 이렇게 노래했다. "대붕이 날아올라 천지를 진동시켰으나, 중천에서 날개가 꺾이니 건널 힘이 없구나(大鵬飛兮振八裔 中天僞兮力不濟)" 그러고는 얼마 지나지 않아 세상을 떠나니 그의 나이 예순둘이었다.

중국의 낭만주의 문학 전통

낭만주의는 서유럽에서 18세기 말에 시작되어 19세기 초에 극성한 문예사조다. 따라서 이를 통해 18세기 이전의 중국문화를 바라보려는 접근 방법 자체가 성립하지 않을 수도 있다. 그러나 낭만주의가 계몽주의와 신고전주의에 반대하는 기조로부터 이성·합리·절대를 거부하는 양상을 보인 경향은 중국의 전통 시기에서도 유사하게 나타난 바 있다. 특히 문학 방면에서 서구의 낭만주의 정신은 자아를 확인하고 그 내부로 침잠하는 데서 시작되어 개인과 그의 내면세계를 집중적으로 파헤치는 방향으로 구현되었다. 이는 중국 전통문화에 보이는 일련의 유사한 현상을 설명하는 좋은 출발점이 될 것이다.

『논어』「술이述而」편을 보면 공자는 '괴력난신'에 대해서는 언급하지 않았다고 했다. '괴력난신'은 괴이한 일·폭력·혼란·귀신을 뜻한다. 공자는 이처럼 합리적인 이성으로 설명이 불가능한 존재나 현상에 대해서 관심이 없었던 것이다. 중국의 낭만주의는 그와 반대로 이런 것들을 즐겨 언급하는데, 상상과 환상을 넘나드는 도가사상은 곧 중국 낭만주의의 효시라 할 수 있다. 당나라 시인만 하더라도 '시선詩仙'으로 불린 이백이나 '시귀詩鬼'라는 별칭이 있었던 이하李賀는 낭만주의 시인으로 보아도 무방할 것이다.

중국 낭만주의의 출발점은 신화와 전설이라 할 수 있다. 사실 중국 상고시대의 신화와 전설은 후대로 내려오면서 역사화歷史化, 이성화理性化가 진행되었기 때문에 원시적인 모습 그대로라고 보기는 어렵다. 그렇지만 예羿가 활로 해를 쏘거나 우 임금이 황하의 물길을 잡았다는 이야기들에는 기이함과 환상을 추구하는 낭만주의 정신이 농후하다. 중국에서 가장 오래된 지리서로서 기이한 괴수怪獸와 색다른 이야기를 많이 싣고 있는『산해경』은 중국 고대의 낭만주의가 집약적으로 나타난 산물이라고 하겠다. 또 일반인의 상상을 뛰어넘는 기기묘묘한 우언寓言의 보고인 『장자』는 중국 낭만주의를 떠받치는 이론적 토대다. 문학에서는 초나라의 굴원이 현실과 환상을 넘나드는 작품 「이소」를 통해 낭만주의 문학 발전의 견인차 역할을 했다.*

한나라 이후로 낭만주의는 여러 장르에서 다양하게 구현되었다. 먼저 한부漢賦를 보면 사마상여司馬相如가 「자허부子虛賦」 등을 통해 상상의 세계를 펼쳤고, 시에서는 신선세계를 노래하는 유선시遊仙詩가 등장해 현실을 초월한 세계를 그려냈다. 특히 지괴소설志怪小說의 발달은 매우 상징적인 의미를 띤다. 공자가 언급을 자제했다는 '괴이한 일(怪)'을 전문적으로 기록하겠다고 나선 것이 지괴소설이기 때문이다. 위진 시대 현학의 발달은 낭만주의의 이론적 근거가 되었고, 죽림칠현 같은 이들은 의식적으로 예교를 부정하면서 광자狂者의 면모를 보여주었다. 중국 최초로 스스로 벼슬을 그만둔 도연명陶淵明의 귀향이나 그가 「도화원기桃花源記」에서 그려낸 이상향인 무릉도원도 낭만주의의 범주 안에 든다.

낭만적 시인의 탄생

이백이 중국의 낭만주의 문학을 대표하는 시인 가운데 한 사람이라는 데 이견을 달 사람은 없을 것이다. 그만큼 그의 시에는 낭만주의 문학에서 추구하는 이상주의, 반항정신, 영웅적 기질이 넘친다는

---

*   蔡守湘, 『中國浪漫主義文學史』(武漢出版社, 1999), 제1장과 제2장을 참조.

양해, 〈이백음행도李白吟行圖〉.

뜻이다. 이백 시에 낭만주의 사상이 충만하게 된 이유는 여러 가지
가 있을 것이다. 그중에서도 특히 중국 역사상 최전성기라 할 수 있
는 성당盛唐 시기의 호매한 기상, 초나라 굴원 이후로 축적된 낭만
주의 문학의 전통, 그리고 도가사상에 심취했던 이백의 개인적 취
향 등은 빠뜨릴 수 없는 요소로 꼽힌다.

　이백 시에 보이는 낭만주의 시풍의 특징을 몇 가지로 살펴보면
다음과 같다.* 먼저 이백의 시에 개성화된 이미지를 중심으로 강렬
한 주관적 색채가 드러난다는 점을 지적해야겠다. 이백은 평생 외
물에 구속받지 않는 자유분방한 삶을 영위했다. 그런 까닭에 그가
모든 상황에서 느낀 감정에는 자기표현의 경향이 짙게 드러났다.
예컨대 「촉도의 어려움(蜀道難)」은 이백이 특유의 풍부한 상상력과
과장 수법을 발휘하여 촉으로 가는 길의 험난함을 묘사한 시다. 호

*　　　田莉, 「論李白浪漫主義詩風」, 『學理論』, 2012년 제5기, 132~133쪽.

방하고 웅장한 분위기 속에서 시인의 강렬하고 격앙된 감정을 마음껏 드러내고 있다.

다음으로 이백의 시에는 대담한 과장, 사람들을 놀라게 하는 환상, 순식간에 급변하는 감정 등이 담겨 있다. 우리가 흔히 중국인의 기질을 두고 규모가 크고 과장이 심하다는 이야기를 하는데, 이백은 그러한 중국인의 성향을 대표한다. 이백은 「추포의 노래(秋浦歌)」에서 근심 때문에 자신의 흰머리가 삼천 길이나 자랐다고 했고, 「여산의 폭포를 바라보며(望廬山瀑布)」에서는 폭포수가 마치 하늘에서 떨어지는 듯 삼천 척이나 된다고 했다. 또 「밤에 산사에서 묵다(夜宿山寺)」라는 시에서는 높은 곳에 위치한 산사에서 잠드니 손으로 별을 딸 수 있고, 하늘나라 사람들이 놀랄까봐 크게 소리를 내지도 못했노라고 너스레를 떨었다.

이백이 자주 시에 담은 소재에서도 낭만주의적 경향이 잘 나타난다. 앞에서 소개한 것처럼 이백은 '술과 달의 시인'으로 알려져 있다. 1000수 남짓한 그의 시 가운데 술을 언급한 것이 200수가량 되고, 달을 언급한 것은 그 두 배인 400수 가까이나 된다. 술과 달의 공통점은 모두 현실을 초월하고자 하는 심리를 보여준다는 점이다. 두보가 이백을 노래한 시에서 "이백은 술 한 말에 시 백 편을 쓴다"고 한 것처럼 이백의 시에는 술기운이 풀풀 넘친다. 이백이 시 「술잔 들고 달에게 묻다(把酒問月)」에서 "그저 바라는 것은 노래하고 술 마실 때 달빛이 언제나 술통을 비추는 것(惟願當歌對酒時 月光長照金樽裏)"이라고 노래했듯이 이백에게 가장 좋은 술친구는 달이었다. 술에 취해 몽롱한 상태에서 달나라로 떠나는 것, 이것이 이백 시에 가장 자주 등장하는 낭만주의의 표상이었다.

이백 시는 낭만주의의 색채를 띤 결과 호방豪放, 표일飄逸한 시풍의 대명사가 되었다. 호방함은 얽매이거나 주저함이 없는 자유분방한 생각을 일사천리로 펼쳐나갈 때 느껴지는 통쾌한 느낌이다. 이백의 시를 감상해보면 자구를 조탁하는 데 연연하지 않고 마음속에 있는 것을 속 시원하게 쏟아낸다는 인상을 받게 된다. 표일함은 소탈하고 자연스러워 속세를 벗어난 신선 같은 면모에서 느껴지는 산뜻한 느낌이다. 영화 〈와호장룡臥虎藏龍〉의 대미를 장식한 대나무 숲의 결투 장면처럼 대나무 사이를 사뿐히 오가는 무림의 고수에게서 느껴지는 풍모, 이것이 이백 시의 표일함이라고 하면 이해하기 쉬울 것이다.

아아!
가파르고 높구나
촉으로 가는 길이 험난하여
푸른 하늘에 오르기보다 어렵네.
잠총과 어부가
나라를 세운 때가 얼마나 아득한가?
그 후로 사만 팔천 년 동안
진나라 변새와는 인적이 통하지 않았네.
서쪽에 위치한 태백산에 있는 새가 다니는 길로만
아미산 꼭대기를 가로질러 갈 수 있었는데,
땅이 무너지고 산이 꺾여 장사들이 죽자

그런 뒤에야 하늘사다리와 돌다리가 줄줄이 이어졌네.

위로는 여섯 용이 해를 돌리는 높은 산이 있고

아래로는 부닥치는 물결이 꺾여서 도는 강이 있으니,

황학이 날아도 오히려 지나갈 수 없고

원숭이가 건너려 해도 더위잡고 오를 일을 근심하네.

청니령은 어찌 그리 꼬불꼬불한가?

백 걸음에 아홉 굽이 바위산을 감도는데,

삼성參星을 만지고 정성井星을 지나면서 위를 쳐다보고는 숨죽이고

손으로 가슴 쓰다듬으며 앉아서 길게 탄식하네.

그대에게 묻노니 서쪽에서 노닐다 언제 돌아오려는가?

두려운 길과 가파른 바위를 도저히 오를 수 없다네.

그저 보이는 건 슬픈 새가 오래된 나무에서 울며

암수가 숲 사이를 돌며 날아다니는 것뿐인고,

또 들리는 건 두견새가 달밤에 울며

빈산을 슬퍼하는 것뿐이라네.

촉으로 가는 길이 험난하여

푸른 하늘에 오르기보다 어려우니,

이 말 들은 사람은 붉은 얼굴이 시든다네.

잇닿은 봉우리는 하늘까지 한 자도 채 되지 않고

마른 소나무는 거꾸로 걸려 절벽에 기대 있다네.

급한 여울과 쏟아지는 물줄기는 다투어 소리치고

물이 부딪치는 벼랑에 구르는 돌로 만 골짜기에 천둥친다네.

그 험준함이 이와 같거늘

아아 그대 먼 길을 어찌하려는가?

검각은 뾰족하게 우뚝 솟아 있어

한 사람이 관문을 지키면

만 사람이라도 열 수가 없으니,

지키는 자가 혹시라도 친한 이가 아니면

이리나 승냥이로 변한다네.

아침에는 사나운 호랑이를 피하고

저녁에는 긴 뱀을 피하나니,

이를 갈아 피를 빨고

사람을 죽인 것이 삼(麻)처럼 낭자해서라네.

금성錦城이 비록 즐겁다 하지만

일찌감치 집에 돌아감만 못하리라.

촉으로 가는 길이 험난하여

푸른 하늘에 오르기보다 어려우니,

몸을 돌려 서쪽 바라보며 길게 탄식하네.

噫吁嚱, 危呼高哉.

蜀道之難, 難於上靑天.

蠶叢及魚鳧, 開國何茫然.

爾來四萬八千歲, 不與秦塞通人煙.

西當太白有鳥道, 可以橫絶峨眉巓.

地崩山摧壯士死, 然後天梯石棧相鉤連.

上有六龍回日之高標, 下有衝波逆折之回川.

黃鶴之飛尙不得過, 猿猱欲度愁攀援.

靑泥何盤盤, 百步九折縈巖巒.

捫參歷井仰脅息, 以手撫膺坐長嘆.

問君西遊何時還, 畏途巉巖不可攀.

但見悲鳥號古木, 雄飛雌從繞林間.

又聞子規啼夜月, 愁空山.

蜀道之難, 難於上靑天, 使人聽此凋朱顔.

連峰去天不盈尺, 枯松倒掛倚絶壁.

飛湍瀑流爭喧豗, 砯崖轉石萬壑雷.

其險也若此, 嗟爾遠道之人胡爲乎來哉.

劍閣崢嶸而崔嵬, 一夫當關, 萬夫莫開, 所守或匪親, 化爲狼與豺.

朝避猛虎, 夕避長蛇, 磨牙吮血, 殺人如麻.

錦城雖云樂, 不如早還家.

蜀道之難, 難於上靑天, 側身西望長咨嗟.

이백,「촉도의 어려움(蜀道難)」

이 시는 전체 294자로 이루어진 악부시樂府詩로서, 창작 시점은 정확히 알려져 있지 않다. 장안에서 촉 땅으로 가는 친구를 전송하며 쓴 시라는 설이 유력하다.

생각할 거리

이백 이후로 중국 낭만주의의 한 페이지를 장식한 문화 인물로 또 어떤 사람을 들수 있으며, 그의 대표적인 성취는 무엇인지 알아보자.

키워드 | #이백 #당시 #귀촉도 #당 현종 #시선 #『산해경』#낭만주의

함께 읽은 책들

이영주 외 역주, 『이태백시집1』, 학고방, 2015.

류멍시劉夢溪, 한혜경 외 역, 『광자의 탄생』, 글항아리, 2015.

안치安旗, 신하윤 외 역, 『영원한 대자연인 이백』, 이끌리오, 2004.

다카시마 도시오, 이원규 역, 『이백, 두보를 만나다』, 심산, 2003.

蔡守湘, 『中國浪漫主義文學史』, 武漢出版社, 1999.

田莉, 「論李白浪漫主義詩風」, 『學理論』, 2012년 제5기.

제16강

삶에서 패하고, 시로써 이기다

두보와 현실주의

머물면 떠나야 하고, 떠나면 머물고 싶은

두보杜甫(712~770)는 자가 자미子美고, 자호는 소릉야로少陵野老다. 좌습유左拾遺와 공부원외랑工部員外郎 벼슬을 지낸 적이 있다 하여 각각 두습유杜拾遺, 두공부杜工部와 같은 별칭이 있다. 중국 고전 시 분야에서 대단한 성취를 거두어 '시성詩聖'으로 일컬어지며, 그의 시가 당시 역사적 사실을 핍진하게 반영하고 있는 까닭에 '시사詩史'라는 이름도 얻었다.

두보의 원적인 호북성 양양襄陽은 증조부인 두의예杜依藝가 하남성 공현鞏縣의 현령으로 부임하면서 일가족이 옮겨 온 곳이었다. 조부 두심언杜審言은 당나라 초기의 유명한 시인이어서 그에 대한 두보의 자부심이 대단했다. 아버지 두한杜閑도 현령 벼슬을 지냈기에 두보의 가정환경은 대체로 무난했다. 다만 어머니 최씨가 일찍 세상을 떠나 두보는 주로 낙양에 사는 둘째 고모의 슬하에서 자랐다. 그는 열다섯 살 무렵부터 시적 재능에서 두각을 나타내기 시작해 장래가 촉망되는 청년이었다.

두보는 스무 살부터 서른다섯 살에 이르는 15년 동안 과거시험을 준비하면서 세 차례에 걸쳐 여러 지역을 돌아다니며 견문을 넓혔다. 스무 살 때 떠난 첫 번째 여행의 목적지는 오월吳越, 즉 지금의 강소성과 절강성 일대였다. 소주蘇州와 소흥紹興까지 두루 둘러본 후 스물네 살 때 과거시험에 참여하기 위해 고향으로 돌아왔다. 과거시험에 실패하고 떠난 두 번째 여행에서는 제조齊趙, 즉 지금의 하남성과 산동성 일대를 둘러보았다. 이 여행을 통해 두보는 소원명蘇遠明, 고적高適과 같은 친구를 사귈 수 있었다. 서른 살 때 다시 낙양으로 돌아온 두보는 얼마 후 이백李白을 만나 함께 양송梁宋, 즉 지금의 하남성과 하북성 일대로 여행을 떠났다가 산동성에서 이백과 헤어져 낙양으로 되돌아왔다.*

10여 년에 걸친 여행을 끝내고 서른다섯 살에 장안에 입성한 두보는 관리가 되기 위한 구직활동을 시작했다. 그러나 그해에 아버지가 세상을 떠나며 경제적으로 곤란해졌다. 그로부터 거지나 다름없는 생활을 거의 10년간 계속하던 두보는 마흔네 살이 되어서야 우위솔부병조참군右衛率府兵曹參軍이라는 미관말직을 얻을 수 있었다. 당시 당나라는 개원開元 연간의 태평성대를 마감하고 부패와 혼란으로 빠져들던 시기였다. 하층민과 비슷한 생활을 오래 견뎌왔던 두보는 귀족들의 사치와 향락, 그리고 백성들의 어려운 형편을 목도하면서 의분을 느끼지 않을 수 없었다.

문란하고 부패한 국정은 결국 안사安史의 난으로 이어졌다. 안녹산 반군이 장안으로 진격해오자, 두보는 가족을 부주鄜州로 피신시

* 이영주 외, 『사불휴, 두보의 삶과 문학』(서울대학교출판문화원, 2012), 제1절 「젊은 날의 여행과 교유」 참조.

공부원외랑 벼슬을 지낸 두보는 두공부라고도 불린다.

켰다. 그리고 숙종이 즉위한 영무靈武로 달려가는 길에 반군에 붙잡혀 장안에 억류되었다. 기회를 엿보던 두보는 장안을 탈출해 행재소가 있는 봉상鳳翔으로 달려가 숙종을 배알하고 좌습유에 임명되었다. 그러나 보름 만에 방관房琯을 변호한 일로 숙종의 비위를 거슬러 한 해 뒤에 화주사공참군華州司空參軍으로 좌천되었다. 화주에서 울적한 나날을 보내던 두보는 낙양을 다녀오며 전란으로 고통받는 참상을 재차 목도한 후 '삼리삼별三吏三別'의 명작을 창작했다. 이런 현실 속에 두보 자신도 생계를 이어가기가 어려워 마흔여덟 살에 결국 관직을 버리고 진주秦州로 옮겨갔다.

진주에 도착한 후에도 두보의 삶은 안정되지 않았다. 여기저기 거처를 알아보았지만 마땅한 곳을 찾지 못했고 생계 수단도 막막해 아사할 지경에 이르렀다. 두보는 하는 수 없이 다시 가족을 이끌고 성도로 향했다. 성도에 도착한 뒤에 친지들의 도움으로 초당草堂을 마련하고 정착 단계로 접어들었다. 절친한 벗인 엄무嚴武가

명나라 말기 문인이자 화가인 동기창董其昌이 쓴 두보의 시〈취가행醉歌行〉.

물심양면으로 도와준 덕이 컸다. 엄무의 막부幕府에서 참모 직책을 맡기도 했으나 여의치 않아 사직하고 돌아왔다가, 엄무가 병으로 갑자기 세상을 떠나자 두보도 쉰네 살에 성도를 떠나 장강을 타고 동쪽으로 내려갔다.

두보는 장강을 따라 내려가다 삼협三峽의 입구인 기주夔州에 정착했다. 1년 9개월가량 기주에 머무는 동안 세 차례나 거처를 옮겼으나, 생활이 비교적 안정적이었고 기후와 풍습이 새롭고 낯선 곳에서 창작의 영감도 많이 얻어 430여 수의 시를 지은 창작의 황금기였다.* 그러나 폐병과 소갈증을 앓으며 노쇠해지고 고향을 떠난 지 오랜 시간이 흐른지라, 쉰일곱 살에 호북성에 살던 동생 두관의 편지를 받고 기주를 떠났다. 기대와 달리 안식처를 쉽게 찾지 못한 두보는 동정호洞庭湖 인근 여기저기를 정처 없이 떠돌다, 호남성 장사長沙에 배를 대고 살길을 도모하던 중 병마를 이기지 못하고 세상을 떠나니 그의 나이 쉰아홉이었다.

* 　　　　김준연, 『중국, 당시의 나라』, 궁리, 2014, 399쪽.

중국의 현실주의 문학 전통

현실주의 창작 방법의 기본 특성은 현실 생활을 있는 그대로 반영하는 것으로서 역사적인 구체성과 객관성을 강조하는 것이다. 그것은 작가들이 사회 현실을 객관적으로 냉정하게 관찰하고 분석하고 연구하며 심미적으로 반영하는 동시에 '생활 자체의 형식'에 따라 정확하면서도 세밀하게 묘사할 것을 요구한다.

19세기 유럽의 현실주의는 이처럼 '사실寫實'에 치중하는 방법을 극치에까지 추진시켰다. 낭만주의나 기타 유파의 작가들과는 달리 유럽의 현실주의 작가들은 작가의 '자아'를 돌출시키는 것을 반대하였으며, 작가가 거울처럼 생활을 있는 그대로 반영할 것을 애써 주장하였다. 따라서 작가의 사회적 이상과 도덕 및 격정은 생활에 대한 구체적이고 역사적이며 진실한 묘사를 통해 자연스럽게 발로될 것을 요구하였다. 이러한 사실적寫實的 요구는 세목을 처리하는 면에서 특히 엄격하였다. 심지어 문학 묘사에 '과학적 진리의 정확성'이 있을 것을 요구하기까지 하였다. (중략)

19세기 유럽의 현실주의는 창작 전의 생활의 축적과 사회생활에 대한 관찰, 분석, 연구를 각별히 중시하였었다. 19세기의 문학 대가들은 세부 묘사의 진실성을 놀라운 고도로까지 발전시켰다. 그들의 붓끝에서 사소한 생활의 고리들, 구체적인 장면과 물건, 인물의 언어, 모습, 동작, 심지어는 여자가 입은 옷의 주름, 관리실이나 재판정의 특수한 분위기, 서류를 작성하는 격식 등에 이르기까지 모두

아주 정확하게 묘사되었으며, 하나하나가 모두 아주 세밀하고 진실한 생활의 화폭으로 안겨오게 되었다.*

온유민溫儒敏, 「사실성」

———

*   온유민, 김수영 역, 『현대 중국의 현실주의 문학사』, 문학과지성사, 1991, 284~285쪽.

중국의 소설가인 마오둔茅盾은 중국문학사는 곧 "장기적이고 반복적인 현실주의와 반현실주의 간의 투쟁"이라고 설파한 바 있다. 이는 달리 말하면 시대에 따라 현실주의 성향의 작가와 반현실주의 성향의 작가가 나타나 서로 자신의 입장을 굽히지 않았다는 얘기다. 그런데 여기서 현실주의가 무엇인가를 명확히 정의하기란 쉽지 않다. 대체로 현실을 직시하고자 하는 작가의 창작 정신이나 현실 생활을 그대로 반영하는 창작 기법을 아우른다고 할 수 있다. 이런 의미에서의 현실주의는 현실을 중시하는 중국인들의 사고방식, 특히 유가의 이념과 맞물려 중국 문학에서 상당한 영향력을 발휘했다고 할 것이다.

유가사상의 가장 큰 특징 가운데 하나는 사회의 변화에 적극 참여하는 '입세入世'의 태도에 있다. 유가의 창시자인 공자의 일생 자체가 그러한데, 그는 춘추시대라는 약육강식의 상황 속에서 전장제도典章制度가 무시되고 예악禮樂이 붕괴된 현실을 좌시하지 않고 이를 개선하기 위해 천하를 주유하며 '인仁'의 회복을 호소했다. 이러한 공자의 생각을 계승한 후대의 지식인들은 넓고 깊게 현실에 뛰어들어야 한다는 사명감을 인식하고, 문학을 그런 사회 참여의

수단으로 삼고 현실 사회를 문학의 원천으로 생각했다.[*]

유가의 경전인 『시경』은 유가에서 추앙하는 현실주의 정신을 잘 보여준다. 『시경』은 기원전 1000년부터 500년 동안에 불린 노래를 모은 책이다. 이런 노래를 수집한 목적은 임금이 각 지방의 풍속을 살펴 국정에 참고하겠다는 데 있었다. 이렇게 파악한 현실을 직시하는 한편, 그것으로 흥취를 일으키고 사물을 올바로 살피고 사람들과 어울리고 원망할 수 있다고 했으니, 시는 다시 현실에 참여하는 수단인 것이다. 「모시서毛詩序」에서는 『시경』에서 가장 비중이 큰 '풍風'에 대해 설명하며 "임금은 풍으로 백성을 교화하고, 백성은 풍으로 임금을 풍자한다"고 했으니, 이런 사상의 기반에 현실주의가 깊숙이 자리잡고 있다고 하겠다.

현실주의가 중국 지식인의 글쓰기에 반영되면서 크게 두 가지 경향을 강화한 것으로 보인다. 첫째는 사실을 기록하는 일이 중시되었다는 점이다. 중국은 넓은 영토에서 많은 사람이 생활하는 나라다. 그래서 수많은 사건이 끊임없이 벌어지는데, 현실주의의 영향을 받은 중국인들은 이러한 대소사를 기록으로 남기기를 게을리 하지 않았다. 『좌전』이나 『사기』와 같은 역사서가 대표적이다. 둘째는 핍진하고 사실적인 묘사를 강조했다는 점이다. 문학이 현실을 반영하고 참여하는 도구라는 인식이 강했던 까닭에 시, 소설, 산문 등 각종 문학 장르를 막론하고 현실의 이모저모를 상세히 묘사하는 부분에 많은 주의를 기울였다. 악부시樂府詩, 『세설신어世說新語』와 같은 소설, 각종 필기류筆記類 저작들에서 모두 이런 경향이 눈에 띄

[*] 朱恩彬, 「儒家思想與中國文藝的現實主義」, 『文藝研究』, 1996년 제3기, 27쪽.

게 드러난다.

성실한 생활의 기록자

두보에 대한 역사적 평가 가운데 하나가 '시사詩史'라 한 것처럼 두보는 시를 창작하면서 사회 현실을 많이 반영했다. 시에서 '우국우민憂國憂民'의 정서를 자주 드러낸 까닭에, 중국인들은 두보를 '위대한 애국시인'이라고 칭송한다. '애국'이라는 말에 담긴 주관적 의미를 배제하고 객관적으로 보자면 두보를 '위대한 현실주의 시인'이라고 평가해도 무방할 듯하다. 그의 시에 보이는 현실주의적 경향을 다음과 같은 몇 가지 측면에서 정리할 수 있다.* 첫째는 비중이 큰 역사적 사건을 시에 담았다는 점이다. 두보가 활약할 당시 가장 큰 역사적 사건은 단연 안녹산의 난이다. 특히 가서한哥舒翰이 양국충에게 떠밀려 반란군과의 전투에 나섰다가 대패해 동관潼關이 함락된 일과 더불어, 전세가 당나라 조정에 다소 유리해졌을 때 방관房琯이 섣불리 추격에 나섰다가 진도사陳陶斜와 청판靑坂에서 참패한 일은 초기 전세에 막대한 영향을 미쳤다. 두보는 「진도사를 슬퍼하다(悲陳陶)」와 「청판을 슬퍼하다(悲靑坂)」 두 편의 시를 지어 당시의 사건을 기록했다. 이를 볼 때 두보가 사태를 잘 파악하고 시에 핵심을 담았다고 평가된다.

둘째는 두보가 백성들의 생각과 감정을 잘 헤아리고 그들의 목소리를 대변했다는 점이다. 두보는 나이 마흔이 넘어서 겨우 미관말

---

* 蔡巧月, 「杜甫詩歌現實主義淺探」, 『文敎資料』, 2015년 13기, 3~4쪽.

사천성 성도에 있는 두보초당杜甫草堂. 두보가 지낼 당시에는 초가집 한 채뿐
이었다고 한다.

직을 얻었지만 그마저도 전란과 기아 속에 포기해야 했다. 그 후로
는 때로 절체절명의 위기를 헤치면서 삶과의 투쟁을 이어가야 하는
처지였다. 그런 생활 속에서 자신보다 더 어려운 처지에 놓인 백성
들의 고난과 질곡桎梏에 대해 더 분명하게 이해하게 되었으며, 그
로부터 느낀 것을 시로 표현했다. 대표적인 예로 '삼리삼별'로 불리
는 여섯 수의 시는 전란의 와중에 닥치는 대로 장정들을 징발하는
참혹한 현실을 백성들의 시각에서 기술한 것이다.

셋째는 자신이 몸소 겪은 각종 체험을 시에 풀어놓았다는 점이
다. 두보는 그의 행적에서 알 수 있듯이 평생 안정된 거처를 마련하
지 못하고 천지사방을 떠돌았다. 때로는 견문을 넓히기 위한 유람
도 있었고, 관직을 얻기 위한 몸부림도 있었고, 모든 것을 접은 채
오직 생존하기 위해 유랑 생활을 하기도 했다. 이런 과정에서 그가
거쳐간 여러 곳에서 보고 듣고 느낀 것들이 그의 시에 고스란히 담
겨 전해지고 있는데, 이는 일종의 핍진한 '생활의 기록'으로서 현실

주의와 맥을 같이한다고 볼 것이다. 특히 진주와 성도, 기주에서 창작한 시에 현실주의적인 면모가 잘 드러나 있다.

두보의 시에 반영된 현실은 국가대사부터 생활의 자질구레한 것까지 모두 담겼다는 점에서 의미를 찾을 수 있다. 예를 들어 「북쪽으로의 여정(北征)」과 같은 시는 숙종의 행재소가 있던 봉상鳳翔에서 가족이 피란해 있는 부주鄜州까지 천 리 길을 가면서 쓴 것이고, 「황어黃魚」와 같은 시는 기주 인근 장강에서 잡히는 철갑상어에 대해 쓴 것이다. 전란의 참상을 묘사한 전자가 '큰 현실'이라면, 통발을 이용해 철갑상어를 잡는 기주의 풍습을 묘사한 후자는 '작은 현실'이라고 할 수 있다. 두보의 시에서는 이처럼 '큰 현실'과 '작은 현실'이 다채롭게 다뤄져, 현실주의의 집대성 같은 인상을 받게 된다.

죄르지 루카치는 "보편과 개별의 통일인 특수가 예술에 고유한 방식으로 나타난 것이 전형성"이라고 했다. 이 전형성이 현실주의에서 주요한 요소로 거론되곤 하는데, 두보의 시는 전형성이 비교적 풍부한 것으로 평가된다. 그가 시에서 가장 잘 드러낸 전형적 인물은 바로 자기 자신이다. 관료의 가정에서 태어나 국가와 사회에 대한 애정은 충만했으나, 정치적으로 큰 성공을 거두지 못하고 쓸쓸하게 생을 마감한 두보야말로 불우한 지식인의 전형이다. 바로 그렇기 때문에 그가 자신의 심경을 피력한 시 한 수 한 수가 바로 현실주의의 표상이 되었던 것이다.

> 저녁에 석호 마을에 묵었는데
> 관리가 밤에 사람을 잡아간다

할아버지는 담 넘어 달아나고

늙은 부인이 나와 문을 열어준다

관리의 호통은 어찌 그리 노여우며

부인의 울음소리 어찌 그리 괴로운가?

부인이 앞에 나서서 답하는 말 들어본즉

"세 아들이 업성의 수자리에 나갔는데

한 아들은 편지를 부쳐왔지만

두 아들은 막 전사하였답니다

살아남은 사람은 그래도 얼마간 살겠지만

죽은 사람은 영영 끝인 게지요

집안에 다시 사람이라곤 없고

오직 젖먹이 손자만 남았답니다

손자가 있어 어미는 아직 떠나지 않았지만

드나들 만한 옷도 제대로 없답니다

늘은 할멈이라 힘은 비록 쇠하였어도

나리 따라 밤이라도 떠나렵니다

급한 대로 하양의 부역에 응한다면

아직 새벽밥은 지을 수 있겠지요"

밤 깊어 말소리도 끊겼는데

흐느끼며 조용히 숨죽이는 소리 들었던 듯하다

날 밝아 전도에 오르면서

할아버지 한 사람과만 작별하였다

暮投石壕村, 有吏夜捉人.

老翁踰牆走, 老婦出看門.

吏呼一何怒, 婦啼一何苦.

聽婦前致詞, 三男鄴城戍.

一男附書至, 二男新戰死.

存者且偸生, 死者長已矣.

室中更無人, 惟有乳下孫.

孫有母未去, 出入無完裙.

老嫗力雖衰, 請從吏夜歸.

急應河陽役, 猶得備晨炊.

夜久語聲絶, 如聞泣幽咽.

天明登前途, 獨與老翁別.

두보, 「석호 마을의 관리(石壕吏)」

이 시는 석호 마을(지금의 하남성 삼문협시三門峽市 섬주구陝州區 경내)로 징집 나온 관리와 할머니의 대화를 통해 전란으로 파괴된 한 가정과 관리의 횡포를 고발하고 있다.

생각할 거리

두보가 스물네 살에 처음 응시했던 과거에서 급제하고 이후 관도官途에서 승승장구하여, "임금을 요순 위에 올려두고 다시금 풍속을 순후하게 만들고자" 하는 그의 꿈이 이루어졌다면, 현재 우리에게 전해지는 두보의 현실주의 시는 어떤 모습일지 생각해보자.

키워드 | #두보 #두보초당 #우국우민 #현실주의 #『시경』 #시성

함께 읽은 책들

김준연, 『중국, 당시의 나라』, 궁리, 2014.

이영주 외, 『사불휴, 두보의 삶과 문학』, 서울대학교출판문화원, 2012.

팽철호, 『중국문학통론』, 신아사, 2010.

온유민, 김수영 역, 『현대 중국의 현실주의 문학사』, 문학과지성사, 1991.

한성무, 김의정 역, 『두보 평전』, 호미, 2007.

요시카와 고지로, 조영렬 외 역, 『시절을 슬퍼하여 꽃도 눈물 흘리고』, 뿌리와이파리, 2009.

朱恩彬, 「儒家思想與中國文藝的現實主義」, 『文藝研究』, 1996년 제3기.

蔡巧月, 「杜甫詩歌現實主義淺探」, 『文教資料』, 2015년 13기.

제17강

당나라에서 차나 한잔

⟨⟩

육우와 차

차를 물처럼 마시기까지

당나라 사람들은 담박하고 그윽한 차의 분위기를 깨고 경기의 특성이 강한 '차 싸움'을 개발해냈다. 차 싸움은 처음에는 당나라 건주建州에서 차를 재배하던 농민들만의 경기였다. 새 차를 다 만들고 나면 차 재배 농민들은 근질근질함을 참지 못하고 자기 집 차와 남의 집 차를 비교했는데, 마치 위아래를 다투어야만 일 년 내내 차를 심고 만든 고생도 보람이 있는 듯했으니 이것이 곧 '차 싸움'이다. 이날 경기 참가자들이 각자 자기의 '득의의 작품'을 가지고 출전하면, 여러 사람들이 돌아가며 찻잔으로 맛을 음미하고 차의 우열을 품평했다. 마지막에 무기명 투표 방식으로 순위를 정했는지 아니면 권위 있는 인사가 점수를 매겼는지는 알 길이 없으나, 군중이 열성적으로 지켜보는 가운데 경기의 열기가 상당히 뜨거웠던 것만은 틀림없다.

문인아사文人雅士들도 차 싸움을 흥미롭게 진행하는 차 재배 농민들을 보면서 마찬가지로 차 싸움을 시작했다. 그러나 차 재배 농민들이 겨룬 것은 주로 차를 따고 만드는 기술이었지만, 문인아사들이 겨룬 것은 주로 물을 붓고 조절하여 차를 우리는 기술이었다(좋은 차와 물을 고르는 것은 기본이므로 두말할 나위가 없다). 당나라 때도 찻잎 전체를 직접 우려 마시는 법이 있기는 했지만, 중당中唐 이후로 절대다수의 사람들이 마신 것은 모두 떡차였다. 떡차는 빻은 다음에 끓인 물을 부었는데, 당나라 사람들은 찻가루를 곱게 갈수록 끓인 물을 부을 때 차 향기가 고루 퍼진다고 믿었다. 찻가루를 우리는 일은 참으로 험난한데, 물의 많고 적음이 관건이다. 물이 너무 많으면 우러남이 부족해 식감이 없어지고, 물이 너무 적으면 찻잎이 눌러 붙어 조절이 되지 않는다.[*]

마오샤오원毛曉雯, 『당나라 뒷골목을 읊다(唐詩風物志)』(일부)

---

   *   마오샤오원, 김준연·하주연 역, 『당나라 뒷골목을 읊다』, 글항아리, 2018, 327~329쪽.

중국에서 차를 마시는 풍습이 널리 퍼진 것은 당나라 때부터였다. 현재 차는 중국 사람들이 즐기는 대표적인 기호식품이다. 중국의 차 생산량은 세계 1위로 연간 255만 톤(2017년 기준)에 달해, 2위 인도(128만 톤)와 3위 케냐(44만 톤)를 월등히 앞선다. 찻잎을 딸 수 있는 차나무는 수십만 년 전부터 중국 남서 지방에서 생장해온 것으로 알려져 있다. 차나무는 자갈이 섞여 배수가 좋고 마르지 않는 비옥한 토양에서 잘 자라는 까닭에, 열대 또는 아열대 기후로서 온난 습윤한 남서지방이 차의 원산지가 된 것이다. 신농씨神農氏가 차를

원나라 화가 조맹부趙孟頫의
〈투차도鬪茶圖〉. 차의 품질을
두고 겨루는 사람들을 그렸다.

처음 발견했다는 이야기가 전해지지만 전설에 가깝고, 학계에서는
기원전 몇 세기경에 고파촉古巴蜀에서 차를 마시기 시작한 것으로
보고 있다. 이후 진나라가 중국을 통일하면서 중원 지역까지 전파
되었다는 것이다.

　문헌 기록에 차가 등장하는 것은 한나라 때다. 모문석毛文錫이 지
은 『다보茶譜』에 한나라 때 사천성의 감로사甘露寺에서 수행하던
스님 오리진吳理眞이 산에 차나무를 심었다는 기록이 전한다. 또 한
나라 선제宣帝 때 사람인 왕포王襃가 노비들이 해야 할 일을 정리
한 「동약僮約」이라는 글에는 시장에서 차를 사와서 우리는 일이 포
함되어 있다. 위진남북조 시대에 접어들면 차를 마시는 지역이 더
욱 확대되어 장강 유역은 물론 광동성까지 이른 것으로 보인다. 다
만 차를 즐겨 마신 것은 아직 일부 사람에 한정되었던 것 같다. 진晉
나라의 왕몽王濛이라는 사람은 차를 좋아해서 오는 손님마다 차를
접대했는데, 아직 차에 익숙하지 않던 사람들은 왕몽의 집에 손님
으로 초대받을 때마다 "오늘도 물의 액운이 있겠다"며 싫어했다는
고사가 전해지고 있기 때문이다.

차가 빠른 속도로 중국문화의 일부로 편입된 이유 가운데 하나는 각종 사상 또는 종교와 결부되었기 때문으로 여겨진다. 예를 들어 검소함을 미덕으로 생각하는 유가 사람들은 호화로운 주연酒宴을 베푸는 대신 차를 마시는 것으로 검소함을 드러냈다. 남조 제나라 무제武帝가 유언을 남기면서 추후 제사를 지낼 때 가축을 잡는 대신 차를 올리라고 한 것도 비슷한 취지다. 양생養生을 중시하는 도교道敎에서는 차의 가치를 높이 평가해 신선이 되는 수양법의 하나로 차를 마시기를 권했다. 불교에서도 차에 잠을 쫓고 마음을 즐겁게 하는 기능이 있다고 보고 일상의 음료로 간주했다.*

차는 중국의 보편적인 문화가 되었지만, 당나라 이전에는 차의 용도가 아직 약용藥用에 머물러 음료로 차를 마시는 사람이 많지 않았다. 그런데 당나라 때 『다경茶經』이 세상에 나오자 차는 경제 가치가 높은 상품으로 급변해 조정에서 다세茶稅를 징수하기에 이르렀다. 문인들이 차를 마시고 품평하는 문화가 굳건히 뿌리를 내린 것도 『다경』의 영향이라 할 것이다. 그렇다면 중국을 차의 나라로 만든 『다경』은 어떤 책일까. 또, 그런 책을 쓴 사람은 누구일까.

육우, 차에 지식을 끓이다

육우陸羽(733~804)는 자가 홍점鴻漸이고, 복주復州 경릉竟陵(지금의 호북성 천문시天門市 경내) 사람이다. 어렸을 때 부모를 잃고 절에서 성장하며 공연예술을 배워 재능을 보이기도 했다. 당나라 때의 유

---

*   王建榮 외, 『中國茶文化圖典』(浙江攝映出版社, 2006), 제5장 「儒道佛與中國茶文化」 참조.

명한 차 연구가로, '다선茶仙', '다성茶聖', '다신茶神' 등 차 연구의 일인자로 추앙되는 별칭이 많다. 육우는 차를 좋아해 일생 동안 차를 재배, 개량, 가공하는 기술과 다도茶道에 대해 연구를 거듭했다. 그 결과 760년 세계 최초의 차 연구 전문서라 할『다경』을 펴냈다.

열네 살 때 하남부윤 이제물李濟物이 그의 재능을 알아보고 직접 시와 문장을 가르치면서 본격적으로 학업을 연마했다. 스무 살 때에는 당시의 명사였던 최국보崔國輔가 경릉사마竟陵司馬로 좌천되어 오자, 육우는 그와 더불어 차를 주제로 많은 이야기를 나누었다. 그로부터 3년 뒤에는 고향을 떠나 장강을 따라 하류로 내려가면서 각지의 기후와 차 재배 현황, 차 제조와 음다법飮茶法 등을 조사하고, 차와 관련한 각종 자료를 폭넓게 수집했다. 육우와 동시대의 문인인 장우신張又新이 지은『전다수기煎茶水記』에 의하면 육우가 이때 수집한 자료를 바탕으로 어느 지방의 물이 차를 끓이기 좋은지 20등급으로 나누어「수품水品」이라는 글도 지었다고 하는데, 아쉽게도 현재 전하지는 않는다.

스물다섯 살 때에는 안사의 난이 발발해 지금의 절강성 호주시湖州市 경내로 피란 갔다. 호주는 북쪽 지방에 비해 전란의 위협이 덜하면서 명차의 산지이기도 했다. 육우는 호주 일대에서 차의 생산과 제조에 관한 자료를 모으는 한편, 차에 큰 관심을 가지고 있던 시승詩僧 교연皎然, 그리고 시인 황보염皇甫冉·황보증皇甫曾 형제와 교분을 쌓으며 차에 대해 많은 의견을 나누었다. 교연은 유명한 시인 사영운謝靈運의 후손이고, 황보염은 과거시험에서 장원을 차지했던 유명 인사였다. 육우가 이처럼 강남 지방의 수려한 풍경을 감상하며 차를 좋아하는 시인들과 어울렸던 경험은 이후『다경』의 예술적 색채를 만드는 데에도 많은 영향을 주었다.*

　육우는 차에 대해 많이 알았을 뿐만 아니라, 차를 끓이는 솜씨도 탁월했다. 육우의 고향인 경릉의 적공積公 스님은 차의 명인으로 육우에게 차에 대한 지식을 전수해줬다고 알려져 있다. 적공 스님의 명성은 조정에까지 전해져 차를 애호하던 당나라 대종代宗은 그를 불러 시험해보고자 했다. 대종은 궁궐 안에서 차를 제일 잘 우린다는 이에게 차를 올리게 해 적공에게 시음해보라 했다. 적공이 한 모금 맛을 보더니 이내 찻잔을 내려놓고 더 이상 마시지 않았다. 대종이 그 까닭을 물으니 적공은 지금까지 제자 육우가 우린 차를 마셨더니 다른 차는 물처럼 싱겁게 느껴진다고 대답했다. 대종은 그 말을 듣고 곧 사람을 보내 육우를 궁궐로 데려오게 했다. 육우가 가지고 있던 것 가운데 최상품으로 차를 우려 대종에게 올리니, 과연 향기가 퍼지며 정신까지 맑게 해주는 것 같았다. 대종이 궁녀를 시켜 다른 곳에 있던 적공에게 그 차를 보내니, 적공은 차를 입에 대자마자 "육우가 온 게로구나"라고 했다.

　당나라로 접어들면서 차를 마시는 풍습이 널리 유행하게 되었지만, 차를 마시는 모든 사람이 제대로 차를 음미할 수 있는 것은 아니었다. 그래서 육우는 그동안 차와 함께한 경험과 지식을 전부 모아서 차에 관한 책을 쓰기로 결심했다. 이것은 그의 나이 스물여덟 살 때의 일이었다. 육우는 풍경이 아름다운 초계苕溪(지금의 절강성 호주시)에 자리를 잡고 일 년 넘게 자료와 씨름한 끝에 마침내 『다경』의 초고를 완성했다. 이후 지속적으로 초고를 수정 보완하는 작

---

*　　육우, 김진무·김대영 역, 『육우다경』, 일빛, 2017, 28~32쪽.

당나라 화가 주방周昉의 〈조금철명도調琴啜茗圖〉. 당나라 상류층 여인이 고금을 퉁기며, 함께 차를 즐기고 있다.

업을 계속했다. 그러던 중 호주자사로 부임한 안진경의 휘하에서 『운해경원韻海鏡源』이라는 일종의 백과사전 편찬 작업을 거들면서 자료를 더욱 보충해, 마흔두 살에 상중하 3권 10장으로 이루어진 『다경』의 완성판을 세상에 내놓았다.

『다경』의 상권은 차의 기원, 차 제조 기구와 제조법, 중권은 다기, 하권은 차를 달이고 마시는 법, 차의 생산지 등을 정리했다. 『다경』을 펴낸 이후 육우의 명성은 대단히 높아졌으나, 계속 각지를 돌아다니며 차 관련 기술을 보급했다. 이렇게 평생 차만 연구했던 육우는 호주의 천저산天杼山에서 일흔두 살을 일기로 세상을 떠났다.

『다경』 맛보기

차 달일 때 쓰는 물은 산에서 나는 것이 상품이고, 강물이 다음이고, 우물물은 그 아래다. … 강물은 사람에게서 멀리 떨어져 있는 것을 취하고, 우물물은 많은 사람이 떠가는 것을 취한다. 물 끓임에 고기 눈 같은 동그란 물의 기포가 생기면서 가느다란 소리가 나면 첫째 끓음이고, 솥의 가장자리에 샘솟듯 기포가 연달아 올라오면 둘째 끓음이며, 물결이 북소리를 내면서 푹푹 솟아오르면 세 번째 끓음이다. 그 이상 끓으면 쇤물이 되어 마실 수 없다. 처음 끓을 때 물의 양을 조절하여 소금으로 간을 맞춘다. 간을 본 나머지 소금물을 버리라고 하는 것은 그 짠맛이 한 맛으로 자리잡아서, 차의 맛을 없애지 않도록 하기 위해서다. 두 번째 끓을 때 물 한 표주박을 떠내고 대젓가락으로 탕을 휘저으며 적당량의 가루를 그 중심에 넣는다. 잠시 후 기세 좋게 끓어 거품이 솟아 넘실거리면 떠냈던 물을 다시 부어 그 기세를 멈추게 하여 차의 거품을 기른다.

무릇 차를 몇 개의 대접에 나누어 따를 때는 말발沫餑을 고르게 나누어야 한다. 말발은 탕의 거품이다. 거품이 엷은 것을 말이라 하고 두꺼운 것을 발이라 하며, 가늘고 가볍게 뜬 것을 화花라 한다. 화는 대추 꽃이 둥근 연못 위에 둥둥 떠 있는 모습과도 같고, 구불구불한 연못 둘레에 돋기 시작하는 푸른 부평초와도 같으며, 맑은 하늘에 상쾌히 떠 있는 비늘구름 같기도 하다. … 탕이 제일 먼저 끓어오르면 말보다 먼저 뜨는 흑운모 같은 수막은 버린다. 그것을 마시면 맛이 좋지 않다. 처음 끓는 물을 '준영雋永'이라 한다. 준영을 숙우熟盂에 담아두었다가 끓어오름을 누그러뜨려 화를 기르는 데 쓴다. 첫째 잔, 둘째 잔, 셋째 잔은 좋으니 차례로 따라 마시고, 넷째와 다섯째 잔을 넘으면 몹시 갈증이 나지 않는 한 마시지 않는다.

무릇 물 한 되를 끓이면 다섯 잔에 나눈다. 차는 뜨거울 때 연이어 마신다. 무겁고 탁한 것은 아래로 엉키고, 정영인 화는 위로 뜨기 때문이다. 차가 차가워지면 정영은 김을 따라 없어지게 되니, 그것을 마셔도 갈증이 없어지지 않고 여전하다. 차의 성질이 검소하기 때문에 모든 것이 넘치지 않아야 한다. 넘치면 차가 제 맛을 내기가 아득하다. 한 잔에 가득 찬 차를 반쯤만 마셔도 맛이 떨어지는 것 같은데, 하물며 정도에 맞지 않게 넘친다면 말할 것도 없다.[*]

육우, 『다경』 '제5장 달이기(煮)' (일부)

────

*   '류건집, 『다경주해』 이른아침, 2016, 241~263쪽'의 번역을 발췌했다.

육우의 『다경』은 앞에서 살펴본 것처럼 3권 10장으로 이루어져 있다. 각 장의 내용을 간략하게 살펴보면 다음과 같다.

제1장 기원(源)

제1장에서는 차나무 원산지와 식물학적 특징, 차를 뜻하는 어휘, 차가 잘 자라는 토양과 수확 시기, 좋은 차의 특징, 차의 효용에 대해 설명했다.

제2장 도구(具)

제2장에서는 차를 재배하고 제조할 때 쓰이는 각종 도구를 소개했다. 대바구니, 부뚜막, 시루, 절구와 절굿공이, 거푸집, 받침대, 보자기, 대발, 송곳, 채찍, 화로, 꽂이, 선반, 꿰미, 저장통의 쓰임새를 알

수 있다.

제3장 제조(造)

제3장에서는 당나라 때 널리 유통된 떡차(餠茶) 제조법을 설명했다. 차를 따는 일부터 말리기, 분류하기, 감별하기 등에 대해 자세히 소개했다. 이상 제3장까지가 『다경』의 상권이다.

제4장 다기(器)

제4장에서는 차를 우려 마시기까지의 과정에 등장하는 25종의 다기를 소개했다. 각각 어떤 역할을 하고, 그런 다기를 쓰는 의미가 무엇인지 상세히 밝혔다. 제4장의 내용이 많아 이 한 장이 『다경』의 중권을 차지한다.

제5장 달이기(煮)

제5장에서는 떡차를 달이는 법을 자세히 설명했다. 채취한 잎을 찧어 떡을 만들 때 주의할 점과 다시 떡차를 부수어 가루로 만드는 과정을 일목요연하게 정리했다.

제6장 마시기(飮)

제6장에서는 차를 마시는 의미를 살폈다. '마신다'는 것의 의미를 알아보는 데서 시작해 마시는 차의 종류와 제대로 차를 마시는 법을 소개했다. 쌍화탕처럼 여러 약재를 섞어 끓인 것은 하수구에나 버릴 물이라고 비판한 대목이 이채롭다.

제7장 일화(事)

제7장에서는 역대로 전해오는 차 관련 기록 50여 가지를 정리했다. 차에 관한 미니 백과사전이라 할 수 있으며, 당나라까지의 중국 차 문화를 조목조목 소개했다.

제8장 산지(出)

제8장에서는 차의 산지産地를 여덟 지역으로 나누어 소개했다. 각각 산남山南, 회남淮南, 검남黔南, 강남江南, 영남嶺南, 절서浙西, 절동浙東, 검중黔中이다. 각 지역별로 다시 등급을 나누어 고을을 배치했다.

제9장 단순화(略)

제9장에서는 귀족들처럼 모든 것을 갖추어 차를 마시기 어려울 때 일부 기구를 생략해서 차를 제조하고 마실 수 있다고 설명했다.

제10장 필사(圖)

제10장에서는 『다경』의 내용을 비단에 필사해서 가까이에 걸어놓으라고 주문했다. 경전을 공부하듯이 『다경』을 익혀야 한다는 주장이다.

중국의 명차 맛보기

중국에는 '10대 명차'로 알려진 품종이 있다. 2002년 『홍콩문회보』에서 선정한 10대 명차를 살펴보면 다음과 같다.

이름	품종	주산지
서호西湖 용정龍井	녹차	절강성 항주시杭州市 서호 용정촌龍井村
강소江蘇 벽라춘碧螺春	녹차	강소성 소주시蘇州市 태호太湖 동정산洞庭山
안휘安徽 모봉毛峰	녹차	안휘성 황산黃山
복건福建 은침銀針	백차	복건성 정화현政和縣, 송계현松溪縣
신양信陽 모첨毛尖	녹차	하남성 신양시信陽市, 신현新縣
안휘安徽 기문홍祁門紅	홍차	안휘성 기문현祁門縣
안휘安徽 과편瓜片	녹차	안휘성 육안시六安市 대별산大別山
도균都勻 모첨毛尖	녹차	귀주성 도균시都勻市
무이암차武夷岩茶	우롱차	복건성 무이산시武夷山市
복건福建 철관음鐵觀音	우롱차	복건성 천주시泉州市 안계현安溪縣
*운남雲南 보이차普洱茶	흑차	운남성 보이시普洱市

불발효차	녹차	생잎을 바로 가열해 발효를 억제한 차	발효가 없어 녹색을 유지한다
반발효차	백차	잎에 흰 털이 나는 차나무 종을 쓰는 차	가공을 가장 적게 해 순수한 맛이 난다
	우롱차	가공 후 찻잎이 청갈색을 띠는 차	녹차와 홍차의 풍미를 동시에 느낄 수 있다
	황차	가공 과정에서 민황을 넣어 발효하는 차	떫은 맛이 사라지고 부드럽다
발효차	홍차	찻잎을 완전히 발효한 차	대개 붉은색을 띠고 과일향이 난다
후발효차	보이차	가공된 차에 다시 물을 뿌려 미생물 발효를 일으킨 차	흑색을 띠고 순한 맛이 난다

생각할 거리

1.
중국 사람들이 차를 즐겨 마시는 이유에 대해 더 자세히 알아보자.

2.
한중일 삼국의 차 문화가 어떻게 같고 다른지 알아보자.

키워드 | #육우 #다경 #차 싸움 #보이차 #중국 10대 명차

함께 읽은 책들

류건집, 『다경주해』, 이른아침, 2016.
육우, 김진무·김대영 역, 『육우다경』, 일빛, 2017.
마오샤오원, 김준연·하주연 역, 『당나라 뒷골목을 읊다』, 글항아리, 2018.
王建榮 외, 『中國茶文化圖典』, 浙江攝映出版社, 2006.
王從仁, 『中國茶文化』, 上海古籍出版社, 2001.

제18강

자연을 어떻게 볼 것인가

୬

곽희와 산수화

중국에서는 왜 산수화가 발달했을까

중국에서 산수화가 발전한 데에는 위진 현학의 영향이 크다고 알려져 있다. 위진 시대에 들어와 산수가 심미의 대상이 되고, 사람의 미적 욕구를 만족시키는 게 산수를 추구하는 주된 목적이 되었다. 이는 장자 철학의 영향을 받은 예술 분야에서 자기가 편안히 나아갈 세계를 완전하게 하는 게 예술가가 추구할 일이고, 그 대상이 산수라는 인식과 맥을 같이 하는 것이다. 중국 최초의 산수화론이라할 종병宗炳의 「화산수서畵山水序」에서 "산수는 구체적인 형상으로 도를 아름답게 꾸며주고 인자仁者가 이것을 즐기니, 이 또한 이상적인 경지에 가깝지 않겠는가?"라고 했다. 인간의 정신으로 하여금 안식처를 얻게 하는 것, 이것이 바로 산수화가 인물화를 대신해 중국 회화의 주류를 이룬 근본 바탕이라 하겠다.

회화를 표현 형식 측면에서 보면 공간 인식과 형상화의 문제라고 할 수 있다. 인물화에서는 인물 외에 다른 배경에 대해 크게 신경 쓰지 않으므로 공간을 인식하는 문제가 크게 대두되지 않는다. 산

안사의 난을 피해 당 현종이 촉 땅으로 파천하는 것을 그린 〈명황행촉도〉다.

수화는 이와 달리 자연을 형상화하는 까닭에 공간을 구성하고 처리하는 문제가 대단히 중요하다. 산수화가 인물화보다 늦게 태동한 이유가 바로 여기에 있는데, 5세기 무렵에 이르러 서서히 화가들이 이 문제에 해답을 내놓기 시작했던 것이다. 그 과정에서 산수화는 단순히 시각적인 객관의 묘사가 아니라 사실주의 정신이 담긴 예술 창작이라는 공감대가 형성되었다.

　육조六朝 시대에 확립된 산수화의 이론을 실제 작품으로 보여준 화가로 흔히 당나라의 이사훈李思訓을 든다. 그의 그림으로 전해지는 〈명황행촉도明皇幸蜀圖〉*를 보면, 강건한 필치로 산수·수목·바위를 잘 그렸다는 평이 썩 어울린다. 이런 계열의 그림을 북종화北宗畵라고 부른다. 남종화南宗畵는 이와 달리 부드럽고 자연스러운

---

*　　이사훈의 아들 이소도李昭道가 그렸다는 설이 있다.

형호, 〈광려도〉.

가운데 필치에 변화가 많다는 특징이 있다. 남종화의 대표적인 화
가로는 오도자와 왕유를 든다. 북송대에 문인화가 발달하면서 특히
화공畵工인 오도자보다 문인이기도 한 왕유의 영향력이 커졌다. 당
나라 말기인 9세기 중엽에 체계가 잘 갖추어진 화론서인 장언원張
彦遠의『역대명화기歷代名畵記』가 나왔다는 사실도 특기할 만하다.

10세기에 활약한 형호荊浩는 산수화를 중국 회화에서 가장 중요
한 지위로 끌어올린 공로를 인정받는 인물이다. 그의 그림으로 전
해지는 〈광려도匡廬圖〉는 위아래에 하늘과 땅의 자리를 남기는 전
형적인 북방산수화의 기법을 보여준다. 형호는 또『필법기筆法記』
라는 화론의 저자로도 잘 알려져 있다. 여기서 그는 생각을 응축해
사물을 그리는 '사思'와 절묘함(妙)을 찾아 참됨(眞)을 끌어내는 '경
景'을 산수화의 필수조건으로 강조했다. 중국 산수화는 형호의 제
자들인 관동關同·이성李成·범관范寬 등 '북방산수화 3대가'에 의

해 크게 발전해, 10세기에서 11세기에 이르는 100여 년이 산수화의 시대로 장식되었다.

현재 산수문화 건설에서 직면한 형세가 이처럼 엄준한 까닭에 합리적 이용과 유효한 개발의 임무가 점점 더 중요해지고 있다. 중국 산수문화는 매우 깊은 문화적 의미를 가지고 있고, 매우 높은 경제적·역사적·과학적·미학적 가치도 가지고 있다. 이는 이미 각계의 사람들 모두가 공통으로 인식하고 있는 바지만, 이런 가치를 충분히 펼쳐 보이고 이런 가치가 진정으로 실효를 거두려면 어떻게 해야 할까? 고위 지도층부터 일반 국민들까지, 전문가부터 관광지 관리원까지 모두 진지하게 고민하고 적극 참여해서 경험을 총괄하거나 미래를 전망하거나 계획을 세우거나 구체적인 방안을 내놓아야 한다. … 혹자는 중국 산수문화의 건설에 민족성·시대성·독창성이 있어야 한다고 생각한다. 독창성은 특색을 드러내는 것으로, 지형에 적합해야 하고 경관에 적합해야 한다. 민족성은 중화中華 산수의 문화적 의미를 발굴하는 것이다. 시대성은 관광지의 개발과 건설이 현실 생활과 연계되어야 한다는 것이다. 이러한 건의와 조치는 모두 적극적으로 실천할 때 유효한 것으로, 현대 중국 산수문화 건설을 추진하는 데 대단히 중요한 의미가 있다. 거시적인 관리 측면이든 아니면 미시적인 건설 방안이든 모두 전통을 널리 알리고 시대적 특색을 구현하는 것을 종지로 삼아 우리 시대에 귀속될 중

세세한 자연의 변화를 읽어내는 눈

곽희郭熙(약 1023~1087)는 북송北宋의 화가 겸 회화이론가로, 자는 순부淳夫이고 지금의 하남성 맹주시孟州市 사람이다. 평민 출신으로 초년에는 도교를 신봉하여 산수를 벗 삼아 유람하다 그림으로 이름이 알려졌다. 1068년, 송나라 신종神宗의 부름을 받아 화원畵院으로 들어가 소전병풍小殿屏風을 그렸고, 후에 한림대조직장翰林待詔直長의 벼슬을 지내며 궁정화원의 대표적인 화가로 명성을 날렸다. 그의 산수화는 이성李成의 화법을 배운 것으로 알려져 있으며, '권운준卷雲皴'의 창시자로 유명하다. '권운준'은 화법의 일종으로, 구름을 뭉쳐놓은 것처럼 말린 필선을 중복시켜 바위나 산을 표현하는 기법이다. 곽희는 이성, 범관과 함께 북송 3대 산수화가로 일컬어진다.

송나라는 건국 초기부터 고서화古書畵를 널리 수집했는데, 휘종徽宗 때에 이르러 수집품의 목록을 작성하게 되었다. 이때 유명 화가의 작품 목록을 정리한 것이 『선화화보宣和畵譜』라는 책이다. 이 책에는 위진魏晉 시기 이후에 활약한 화가 231명의 작품 6396점이 실려 있으며, 곽희의 이름도 여기에서 빠지지 않았다. 여러 전적 가운데 그의 생애를 가장 잘 정리하고 있으므로 아래에 전문을 인용한다.

곽희는 하양 온현 사람으로 어화원御畵院 예학藝學이 되었으며 산수와 한림寒林을 잘 그려 당시에 이름을 얻었다. 처음에는 공교하고 넉넉한 그림을 그리는 데 공력을 기울이더니 시간이 지나면서 또 더욱 정밀하고 깊은 경지에 이르게 되었다. 이에 조금씩 이성李成의 수법을 받아들이면서 구도가 더욱 훌륭한 수준에 이르렀고 그런 뒤에 스스로 터득한 바가 많았다. 자신의 가슴속의 생각을 드러내 그리면서는 높은 집의 흰 벽에 손을 휘둘러 긴 소나무, 큰 나무, 돌아 흐르는 시내, 끊어진 낭떠러지, 깎아지른 듯한 암벽과 봉우리, 높이 솟은 산봉우리, 갖은 모양으로 출몰하는 구름과 안개, 뿌연 안개 사이로 나타나는 천태만상을 그려냈다. 사람들이 이를 평하기를 "곽희는 세상에 독보적이었는데, 노년에 이르러서도 필력이 더욱 씩씩해 마치 자신의 나이와 용모를 따라가는 듯 노숙해졌다"고 하였다.

곽희가 나중에 산수화론을 지어 멀고 가까움, 옅고 깊음, 바람과 비, 밝고 어두움, 네 계절, 아침과 저녁의 차이점을 말하였으니, "봄 산은 담박하고 온화하여 웃는 듯하고, 여름 산은 싱싱하고 푸르러 물에 젖은 듯하고, 가을 산은 밝고 깨끗하여 화장한 듯하고, 겨울 산은 처량하고 쓸쓸하여 자고 있는 듯하다"고 했다. 또 계곡, 다리, 고깃배, 낚싯대, 인물, 누관樓觀 등에 이르기까지 나누어 베풀어서 말하고자 하는 바를 다 말했는데, 모두 차례가 갖추어져 있어 그림의 법식으로 삼을 만하다. 글의 내용이 길어다 싣지는 못하나 "큰 산은 당당하여 뭇 산의 주장이 된다"거나 "큰 소나무는 우뚝하여 뭇 나무의 기준이 된다"는 말 같은 것은 그림을 말하였을 뿐 아니라 도의 경지에까지 더욱 나아가 있다.

곽희 자신은 비록 그림으로 업을 삼았으나, 아들 곽사郭思를 잘 가르쳐 유학으로 집안을 일으켰다. 곽사는 지금 중봉대부中奉大夫로서 성도부, 난주, 황주, 진주, 봉주 등 고을의 차茶와 관련한 업무를 담당하면서 섬서陝西 등지의 말 판매와 목장 관리 등의 공무도 맡고 있다. 곽사 역시 그림을 논하는 데 깊은 조예가 있으나, 다만 그로써 이름을 얻지 못했을 뿐이다. 지금 왕실 수장고에 곽희의 그림 30점이 수집되어 있다.

『선화화보』에서 소개한 것처럼 곽희는 「산수훈山水訓」, 「화의畵意」 등과 같은 네 편의 산수화론을 지었다. 여기에 그의 아들인 곽사가 「화기畵記」 등의 두 편을 더해 편찬한 책이 『임천고치林泉高致』다. 여기에는 곽희가 오랜 기간의 창작 활동을 통해 체득한 경험이 담겨 있는데, "정신을 집중해서 대자연을 관찰해 그 특징과 법칙을 파악해야 한다"는 게 그가 말하는 화론의 요체다. 북송의 시인 황정견黃庭堅이 1087년에 쓴 「곽희의 산수화 부채에 쓰다(題郭熙山水扇)」라는 시에서 "곽희가 비록 늙었으나 눈은 아직도 밝다"고 감탄하고 있는 것으로 보아, 곽희는 늘그막까지도 그림 그리는 일을 멈추지 않았던 것 같다.

곽희의 산수화 그리는 법

곽희의 『임천고치』는 북송의 산수화가 정점으로 치달을 무렵, 이전까지의 산수화 창작을 정리하고 산수화 이론을 정립하는 데 기여한 책이다. 형호의 『필법기』와 마찬가지로 저자 자신이 산수화를 배우고 창작하는 과정에서 터득한 내용을 간추렸다. 곽희는 젊어서는 산림에서 노닐다가 노년에 궁정화가가 되어 평생을 봉직한 사람이다. 그래서 그의 산수화론은 삶과 일, 개인과 사회 사이의 조화와 균형을 산수화에서 찾고자 하는 사대부들의 욕구를 많이 반영하고 있다고 평가된다. 『임천고치』의 주요 내용을 살펴보면 다음과 같다.

곽희는 먼저 산수화의 가치를 논했다. 그는 아름다운 산수를 벗 삼아 노닐며 속세를 초월하고 너그러운 심성을 기르는 게 군자가 정신적인 만족을 얻을 수 있는 지름길이라고 여겼다. 그러나 그렇다고 모두가 산수에 은거한다면 세상을 이끌어갈 사람이 없다는 문제가 생긴다. 그래서 누군가는 부득이하게 조정에 몸을 두더라도 산수화를 통해 간접적으로라도 산수를 가까이해야 한다는 것이다. 곽희의 말처럼 산수화가 발전한 것은 이렇게 산수화가 산수를 동경하는 관리들의 심리적 욕구를 충족해주었기 때문이라고 해도 과언이 아니다.

이어서 곽희는 산수화를 어떻게 배울 것인지에 대해 전통과 자연의 중요성을 언급했다. 전통을 배울 때는 한 사람의 대가에게만 의존하지 말고 두루 섭렵한 뒤 자신이 스스로 일가를 이루도록 노력해야 한다고 했다. 전통보다 더 강조한 것은 자연이다. 그는 한껏 유람하고 실컷 보아서 경험한 바가 풍부해야 한다고 했다. 중국은 넓은 영토를 가지고 있는 나라인 만큼 산수화의 대상이 되는 자연 경관도 무척 다양하다. 그래서 곽희는 남동 지방 사람이나 북서 지방 사람이 '우물 안 개구리'처럼 특정 지역의 산수에 한정되어 중국 산수의 풍부함을 홀시해서는 안 된다고 경고했다.

곽희는 또 산수화 창작의 출발점이 되는 '미적 충동'에 대해 설명했다. 미적 충동은 산수를 관조하는 것에서 비롯되며, 관조하는 과정에서 우리의 미감을 만족시킬 만한 산수의 예술성과 특질이 발견되면 창작에 임하는 것이라고 했다. 그러나 산수의 경물을 보이는 대로 그린다고 해서 훌륭한 산수화가 될 수는 없고, 반드시 그 경관 속에서 변화와 통일을 구하고 주된 것과 부차적인 것을 나눌 수 있어야 완전한 의경意境이 살아난다고 했다. "산은 물을 혈맥으로 삼고 초목을 모발로 삼으며 안개와 구름을 풍채로 삼는다. 물은 산을 얼굴로 삼고 정자를 눈썹과 눈으로 삼고 낚시하는 광경을 정신으로 삼는다"는 설명처럼, 산수를 유기체로 간주하고 그 속에 꿈틀거리는 미적 대상을 찾아야 한다는 것이다.

곽희가 제창한 이론 가운데 가장 유명한 것은 역시 '삼원三遠'이다. 삼원은 고원高遠·심원深遠·평원平遠을 아울러 일컫는 말이다. 그의 설명에 따르면, 산 아래에서 산꼭대기를 올려다보는 것이 고원이고, 산의 뒤를 들여다보는 것이 심원이며, 가까운 산에서 먼 산을 바라보는 것이 평원이다. 삼원이 단순히 산수화의 구도만을 뜻하는 것은 아니다. '원遠'은 기본적으로 감상자의 시선을 구름이나 공제선空際線까지 안내해 속세에 찌든 마음을 정화해주는 길잡이다. 이 '원'에 대한 자각이 없었다면, 산수화는 그저 산수를 그린 그림에 불과했을 것이다. 중국 산수화 중에는 삼원 가운데서도 평원에 속하는 그림이 가장 많은데, 이는 평원이 감상자에게 담박하면서도 충만한 느낌을 주기 때문일 것이다.

무릇 그림을 경영하여 그릴 때에는 반드시 하늘과 땅을 함께 그려야 한다. 무엇을 하늘과 땅이라 하는가? 예컨대 한 자나 반 폭의 위에 그리더라도 위에는 하늘의 자리를 남겨두고 아래에는 땅의 자리를 남겨둔 뒤에, 가운데에 뜻을 세우고 경물의 배치를 결정함을 이른다. 그러나 지금 그림을 처음 배우는 사람들을 보면 대번에 붓을 대어 가고 멈추며 경솔하게 뜻을 세우고 느끼는 대로 칠하여 화폭 가득 그린다. 그러므로 그림을 보면 보는 사람의 눈을 답답하게 가득 메울 정도여서 이미 보는 사람의 마음을 즐겁지 않게 만든다. 이러한데 어떻게 소탈하고 청신한 느낌을 받을 수 있겠으며 높고 원대한 뜻을 볼 수 있겠는가?

산수를 그릴 때에는 먼저 큰 산을 고려해야 하니 이를 주봉主峯이라 부른다. 주봉을 정한 뒤에 가깝고 멀고 작고 큰 것 등을 차례로 그려낸다. 이처럼 하나의 경물로서 이들의 중심이 되기 때문에 주봉이라 한다. 또 갖가지 관목들, 작은 잡초, 덩굴, 부서진 잔돌 등을 차례로 그려낸다. 이처럼 하나의 산으로서 이들의 기준이 되기 때문에 가노家老라고 한다.

산에는 흙으로 덮인 것이 있고 돌로 덮인 것이 있다. 흙산이 돌로 덮여 있다면 숲의 나무는 수척하고 높이 솟으며, 돌산이 흙으로 덮여 있다면 숲의 나무는 살찌고 무성하다. 나무에는 산에 놓인 것이 있고 물에 놓인 것이 있다. 산에 놓인 것은 흙이 두텁게 쌓인 곳에 천 척 길이로 자라난 소나무가 있으며, 물에 놓인 것은 흙이 엷게 쌓인 곳에 몇 척 길이로 자라난 움들이 있다. 물에는 흐르는 물이 있고 돌에는 너럭바위가 있으며 물에는 폭포가 있고 돌에는 괴석이 있다. 폭포는 비단이 숲 위로 날고 있는 듯하고 괴석은 항시 길 모퉁이에 웅크린 듯하다. 비에는 금방 내릴 듯한 때가 있고 눈에는 금방 내릴 듯한 때가 있으며, 비에는 큰비가 있고 눈에는 큰 눈이 있으며, 비에는 비가 개인 때가 있고 눈에는 눈이 개인 때가 있다. 바람에는 급한 바람이 있고 구름에는 돌아가는 구름이 있으며, 바람에는 큰바람이 있고 구름에는 가벼운 구름이 있다. 큰바람은 모래를 날리고 돌을 굴릴 듯한 기세가 있으며, 가벼운 구름은 엷은 비단 깁을 당겨서 늘어뜨린 듯한 자태가 있다.

凡經營下筆, 必全天地. 何謂天地? 謂如一尺半幅之上, 上留天之地位, 下留地之地位, 中間方立意定景. 見世之初學, 遽把筆下去與不去, 率爾立意觸情, 塗抹滿幅. 看之, 塡塞人目, 已令人意不快, 那得取賞於瀟灑, 見情於高大哉. 山水, 先理會大山, 名爲主峰. 主峰意定, 方作以次, 近者遠者小者大者. 以其一境主之於此, 故曰主峰. 又以次雜窠小卉女蘿碎石. 以其一山表之於此, 故曰家老. 山有戴土, 山有戴石. 土山戴石, 林木瘦聳. 石山戴土, 林木肥茂. 木有在山, 木有在水. 在山者, 土厚之處, 有千尺之松, 在水者, 土薄之處, 有數尺之蘗. 水有流水, 石有盤石, 水有瀑布, 石有怪石. 瀑布, 練飛於林表, 怪石, 常蹲於路隅. 雨有欲雨, 雪有欲雪, 雨有大雨, 雪有大雪, 雨有雨霽, 雪有雪霽. 風有急風, 雲有歸雲, 風有大風, 雲有輕雲. 大風, 有吹沙走石之勢, 輕雲, 有薄羅引素之容.

곽희, 「화결畫訣」(일부)

곽희, 〈조춘도早春圖〉. 소실점을 중심으로 시선이 모이는 서양화와 달리, 중국의 산수화는 여러 각도에서 바라본 풍경을 담아낸다. 이 작품은 곽희가 삼원법을 두루 사용한 대표적인 사례로 꼽힌다. 이른 봄 산수의 역동적인 공간감이 잘 드러나 있다. 타이완 타이베이 고궁박물원 소장.

생각할 거리

위 그림은 미국 뉴욕의 메트로폴리탄 미술관에 소장된 곽희의 〈수색평원도樹色平遠圖〉다. 이 그림은 넓은 강변을 배경으로 키가 큰 나무를 전경에 배치한 '평원'의 구도를 보여주고 있다. 정부 관리였던 친구의 퇴임을 기념하기 위해 그렸던 곽희의 후기작으로 추정된다. 이 그림에 대한 감상을 중국문화의 특성과 연관지어 자유롭게 이야기해보자.

함께 읽은 책들

리우웨이린劉偉林, 심규호 역, 『중국문예심리학사』, 동문선, 1999.

부포석傳抱石, 이형숙 역, 『중국의 인문화와 산수화』, 대원사, 1988.

서복관徐復觀, 권덕주 외 역, 『중국예술정신』, 동문선, 1990.

신영주 역, 『곽희의 임천고치』, 문자향, 2003.

천촨시陳傳席, 김병식 역, 『중국산수화사1』, 심포니, 2014.

陳水雲, 『中國山水文化』, 武漢大學出版社, 2001.

제19강

개혁의 딜레마 속에서

೨

왕안석과 신법 논쟁

무武로 통일하고 문文으로 통치한 송나라

당나라 멸망 이후의 혼란스러움은 후한 말처럼 처참했지만 시간상 그리 길지 않았다. 중국의 중부와 남부, 북부 일부는 절도사들의 후예들이 나눠 가졌고, 그들은 제각기 중원의 황제라고 칭했다. 북중국에서는 후량後梁·후당後唐·후진後晉·후한後漢·후주後周 다섯 왕조가 연이어 나타났고, 중원은 남당南唐·오월吳越·남초南楚·민국閩國·남한南漢·전촉前蜀·후촉後蜀·형남荊南·북한北漢·남오南吳로 나뉘었다. 이를 '5대 10국'이라고 부른다. 이러한 상황은 당 왕조가 멸망한 지 53년이 지난 960년경에 조광윤趙匡胤(927~976)의 송 왕조가 들어서면서 해소될 수 있었다. 이후 20년간 송나라는 남방과 북방을 평정하여 정권을 장악함으로써 분열 국면을 끝내고 중국 통일을 실현했다. 그러나 송나라는 중원을 온전히 접수하지 못하고, 당나라 때에 비해 영토가 동쪽으로 치우쳐 있었다. 중원에 대한 결핍감 탓인지 송나라는 중국문화의 수호자이며 유학자의 후원자임을 보여줘야 한다는 강박관념을 가지고 있었던 것 같다.

송 태조인 조광윤은 후당의 시조 장종莊宗의 근위 장교인 조굉은趙宏殷과 두씨杜氏 사이에서 태어났다. 그는 열여덟 살에 하씨賀氏와 결혼했다. 결혼 후에도 일정한 직업 없이 여러 나라를 다니며 술과 도박에 빠져 사회의 밑바닥까지 경험했으나 결국 이런 시련은 조광윤에게 강한 인내심을 길러주었다. 어느 날 조광윤은 날이 저물자 한 절에서 하룻밤 묵게 됐다. 이때 조광윤을 본 스님이 그의 관상을 보고 비범한 인물임을 알아채고는 당시 업도유수鄴都留守로 있으면서 후일 후주의 태조가 된 곽위郭威를 찾아가라고 했다. 조광윤은 곽위의 수하로 들어가서 뛰어난 활약을 펼쳤고, 이를 눈여겨본 황태자 곽영郭榮은 제위에 오르자 조광윤에게 근위부대를 맡겼다. 그해 북한의 유숭劉崇이 거란군과 함께 후주를 공격하자 조광윤은 곽위의 처조카인 세종 시영과 함께 큰 공을 세우게 된다.

조광윤은 세종의 신임을 얻어 그를 보좌하게 되었다. 그러나 세종은 원정에 나서다 병이 들어 서른아홉 살의 나이에 세상을 떠났다. 세종은 죽음에 임박하자, 조광윤을 근위대 총사령관으로 임명하여 병권을 쥐어주며, 어린 아들 공제를 잘 보좌할 것을 부탁했다. 조광윤은 나라의 2인자 지위에 오르게 된 것이다. 일곱 살의 어린 황제를 폐위하고 조광윤을 추대하자는 모의가 거세지자, 그는 세종의 유지가 귀에 쟁쟁했지만, 이미 대세가 자신에게 기운 것을 깨닫고 수도 개봉으로 돌아가 제위를 선양받고 국호를 송宋으로 정했다. 개국 황제가 된 조광윤은 폐위된 공제와 황태후를 잘 보살펴주었다.

당시 나라를 다스리는 데 가장 시급한 문제는 바로 당나라 이후 강력해진 절도사 세력을 약화하는 것이었다. 강력한 병권을 쥔 절도사들이 늘 조정을 위협했기 때문이다. 조광윤은 곁에 있던 추밀부사樞密副司를 불러 전란이 끊이지 않는 이유를 물었다. 추밀부사는 절도사들의 권력이 너무 강력하다고, 특히 조광윤의 옛 친구들인 석수신石守信과 왕심기王審琦 두 사람이 병권을 거의 좌우하면서 세력의 균형이 흐트러졌다고 간언했다. 그리고 그들의 리더십이 부족하기 때문에 만약 봉기라도 일어나면 상황이 더욱 나빠질 것이라고 했다. 이에 조광윤이 그들을 조용히 불러서 전답을 줄 테니 내려가서 편히 쉬도록 권유했다. 이렇게 군벌 세력을 해체하여 한 주州에 한 명의 절도사만 배치하고 나머지는 중앙에서 파견한 문인들이 관리하는, 중앙과 지방의 직접 연계 체제가 구축됐다. 이것이 바로 송 왕조의 문치주의이다.

황제는 출석자 모두를 연회석으로 초대하여 함께 취해서 기분이 좋아졌을 때 말했다. "짐은 밤에 편안히 잘 수가 없노라." 석수신 등이 그 까닭을 물으니, 황제는 "어떤 어려운 일이 있는 것은 아니오. 이 자리를 누군가가 차지하려고 하기 때문이오"라고 대답했다. 석수신 등은 머리를 숙이고 말했다. "폐하께서는 어찌하여 이런 말씀을 하십니까? 지금 천명은 이미 정해졌습니다. 누가 또 다른 마음을 가지겠습니까?" 황제는 대답했다. "경들은 진실로 그러하오? 부귀해지려 하지 않는다는 말이오? 그러나 하루아침에 경들 중의 한 사람이 본의 아니게 일어나 황포를 입게 되면, 어찌 그 사나이는 송 왕조를 뒤엎어야만 하는 입장을 피할 수 있겠소? (마치 짐이 자신의 의지에 반해 후주를 전복시킨 것과 같이!)" 이에 석수신 등은 "신이 어리석어 이에 미치지 못합니다. 폐하께서는 불쌍히 여기시고, 살길을 가르쳐주십시오"라고 대답했다. 황제가 말했다. "인생은 짧소. 부귀함을 좋아하는 까닭은 돈을 많이 모아 적적하고 즐겁게 살고, 자손들로 하여금 궁핍하지 않은 삶을 살도록 하는 것에 지나지 않소. 경들은 어찌하여 병권을 단념하고 시골로 내려가 좋은 땅과 쾌적한 거주지를 골라 자손들을 위해 영원히 흔들리지 않는 일을 세우고, 노래하는 아이와 춤추는 여자를 여럿 두고 아침저녁으로 술마시며 서로 즐기면서 여생을 보내지 않는 것이오? 짐은 또 경 등과 결혼으로 인연을 맺어서 군주와 신하 간의 어떤 의심도 남기지 않을 것이오. 위와 아래가 서로 편안하면 또한 좋지 않겠소." … 이튿날 모두 병을 핑계 삼아 병권을 내놓았고 황제는 그들의 뜻을 따랐다. … 모두들 고향으로 돌아갔고 황제는 많은 선물을 주었다.*

『속통감강목續通鑑綱目』(일부)

---

*　'강용규, 『인물로 보는 중국사』, 학민사, 2000, 373~374쪽'에서 부분적으로 발췌했다.

나라를 안정시킨 태조 조광윤은 책사 조보趙普의 남진정책에 따라, 형남, 후촉, 남한, 남당을 멸망시켰다. 어려서부터 수많은 전쟁을 겪으며 자라온 조광윤은 황제가 된 후에도 무인답게 호탕하고 소박한 면모를 잃지 않으면서 늘 부하들을 후대했다. 그가 재위 17년 만에 세상을 떠나자 그의 아우 조광의가 제위를 계승했고, 그가 바로 송 태종이다. 송 태종은 태조가 이룩한 기반을 바탕으로 북한 등을 멸망시켜 마침내 5대 10국의 분열 상태에 종지부를 찍었다.

송 태조 조광윤은 황제가 된 후에도 호탕하고 소박한 무인답게 부하들과 허물없이 지냈다.

젊은 황제의 마음을 움직인 글

송 태조 이후 송나라는 안정적 기반을 통해 학자 관료들에 의한 통치체제가 강화되었다. 황권 강화와 문치주의의 전통이 확립된 것이다. 송나라의 통치체제가 자리잡은 제4대 인종의 시대가 시작될 무렵 왕안석이 태어났다.

왕안석王安石(1021~1086)은 자는 개보介甫, 호는 반산半山으로 강서성江西省 무주시撫州市 임천臨川 사람이다. 당송팔대가 가운데 한 사람인 그는 어려서부터 글 읽기를 좋아하고 한 번 읽은 것은 잊지 않는 총명한 소년이었다. 문장을 쓸 때는 붓의 움직임이 나는 듯하여 사람들이 그 뜻을 의심했으나 완성된 문장을 보면 정묘하여 하나같이 놀라곤 했다. 그는 열아홉 살에 하급 관리였던 부친이 세상을 떠나자 할머니와 어머니, 7남 3녀라는 많은 형제자매의 생활을 책임져야 했다. 일찍이 교분이 있던 증공曾鞏이 그를 구양수歐陽修에게 소개했고, 진사과에 합격해 회남판관淮南判官이 되었다.

조정에서는 왕안석에게 중앙에 있을 것을 요구했다. 하지만 왕안석은 대가족을 부양해야 했고, 백성들과도 좀 더 가까이 접촉하고자 하는 마음이 강했다. 그리하여 이를 거절하고 지방의 부임지로 떠났다. 하지만 이 선택 덕분에 그는 적지 않게 경험을 쌓을 수 있었다. 후일 그가 중앙 정치에 참여해서 신법을 펼치는 데 이때 경험은 큰 자양분이 되었다. 왕안석이 관개수로를 만들고 백성에게 관청의 돈과 곡물을 융자해주자, 백성들이 그의 덕을 칭송하는 소리가 자자했다. 당시 조정의 세도가인 문언박과 구양수도 왕안석의 능력을 높이 사서 그를 도지판관度支判官으로 임명해 중앙으로 불러들였다. 그는 중앙으로 올라와 「만언서萬言書」를 올려 건의했으나 그때까진 관심을 끌지 못했다.

이것의 연유는 무엇입니까? 법도에서 유래한 것을 알지 못하고 있음을 염려합니다. 지금 조정은 법이 엄하고 명령도 갖춰져 있어, 없는 게 없습니다. 그런데 신이 어찌하여 법도가 없음을 말하겠습니까. 바로 지금의 법도는 선왕의 정치와 많은 점에서 부합하지 않기 때문입니다. 맹자께서 말하기를 어진 마음과 어진 소문이 있어도 백성에게 윤택함을 더해주지 못하는 사람은 선왕의 도를 법으로 삼지 않고 정치를 하기 때문이라고 하였습니다. 맹자의 말로 지금의 실정을 보면 바로 그 말이 여기에 있을 따름입니다. 대저 지금의 세상은 선왕의 세상에서 멀리 떨어져 만나는 일들도 달라지고 그와 만나는 세력도 예전과 같지 않습니다. 그러나 선왕의 정치를 하나둘 익히려 하면 비록 매우 어리석은 사람이라도 오히려 그 어려움을 압니다. 그래서 신이 지금의 실정을 말함은, 선왕의 정치를 따르지 않는 데 있음을 염려하는 것이며, 당연히 그 뜻을 따라야 함을 말하는 것입니다. 대저 요순과 우·탕·문왕은 서로 천여 년 떨어져 있지만 다스림과 어지러움 그 성쇠의 시기는 모두 있었습니다. 그 만나는 장소가 바뀌고 만나는 세력 역시 각각 다르며, 그 베풀고 시행하는 방법 역시 모두 특수합니다. 그러나 천하와 국가를 위한 뜻은 본말과 선후가 일찍이 다르지 않았습니다. 고로 신이 아룁니다. 당연히 그 뜻을 법으로 삼을 뿐입니다. 그 뜻을 법으로 삼으면, 즉 우리가 바꾸어 고치고 개혁하는 바는 천하의 이목을 놀라게 하고 천하의 입이 떠들썩하게 하는 데 이르지 않을 것입니다. 선왕의 정치에 매우 단단히 합치될 것입니다.

此其故何也? 患在不知法度故也. 今朝廷法嚴令具, 無所不有, 而臣以謂無法度者, 何哉? 方今之法度, 多不合乎先王之政故也. 孟子曰: "有仁心仁聞, 而澤不加于百姓者, 爲政不法于先王之道故也." 以孟子之說, 觀方今之失, 正在於此而已. 夫以今之世, 去先王之世遠, 所遭之變, 所遇之勢不一, 而欲一二修先王之政, 雖甚愚者, 猶知其難也. 然臣以謂今之失, 患在不法先王之政者, 以謂當法其意而已. 夫二帝, 三王, 相去蓋千有餘載, 一治一亂, 其盛衰之時具矣. 其所遭之變, 所遇之勢, 亦各不同, 其施設之方亦皆殊, 而其爲天下國家之意, 本末先後, 未嘗不同也. 臣故曰: 當法其意而已. 法其意, 則吾所改易更革, 不至乎傾駭天下之耳目, 囂天下之口, 而固已合乎先王之政矣.

왕안석, 「만언서萬言書: 上仁宗皇帝言事書」(일부)

왕안석과 다섯 학자들. 혁신 세력의 중심에 신법파의 왕안석이 있었다.

인종 이후 영종도 개혁을 시도했으나 뜻을 이루지 못하고 재위 4년 만에 죽었다. 그 이후 신종이 즉위했다. 이때 스무 살 젊은 황제의 눈에 왕안석의 「만언서」가 들어왔다. 사실, 왕안석은 인종 때 임명장을 피하려고 화장실에 가서 숨은 적도 있고, 사직을 청하기 위해 계속 상소를 올리기도 했다. 모친상을 당해 집에 은거한 후, 두문불출해서 영종이 여러 차례 불러도 나오지 않았다. 하지만 신종의 개혁 의지가 확고하다는 것을 느낀 왕안석은 1068년 드디어 신종의 부름에 응해 입조했다. 그는 재상으로 승진해서 균수법均輸法, 청묘법青苗法, 면역법免役法, 방전균세법方田均稅法, 농전수리법農田水利法, 시역법市易法 등의 신법을 추진하게 되었다.

왕안석의 친애하는 적, 사마광

사마광司馬光(1019~1086)은 보수파 정치가, 즉 당시 구법파 정치가의 대표 인물이자 왕안석의 친구이며 영원한 논쟁의 적수였다. 그의 자는 군실君實이고, 지금의 서하현西夏縣인 협주陝州 하현夏縣

사람이다. 그는 어릴 때부터 친구들 사이에서 의협심이 강했다. 한 번은 친구들과 놀다가 한 아이가 물독에 빠지자 돌로 항아리를 깨뜨려 익사 직전의 아이를 구했다는 일화가 전해질 만큼 의로운 품성을 지니고 있었다. 그뿐만이 아니다. 항상 손에 책을 들고 다녔고 책을 잡으면 배가 고파도 끝까지 붙잡고 늘어지는 집념을 가지고 있는 노력형 인물이었다. 앞서 왕안석이 천재성을 지닌 인물이었다면 아마 사마광은 노력형 인재에 가까웠다고 볼 수 있다. 두 사람이 다른 신념을 가지고 오랫동안 논쟁을 벌이며 싸운 까닭도 둘의 타고난 어릴 적 성격 차이 때문이었을지 모른다.

사마광은 스무 살이 되어서 진사 갑과에 급제했다. 과거 급제를 축하하기 위한 연회장에서 사람들이 모두 황제가 하사한 관모를 썼는데도 사마광은 쓰지 않아 이목이 모아졌다. 여러 사람이 희한하게 여겨 이를 물어보자, 본인은 청렴결백한 집안의 사람으로 호화롭거나 사치스러운 것을 좋아하지 않는다고 답했다. 이를 볼 때 뚝심 있고 고집스러운 기질이, 보통 사람과 달랐음에는 틀림없어 보인다.

왕안석이 책을 쓰고 정책을 만들어 실시했던 것과는 달리, 사마광은 주로 황제의 신변에서 간언하는 일을 했다. 송 인종이 40년간 재위해도 후사가 없어 조윤왕의 아들 조서趙曙를 양자로 들였다. 그러나 혹시라도 자신에게 친자가 생길까 기다리면서 태자 책봉을 미루자 사마광이 상소를 올려 결국 조서를 태자로 책봉하게 되었다. 그가 바로 영종이다. 이렇게 왕 옆에서 조용히 관직 생활을 하던 사마광은 그의 나이 50세경에 정치적 소용돌이에 빠져들게 된다. 영종이 즉위한 지 얼마 지나지 않아 죽고, 뒤이어 제위에 오른 신종

사마광의 『자치통감』.

은 왕안석을 재상으로 발탁해서 신법을 실시했기 때문이다.

이때 사마광은 격렬하게 신법을 반대했고 결국은 낙양에서 은거하게 되었다. 낙양에서 15년간 지낸 사마광은 영종의 명에 의해 계속 저술해온 『통지通志』를 쓰는 데 몰두했으며 결국 집필을 시작한 지 19년 만에 역작 『자치통감資治通鑑』을 완성했고, 서문도 직접 지었다. 이듬해 신종이 죽자, 나이 어린 철종이 즉위했으나 선인태후의 섭정이 이뤄졌다. 선인태후는 사마광을 재상으로 임명하고 구법파 인사들을 대거 등용했다. 사마광은 모든 제도를 인종 때의 것을 근간으로 하여, 차역법差役法 등을 실시했다. 그는 마지막까지 구법을 수호하고 조정을 위해 최선을 다하며 관직 생활을 하다가 왕안석이 죽고 나서 얼마 되지 않아 예순여덟의 나이에 눈을 감았다.

신과 구의 대결

그렇다면, 신법은 무엇이고 구법은 무엇이길래 왕안석과 사마광이 친구 사이였음에도 평생에 걸쳐 논쟁을 하게 되었는가? 신법은 농민과 중소 상인들의 이익을 보호하여 그들이 지주나 대상인들의 압력을 받지 않도록 힘쓰는 한편, 관호와 사원에서 세금을 거두고, 백성이 병역을 수행하지 않는 대신 관아에 바치는 면역전을 올려 국고 수입을 늘렸다. 또한 직업이 없는 사람은 국가가 고용해 백성들이 내야 할 역전役錢을 탕감해주었다. 이외에도 왕안석은 관제·재정·경제·군사·치안·교육 등의 방면에서 개혁을 펼쳤다.

신법의 목적은 고질적인 재정 문제를 해결하고 빈약한 병력을 보충하여 봉건 전제주의 통치 체제를 확립하고, 나아가 황권을 강화하는 것이었다. 그러나 그의 개혁안이 많은 고관과 대지주의 이익을 해치자, 조정에서는 신법에 반대하는 중신들이 등장하고 온갖 수단을 동원해서 신법에 반격을 가하기 시작했다. 더구나 주위에는 모두 소인뿐이어서 신법을 추진하는 과정에서 병폐가 생겼고, 사방에서 원망하는 소리가 들렸다.

그러던 어느 날, 왕안석이 신임하던 정협鄭俠이 하북 일대에서 수도로 돌아오게 되었고, 왕안석은 그에게 지방 실정을 물었다. 정협은 하북 지역 백성들 살림살이의 심각함와 무자비한 관리들의 횡포를 치를 떨며 말하고 스스로도 청묘법, 면역법 등 여러 법안에 동의하지 않는다고 밝혔다. 얼마 후, 왕안석은 이 상황을 낱낱이 신종에게 알렸고, 결국 대부분의 신법을 폐지할 수밖에 없었다. 마침 신종의 폐지 칙서가 하북에 도착할 때 비가 오자, 하늘이 노여움을 씻어내면서 비가 내렸다고 백성들이 믿게 되었다. 이 일로 왕안석은 정치에 회의를 느끼고 다시 관직에서 물러났다.

왕안석은 신법을 통해 추진한 개혁정책은 폭이 넓었다. 우선 상인들의 상행위에 질서를 부여하는 조치를 취했다. 그 대표적인 법에는 균수법과 시역법, 면행법 등이 있다. 이 가운데 시역법은 요즘 시장경제가 운용되는 방식과 크게 다르지 않다. 시장의 상황에 맞게 가격을 결정하고 적체된 물품들을 구매하여 시장의 수요가 있을 때 판매하는 것이었다. 이것은 대상인이 시장을 독점하는 것을 막고, 동시에 정부의 재정 수입도 늘려놓았다. 면행법은 각각의 상점이 실물이나 노동력 대신, 이윤에 따라 매월 면행전을 납부하도록 하는 제도였다.

둘째, 청묘법, 면역법, 방전균세법, 농전수리법 등이 있다. 청묘법은 시중의 곡식 가격이 상승하면 시중가격보다 저렴하게 판매하고, 지나치게 저렴하면 시가보다 비싸게 관청에서 구매하는 제도였다. 추수 후에 20~30퍼센트의 이자를 더해서 곡식이나 현금으로 상환하게 했다. 면역법은 부역과 군역의 역役을 면제해주는 제도였다. 원래 부역에 끌려다녔던 농민들은 농사에 힘쓰게 하고, 지방 관청에서는 부역에 필요한 인부를 따로 고용했다. 군역을 면제받는 특권을 누리던 계층에게는 역전을 절반씩 부과하여 관청의 수입을 늘

왕안석(좌)과 사마광(우). 개혁을 둘러싼 둘의 논쟁은 현대 정치를 볼 때도 많은 시사점을 준다.

렸다. 방전균세법은 농토를 새롭게 측량해서 세액을 다시 정해주는 법령이었다. 관료나 지주가 탈세할 목적으로 다른 사람 명의를 써서 장부에 토지와 인구를 등록하지 않는 폐단을 막고자 만들어졌다. 농전수리법은 황무지를 개간하고 수리시설을 건설하도록 장려하는 조치였다.

셋째, 군사력을 강화하기 위한 법이다. 장병법將兵法은 강한 군대를 양성하기 위해서 전문적인 군사훈련을 규정한 법이었다. 재병법裁兵法은 상군과 금군을 정비하기 위한 법으로, 사병은 50세가 되면 무조건 퇴역해야 하고, 시험으로 금군이 되거나 상군에 합격하지 못하면 평민이 된다는 내용을 담고 있었다. 그 밖에 보갑법과 보마법, 군기갑법 등으로 군대를 정비하고자 했다.

넷째, 교육제도의 개혁이다. 태학삼사법太學三舍法은 당시 학교에서 평상시 성적으로 과거시험을 대신해서 진정한 인재를 선발하고자 실시한 법이다. 태학을 외사와 내사와 상사의 세 등급으로 나눠서 상등은 관원으로 선발하고, 중등은 과거의 2차 시험에 해당하는 예부시를 면제하고, 하등은 1차 시험인 해시를 면제해줬다. 후에는 지방의 관학에서도 이 법을 시행했다.

왕안석의 신법은 국가의 수입을 증대하는 데 매우 큰 효과가 있었으나, 이점 못지않게 폐단도 만만치 않았다. 이로 인해 보수파에서 매우 거세게 반대했다고 볼 수 있다. 결국 이런 논쟁이 이어져 신법파는 원풍당인元豊黨人, 반대파는 원우당인元祐黨人으로 나뉘어 싸우게 됐다.

당시의 지식인, 관료, 문인 등은 국내·외 현실 문제에 대한 의견을 두고 부딪쳤고, 보수와 혁신이라는 두 입장을 축으로 해서 신랄

한 정치 논쟁이 불거지기도 했다. 혁신 세력에는 외침 저지와 부국
강병을 주장하며 강력한 중앙집권체제를 꿈꿨던 신법파의 왕안석
이 중심에 있었고, 보수세력에는 덕치와 문치를 표방하며 혁신세력
이 주도한 신법의 모순을 깊이 인식하고 그 문제를 최소화해 점진
적인 발전을 이룩하고자 했던 사마광이 그 중심에 있었다.

생각할 거리

구양수는 일찍이 「붕당론朋黨論」을 지어 부정적인 의미를 지녔던 붕당에 대해서 새롭게 풀이하고 그 필요성을 피력한 바 있다. "붕당에 관한 주장은 예부터 있었으므로 오직 군주 된 분께서만 그들이 군자인지 소인인지 분별하시길 바랄 뿐입니다. 군자는 군자와 더불어 도를 같이하여 붕당을 이루고, 소인은 소인과 더불어 이익을 같이하여 붕당을 이룹니다. …" 군자에게만 진실한 붕당, 즉 이익을 추구하는 것이 아닌 정당한 붕당이 있다고 주장한 것이다. 여러분이 생각하는 붕당, 혹은 논쟁의 긍정적 효과는 무엇인가. 또, 어떻게 해야 논쟁이 긍정적인 방향에 이를 수 있을까. 본인의 입장에서 북송 시대의 신법에 대해 정리해보자.

키워드 | #북송北宋 #왕안석 #사마광 #구법 #신법 #『자치통감』 #논쟁

함께 읽은 책들

조관희. 『중국사 강의』. 궁리, 2014, 제2쇄.

허부문 외. 『인물로 읽는 중국사』. 충남대학교출판부. 2010.

강용규. 『인물로 보는 중국사』. 학민사, 1994.

제20강

세상과 팔베개하는 호방한 마음으로

⌒

소식과 애민정신

좌천되고 귀양 살며 만난 백성들

송나라 문인 소식蘇軾(1036~1101)은 당송팔대가 가운데 한 사람으로, 자는 자첨子瞻이고 호는 동파東坡다. 부친 소순蘇洵과 동생 소철蘇轍, 이렇게 삼부자가 모두 중국 문학사에서 획을 그은 훌륭한 문인이다. 아버지 소순은 일찍부터 전국 각지를 배움터로 삼아 돌아다니면서 집을 비우는 일이 많아, 소식 형제는 어려서부터 어머니의 지도 아래 차츰 경서와 역사를 공부했다. 1057년, 소식은 스물한 살에 동생 소철과 함께 나란히 진사에 급제했고, 당대 최고의 문인이었던 구양수에게도 큰 사랑을 받았다. 이듬해 벼슬길로 나가는 마지막 관문인 전시展試를 우수한 성적으로 통과해서 예순다섯 살까지 격변의 관직 생활을 보내다 생을 마감했다.

소식이 막 구양수 문하에 들어갔을 때 어머니가 세상을 떠나 모친의 삼년상을 치르고 상경했다. 소식은 다시 황제가 주관하는 특별시험에 응시해서 영종英宗의 직사관直史館으로 임명되었다. 그러나 아내와 아버지가 연이어 세상을 떠나서 결국 다시 삼년상을 치

소식은 빼어난 문인이면서도 관료로서의 덕목을 갖추고 있었다. 소식이 살았던 시대에는 이 두 가지 영역이 별개가 아니었다.

르기 위해 고향으로 갔다. 그 사이 영종이 세상을 뜨고 개혁을 꿈꾸는 신종이 왕위에 올랐다.

당시 소식은 왕안석의 신법이 안정적으로 자리잡히지 않았다는 이유로 신법을 반대했다. 왕안석도 소식이 조정에 들어오는 것을 경계하고 꺼려했다. 소식은 수도 개봉의 추관推官으로 임명되어 백성들과 가까이하면서 더욱더 나라의 실정을 체험했고, 신법파와 사사건건 시비를 겨루게 되었다. 사실 엄밀히 말하자면, 소식은 딱 잘라 구법파라고 보긴 어려웠다. 신법의 내용을 완전히 반대한다기보다는 신법을 실시하는 과정에서 폐해를 직접 눈으로 보면서 반대하게 된 것이었다. 그러나 결과적으로 반대파 입장에 서 있다고 볼 수 있었기 때문에 왕안석은 신종에게 건의하여 소식을 탄핵하기에 이르렀고, 결국 항주통판杭州通判 등 외직으로 전전하게 되었다. 왕안석 일파는 그것만으로는 성에 차지 않아 소식이 시문에 의탁해서 신법을 비방했다고 상소를 올려 그를 옥에 가뒀다. 그러나 신종의 특별 사면을 받아 목숨을 건진 소식은 양자강 연안 황주黃州로 유배되었다.

소식을 따라나선 가족까지 모두 생계가 어려워졌고, 이를 보던 친구 마몽득馬夢得이 황주성 동쪽에 있는 땅을 관청에서 빌려 곡식과 채소를 경작하며 생활을 꾸릴 수 있도록 도와주었다. 백성들에게 농사짓는 법을 배워가며 오랫동안 버려진 땅을 개간한 소식은 이곳을 동파東坡라고 이름 짓고, 스스로를 동파거사라고 부르며 살았다. 소식은 한적한 날이면 자연을 찾아다니며 솟구치는 울분을 시詩와 사詞로 토해내고 문장을 지었다. 이때 완성된 작품이 「적벽부赤壁賦」다.

이후 신종이 다시 소식을 불러들였지만, 대신들의 반대가 심해 다시 여주汝州로 거처를 옮겨야 했다. 그는 여주로 가다가 생활이 어려우니 자신의 전답이 있는 상주常州로 가게 해줄 것을 청했고 신종은 그것을 받아들여줬다. 얼마 지나지 않아 신종이 죽고 철종이 즉위했다. 어린 철종은 선인태후의 섭정을 받으며 보수파를 지지하게 되었다. 소식은 다시 조정으로 불려가 예부낭중禮部郎中 등의 주요 관직을 맡게 되었지만, 매우 혼잡스러운 정계가 마음에 들지 않아 결국 사퇴하고자 했는데 재상이 받아주지 않았다. 그렇게 지긋지긋하던 신법파와 구법파의 싸움은 왕안석과 사마광이 1086년에 세상을 떠나면서 더욱 혼란에 빠졌고, 치졸한 당쟁에 휘말리게 되면서 소식은 다시 항주자사로 좌천되었다.

1091년에 다시 조정에 불려가 한림학사로 임명되었다가 다시 영주자사로 좌천되었다. 그 이후에도 조정에 불려갔다가 좌천되기를 반복하는 고된 생활을 이어갔다. 오랜 귀양살이로 쇠약해진 소식은 상주로 가다가 병을 얻고 얼마 되지 않아 예순여섯 살의 나이에 세상을 떠났다. 고종 때가 되어서 소식을 태사太師로 추존하고, 그에게 문충文忠이란 시호를 부여했다. 현재까지도 『동파문집東坡文集』, 『동파시집東坡詩集』, 『동파지림東坡志林』 등 많은 저서가 전해지고 있다.

둑을 쌓고, 고기를 먹다

소식이 항주통판으로 부임했을 때, 서호의 3분의 1이 모두 진흙에 쌓여 있었다. 16년 후 다시 항주자사로 임명을 받아 항주에 들어서니 호수의 절반이 진흙에 덮여 웅덩이가 좁아져 물이 조금만 불어도 바로 범람해 농사에 피해를 주고 있었다. 이에 소식은 20만 명의 백성을 동원해서 호수물이 원활하게 흐를 수 있도록 둑문을 만들어

소공제.

동파육.

수량을 조절하는 등 수로 작업을 했다. 또한 호수를 메운 진흙을 파내 남북으로 2000미터에 이르는 긴 둑을 쌓고, 이 둑을 단단히 고정하고자 버드나무를 심었다.

곧 서호는 수량이 고르게 유지되었고, 후세까지 아름다운 모습으로 남게 되었다. 항주의 백성들은 소식의 공적을 기리기 위해 그 둑을 소공제蘇公堤라고 불렀고, 동파사東坡祠를 건립했다. 오늘날 서호를 돌아보는 사람들은 당나라의 백거이가 쌓은 백제白堤와 소식이 쌓은 소공제가 이어져 자연과 아름답게 조화를 이루는 풍경을 볼 수 있게 되었다.*

항주의 백성들은 소동파가 돼지고기를 좋아한다는 이야기를 듣고 감사의 의미로 돼지고기를 선물했다. 소식은 돼지고기를 오랫동안 상하게 하지 않으면서 제방을 건설하는 사람들도 함께 나눠 먹을 수 있도록 하기 위해 자신의 방식대로 새로운 요리를 만들었다. 그 요리가 바로 요즘도 중국식당에 가면 만날 수 있는 동파육東坡肉이다. 백성들은 그의 호를 따서 동파육이라는 이름을 지어주었

* 　　　강용규, 『인물로 보는 중국사』, 학민사, 1994, 400쪽.

다. 음식 하나라도 함께 나눠먹으며 백성을 생각하려는 마음과 이에 보답하려는 백성들의 마음이 담겨 있기 때문에, 동파육은 지금까지도 사랑받고 있는지 모른다.

사를 시처럼, 시를 사처럼

소식은 호방한 사풍을 지녔으며, 주로 사실적인 내용의 사詞를 지었다. 그래서 소식을 호방파의 창시자라고 부르기도 한다. 그의 사 문학에는 몇 가지 특징이 있다. 일반적으로 음률을 따라서 노래 가사처럼 사를 짓는 것과 달리, 그는 음악과 분리된 작품을 시도했다. 그는 문학적 특성을 음악적 특성보다 우위에 둔, 즉 노래보다 글을 중시하는 사를 지었다고 할 수 있다.

또한 소식은 사를 지을 때, 소재를 매우 다양하게 다뤘다. 남녀의 애정, 여인의 아름다움, 이별의 슬픔 등이 당시 사의 소재였다면, 그는 제재를 확대해서 산수 전원·기유記遊·사경寫景·설리說理·영사詠史 등으로 다채롭게 풀어냈다.

그리고 사를 시화詩化했다. 혹자는 그의 사가 사로서의 특징이 부족하고 시와 같다고 비판하기도 하지만, 그것이 바로 그의 사 문학 특징이다. 소식은 시와 사를 모두 지을 수 있는 문인이었다. 그는 시로써 사를 짓고, 사로써 시를 짓기도 했다고 전한다.

> 십 년 동안 이승과 저승이 아득하여
> 생각하지 않으려 해도

잊을 수 없네.

천리 밖의 외로운 무덤

슬픈 마음 둘 곳 없으니

설령 만난다 해도 알아볼 길 없네

먼지 낀 얼굴

귀밑머리는 서릿발 같네

지난밤 꿈속에 고향으로 돌아가니

작은 창가에서

당신이 머리를 빗고 있더군.

말 없이 서로 바라보며

눈물만 주룩주룩 흘렸지.

생각하니 해마다 애를 끓이게 되는 곳은

달 밝은 밤, 작은 소나무 그 언덕.

十年生死兩茫茫. 不思量, 自難忘.

千里孤墳, 無處話凄凉.

縱使相逢應不識, 塵滿面, 鬢如霜.

夜來幽夢忽還鄕. 小軒窓. 正梳粧.

相對無言, 惟有淚千行. 料得年年腸斷處. 明月夜, 短松崗.

소식, 「강성자江城子」

「강성자」는 사의 시화詩化에 해당하는 대표적인 작품이다. 이 작품을 통해 소식은 사의 경지가 더욱 높아졌다. 그의 문학세계에서도 독창성이 더욱 분명해진 작품으로 꼽힌다.*

임술년 가을, 칠월 보름 다음날
나는 손님과 함께 배를 띄워 적벽 밑에서 노니는데
맑은 바람 고요히 불어오고, 물결은 일지 않더라.
술을 들어 손님에게 권하자
그는 명월明月의 시를 읊고, 나는 그윽한(窈窕) 문장 노래하네.
이윽고 달이 동산 위에 떠올라, 북두성과 견우성 사이를 서성인다.
희뿌연 물안개가 강을 가로지르고, 물빛은 하늘에 닿았는데
마치 한 줄기 갈대와 같이, 만경창파를 넘어 아득히 가노라.
드넓어라. 허공에 기대어 바람을 타듯 멈출 줄을 모르는 듯
표표히 속세를 떠나 홀로 서 있는 듯 날개가 돋아 신선이 된 듯
그리하여 술을 마시고 흥겨워 뱃전을 두드리며 노래하도다.
'계수나무 노여, 목란 삿대여,
물에 비친 달을 치며, 흐르는 빛을 거슬러 오르네.
아득하구나, 나의 회포여, 하늘 저쪽의 임을 기다리네.'
손님 중에 통소를 부는 이가 있어, 그 노래에 맞추어 화답한다.
그 통소소리 구슬퍼서 원망하는 듯 그리워하는 듯
우는 듯 하소연하는 듯
여음이 가늘게 이어져, 실처럼 끊어지지 않으니
깊은 골짜기에 잠긴 교룡을 춤추게 하고

*   이수웅·김경일, 『중국문학사』, 대한교과서(주), 1994, 374쪽.

외로운 배의 과부를 눈물짓게 하네.

나는 옷깃을 바로잡고 곧추앉아 손님에게 물었다.

"어찌 소리가 그리 슬픕니까?"

손님 말하길

"'달은 밝고 별빛은 드문데, 까막까치 남쪽을 날아간다'

이는 조조의 시가 아닌가요?

서쪽으로 하구를 바라보고, 동쪽으로 무창을 바라보니

산천이 서로 얽혀 울창하고 푸르디푸른데

이곳은 조조가 주유에게 곤욕을 치른 곳이 아닌지요?

바야흐로 형주를 격파하고 강릉으로 내려와

흐름을 따라 동으로 가니

늘어선 뱃전이 천 리에 이르고, 깃발이 하늘을 가렸다지요.

술을 들고 강물을 굽어보며 긴 창(槊)을 비껴들고 시를 읊으니

그는 참으로 일세의 영웅이었지만 지금 어디에 있습니까?

하물며 나는 그대와 강가에서 나무꾼이나 어부처럼

물고기와 새우를 짝 삼고 고라니와 사슴을 벗하며

한 잎의 작은 배를 타고 조롱박 술잔을 들어 서로 권하고 있으니

천지간의 하루살이요, 드넓은 바다 가운데 좁쌀 한 알이지요.

우리네 짧은 인생이 슬프고

장강長江의 한없음이 부럽구려.

신선을 끼고서 즐겁게 노닐며

밝은 달을 안고 길이 살고 싶어도

할 수 없음을 문득 알기에

가을바람에 소리로 날려 보내는 거죠."

내가 말했다. "손님도 저 강물과 달을 아시지요?

흐르는 것은 이 강과 같아도

일찍이 아주 흘러가버린 적이 없고,

차고 이지러지는 것은 저 달과 같아도

그 크기는 줄거나 늘어남이 없지요.

무릇 변한다는 쪽에서 보면

천지가 한순간도 변하지 않음이 없으며

변하지 않는다는 쪽에서 보면

만물과 내가 모두 끝내 없어진 적이 없는데

또 무엇을 부러워할까요.

무릇 하늘과 땅 사이에는 만물에 각기 주인이 있어,

진실로 내 소유가 아니면 비록 터럭 하나라도 취할 수 없습니다.

오직 강 위의 맑은 바람과 산속의 밝은 달은

귀로 들으면 음악이 되고 눈으로 만나면 빛을 이루나니

이를 취하여도 금함이 없고 아무리 써도 마르지 않으니

이는 조물주의 무궁무진한 보물이요.

나와 그대가 함께 누릴 즐거움입니다."

손님이 즐거워 웃고, 잔을 씻어 다시 대작하니

안주와 과일이 다 떨어지고, 술잔과 쟁반은 어지럽게 흐트러진다.

배 안에서 함께 팔베개하고 자리에 누움에

동쪽 하늘이 벌써 하얗게 밝아옴을 알지 못했다.

壬戌之秋, 七月旣望, 蘇子與客泛舟, 遊於赤壁之下, 淸風徐來, 水波不興. 擧酒屬客, 誦明月之詩, 歌窈窕之章. 少焉, 月出於東山之上, 徘徊於斗牛之間. 白露橫江, 水光接天. 縱一葦之所如, 凌萬頃之茫然. 浩浩乎如馮虛御風, 而不知其所止, 飄飄乎如遺世獨立, 羽化而登仙. 於是飮酒樂甚, 扣舷而歌之, 歌曰, "桂棹兮蘭槳, 擊空明兮泝流光. 渺渺兮予懷, 望美人兮天一方." 客有吹洞簫者, 依歌而和之, 其聲嗚嗚然, 如怨如慕, 如泣如訴, 餘音嫋嫋, 不絶如縷, 舞幽壑之潛蛟, 泣孤舟之嫠婦.

蘇子愀然, 正襟危坐, 而問客曰, "何爲其然也," 客曰, "月明星稀, 烏鵲南飛, 此非曹孟德之詩乎? 西望夏口, 東望武昌, 山川相繆, 鬱乎蒼蒼, 此非孟德之困於周郞者乎? 方其破荊州, 下江陵, 順流而東也, 舳艫千里, 旌旗蔽空. 釃酒臨江, 橫槊賦詩, 固一世之雄也, 而今安在哉? 況吾與子, 漁樵於江渚之上, 侶魚蝦而友麋鹿, 駕一葉之扁舟, 擧匏樽以相屬, 寄蜉蝣於天地, 渺滄海之一粟. 哀吾生之須臾, 羨長江之無窮, 狹飛仙以遨遊, 抱明月而長終. 知不可乎驟得, 託遺響於悲風."

蘇子曰, "客亦知夫水與月乎? 逝者如斯, 而未嘗往也, 盈虛者如彼, 而卒莫消長也. 蓋將自其變者而觀之, 則天地曾不能己一瞬, 自其不變者而觀之, 則物與我皆無盡也, 而又何羨乎? 且夫天地之間, 物各有主, 苟非吾之所有, 雖一毫而莫取. 惟江上之淸風, 與山間之明月, 耳得之而爲聲, 目遇之而成色. 取之無禁, 用之不竭, 是造物者之無盡藏也, 而吾與子之所共適."

客喜而笑, 洗盞更酌, 肴核旣盡, 杯盤狼藉. 相與枕藉乎舟中, 不知東
方之旣白.

소식, 「전적벽부前赤壁賦」

소식의 명문 「적벽부」는 전후편으로 구성되어 있다. 특히 소식의
호방한 기색이 잘 드러난 전편이 일품이다. 소식은 당시 황주에서
유배 중이었지만, 적벽에서 손님들과 뱃놀이하면서 평정심을 잃지
않고자 애쓴 것 같다. 삼국시대 적벽대전이 일어났던 역사적 장소
에서 지난날 화려했던 영웅들은 온데간데없이 아름다운 경치만 남
아 있는 것을 보며, 삶의 무상함과 초월의 경지를 노래하고 있다.

생각할 거리

소식은 운이 좋은 사람도 아니었고, 편안한 인생을 살아본 적도 없는 문인이었다. 그래도 절망하지 않고 한평생 나라와 백성에 항상 봉사하면서 살았다. 그래서인지 다른 중국의 문인들보다도 고려나 조선의 우리나라 문인들에게 존경받고 사랑받았던 사람이기도 했다. 그런데 고려나 조선의 문인들이 소식을 존경한 이유가 그것뿐일까. 또 다른 특별한 이유가 있었을지 소식에 대해 평가한 자료를 함께 찾아 읽고, 생각해보자.

키워드 | #소식 #소순 #소철 #족보 #동파육 #소제蘇堤/소공제蘇公堤 #애민정신

함께 읽은 책들

조관희, 『중국사 강의』, 궁리, 2014, 제2쇄.

허부문 외, 『인물로 읽는 중국사』, 충남대학교출판부, 2010.

양필승, 『인물 中國史』, 백산서당, 2008.

이수웅, 『역사 따라 배우는 중국문학사』, 다락원, 2001.

김경일·이수웅, 『중국문학사』, 대한교과서, 1994.

강용규, 『인물로 보는 중국사』, 학민사, 1994.

제21강

시대를 뛰어넘는 구슬픈 노래

이청조와 송대 사회문화

남쪽으로 밀려난 송나라

북송은 금金나라의 도움을 받아서 그간 눈엣가시였던 요遼나라를 무너뜨릴 수 있었다. 그러나 그것이 끝이 아니었다. 거란족의 요나라보다 훨씬 강력한 상대가 나타났는데, 바로 어제의 우군이었던 금나라, 즉 여진족이었다. 금나라와 손을 잡고 요나라를 멸망시킬 때, 송나라는 요나라가 점거하고 있던 연운燕雲 16주를 되찾을 속뜻을 품고 있었다. 그런데 함께 요나라를 쓰러뜨린 후, 금나라는 연운 이북에 살던 주민들을 금나라로 이주시켜서 송나라가 세금을 걷을 길을 막아버렸고, 송나라에게 전쟁 배상금도 내놓으라고 요구했다. 물론 요나라가 무너지고 나니 송나라의 태도도 완전히 바뀌었다. 금나라의 요구를 번번이 무시하고, 연운 16주를 전부 탈환할 기회만 엿보며 계속 금나라를 도발했다. 결국 금나라는 군대를 보내서 송나라를 삽시간에 잡아 삼켜버렸다. 송 휘종은 얼른 군대를 소집하는 한편 당시 태자였던 흠종欽宗에게 황위를 물려줬다.

정세가 너무나 급박하게 돌아가자, 수도를 남쪽으로 옮기고 금나

악비는 억울하게 죽음을 당했다.

라 군대를 피하자는 입장이 우세했다. 그나마 이강李綱이 금나라와
의 싸움에서 몇 차례 승리를 거뒀을 뿐이었다. 이때 흠종은 금나라
에 다시 사신을 보내 강화하기를 청했다. 금나라는 금 500만 냥, 은
5000만 냥을 지불하고 중산中山·하간河間·태원太原 지역을 넘겨
줄 것을 요구했다. 송 태조 이후 송나라는 문文을 중시하고 무武에
힘을 쏟지 않아 군사력이 약해진 상태였다. 송나라는 그만한 힘도
돈도 없으면서 일단 위험을 회피하고자 금나라의 요구를 받아들였
고, 금나라는 그제야 다시 북방으로 철수했다.

그러나 문제는 더욱 커졌다. 송나라의 약속 이행이 힘들어지자
금나라가 다시 쳐들어온 것이다. 당시 송나라는 전쟁에만 집중하기
에도 모자랄 에너지를 당파 싸움에 쏟아내고 있었다. 주전파와 주
화파 사이에 격론이 벌어진 것인데, 주전파는 전쟁을 계속해야 한
다고 주장했고, 주화파는 강화나 회유로 전쟁을 피하고 평화를 추
구하자고 역설했다. 주전파 중에는 금나라와 목숨 바쳐 싸웠으며
지금은 악왕이라고 칭해지는 악비岳飛가, 그 반대편에는 악비를 처

항주에 가면 무릎 꿇고 있
는 진회 부부 동상이 있다.

형하기 위해 온갖 악랄한 방법을 썼던 진회秦檜가 있었다. 진회는
주화파의 대표 인물이라고 할 수 있다.

북송은 결국 1127년 168년 만에 멸망했고, 휘종과 흠종은 금나
라의 포로로 잡혀갔다. 이 사건을 북송의 마지막 황제 흠종의 연호
정강靖康을 따서 '정강의 변變'이라고 부른다. 흠종의 아우가 고종
高宗으로 즉위하고, 임안臨安(지금의 항주)에 남송南宋을 세웠다. 남
송은 앞에서 금나라와 싸워 이겼던 이강이나 악비 등을 기용해서
금나라를 여러 차례 물리쳤다. 이때 진회는 고종에 의해 재상의 자
리에 올랐고 비밀리에 금나라와 화의를 맺기 위해 노력했다. 진회
는 남송의 장수들 사이를 이간질하고 있었던 데다가, 금나라와의
화의 전략을 세울 때도 친금親金 성격을 내비쳤다. 금나라의 요구
사항을 받아들여 송 왕조의 예를 버리고 송나라가 금나라에게 신하
의 예를 갖출 수 있도록 교량 역할을 했다고 할 수 있다.

이 과정에서 금나라에서 요구한 남송의 장수들을 이유 없이 죄를
물어 처형하기도 했다. 대표적으로 당한 인물이 악비였다. 지금도

항주에 가면 악비묘가 있다. 거기에는 진회 부부의 무릎 꿇은 동상도 함께 있어, 아직도 사람들이 지나가면서 그 동상에 침을 뱉고 욕설도 한다고 전한다.

우여곡절 끝에 남송과 금나라의 화의가 성립되었지만, 두 나라 내부에서는 여전히 거친 반발이 있었다. 특히 남송의 경우, 군인들은 북방을 수복하겠다며 복수의 칼을 갈았고, 문인들은 휘종에 대한 원한을 갚겠다며 분노를 쏟아냈다. 북방을 뺏기고 남쪽으로 밀려난 남송이 겨우 송 왕조의 명맥을 유지했지만, 남송은 이후 북방을 수복하지 못했다. 그리고 진회를 규탄하고 금나라와 끝까지 목숨 걸고 싸운 악비는 지금 현재까지도 중국 역사상 가장 각광받고 존경받는 영웅이 되었다. 이런 파란만장한 역사와 인물의 이야기, 그리고 오랜 전쟁으로 인한 백성들의 애환이 이청조 등의 여러 사인詞人을 통해 멋진 작품으로 승화되기 시작했다.*

문학적 재능이 남자를 만났을 때

이청조李淸照(1084~1155?) 생애에 대한 기록이 많지는 않다. 이청조는 산동성 제남濟南 출신으로, 이안거사易安居士라고도 불렸다. 저명한 학자 집안에서 태어나 어려서부터 시를 짓기를 좋아했다. 북송에서 남송으로 교체되는 격변기에 활동한 이청조는 호방파豪放派 사인에 속하며, 창작할 때도 비분강개하는 감정의 영향을 받았다. 하지만 그녀는 그러한 솟구치는 정념을 오히려 여리고 쓸쓸한

---

*   조관희, 『조관희 교수의 중국사 강의』, 궁리, 2014, 237~245쪽.

청나라 화가 최착崔錯의 이청조 인물화.
북경 고궁박물원에서 소장하고 있다.

풍격의 사로 엮어냈다.

보통 집안 배경이 문학에 조예가 깊더라도 결혼하고 나서는 상황이 달라지기 마련이다. 하지만 이청조의 경우에는 달랐다. 그녀는 열여덟 살에 조명성趙明誠에게 시집을 가게 되었다. 뜻밖에도 조명성은 이청조의 문학적 재능을 높이 사 그녀가 결혼 생활을 하면서도 자신의 예술적 재능을 십분 발휘할 수 있도록 돕는 역할을 했다. 결혼 후에 남편 조명성은 그녀가 짓는 작품의 독자이면서도 조력자가 되어주었다. 때론 작품 소재의 원천이 되기도 했다.

결혼할 당시 조명성은 스무한 살의 태학생太學生이었고, 시와 사에 능했으며 금석金石 고증가였다.* 이청조와 조명성은 함께 금석문을 수집하고 정리하는 일을 하면서 기쁨을 누렸다. 이청조는 남편을 도와 금석 서화書畵에 대한 연구를 정리하면서, 날카로운 관찰

---

* 　　허윤주, 「〈詞論〉을 통해 본 李淸照 詞」, 충북대학교대학원 학위논문, 2007.

력과 비판 능력을 기를 수 있었다. 둘은 부부 관계를 뛰어넘는 동지 관계였다. 이 점을 명확하게 보여주는 일화가 있다. 두 사람이 주로 즐기던 놀이는 차를 끓여두고 쌓아둔 서책을 바라보면서 어떤 문구가 무슨 책, 몇 장, 몇 행에 적혀 있는지를 먼저 알아맞히는 사람이 차를 먼저 마시는 것이었다. 둘의 학문적·문학적 유대감을 엿볼 수 있는 대목이다.

안개가 깔리고 구름이 짙어 하루 종일 시름에 겨운데

구리 향로에 피어오르던 향기도 스러지네.

어느덧 좋은 계절, 다시 중양절인가

비단 장막에서 옥베개 베고 누우니

밤은 깊어 찬 기운 스며드누나.

황혼이 지나고 동쪽 울타리 밑에서 술잔을 기울일 제

국화꽃 짙은 내음 옷소매에 스며드네.

말해서 무엇 할까, 풀 길 없는 이내 수심

가을바람 불어 발 말아 올려지니

사람이 노란 국화보다 야위었네.

薄霧濃雲愁永晝, 瑞腦消金獸.

佳節又重陽, 玉枕紗廚, 半夜涼初透.

東籬把酒黃昏後, 有暗香盈袖.

莫道不消魂, 簾捲西風, 人比黃花瘦.

이청조, 「취화음醉花陰」

이 작품은 이청조가 중양절에 남편에게 부친 사다. 남편 조명성은 이 글을 받고 감탄했다. 조명성은 스스로 부끄러움을 떨치지 못하고, 아내를 이겨볼 셈으로 일체 손님도 사절하고 침식을 잊은 채 사흘 동안을 밤새하여 사 15수를 지었다. 거기에 이청조의 「취화음」의 일부를 덧붙여 친구 육덕부陸德夫에게 보여주었다. 육덕부는 그의 작품을 읽고 난 다음 "오직 세 구만이 참 좋다"고 평가했다. 그래서 조명성이 어떤 구냐고 물으니, 「취화음」의 세 구라는 답변을 들었다.*

> 붉은 연꽃 향기 은은하고 옥그릇에는 가을이 남았네.
>
> 비단치마 살며시 풀고 홀로 목란배에 오르네.
>
> 저 구름 속 누가 편지를 맡겼을까.
>
> 기러기는 돌아오는데 서쪽 누각엔 달빛만 가득하구나.
>
> 꽃잎도 제멋대로 흩날리고 강물도 무심히 흘러,
>
> 서로를 향한 하나의 마음이 두 곳에서 쓸쓸하니
>
> 그리움 달랠 길 없어
>
> 애써 눈썹 떨구건만 어느새 가슴속 깊이 차오르네.
>
> 紅藕香殘玉簟秋.
>
> 輕解羅裳, 獨上蘭舟.
>
> 雲中誰寄錦書來?
>
> 雁字回時, 月滿西樓.

---

* 　　이수웅, 『역사 따라 배우는 중국문학사』, 다락원, 2001, 217~225쪽.

花自飄零水自流.

一種相思, 兩處閒愁.

此情無計可消除,

纔下眉頭, 却上心頭.

이청조, 「일전매一剪梅」

이청조는 조명성과 서로 사랑하고 생활도 풍요로웠다. 「일전매」
는 이청조가 스무 살에 지은 사다. 조명성이 잠시 외근을 나가 떨
어져 있을 때 지은 이 작품에서도 남편을 향한 그녀의 애틋한 마음
을 읽어낼 수 있다. 그러나 그런 행복도 잠시뿐이었다. 금나라가 송
나라에 침입하여 남쪽으로 피란하는 와중에 이청조는 남편을 잃게
되었다. 정강의 변으로 재산도 모두 상실하고 혼자 지내게 되자 남
송에서의 삶은 매우 참담해졌다. 위에서 밝힌 바와 같이 이청조는
1084년 태어나서 1155년에 사망한 것으로 추정된다. 열여덟 살에
스무한 살인 조명성과 결혼했고, 정강의 변을 겪으면서 1127년에
남송의 수도 임안으로 피란 와서 정착하게 되었다. 그 후 조명성이
죽고, 1132년에 장여주張汝舟와 재혼했다.

이청조는 새로운 남편 장여주과 결혼한 지 얼마 되지 않아 장여
주가 과거시험에서 부정행위한 것을 관아에 신고했다. 그녀는 이혼
도 피하지 않았다. 이 일은 당시 사회 분위기에 비춰봤을 때 상당히
획기적인 일이었다. 혼인한 지 한 달여 만에 새 남편을 고발하고 소
송을 제기한 까닭은 장여주가 노린 게 그녀의 금석문 수집품이었음
을 알게 되었기 때문이다.

하지만 그 바람에 감옥에 갇힌 사람은 이청조였다. 송나라 때의 가정 법률에 의하면 남편을 고발한 아내는 무조건 2년간 감옥형을 받아야 했기 때문이다. 이청조는 옥에 갇힌 후 기숭례綦崇禮에게 편지를 보내서 9일 만에 풀려났고, 장여주는 유배를 가게 되었다.* 아마도 이 일을 계기로 이청조에 대한 후대의 평가가 여러 관점으로 나뉘게 되었을 것으로 보인다. 이청조는 이혼한 후에도 계속 작품 활동을 했으나 대부분 여러 곳을 떠돌면서 신세를 한탄한 내용을 담고 있다. 하지만 여전히 사구가 아름답고 음률 또한 조화로운 것은 변함이 없었다.

송사宋詞, 나라를 닮아 처연한 노래

북송의 수도 개봉은 밤에도 불이 꺼지지 않을 만큼 크게 번영을 누리는 도시였다. 도시에는 운하가 관통하고 있어서 물류·유통이 발달했고, 거리마다 활기가 넘쳤다. 사는 그러한 송나라 시대를 대표하는 문학 장르다. 사는 당나라 때부터 민간에서 유행하기 시작해서, 송대에 와서 왕부터 기녀들까지 작품을 창작할 정도로 널리 퍼졌다. 사가 송나라의 대표적인 문학 장르로 자리잡게 된 이유도 당시 번성했던 도시 경제 수준과 밀접한 관계가 있었을 것이다. 도시 경제가 발전하고 민가에서 가무가 성행하게 되자, 무엇보다 가창할 때 쓸 수 있는 노랫말이 필요해졌다.

또한, 왕들이 사를 즐겨 제창했다는 점도 송대에 사가 흥성한 한

*　　　홍우흠, 「李淸照의 生涯와 文學」, 『女性問題硏究』(대구효성가톨릭대학교 사회과학연구소) 제10집, 1981, 93~105쪽.

가지 요인이었다. 진종眞宗, 인종仁宗, 신종, 휘종 등도 관심을 보였고, 직접 지어 보이기도 했다. 귀족들도 앞다투어 사를 지었고, 이런 분위기는 자연스럽게 송사의 발전으로 이어졌다. 당나라 때부터 유행했던 사는 점점 쇠퇴했다가 문인들이 사를 지으면서 마침내 확고한 형식적 체제가 만들어졌다. 송나라 초기에 구준寇準, 범중엄范仲淹, 송기宋祁, 안수晏殊, 구양수 등이 사 발전에 기여했다.

속곡俗曲에서 시작된 사 문학은 날이 갈수록 내용이 광범위해지고 그 체제도 차츰 복잡하고 다양해졌다. 완전히 음악에서 벗어나 노랫말이 독립적인 문학의 성격을 띠는 작품도 생겼는데, 이를 산사散詞라 불렀다. 노래 가락에는 손상을 주지 않은 채 음악적 성격을 유지하고 있는 작품을 대곡大曲이라 불렀다. 대곡은 노래와 춤을 곁들여 즐기곤 했다.

사는 창작된 시대에 따라 북송사와 남송사로 나눌 수 있다. 북송의 사는 송나라 초창기에 유행했던 양식으로, 길이가 짧고 간단한 소사小詞다. 이때만 해도 만당晚唐, 5대 10국 사인들의 영향을 많이 받았다. 대부분 여인들의 아름다운 자태나 사랑 등의 감정을 표현했다. 우리가 앞서 다룬 소식의 작품 역시 북송사에 속한다고 볼 수 있다.

그러나 정강의 변으로 북송은 멸망했고, 문학에도 지대한 영향을 끼쳤다. 금나라와 전쟁을 치르며 휘종과 흠종이 포로로 끌려갔고 결국 남송 왕조가 세워졌다. 개봉의 영화롭던 풍경은 이제 먼 과거가 되어버렸다. 이렇게 지속적으로 금나라와 혈투를 벌인 분위기는 문인들의 작품세계에도 큰 영향을 끼쳤다. 남송의 사는 자연스럽게 격앙된 애국문학의 특색을 띠게 된 것이다. 남송사를 대표하는 인

북송의 화가 장택단張擇端이 〈청명상하도清明上河圖〉(부분). 개봉이 번화한 모습을 묘사한 그림.
송나라는 남쪽으로 밀려난 이후 옛 수도 개봉을 되찾을 수 없었다.

물에는 이청조와 신기질辛棄疾이 있다.

이후에 남송이 안정화되면서 문인들도 점점 여유가 생기고, 작품의 감정선 역시 비교적 고르고 정돈된 상태로 돌아갈 수 있게 되었다. 그러나 그것도 잠시, 남송 말에는 몽골의 침입으로 나라의 입지가 다시 좁아졌다. 결국 사의 분위기도 바뀌어 격분의 노래를 읊게 되는 형국에 이르렀다.

생각할 거리

1.

'작가'와 '여성 작가'. 어떤 차이인가? 우리는 왜 작가가 아닌 '여성 작가'라고 부를까? 근대 이전의 여성에겐 교육의 기회는 물론 글을 지을 기회가 적었다. 특히 남성 문인들이 여성 화자 시점으로 작품을 많이 썼기 때문에 여성 문인이 자신의 목소리로 시와 사를 짓기는 힘들었다. 여성으로서 필요한 글을 읽는 것까진 가능했으나 글을 짓는 일은 쉽지 않았다. 설사 글을 지었다고 하더라도 가족 등이 폐기하곤 했다. 작품이 남아 있는 경우는 작가가 비교적 낮은 지위거나 가족이 없는 여성인 경우였다. 예인들이 공연을 위해 종종 사를 짓기도 했다.

요즘은 명청 시대, 특히 청나라 여성 문인에 대한 연구가 많이 이뤄지고 있다. 명청 시대에는 그나마 공연 대본 등을 쓰거나 글을 짓는 여성 작가들의 공동체도 있었다. 하지만 송나라 여성 작가 중에서는 알려진 사람도 거의 없고, 정보 또한 부족하다. 그 제한된 환경 속에서 이름을 알린 이청조는 남송 시대를 대표하는 작가라고 표현해도 부족하지 않다. 그런데 왜 우리는 문학사에서 여성 작가를 말할 때는 '여성'이라는 수식어를 붙이는 걸까? 다시 한번 생각해볼 문제다.

2.

이청조는 재혼한 여성이다. 송대의 문학 작품을 읽어보거나 사료를 보면, 재혼한 여성의 이야기가 흔히 등장한다. 따라서 이청조가 재혼을 한 것은 그렇게 대단한 일이 아닐 수 있다. 당시는 주자학이 발달하고 무武보다는 문文을 앞세웠던 분위기가 강한 시대였다. 그런데도 여성의 재혼에 대해 부정적인 시각이 없었다면, 과연 중국은 언제부터 여성의 결혼 생활에 대한 제약이 더욱 구체화되고 엄격해졌을까.

키워드 | #남송南宋 #이청조 #조명성 #사詞 #취화음 #여성 지위 #악비 #진회 #정강의 변

함께 읽은 책들

조관희, 『중국사 강의』, 궁리, 2014, 제2쇄.

허부문 외, 『인물로 읽는 중국사』, 충남대학교출판부, 2010.

이수웅, 『역사 따라 배우는 중국문학사』, 다락원, 2001.

김경일·이수웅, 『중국문학사』, 대한교과서, 1994.

제22강

살아 있는 잡극, 죽은 현실을 말하다

～

관한경과 공연문화

칭기즈칸이 지나간 자리

모든 군주들의 대군주인 쿠빌라이는 크지도 작지도 않은 적당한 체격에 보기 좋을 만큼 살집이 있다. 팔 다리가 모두 균형잡혀 있으며 그의 피부색은 흰 데다 불그레하게 혈기가 도는 것이 마치 장미꽃과 같다. 눈동자는 까맣고 아름다우며 코는 잘생긴 모습이다. … 우리 최초의 조상인 아담에서부터 지금 이 순간에 이르기까지 세상에 나타난 어떤 사람보다도 많은 백성과 지역과 재물을 소유한 가장 막강한 사람 …*

『동방견문록』(일부)

---

*   마르코 폴로·루스티켈로, 배진영 편역, 『동방 견문록』 서해문집, 2007,
118~119쪽.

마르코 폴로는 몽골제국의 칸, 쿠빌라이의 인상착의를 자세하게 설명하고 있다. 생김새부터 몸집 등은 물론이고 그의 세력과 재산이 자신의 고향인 유럽 국가보다 더욱 막강하다는 것을 잘 기록해놓 았다. 마르코 폴로도 칸의 모습에 경외심을 가졌음을 알 수 있다. 어 떻게 몽골은 이토록 크고 부강한 나라로 올라설 수 있었을까. 한 발 짝 더 생각해보면, 몽골제국의 화려함을 떠받쳐주기 위해 그림자처 럼 숨죽이고 살았던 사람들도 있었음을 떠올릴 수 있을 것이다. 몽 골이 휩쓸어버린 땅에 원래 살았던 사람들은 박탈감에 시달렸을 테 니 말이다. 몽골의 성공과 한족의 울분, 이번 강은 이 두 가지에 관 한 얘기다.

몽골족은 오랫동안 동쪽으로는 만주의 통구스족에게, 서쪽으로 는 현재 터키 지역의 투르크족에게 번갈아가며 압박을 받아 분열하 여 내부에서 싸움을 일삼다가, 금나라와 남송이 전쟁으로 피폐해진 틈을 타 빠르게 세력을 넓혔다. 몽골의 여러 부족은 몽골고원 오논 강의 발원지 부르칸 산기슭에서 푸른 늑대를 아비로 하고 흰 사슴 을 어미로 하여 태어난 자손이라 믿으며, 주변 강대국 사이에서도 동족끼리 끊임없이 싸움을 이어갔다.

우리가 알고 있는 칭기즈칸은 '황제 중의 황제'라는 의미이며, 본 명은 보르지긴 테무진이다. 1162년, 아버지 에스게이와 어머니 호 에른 사이에서 태어났다. 아버지 에스게이가 근방의 부족들을 합병 하며 강자로 부상하자, 타타르족(러시아, 카자흐스탄 등)은 위협을 느 끼고 아버지를 독살했다. 아들 테무진은 부족장이 되어 온갖 난관 을 극복해야 했다. 신하들에겐 자신의 일을 스스로 해결하도록 권 유했다. 능력 있는 자는 대우했으나, 배신하는 자는 용서하지 않았 다. 기마병으로서 특별한 전술을 취했는데, 말을 달리면서 몸을 뒤 돌아 화살을 쏘는 '파르티안 샷'이라는 전법이었다. 1206년, 쉰두

14세기 페르시아 역사가 라시드 알딘Rashid al-Din의 책에 실린 몽골 기병 삽화다. 왼쪽 아래에 그려진 기병이 '파르티안 샷'으로 적군을 공격하고 있다.

살이 된 테무진은 마침내 몽골을 통일하고, 오논강 가에서 열린 몽골 부족장회의에서 칸의 지위에 올랐다. 그때 스스로를 칭기즈칸이라 칭했다.

칭기즈칸은 몽골사회 전체를 군사화했다. 그는 전통적인 부족 간의 제휴 여부와 관계없이 1000명의 기마병을 한 단위로 하는 십진체계를 기초로 군대를 조직했다. 몽골을 통일한 칭기즈칸은 병사를 이끌고 남쪽으로 내려와 서하西夏(탕구트족: 티베트족의 분파)와 금나라를 침공했다. 1204년, 칭기즈칸은 팽창정책의 일환으로 먼저 금나라의 타타르인들을 공격했다. 1211~13년에는 북중국평원을 가로지르는 돌진을 감행하자 90여 개 도시가 폐허가 되었고, 남은 것은 깨진 벽돌조각뿐이었다. 1215년 금나라의 북부 수도인 연경을 점령했을 때는 한 달이 넘도록 도시가 불탔다. 12년 뒤에는 서하를 무너뜨렸다.

금나라는 몽골의 침입을 견디지 못하고, 수도를 연경에서 변경卞京으로 옮겼다. 변경은 금나라가 정복했던 북송의 수도 개봉이었다.

이후에도 몽골이 거듭해서 공격에 나서자, 금나라는 변경마저 함락당했다. 금나라 애종哀宗은 몽골군 포위를 뚫고 채주蔡州(지금의 하남성 여남汝南)로 도망갔다. 이곳에서 애종은 병력을 다시 규합하고 몽골의 침입에 결사적으로 방어했다. 이에 몽골은 남송의 이종理宗에게 사신을 보내 하남 땅을 주는 조건으로 남북에서 금나라를 협공할 것을 제의했다. 오랜 숙적 관계였던 금나라를 멸하기 위한 좋은 기회라 여긴 남송은 맹공孟珙에게 2만의 군사를 주고 몽골군과 함께 금나라를 쳤고, 1233년에는 금나라의 수도 변경을 정복했다. 1234년, 금나라는 결국 120년 만에 멸망했다.

이런 대정복 사업은 칭기즈칸 자손들에게까지 이어졌다. 정실 소생의 4명의 아들인 주치, 차가타이, 오고타이, 툴루이 가운데 오고타이는 1239년 금을 멸망시켰고, 툴루이의 아들 몽케는 1258년 세계에서 가장 오래된 문명 발상지인 서아시아 아바스왕조(바그다드 칼리파왕조)를 무너뜨렸다. 또한 주치의 아들 바투가 이끄는 10만여 병력은 러시아를 거쳐 헝가리와 폴란드로 들어가 유럽의 중무장한 기병들을 몰살했다. 몽골의 세계 정복에 대한 야망은 그 이후에도 계속된다. 중동으로 파견된 군대는 이란을 거쳐 이라크 쪽으로 들어감으로써 서아시아를 장악하고 칭기즈칸의 손자인 5대 대칸 쿠빌라이는 1279년 중국 남쪽으로 내려가 장강을 방패로 끈질기게 항전하던 동아시아 최대의 문명국인 송 왕조를 멸망시켰다.

앞서 몽골은 1264년에 수도를 연경으로 옮기고, 이름을 칸발릭 또는 대도大都라고 바꿨다. 1271년에는 국호를 대원大元이라고 칭했다. 이때 송나라는 이미 금나라를 끌어들여 요나라를 멸했다가 금나라가 남하하는 바람에 강남 지역으로 쫓겨났던 일을 잊고, 중원을 회복할 틈을 엿보고 있었다. 결국 변경과 낙양으로 군대를 보내 탈취했고, 남송이 약속을 어기자 분노한 몽골은 대규모 군사를 일으켜 응징에 나섰다. 결국 1279년에 남송의 수도 임안을 함락하고 송나라의 마지막 황제인 공제恭帝를 생포했다. 조광윤이 황제에 오른 지 320년 만에 송 왕조는 막을 내렸다. 몽골 기마군단은 북방의 혹독한 추위와 거친 유목생활을 통한 강인한 체력과 용맹성, 뛰어난 기마전술 덕분에 세계 여러 나라의 정복 과정에서 강력한 전투력을 발휘할 수 있었다. 몽골은 일본 원정에 나서기 위해 해상으로도 진출했다. 비록 태풍 때문에 실패했지만 당시 해군력까지 갖췄음을 보여준다.

쿠빌라이는 몽골의 군사력에 아시아에서 유럽까지 걸쳐 있는 넓은 땅의 풍부한 물산에서 나오는 경제력을 결합하고, 서쪽의 이슬람 상업 권역까지 활용하는 새로운 방식의 경제 지배를 모색했다. 이를 위한 방법 가운데 하나가 기마민족의 특장을 살려 역참驛站을 잘 관리함으로써 완정된 유통망을 형성하는 것이었다. 게다가 당시 대도(지금의 북경)에는 배가 드나들었다. 현재는 낚시터로 이용되고 있다. 가까운 곳에 있던 거대 항구도시 천진은 해상 활동의 중심지였다. 여기에서 항주와 동남아 인도양을 오가는 무역선들이 지나다녔다. 요즘 중국에서 추진하는 일대일로一帶一路의 진정한 모습은 바로 원대元代에서 이뤄진 것인지 모른다.

베이징을 사로잡은 잡극

13세기 말엽에 북방의 몽골은 남송을 멸망시키고 중국을 통일하

원나라 잡극 배우들이 그려진 벽화. 산서성 홍동현 광승사廣勝寺에 있다.

여 원元 왕조를 세웠다. 원나라는 중국을 통일한 이후 점차 경제적으로 번영을 이룩했고, 도시의 문화생활 역시 풍성하고 다양해졌다. 당시 대도라고 불리던 북경은 세계에서 가장 번화한 국제도시로서 다양한 오락시설을 갖췄고, 특히 무대는 많은 사람에게 사랑받는 곳이었다. 자연히 새로운 문학 양식이 발흥하게 되었다. 잡극은 이전 시대의 사, 노래, 춤, 강창문학講唱文學의 예술적인 요소를 융합한 종합예술이라고 할 수 있다. 이렇게 새로이 나타난 잡극은 내용이 충실하고 형식이 신선하여 대중에게 환영을 받았다.

중국의 희곡은 가무희, 골계희, 백희 등을 거쳐서 답요랑, 참군희 등의 다양한 양식으로 발전하면서 완정된 요소를 갖춰나갔다. 남송의 남희, 북송의 잡극을 거쳐 결국 원 잡극으로 이어졌고, 원 잡극에 이르러 음악, 인물, 극본 등이 완전한 체계로 자리잡았다.

원나라가 갓 시작되었을 때만 해도 관학에서 유가의 사서오경을 교과서로 사용했으나 갈수록 과거제가 약화되자 정주이학程朱理學에 대한 관심도 시들해졌다. 유생들 역시 벼슬길에 오를 기회가 줄

어들자 차츰 봉건 예교가 흔들렸으며, 하층 백성들과 젊은 남녀는 예교를 멸시하고 봉건 윤리에 어긋나는 행동을 하기 시작했다. 이런 사회적 분위기는 서민문학이 흥성하는 계기를 마련하기도 했다.

또한 서사문학이 문단에서 주도적 지위를 차지했다는 특징도 있다. 문어체보다는 구어체가 부각되어 희곡과 소설이 발달하기 시작했다. 여기에는 13세기 중반부터 과거제 중단으로 인해 고전 교육을 받지 못한 관리들을 위해 공문서에서도 구어체가 쓰였던 당시 시대상이 영향을 미쳤을 수 있다. 중국의 고전극인 잡극은 낭만적인 소재, 해학적인 대사, 격렬한 동작, 화려한 의상 등 덕분에 많은 사랑을 받았다.

잡극은 원대 가장 유행한 문학의 대표 양식으로서, 이에 종사하는 다양한 사람을 배출했다. 사대부에서 일반 문인, 민간 예인에 이르기까지 여러 계층의 사람들이 잡극을 창작하는 데 뛰어들었다. 이민족의 통치로 한족 문인들이 설 자리가 부족해지자, 돈을 벌거나 자신의 글과 음악 실력을 표현하기 위해 잡극 창작에 힘쓰기도 했다. 원나라가 100년도 채 안 되는 역사를 가지고 있지만 이름 있는 작가만도 100여 명이 넘고, 현존하는 원 잡극 가운데 무명의 대본이 수십 본이 넘는 것을 보면 당시 극작가들은 이보다 훨씬 많았을 것으로 추정된다. 종사성鍾嗣成의 『녹귀부錄鬼簿』 목록에 원 잡극 458본이 수록되었고, 명나라 함허자涵虛子의 『태화정음보太和正音譜』에는 535본이 목록에 실려 있다. 현재는 여러 연구를 통해 더욱더 많은 잡극 대본이 발견되었다.

중국에서 상연되는 관한경
극본의 연극(1964).

민중의 말과 이야기를 무대로

원대의 가장 대표적인 작가는 바로 관한경關漢卿이다. 1220년에 태
어나 1300년에 사망한 그는 왕실보王實甫, 백박白樸, 마치원馬致遠,
기군상紀君祥, 정광조鄭光祖 등과 함께 원대의 유명한 잡극 작가였
다. 그런데 그의 생애에 대해서는 알려진 바가 별로 없다. 호는 기재
己齋 혹은 일재一齋라고 해서 스스로 기재수己齋叟라고 했다. 북경
사람이고, 금나라 말기에 태의원윤太醫院尹을 지냈으나 원나라에
들어서는 벼슬을 하지 않았다. 그는 60여 종의 잡극을 썼고, 후대에
매우 존경받는 잡극 작가로 이름이 남았다.

　관한경 일파의 작가들은 작품을 실제 상연할 연극의 대본으로 창
작하면서 작품에 시민들의 현실 생활과 감정을 충실히 반영했다.
따라서 이들은 당시 기층 민중의 생동하는 구어를 문장으로 사용
했고, 속어나 방언도 거침없이 구사했다. 이들의 작품 소재는 당시
사회 문제와 사건 들이었다. 작품 속에 민중의 애환이 그대로 담겨
있어 당대 사람들의 생활을 그들과 호흡하며 피부로 느낄 수 있다.

관한경은 옥경서회玉京書會의 재인才人으로 직접 얼굴에 분장을 하고 무대에 오르기도 한 다재다능한 인물이었다. 나면서부터 시원시원하고, 박학하고 문장도 잘 지었으며, 우스개에 기지도 뛰어나고 부드럽고 멋스러워 한때의 으뜸이었다는 기록이 있다.[*]

관한경의 대표작은 「두아원竇娥冤」이다. 두아는 외아들을 둔 채씨 부인의 민며느리로 팔려갔다가 열아홉에 청상과부가 된다. 두아가 결혼을 강요하는 장여아를 완강히 거절하자, 장여아는 양고깃국에 독약을 넣어 채씨 부인을 독살하려고 한다. 그런데 장여아의 아버지가 잘못 마셔 죽게 되었고, 장여아는 두아에게 살인죄의 누명을 씌운다. 장여아에게 매수된 초주楚州의 태수太守는 두아에게 온갖 고문을 하고 두아가 끝까지 저항하자 두아의 효심을 이용해서 시어머니를 고문하려 한다. 두아는 시어머니의 고문을 모면시켜주려고 거짓으로 자백을 한다. 두아는 형장에서 형 집행관에게 이렇게 호소한다. "나으리, 마지막 소원이니 한 자 두 치 길이의 흰 천을 기 끝에 매달아 주오. 만약 나에게 죄가 없다면 목이 잘릴 때 내 피는 한 방울도 남김없이 모두 흰 천에 흩뿌려져 땅을 더럽히지 않을 것입니다. 또 한 가지 있사온데, 지금은 한여름이지만 만약 나에게 죄가 없다면 하늘에서 흰 눈송이가 펄펄 흩날려 내 주검을 덮을 것입니다. 그리고 앞으로 3년 동안 초주 땅에는 비가 내리지 않을 것입니다."[**] 과연 두아의 말대로 목이 잘리는 순간 하늘에서는 갑자기

---

[*]   김영구 외, 『중국공연예술』, 한국방송통신대학교출판부, 2014, 제6쇄, 186쪽.

[**]   我死後有三個願望, 第一要血濺白練, 刀過頭落, 我一腔熱血不會有半點洒在地上, 全飛在這白練之上! 二要飄雪, 我竇娥委實冤枉, 我死後必然六月飛雪! 三要大旱, 從今以後, 這楚州大旱三年, 我的冤情雪恥必有蒼天作證!

해와 달은 아침 저녁으로 떠 있고, 삶과 죽음 다스리는 귀신 있으련만, 천지신명께서는 맑고 흐린 것을 분명히 가리셔야 할 터인데 어째서 도적놈과 군자를 잘 못 가리시나요? 착한 사람은 가난한 위에 목숨까지 짧고 악한 자는 부귀를 누리며 오래 살기까지 하다니요? 천지신명도 센 자는 겁을 내고 약한 자는 업신여겨 이처럼 흐르는 대로 배 밀고 가듯 내버려두긴가요? 땅이여! 착하고 악한 것도 분별 못한다면 어찌 땅이라 할 수 있겠는가? 하늘이여! 어짊과 어리석음도 잘못 가리면서 공연히 하늘노릇 하는군요? 아아! 두 줄기 눈물만이 줄줄 흐르네!*

관한경, 「두아원」(일부)

---

* 관한경, 김학주 편역, 「두아원」, 『원 잡극선』, 명문당, 2001, 57~58쪽.

관한경은 「두아원」 등의 작품으로 이전부터 내려오는 핍박받는 여성의 모습을 그려 당시 현실에 부합하는 인물의 전형을 창조했고, 부도덕한 사회와 여성의 불행한 실상을 적나라하게 담아냈다. 두아의 불행을 통해 사회의 제약을 받을 수밖에 없는 인간의 한계와 그 한계 때문에 더욱 빛나는 인간의 고귀한 도덕적 품성을 보여준다.

이 밖에도 관한경은 역사극 창작에도 힘써 현실사회에 대한 울분의 정을 토로하기도 했다. 원 잡극 가운데 적지 않은 작품이 탐관오리나 권력자들의 백성들에 대한 압박을 그리고 있는 까닭은 몽골족과 대립하는 정서와 사회상을 반영한 것이라고 할 수 있다.

생각할 거리

원나라의 관료는 몽골 출신 귀족이 중심을 이뤘다. 원나라에서는 몽골인이 최고의 신분이었고, 그다음 신분은 원나라 제국 확장이나 중국 통치에 중요한 협력자 역할을 한 서역 계통의 종족인 색목인色目人이 차지했다. 세 번째는 화북의 건조한 농경 사회의 한인漢人(거란과 여진 포함)이었고, 네 번째는 화중과 화남 지역의 윤택한 농경사회의 남인南人이었다. 이 네 등급의 사람들은 정치·사회 각 방면에서 철저하게 구별되고 차등이 있었다. 몽골인 제일주의는 다수의 문화 민족인 중국인을 지배하기 위해 어쩔 수 없는 방법이기도 했다. 몽골 귀족에게만 관리가 될 수 있는 특권을 부여했기 때문에 원나라 초기에는 과거를 중시하지 않았다. 원나라 중엽 이후로 한인을 끌어들이기 위해 과거를 열었으나 과거에서도 신분별로 난이도에 차이가 있었고 관직에서도 구분이 있었다. 재밌는 것은 당시 신분을 구분짓는 기준은 지역이었다는 점이다. 몽골-서역-화북-화중 및 화남 순서였다. 이런 지역별 신분 구분이 현대 중국문화나 지역문화에도 남아 있는 게 있는지 생각해보자.

키워드 | #칭기즈칸 #원대元代 #잡극 #희곡 #공연문화 #관한경 #「두아원」

함께 읽은 책들

조관희, 『중국사 강의』, 궁리, 2014, 제2쇄.

김영구 외, 『중국공연예술』, 한국방송통신대학교 출판사, 2014, 제6쇄.

허부문 외, 『인물로 읽는 중국사』, 충남대학교출판부, 2010.

제23강

바다로 뻗어나가는 명나라의 꿈

정화와 해외 항해

영락제의 환관 사용법

영락제永樂帝의 이름은 주체朱棣(1360~1424)다. 명 태조의 네 번째 아들이고, 재위 기간은 1402년에서 1424년까지다. 태조인 홍무제가 명나라의 번영과 중흥을 위한 준비 작업을 했다면, 실제로 명나라에서 가장 뛰어난 군주로는 영락제를 꼽을 수 있다. 그러나 그가 황제가 되는 과정에서 많은 이들이 희생되었다.

주체는 원래 태조 홍무제, 즉 주원장의 넷째 아들로 일찍이 연왕燕王으로 봉해져 북평(지금의 북경)을 다스렸다. 태조가 죽자 손자 주윤문이 2대 황제 건문제建文帝로 즉위했다. 건문제의 주위에는 여러 충신이 있었는데 그중 한 명이 방효유方孝孺였다. 충신들은 건문제를 도와 변방에 있는 제왕들의 권력을 없애기 위해 삭번정책削藩政策을 주장했다. 제왕들의 군사를 빼앗고 서인으로 살게 하는 방침이었다.

당시 연왕이었던 주체는 골육들을 이간질하는 간신들을 처단한다는 명분으로 거병했다. 이 사건을 '정난靖難의 변變'이라 부른다.

쿠데타에 성공한 영락제가 황제 자리에 오르고 건문제의 시체를 찾았으나 보이지 않았다. 건문제는 불에 타 죽었다고 전해진다. 영락제는 방효유만은 자신의 편으로 포섭하려고 했지만, 방효유는 절대 굴복하지 않았다. 결국 영락제는 9족도 아닌 10족을 멸하는 형벌을 내리고 방효유 역시 마지막으로 죽였다. 이 일로 많은 상소가 올라왔으나 상소 올리는 자도 모두 참했다고 하니 그 공포가 어마어마했을 것임은 충분히 짐작할 수 있으리라.

영락제는 자신의 근거지인 북경으로 수도를 옮기고 몽골족의 기습에 대응하고자 했다. 그 준비로 1402년부터 1420년까지 북경 한가운데 거대한 궁전을 지었는데, 그곳이 그 유명한 자금성紫禁城이다. 자색은 본래 기쁨과 행복을 상징하는 색깔로 중국의 우주관에 의하면 온 우주의 중심인 북극성의 빛깔이기도 하다. 그는 1421년 정월에 북경으로 천도하고 자금성에 입성했다.

북경 천도 후 정치의 중심지인 북경과 경제의 중심지인 남경 일대의 강남 지역이 분리되어, 비옥한 땅인 강남에서 생산되는 식량과 물자를 북부까지 운반할 수 있는 수송 수단을 마련해야 했다. 원나라 이후 방치된 대운하를 수리했고, 덕분에 항해를 다닐 수 있었다. 북경이 수도가 된 이후 수송량은 연간 수천만 톤을 넘어섰다고 한다.

이 밖에도 그는 『영락대전永樂大典』이라는 백과사전을 편찬하는 업적을 남겼다. 약 1만 1095권에 달하는 분량으로 2000여 명의 학자가 4년간 완성한 것이다. 중국 문화유산의 총정리본이라고 할 수 있다. 인쇄하기에는 분량이 너무 많아서 두 질만 필사했는데 1901년 의화단 사건 때 많이 소실되었고, 현재 370권가량만 세계

도처의 도서관에 보존되어 있다.

영락제는 몽골과 안남을 정벌하고, 남해를 원정했으며, 일본의 잦은 해변 침탈 탓에 해금정책海禁政策도 펼쳤다. 북경을 재건하고 자금성을 짓고, 대운하를 복원하는 막대한 물자와 인력을 요구하는 사업도 진행했다. 하지만 북경으로 천도하고 얼마 지나지 않아 1424년, 몽골로 원정을 떠났다가 돌아오는 길에 객사하고 말았다. 숨가쁜 삶을 살았던 황제의 죽음이었다.

영락제의 업적은 강력한 지도력과 통치력이 얼마나 중요한지를 입증해주는 사례다. 하지만 동시에 이는 이후의 황제들이 대폭 소모된 국력을 회복하는 데 전념을 다해야 했음을 뜻하는 것이기도 했다. 영락제가 집권한 시기는 우리나라 세종대왕이 즉위했던 때와도 겹친다. 사족을 붙이자면, 영락제의 황후는 명나라 초기 장군인 서달徐達의 딸이었으나, 그는 조선의 여인을 좋아해서 현비賢妃 권權씨를 가장 사랑했다고 전한다.

이 시기에 또 하나 주목할 만한 점은 환관 세력이 발호했다는 것이다. 일찍이 주원장은 중국 역사상 환관이 세력을 잡으면 결국 나라를 망하게 했던 것을 기억하고 환관에게 곁이나 세력을 주지 않았다. 그러나 영락제는 주원장의 뜻과 달리 환관을 믿고 환관들에게 글자도 가르치고 정치에 참여할 수 있게 해주었다. 또한 백련교도의 반란군에게서 황제를 보호하는 군대인 금의위에 동창東廠을 설치하고, 환관들에게 총괄할 수 있는 권한을 줬다. 동창은 정치적 음모를 적발하여 황제에게 보고하고, 북경의 화재나 시장 물가를 관리하는 등 다양한 기능을 했다.

그럼에도 영락제가 환관들에게 좌지우지되지 않았던 이유는 그의 비범한 능력 때문이었을 것이다. 사람을 잘 관리했을 뿐 아니라, 백성들의 복지를 늘리는 등 훌륭한 치적을 많이 쌓았다. 앞에서 말한 대로 환관들이 세력을 가질 수 있게 해줬지만 황권에 도전할 만한 틈은 주지 않았고, 오히려 그들의 능력을 적절히 활용하는 데 주력했다. 그 대표적인 예가 바로 환관 정화鄭和에게 대선단을 이끌고 대항해를 나가게 했던 일이다.

바다를 품은 환관, 정화

정화는 1371년에 태어나 1434년까지 살았다. 그의 본래 성은 마씨馬氏였는데 '정鄭'은 정난의 변 때 영락제가 하사한 성이다. 그의 조상은 서역 출신으로 원나라 군대를 따라 운남에 정착해 대대로 이슬람교를 신봉하며 살아온 사람들이었다.

홍무 15년에 아버지가 돌아가셨을 때, 운남이 명나라 관할지가 되었다. 주원장이 운남성으로 출병했을 때 열두 살이던 정화는 명나라 군사에게 잡혀 거세당한 이후 환관이 되었고, 연왕이 즉위하자 영락제 주체를 모셨다. 궁중에서 살면서 정화는 불교에 귀의해 법명을 복선福善이라 했다고 한다. 그가 불교로 전향한 것은 이슬람교나 불교를 믿는 인도양 일대를 돌아다니면서 큰 도움이 되었다고 한다.

어릴 때부터 주체를 보필했던 정화는 항상 연왕과 함께했다. 정화는 다른 환관과 달리 무공도 매우 뛰어났다. 결국 그는 모든 환관을 관리·감독하는 태감太監의 자리에 올랐고, 이때 그의 성씨도 정씨로 바뀌게 되었다.

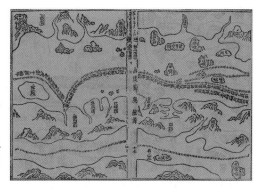

〈정화항해도鄭和航海圖〉. 정화가 남해 원정 때 사용한 해양지도다.

　그는 삼보태감(三寶太監, 혹은 三保太監)으로 불렸는데, 삼보三保는
환관의 통칭에서 온 것이고, 정화의 아명이기도 하다. 또 삼보三寶
는 정화가 남해·동남아시아·남아시아·서아시아 등지에서 진귀한
보물을 많이 구해 돌아왔기 때문에 이를 기념하기 위해서 붙인 별
명이기도 하다.

　정화는 1405년에 첫 번째 원정을 떠났다. 많은 승무원과 함선이
동원된 대선단의 첫 여정이었다. 금은·자기·비단 등의 물자를 가
득 싣고 강소에서 출발했다. 그가 남하하면서 나침반과 항해도를
이용한 항해술을 훈련하며 먼저 다다른 곳이 대만의 맞은편에 위치
한 복건성이었다. 이곳에서 인원과 물자를 보충하고 항해의 안전을
위해 천상성모 마조媽祖에게 제사를 지냈다.

　1407년에 첫 번째 항해를 무사히 완수하고, 두 번째로는 더욱
멀리 있는 자바·스리랑카 등의 나라를 탐방했다. 1409년에 세 번
째 원정 길에 올랐는데, 이때 정화는 명나라를 무시하던 스리랑카
와 전쟁을 벌여서 크게 승리한 후 중국에 복종시켰다. 1424년, 영락
제가 죽고 인종이 즉위했다. 인종은 성조의 대외정책에 불만을 가

남경에 있는 남경정화남로보선유적공원南京鄭和南路寶船遺蹟公園. 정화의 함선을 재현해놓았다.

졌기 때문에 정화의 항해를 중단하려고 했다. 그러나 인종이 즉위한 지 1년도 못 되어 죽고, 선종이 즉위하자 정화에게 일곱 번째 항해를 명령했다. 하지만 벌써 정화의 나이 예순이었다. 정화는 결국 1434년 배에서 조용히 눈을 감았다.

잃어버린 항해제국을 찾아서

정화의 선단은 많게 잡으면 100여 척에 달했고 이를 수행한 승무원이 약 3만여 명이었으며, 큰 배의 길이는 44장丈(약 132미터), 폭은 18장(약 54미터) 정도까지 되었다고 한다. 정화가 항해한 곳은 말라카 해협을 거쳐 인도네시아의 자바와 수마트라, 태국을 지나 스리랑카까지 이르렀으며, 일부는 아라비아 반도의 아덴까지 도달했고 일설에 따르면 아프리카 동부 해안까지 이르렀다고도 한다. 이것은 최초로 세계 일주에 나섰던 포르투갈의 바스쿠 다 가마보다 반세기 이상 앞선 것이다.

당시 이 같은 대원정이 가능했던 이유는 무엇일까. 세계제국이었던 원나라에서 축적해놓은 여러 나라에 대한 정보와 그에 바탕을 둔 지도가 있었기 때문이고, 원나라에서 활동한 이슬람 상인들의 항해술 덕분이었다고 한다. 그렇다면 왜 대원정을 떠났던 것일까. 정난의 변 때 사라진 혜제(건문제)가 해외로 도주했다는 소문이 돌아 그의 행방을 찾기 위해서라는 설이 있다.* 그러나 영락제가 이미 황제가 된 이상 그를 찾기 위해서 대선단을 움직였다기보다는, 명나라의 위세를 해양까지 떨치고 대외 무역을 강화하여 조공국을 더욱 확대해보겠다는 생각에서였을 것이라고 판단된다.

항해를 통해 명나라에 대한 조공을 권유하는 한편, 불응하는 곳에는 무차별한 응징을 퍼붓기도 했다. 면직물과 도자기 등을 주로 수출했고, 후추나 염료 등을 수입했다. 때론 기린과 같은 진기한 동물을 들여오기도 했다. 아프리카에서도 명나라 도자기가 출토되는 것을 봐서는 정화의 대선단의 항해가 그곳까지 이어졌음을 알 수 있다.

정화는 해외에서 돌아올 때마다 황제를 위해 새로운 물건을 많이 가지고 왔고 각국의 상인들과도 무역협정을 맺었다. 정화의 항해는 중국인을 해외로 진출시키는 자극제 역할을 했다. 중국인들의 남방 진출이 활발해졌고, 화교華僑의 역사가 이때 이미 시작되었다고 해도 과언이 아니다. 그러나 정화의 원정 이후 중국은 지금까지도 이처럼 대규모의 선단을 원정 보낸 적이 없던 것은 아이러니한 일이다. 아마 재정적 문제가 가장 컸으리라 생각된다.

---

*   조관희, 『조관희 교수의 중국사 강의』, 궁리, 2014, 279~280쪽.

정화의 총 7차에 걸친 항해는 중국의 정치·경제 등 다방면에 매우 큰 영향을 끼쳤다. 오늘날 자바의 중요한 무역항인 삼보롱(三寶壟, 스마랑), 말레이시아 말라카에 정화가 진영을 쌓았다는 삼보성, 태국의 삼보항과 삼보묘, 삼보탑 등은 모두 정화 업적의 증거라고 할 수 있다.

정화가 죽은 뒤 선원들은 뿔뿔이 흩어졌고, 선박들은 아무렇게나 방치되어 썩어갔으며, 항해도는 병무상서 류대하劉大夏에 의해 불태워졌다. 이 대목에서 오늘날 중국인들은 긴 한숨과 함께 통분의 감정을 숨기지 않는다. 그것은 당대 세계 최강의 전력을 앞세워 세계를 제패할 수 있었던 기회를 버리고 때마침 완성된 장성 안에 스스로를 가두고는 세계사의 뒷전으로 물러나 앉았기 때문이다. 이후로 중국은 19세기 말까지 이렇다 할 해군력을 키운 적이 없었다. 19세기 말에 외국에서 도입한 장갑함마저 얼마 되지 않아 1895년 청일전쟁에서 일본 해군에 의해 격침되거나 나포되고 말았다.[*]

조관희, 『세계의 수도 베이징』(일부)

---

[*]   조관희, 『세계의 수도 베이징』 창비, 2008, 180~181쪽.

그토록 오랜 시간 중국 이남의 인도양을 모두 항해하고 원정을 떠났을 만큼 발달했던 중국의 항해문화가 정화 단 한 명의 환관 이후로 사라졌다는 점이 기이하다.

생각할 거리

최근 중국은 일대일로를 개발하면서 정화가 움직였던 항해로는 물론이고 칭기즈칸이 움직였던 육로까지 활용해서 유럽까지 연결하고 있다. 이처럼 일대일로를 건설하는 데 주력하는 이유는 무엇일까. 일대일로 건설의 현대적 의의는 무엇이고, 실제로 일대일로의 완성이 가능할지에 대해 생각해보자.

키워드 | #정화鄭和 #항해 #환관 #영락제 #삼보태감

함께 읽은 책들

조관희, 『중국사 강의』, 궁리, 2014, 제2쇄.

허부문 외, 『인물로 읽는 중국사』, 충남대학교출판부, 2010.

양필승, 『인물中國史』, 백산서당, 2008.

이수웅, 『역사 따라 배우는 중국문학사』, 다락원, 2001.

김경일·이수웅, 『중국문학사』, 대한교과서, 1994.

강용규, 『인물로 보는 중국사』, 학민사, 1994.

제24강

이야기의 시대가 열리다

오승은과 『서유기』

비렁뱅이 승려에서 제국의 황제로

지난 강에서 다룬 정화의 해외 원정은 명나라로서는 대단히 이례적인 사건이었다. 명나라는 본래 외부 문화에 그리 개방적인 나라가 아니었다. 명나라의 특징으로 중앙집권과 내부 단속, 자급자족 경제 질서 등을 꼽을 수 있을 만큼 명나라는 안으로 단단함을 추구한 나라였다. 이는 명나라의 초대 황제 주원장朱元璋의 성향에서 비롯된 것인지 모른다.

주원장은 몽골의 지배에서 벗어나 한족의 정통성을 이은 왕조의 깃발을 모처럼 중원에 꽂았다. 원나라의 분권적인 정치체제를 타파하고 황제에게 모든 권력을 집중한 명나라는 1368년부터 1644년까지 약 277년 동안 이어졌다. 이 시기 명나라는 변방의 여진족을 회유하여 정치적으로 복속시키기 위해 당나라에서 이뤄졌던 기미정책羈縻政策을 실시했다. 명나라는 정치·경제·사회 모든 면에서 안정된 시기였고, 다음 왕조인 청淸나라까지 근대화를 준비하는 과정이 이어졌다.

주원장은 가난하고 배운 게 없는 떠돌이 탁발승이었지만 중국을 거머
쥐는 황제가 되었다.

　명나라의 초대 황제 주원장의 자는 국서國瑞, 묘호는 태조太祖이
며 원래 이름은 주흥종朱興宗이었으나 1352년에 주원장으로 고쳤
다. 그는 매우 가난한 집에서 태어났다. 그는 부모와 함께 궁핍한 생
활을 이어가며 여기저기 떠돌다가 열여섯 살이 되던 해 큰 홍수가
나자 부모마저 잃게 되었다. 결국 열일곱 살에 황각사라는 절로 들
어가서 중이 되고, 절에도 기근이 들면서 밥을 구걸하는 탁발승이
되었다. 아무래도 계속 떠돌아다니다보니 주원장은 이때까지 글을
깨우치지 못했다는 얘기가 있다.

　당시에는 백련교白蓮敎라는 종교가 송나라 때부터 이어져왔는데,
그들은 '오랑캐를 몰아내고 중화를 일으키자'라는 구호로 하나가
되었고, 그중 한 분파인 홍건군紅巾軍의 반란단체에 주원장도 들어
가게 되었다. 홍건군의 수장 곽자흥郭子興은 주원장을 눈여겨보고,
자신의 수양딸 마씨와 백년가약을 맺어주었다. 사실 곽자흥은 중간
에 주원장이 자신의 세력을 키우는 것을 못마땅하게 여겨 굶겨 죽
이려고 시도한 적도 있다. 그러나 마씨가 주원장을 도우면서 무산

되었고, 이후에도 마씨는 주원장의 아내가 되어서 명나라를 건립하는 데 최선을 다한다.

1355년 곽자흥이 죽으면서 주원장이 군대를 지휘하게 되었다. 주원장의 군대는 25만 명 정도였다. 당시 원나라는 내분이 심했기 때문에 주원장의 공격에 맞설 힘이 없었다. 마지막 황제가 몰래 북경을 빠져나갔기 때문에 주원장은 북경에 쉽게 입성할 수 있었다. 이렇게 명나라를 세운 때가 바로 1368년이었다. 주원장은 원래 남방 지역의 백성을 구원하려고 거병했으나, 양자강을 건너고 보니 여전히 궁핍하게 생활하는 북방의 백성들이 있어서 천하를 다스리는 길로 나설 수밖에 없었다고 스스로 역설했다.

주원장은 우선 가난한 백성들에게 과중한 부역과 세금을 덜어주고자, 호구와 경작지를 모두 등록시켜 공정하게 배분해주려고 노력했다. 특히 비옥한 땅을 만들기 위해 농업에 관심을 갖고 대대적으로 나무를 심고, 관개공사를 벌였다. 이것은 모두 마씨 부인이 시킨 일이었다. 마씨 부인은 배움이 짧은 주원장을 돕기 위해 칙서를 대필하는 등 일을 대신 맡아서 했다. 주원장은 누구보다도 부인의 이야기를 잘 따랐다. 마황후가 죽고 나서도 재혼하지 않았고, 그가 죽은 다음에도 나란히 명효릉明孝陵에 합장했다고 한다.

변화의 시대, 뒷걸음치는 명나라

명나라 초기에는 농업이 중심이었다면, 이후부터는 공업과 상업이 발달했다. 문화도 세속화되고 개성화되면서 속문학이 번성하기 시작했다. 이 시기에는 특히나 교육이 확대되면서 문맹률도 떨어지고,

부유한 상인이나 그 자제들도 관료가 될 수 있었다. 상류층 가문에서도 아예 상업에 종사하는 이들이 나왔다. 이로써 사농공상의 신분 차이가 줄고, 문화가 다원화되는 현상이 일어났다.

그러면서도 명나라는 고유문화의 부흥을 꾀했다. 개방보다는 쇄국을 택했다. 만리장성도 다시 축조하여 유목민족과의 교류를 닫으려 했다. 대외무역도 번신藩臣으로 책봉된 사람이 감합勘合이라는 통행증을 받아야 허가되었다. 민간 차원의 무역은 일체 금지되고, 국가가 정한 통상단체만 거래에 참여할 수 있었다. 폐쇄적인 무역 때문에 빚어지는 이야기는 조선 후기 상단의 활동을 다룬 우리나라 사극 드라마 〈상도〉(2001) 등에서도 등장한 적이 있다.

그런데 1567년 주재후朱載垕 목종穆宗 때에 해금령 海禁令(해상무역금지정책)을 모두 풀어서 외국 상선이 빈번하게 왕래했으나 유럽 상인에게는 조공무역의 제한을 풀지 않았다. 그러다가 기독교 선교사들이 유가경전을 배움으로써 지식인들과 교류가 가능해졌고, 이로써 성경을 전파하기에 이르렀다. 이렇게 명대 후기에 서양학이 들어올 수 있었던 것은 심성만을 강조하는 양명학에 대한 불만이 생겼기 때문이다. 명나라에게도 손해 보는 장사는 아니었다. 선교사들에게 화포 만드는 기술과 채광 기술 등을 배우는 사람들이 있었고, 7000여 권에 이르는 서양 서적이 북경으로 들어왔다.

이야기에 매혹된 난세의 사람들

『서유기』의 작가 오승은吳承恩(1500~1582)은 자가 여충汝忠, 호는 사양산인射陽山人이다. 회안부淮安府 산양山陽(지금의 강소성江蘇省 회안현(淮安縣) 사람으로 증조부와 조부가 학관을 지낸 선비 가문이었으나, 부친에 이르러 몰락해서 소상인이 되었다고 한다. 그는 어릴 때부터 총기가 남달라서 학문을 두루 섭렵하고 젊은 시절에 청운의 뜻을 품어 여러 차례 과거에 응시했으나 번번이 낙방을 거듭했고, 마흔둘이 되어서야 비로소 세공생歲貢生이 되었다. 쉰 살에 성시省試에 급제해서 공생貢生이 되었다. 그리고 예순이 넘는 나이로 겨우 동남부 지방의 장흥현승長興縣丞이라는 말단직에 부임했으나, 그것도 2년 만에 사직하고 물러나 불우하게 살다가 자손 없이 쓸쓸하게 세상을 떠났다.

오승은이 살던 시기는 명나라 말엽 가정嘉靖 연간의 암울한 시대였다. 당시 중국의 황제는 도교의 맹신자로 불교를 무자비하게 탄압하며 요망한 도사들에게 미혹당한 채 정사를 돌보지 않고 밤낮으로 종교의식에만 몰두했다. 주색에 빠져 임금의 도리를 다하지 않아 나라를 쇠망의 길로 이끌었다고 할 수 있다. 그 밑에는 환관과 간신 들이 들끓어 권력을 농단하고 매관매직을 일삼았다. 조야는 부정부패로 뒤죽박죽 난장판이 되는가 하면, 전국의 각 지방에서는 봉건 통치자들이 무거운 세금과 부역을 빈번하게 매겨 백성을 수탈하고, 악질 토호 무리가 횡행하면서 농민을 가혹하게 착취하는 시대였다. 게다가 역모를 색출하고 민간의 유언비어를 단속한다는 명목으로 환관이 거느리는 정보기관의 사찰요원과 친위부대가 사면팔방에 깔려, 전국의 도로가 혼란에 빠졌을 지경이었다고 한다. 『서유기』가 나올 수 있었던 바탕에는 이런 혼란스러운 시대적 배경이 영향을 끼쳤다고 할 수 있다.

『서유기』는 왜 오랫동안 사랑받을까

『서유기西遊記』는 명대 소설 작품으로 중국의 4대기서四大奇書로 불린다. 중국뿐만 아니라, 우리나라 남녀노소 그리고 수백 년에 걸쳐 많은 사람에게 다양한 콘텐츠를 통해 변용된 매우 친숙한 문학 작품이기도 하다. 『서유기』는 동아시아 지역에서는 어느 나라라고 할 것 없이 어릴 때부터 영화·드라마·애니메이션 등 다양한 형식으로 만들어질 만큼 스토리도 재미있고, 각 등장인물 역시 생동감 있게 느껴진다. 『서유기』는 『대당삼장법장취경기』에서 『서유기평화』 등을 거쳐서 현존하는 오승은의 『서유기』까지 완성되는 동안 오랜 세월 살아 있는 언어와 스토리로 다듬어졌기 때문이다. 『서유기』는 단순히 이야기만 재미있다기보다는 중국의 역사와 종교·지역·문화적 특색 등 다방면을 이해할 수 있는 키워드를 담고 있기도 하다.

『서유기』는 오승은의 작품으로 알려져 있지만, 사실 한 개인만의 작품이라고 하기는 어렵다. 아주 오랜 세월을 두고 첨삭을 거듭하면서 변천해온 작품이기 때문이다. 초기에는 11세기 무렵 송나라 때부터 유행했던 이야기꾼들이 쓰던 대본에서 시작되었다. 이후 원나라에서는 연극 무대에 올릴 희곡이 되었고, 그다음으로는 백화체라고 일컫는 구어체 위주의 문체로 작품이 완성되고, 현재의 형태로 자리잡게 되었다. 드디어 16세기 명나라가 되자, 앞에서 정리된 이야기 중에서 가장 재미있는 이야기 위주로 정리해서 100회본이라는 거대한 역작이 완성되기에 이른다. 『서유기』가 100회본으로 완성된 것은 16세기 중엽, 즉 명대 가정 연간인 1540년에서 1660년까지로 본다. 약 120년 정도의 시간 동안 정리가 이뤄졌다고 할 수

중국 CCTV 드라마 〈서유기〉(1986)가 끝나고 나서 거의 30년 만에 한 예능 프로그램에 당시 배우들이 초대되었다. 『서유기』는 대중문화 콘텐츠로 끊임없이 재생산된다.

있다. 특히 우리나라에서는 조선시대 중국어 통역 교재인 『박통사언해朴通事諺解』에 실린 후 더욱 유명해졌다.

『서유기』의 이야기는 어릴 때부터 주로 애니메이션을 통해 자주 접했을 것이다. 그래서인지 우리는 『서유기』가 아이들이 좋아할 법한 환상 속으로 대모험을 떠나는 이야기라고 생각하는 경우가 많다. 에피소드가 대부분 해피엔딩이기 때문에 권선징악의 교훈을 띤 여느 소설과 다르지 않다고 웃어넘기기도 쉽다. 그렇지만 그 이야기의 기이함이 무척 인상적이어서 한참 동안 눈을 떼지 못한 적도 있을 것이다. 특히 변화무쌍한 변신술을 부리는 손오공을 볼 때는, 손오공이 오랜 시간 도사에게 도술을 전수받았다는 것도 잊고 마치 요괴의 마법에 걸려 사람이 아닌 원숭이로 변한 줄 착각하기까지 한다. 이처럼 입체적이고 상징적인 여러 캐릭터는 독자를 이 소설 속으로 강하게 끌어들인다.

이러한 특성은 『서유기』의 낭만주의 성격과도 이어진다. 허황된

중국 설화집에 실려 있는 삽화. 『서유기』의 등장인물들이 보인다.

판타지소설처럼 신기한 소재를 다뤘기 때문에 『서유기』가 낭만주의 성격을 지니고 있다고 말하는 게 아니다. 오히려 낭만주의 문학은 현실에 대한 참된 인식을 모색한다는 점에서 그 특징을 찾을 수 있다. 현실을 있는 그대로 보여주는 현실주의 문학과 달리, 낭만주의 문학에서는 놀라운 능력의 인물이나 신비한 배경 등을 통해 작가가 처한 현실의 모습을 우회적으로 비춘다. 『서유기』 또한 공상적인 세계를 재미있게 보여주지만, 작품 이면에서는 어떤 작품 못지않게 현실에 대한 돌파 의지를 엿볼 수 있다. 『서유기』 특유의 풍자와 골계는 이러한 특성을 강화한다.

『서유기』에서는 인간의 삶에 대한 고뇌가 잘 드러나 있다. 삼장법사는 승려임에도 81난을 겪으며 한 인간으로서 손오공이나 저팔계 등보다 더욱 유혹에 잘 빠지고, 문제를 일으킨다. 손오공의 도움으로 어려움을 극복하지만 다시 목숨이 위험에 처하는 일을 반복하고 만다. 이는 바로 현실의 인간과 종교가 욕망 앞에서 얼마나 나약한

지 여실히 드러내주는 대목이다. 『서유기』는 아이들의 교육용 이야기가 아니라, 자신의 탐욕스러운 속내를 들여다보고 스스로의 삶을 되짚어보고자 하는 어른들을 위한 이야기다.

『서유기』는 손오공과 저팔계, 사오정이 신선계에 머물다가 죄를 짓고 벌을 받는 대신 삼장법사가 무사히 불경을 구해올 수 있도록 그의 보디가드가 되어 함께 여행을 다녀오는 이야기다. 그들이 떠나는 길은 '환상 속 여행'이지만, 한편으로는 인간의 고뇌와 유혹을 살펴볼 수 있는 '마음속 여행'이기도 하다. 누구나 『서유기』를 읽으며 인간의 허욕과 관료들의 탐욕 등을 보고 스스로는 어떤지 반추해보게 된다. 멀리 떨어진 줄 알았던 환상 속 여정의 끝에 만나는 것은 드디어 이해하게 된 자신의 마음이리라. 이러한 공감의 힘이 『서유기』가 오랫동안 독자의 마음을 사로잡은 이유가 아닐까.

『서유기』의 100회본은 주제별로 약 세 부분으로 나뉜다. 1회부터 7회까지는 창작 신화문학으로서, 저절로 태어난 개코원숭이가 도를 닦아 손오공이 되고 제천대성을 자칭하며 천궁에서 대소동을 일으키는 이야기로 꾸며져 있다. 작품에서는 손오공이 옥황상제의 권위에 반항하여 자신에 대한 속박을 일체 거부하고, 자유와 자기존엄성을 지키기 위해 대담무쌍하게 천궁을 들부수어서 엄격한 위계질서를 난장판으로 만들어놓다가, 끝내는 야성을 제압당해서 불문에 투신하는 과정을 그렸다. 8회부터 12회까지는 현장법사의 기구한 출신 내력과 불경을 얻으러 떠나게 된 연유에 대해 썼고, 13회부터 끝까지는 서천으로 가서 불경을 얻어오는 여정을 서술했다.*

---

*   오승은, 임홍빈 역, 『서유기 1』, 문학과지성사, 2015, 서문 참조.

아래 세상 물 세계 동승신주 동해의 작은 용신 오광이 위대하신 하늘의 성왕 현궁고상제께 삼가 아룁니다. 근래에 화과산에서 태어나 수렴동에 살고 있는 요망한 신선 손오공이라는 자가 저를 능멸하고 억지로 용궁에 침범하여 병기를 찾는다면서 술법을 부려 위협하고, 몸에 걸칠 갑옷을 요구하며 흉악한 위세를 부렸습니다. 이 때문에 물속에 사는 무리들이 놀라거나 다치고, 거북과 자라 들이 놀라 도망쳤습니다. 남해 용왕은 전전긍긍하고, 서해 용왕도 처참하기 그지없는 지경이 되었으며, 서해 용왕은 머리를 움츠리고 항복했습니다. 저는 다소곳이 절을 올리고 신령하고 진귀한 철봉과 봉황 날개가 장식된 금관, 그리고 쇠사슬로 엮은 갑옷과 보운리를 바치며, 예의를 갖춰 내보냈습니다. 그자는 무예를 뽐내고 신통력을 내보이면서, 단지 "폐를 끼쳤소이다! 폐를 끼쳤소이다!" 하면서 떠났는데, 과연 적수가 없을 정도라서 제압하기가 무척 어렵습니다. 제가 이제 상소를 올리오니, 성왕께서 처분해주시기를 엎드려 바라옵나이다. 바라옵건대 하늘의 군대로 이 요망한 놈을 잡아들여 바다와 산악을 맑고 평안하게 해주시옵고, 수중세계를 안락하고 태평하게 만들어주소서. 삼가 아뢰옵나이다.[*]

元下界東勝神洲東海小龍臣敖廣啓奏大天聖主玄穹高上帝君: 近因花果山生, 水帘洞住妖仙孙悟空者, 欺虐小龍, 强坐水宅, 索兵器, 施法施威: 要披挂, 骋凶骋勢. 驚傷水族, 唬走龜鼍. 南海龍戰戰兢兢, 西海龍凄凄惨惨, 北海龍縮首歸降. 臣敖廣舒身下拜, 献神珍之鐵棒,

*　　　오승은, 서울대학교 서유기 번역 연구회 역, 『서유기 1』, 솔출판사, 2004, 115.

鳳翅之金冠, 與那鎖子甲, 步云履, 以禮送出. 他仍弄武艺, 顯神通, 但

云: "聒噪, 聒噪!" 果然無敵, 甚爲難制. 臣今啓奏, 伏望聖裁. 懇乞天

兵, 收此妖孽, 庶使海岳淸寧, 下元安泰. 奉奏.

오승은, 『서유기』(일부)

손오공이 수보리조사에게서 도술을 배운 후, 함부로 도술을 부리다
가 스승에게 쫓겨나 화과산 수렴동으로 다시 돌아왔다. 그러고는
바로 용신 등을 찾아가서 도술로 위협해 여의금고봉을 얻게 되는
과정이 3회에 등장한다. 위 이야기는 이후 용신이 하늘의 옥황상제
에게 손오공의 만행을 일러바치는 장면의 일부다. 이 다음부터 손
오공이 자기 맘대로 하늘과 땅을 발칵 뒤집고 다니면서 본격적으로
흥미진진한 이야기가 펼쳐진다. 세심히 읽다보면, 『서유기』에서 사
용된 언어가 어떻게 이야기의 맛을 살려주는지도 알 수 있다.

통속문학의 전성기, 4대기서

명나라 초기에는 통속문학을 억압하는 정책을 펼쳤고 이런 기조는
영락제 때까지 이어졌다. 그러나 주원장은 평화平話 듣기를 좋아했
고, 이후의 왕들도 노래와 춤에 푹 빠져 지내곤 했다. 조정의 대신과
문인 명사 들도 차츰 속문학을 좋아하게 되었고, 그리하여 명나라
는 기존 문화정책에서 벗어날 수 있었다. 그때부터 속문학의 지위
도 향상되었다.

이뿐만 아니라 이 시기에는 수공업과 도시상업의 번영이 이뤄졌

다. 경덕진景德鎭 인구는 10만에 이르렀고, 그중 도자기사업을 하는 사람만 수만 명이었다. 이러한 분위기는 시민계층이 팽창하고 도시 경제가 발달하는 데 큰 역할을 했다.

무엇보다도, 당시 문인들이 속문학의 가치를 긍정했다. 문학이론가 이몽양李夢陽, 하경명何景明 등을 필두로 이지李贄, 원굉도袁宏道, 탕현조湯顯祖, 풍몽룡馮夢龍 등이 속문학에 확실하게 힘을 실어줬다. 이들은 희곡과 소설의 지위를 높이는 데 크게 기여했다.

명나라 중후기 문인 중에서는 벼슬길에 오르지 못해 평민 출신인 경우가 많았다. 그 가운데 많은 사람이 상인 집안 출신이었고, 특히 이몽양과 이지가 대표적이었다. '이박二拍'의 작가 능몽초는 인쇄소를 경영하기도 했다. 결국 상업에 종사하던 그들은 서민들과 가깝게 지내곤 했고, 글에서도 서민의 일상 풍경을 담는 비중이 커졌다. 서민들의 입말인 백화체를 쓴 것은 물론이고, 상품화를 염두에 두고 창작하는 경우도 잦아졌다.

'4대기서' 가운데 『삼국연의三國演義』는 중국 최초의 장편 장회소설이고, 역사연의 소설이라고 할 수 있다. 역사연의란 통속 언어로 전쟁의 흥망, 왕조의 교체 등과 같은 역사적 사건을 작품의 소재로 삼아 쓴 이야기다.

청나라의 장학성章學誠도 『삼국연의』의 3할은 허구라고 한 것처럼, 『삼국연의』는 유가의 정치 도덕관념을 핵심으로 삼고 창작된 작품이다. 천하대란을 초래한 어리석은 군주나 사악한 신하에 대한 통한의 감정과 평화로운 세계를 열어갈 현명한 군주와 선량한 신하를 갈망하는 마음이 뒤섞여 드러나 있다. 그리하여 촉나라의 유비, 관우, 제갈량 등은 이상적인 도덕관념을 가진 인물로 그려지고, 조조는 간사하고 권모술수에 능하며 폭정을 일삼은 인물로 묘사된다. 현재는 이와 다른 관점으로 조조를 평가하기도 한다. 여기서 주목할 또 다른 인물은 바로 관우다. 그는 신앙의 대상으로 자리잡아서 재운을 비는 사람은 거의 모두 관우를 모시게 되었다. 그는 이승과 저승을 넘나들며 재난이나 병액을 막아주는 수호신과 같은 존재로 변모되었다. 관우를 신앙의 대상으로 떠받드는 풍토 역시 명대에 형성되었다고 보는 게 합당하겠다.

다음으로는 시내암이 쓴 것으로 알려진 『수호전水滸傳』이다. 수령 송강을 중심으로 108명의 도둑이 양산박에서 관부에 저항하는 내용을 담고 있다. 도둑들은 범법자로서 난동을 일으키지만, 관료들의 부패를 들춰내기 때문에 민중에게 동정을 받고 충의를 실천하는 영웅으로 추앙받는다.

『서유기西遊記』는 현장법사가 서역으로 불경을 찾으러 가는 이야기를 토대로 지은 소설이다. 여러 요괴의 유혹으로 함정에 빠지다가 이를 극복하고 물리치기 위해 손오공과 저팔계 등이 난관을 해결하는 인물로 나온다.

이 밖에도 풍몽룡의 '삼언三言'과 능몽초의 '이박' 등의 작품이 있고, 이것은 송원 화본에 편집·정리·가공된 것으로 의화본 소설이라 불렸다. 앞에서 언급한 『삼국연의』, 『수호전』, 『서유기』와 함께 『금병매金甁梅』는 세정 소설로 애정과 혼인 등 사회생활을 폭넓게 묘사했으나 음서로 손꼽히고 작가조차 알 수 없어서 비록 명대 4대 기서로 뽑히지만, 혹자는 청대의 『홍루몽紅樓夢』과 앞의 세 작품을 합쳐서 '4대 명저'라고 부르기도 한다.

생각할 거리

1.

주원장은 의심증이 심했다. 심지어 자신을 도와 명나라를 함께 세운 친구들에게도 예외가 아니었다. 개국공신 가운데 이선장李善長이라는 주원장의 친구가 있었다. 홍무 13년, 이선장이 추천해서 재상까지 지낸 호유용胡惟庸이 모반을 꾀했다는 이유로 중서성과 3성 6부제를 폐지하고 왕권을 더욱 강화시켰다. 10년 후에 이선장도 자신의 친척을 비호하다가 결국 사형에 처하게 되었다. 이때 죽은 사람만 수천 명에 이른다고 한다.

주원장은 본인이 승려이자 홍건군이었기 때문에, 대머리를 뜻하는 광光이나 독禿, 도적을 뜻하는 적賊 등의 글자를 쓰지 못하게 했다. 이 때문에 신하들은 문자옥文字獄에 시달려야 했다. 문인들은 참변을 자주 당해서 사서를 편찬하는 일을 꺼렸다. 많은 신하가 검교檢校라는 관직의 사람에게 일거수일투족을 감시당해야 했다. 이뿐만 아니라 주원장은 한 무제 때와 같이 유가사상을 통치사상으로 삼고, 백성이 마땅히 해야 할 바인 '육론六論'이란 것을 매달 같은 시각에 6번씩 읽게 하여 백성을 자기 뜻대로 교화하고 싶어했다.

그에 대한 평가는 여러 가지가 있다. 첫 번째는 농민봉기의 우두머리에서 봉건시대 황제로 올라선 전형적 인물이라는 견해다. 이 관점에서 보면, 그는 반원 투쟁을 주도한 영웅이었다. 이름도 원을 주살한다는 뜻에서 주원장으로 바꿨다고 전한다. 두 번째는 주원장이 원나라의 통치에 반대한 게 아니라는 견해다. 상황에 쫓겨서 원나라 말 농민봉기의 대열에 참가한 것이고, 사실은 원나라 정부와 결탁하고 심지어 항복할 준비까지 했다고 보는 주장이다. 세 번째는 더욱 극단적으로 오히려 지주계급과 지식인들의 지지와 옹호로 명나라를 세웠으며 농민봉기군을 이용했다는 견해다. 어떤 평가가 적절하다고 할 수 있을까.

2.

중국문학은 매우 유구한 역사를 가지고 있다. 그러나 중국문학 가운데 아는 작품을 이야기해보라고 하면, 대다수 사람은 이백의 시를 읊거나 4대기서나 『홍루몽』 등을 떠올린다. 사실 4대기서는 속문학이었던 탓에 처음부터 모든 이에게 사랑받았다고 말할 수 없는 작품이었다. 그럼에도 4대기서가 시대를 막론하고 지금까지 중국문학의 정수로 사랑받는 작품이 된 이유는 무엇인지 생각해보자.

키워드 | #오승은 #서유기 #명대明代 #4대기서 #주원장 #백련교 #백화체

함께 읽은 책들

조관희, 『중국사 강의』, 궁리, 2014.

허부문 외, 『인물로 읽는 중국사』, 충남대학교출판부, 2010.

양필승, 『인물中國史』, 백산서당, 2008.

이수웅, 『역사 따라 배우는 중국문학사』, 다락원, 2001.

김경일·이수웅, 『중국문학사』, 대한교과서, 1994.

강용규, 『인물로 보는 중국사』, 학민사, 1994.

제25강

쇠락한 낙원에 남겨진 사람들

ᕤ

조설근과 홍학

불우한 귀공자가 전하는 이야기

중국 청나라 사람인 조설근은 남경에서 태어났다고 하나, 출생 연도는 미상이고 1763년에 죽었다고 알려져 있다. 설근은 그의 자字로 원래 이름은 점霑인데, '황제의 은혜를 입다'라는 뜻이다. 그의 증조할머니가 청나라 황실의 유모로 지내면서 아들이자 조설근의 할아버지 조인曹寅을 궁으로 데려가 살았다. 조인은 강희제와 같이 지내며 돈독한 사이가 되었으며, 황실에서 사용하는 직물을 만드는 제조소의 장관인 강녕직조江寧織造를 맡아 오랫동안 부귀영화를 누리고 살 수 있었다.

조씨 집안은 황제와 같은 삶을 살았다고 해도 과언이 아니다. 강희제가 남방을 순행할 때마다 조인이 직접 강희제를 모셨다. 결국 조인이 사는 곳은 황제가 남방을 행차할 때 머무는 곳이 되었으므로 황궁과 같은 수준으로 꾸몄고, 결국은 고스란히 조인 집안의 것이 되었다. 조인은 남경에서 유명한 인물이 되어 많은 사람과 교류하며 지냈다. 문인이기도 했으며, 강희제의 칙명을 받아『전당시全

북경에 복원해놓은 조설근의 집.

唐詩』도 간행했다. 그가 쉰네 살에 죽게 되자 그의 아들 조옹曹顒이 강녕직조를 맡았지만, 안타깝게도 2년 후 조옹도 세상을 떠나고 만다. 그러나 강희제가 워낙 아끼던 집안이었던 만큼 강희제는 직조 권한을 조인의 양자인 조부曹頫에게 넘겨줬다.

그러나 호시절은 금방 지나가고 만다. 부귀영화의 시절은 가고 경영난에 시달리는데, 강희제가 죽고 옹정제의 시대를 맞이하면서 직조 자리를 유지하는 데도 어려움이 생긴 것이다. 옹정제는 강희제의 비호 아래 부귀영화를 누리던 조씨 집안의 곤룡포가 품질이 떨어진다는 이유로 조부를 강녕직조에서 파직하고 재산을 몰수한 뒤 북경으로 이주시켰다. 조설근은 당시 겨우 열세 살 때였다. 처음에 북경에 도착해서 국자감 등에서 교육받았던 조설근은 나중에는 북경의 외곽으로 이사해서 하루하루 식사를 걱정하는 생활로 전락했다. 어릴 때만 해도 부귀영화를 누리는 귀공자로 살다가 갑자기 집안이 몰락하면서 가난에 찌들어 지내게 되자, 자신의 삶과 경험을 토대로 중국에 홍학紅學의 붐을 일으킨 『홍루몽』을 지었다.

조설근이 북경 어디에서 살았는지에 대해서는 학자에 따라 이견이 있다. 그러나 옹정제 때의 기록을 살펴보면, 처음 거처는 숭문문崇文門 밖의 어느 곳이었을 것으로 보인다. 그 이후로도 여러 차례 이사를 다니다가 결국 북경의 서쪽 산기슭에 자리잡고 살게 된 듯하다. 1971년 북경 향산香山의 정백기正白旗 39호 건물을 수리하던 중에 청나라 때 벽에 쓰인 붓글씨 시문을 발견했다. 이곳은 조설근이 말년에 살았던 집으로 감정 받아, 조설근기념관으로 조성되었다. 그곳에서 조설근은 새 아내와 함께 살았고, 안타깝게도 어린 아들을 먼저 떠나보내는 아픔을 겪었다.

『홍루몽』, 시작이 반이다

『홍루몽』의 이야기는 첫 회를 꿈으로 시작한다. '홍루몽'이 붉은 누각의 꿈이라는 뜻인 만큼, 첫 회에서도 꿈을 통해 이 이야기의 유래를 들려준다. 지금의 강소성 소주 지역인 고소 호로묘 옆에 진사은이라는 시골 선비가 살았다. 진사은은 어느 날 서재에서 눈을 붙이다가 꿈속에서 스님과 도사의 대화를 들었다. 적하궁의 신영시자가 강주초라는 풀을 날마다 이슬을 뿌려가며 길렀는데, 그 풀이 아리따운 여인으로 변했다. 신영시자가 인간으로 환생하자, 강주초도 따라와 평생 동안 흘릴 수 있는 눈물로 전생의 은혜를 갚겠다고 말했다. 진사은은 이 둘을 따라가서 '통령보옥'이라는 글자가 새겨진 옥을 보고, 낙원인 '태허환경'을 구경한다. 그러고는 딸을 잃어버리고 가정이 몰락하는 이야기로 첫 회에 등장한 후 사라진다. 첫 회에 진사은과 함께 나오는 가우촌은 이후에도 자주 등장해서 위에서 말한 세 남녀의 관계를 이어가는 역할을 해준다.

첫 회에서 가장 중요한 부분은 진사은과 가우촌의 만남이라고 할 수 있다. 진사은과 가우촌은『홍루몽』에 나오는 등장인물의 집안 내력과 배경, 임대옥이 대관원으로 들어가게 되는 일 등의 내용을 전달하는 역할을 수행한다. 가우촌의 '가'는 가짜라는 뜻으로, 진짜라는 뜻의 진사은의 '진'과 상충된다. 둘을 대비시켜서 가우촌은 거짓되고 세속적인 인물로, 진사은은 진솔하고 신선의 삶을 추구하는 인물로 설정한 것이다.『홍루몽』의 첫 회는 인간사의 모든 면을 복합적으로 그려내는 입구이면서, 작품의 이야기를 의미와 이어주는 통로이기도 하다. 무엇보다도『홍루몽』첫 회에 등장하는 "가짜가 진짜가 될 때 진짜 또한 가짜고, 무가 유가 되는 곳에서 유 또한 무가 된다"는 이 말이 결국『홍루몽』전체를 포괄하는 주제가 아닐까 싶다.

자, 독자 여러분! 그러면 이 책이 어디에서 유래했는지 아시겠습니까? 그 연유를 말씀드리자면 비록 황당함에 가깝지만 자세히 알고 보면 또한 쏠쏠한지라, 내가 드리는 말씀을 한번 잘 들으시면 독자 여러분의 궁금증이 환히 풀리게 될 것이외다.

옛날 여와씨가 돌을 달구어 하늘을 기울 때의 이야기다. 대황산大荒山 무계애無稽崖에서 높이가 열두 길, 폭이 스물네 길이나 되는 넓은 마당바위 삼만 육천오백한 개를 불에 달구었는데 여와씨는 그 중에서 삼만 육천오백 개를 쓰고 나머지 단 한 개를 남겨 이를 이

산의 청경봉靑埂峰 아래에 던져버리고 말았다. 그런데 세상에 참으로 기이한 일도 있지, 글쎄 이 돌은 불에 달구어진 뒤였으므로 신통하게도 혼자서 생각할 수 있는 능력을 갖게 되었던 것이다. 다른 돌은 다들 하늘을 깁는 데 쓰였는데 오직 자신만은 재주가 없어 그에 뽑히지 못했음을 한탄하고 원망하며 밤이나 낮이나 비통한 마음으로 부끄럽게 여기고 있었다.

그러던 어느 날 여전히 한숨으로 지내고 있을 무렵 홀연 스님 한 분과 도사 한 분이 저 멀리서 다가오고 있었다. 두 사람은 비범한 생김새에 남다른 풍채를 드러내고 함께 떠들고 웃으면서 봉우리 아래 이르러 이 돌 옆에 주저앉아 고담준론을 늘어놓고 있었다. 처음에는 구름 산과 안개 바다의 신선의 일과 현묘한 얘기를 하더니 이어서 저 홍진세계의 부귀영화에 대해 온갖 말을 늘어놓기 시작했다. 돌은 옆에서 조용히 듣고 있다가 불현듯 범심이 일어나 자신도 저 인간세계에 내려가 한차례 부귀영화를 누려보고 싶은 마음이 불쑥 일어나고 말았다. 하지만 스스로 생김새가 거칠고 못난 것을 한스럽게 여겨 부득이 인간의 말을 토해내며 스님을 향해 예를 올렸다. … "이야말로 고용高聳함이 극에 이르면 움직이고자 하는 이치요, 무에서 유가 생겨나는 운수로구나. 정 그러하다면 우리가 너를 한번 데리고 가서 누려보게 할 터인즉 다만 훗날 어쩔 수 없는 지경에 이르렀을 때 제발 후회하지나 말아라." … "좋아, 그렇다면 지금 내가 부처님의 법도를 크게 펼쳐 너를 도와주고자 하나니 인연의 겁이 끝나는 날 너의 본모습으로 만들어 이 업보를 끝내도록 하겠노라. 네 생각은 어떠하냐?" … 그로부터 다시 몇 번의 세世와 겁의 세월이 지났는지 모른다. 그때 마침 공공도인이란 사람이 도를 구하고 신선을 만나고자 돌아다니고 있었다. 홀연 대황산 무계애 청경봉 아래를 지나다 무심코 이 거대한 바위에 구구절절한 사연이 글자 흔적도 선명하게 적혀 있음을 보게 되었다. 공공도인은 처음부터 끝까지 쭉 한번 읽고 나서 비로소 그 내용이 재주 없어 하늘을 깁지 못하고 버려져 있다가 망망대사와 묘묘진인에 의해 모습을 바꾸어 홍진세계에 내려가 이합비환과 염량세태를 모두 맛보고 돌아온 돌의 이야기임을 알게 되었다. 그 끝에는 또 한 수의 게송이 적혀 있었다. … 시구의 뒤에는 이 돌이 떨어진 지역, 태어난 가문 그리고 직접 보고 겪은 절절한 사연들이 적혀 있었다. 그 가운데에는 가정과 규중의 시시콜콜한 온갖 이야기와 한가로운 남녀지정이나 시사를 읊조리는 일은 빠짐없이 적혀 있어 혹은 취미 삼아 소일거리로 삼기에는 족할 것으로되, 왕조의 연대와 지역의 위치와 나라의 이름 등은 오히려 고찰할 수 없게 누락되었던 까닭에 공공도인이 석두를 향해 따져 물었다 … 가우촌은 진사은과 함께 진씨의 서재로 건너왔다. 잠시 차를 마시고 나니 곧 술상이 차려졌다. …*

조설근, 『홍루몽』 첫 회(일부)

---

*   '조설근, 최용철 역, 『홍루몽』, 지식을만드는지식, 2009, 31~54쪽'에서 부분적으로 발췌 인용.

『홍루몽』의 첫 회는 원제가 『석두기石頭記』라는 데서 알 수 있듯이 천지개벽에서 남겨진 돌 하나가 인간세계로 내려와 인간의 삶으로 사람들과 인연을 맺게 된 이유를 설명해주고 있다. 이 밖에도 가우촌과 진사은의 등장, 꿈 등이 매개체가 되어 『홍루몽』 전체의 주제와 스토리를 이해하는 데 큰 역할을 해주고 있다.

가보옥의 짝은 누구인가

『홍루몽』은 가보옥, 임대옥, 설보차라는 삼각관계의 젊은 남녀 이야기를 중심으로 진행된다. 세 명의 남녀 주인공은 각자 태어난 일화에서도, 붙여진 이름에서도 사연이 있다. 그중에서도 으뜸은 옥을 물고 태어난 가보옥이다. 아주 먼 옛날 여와씨가 돌 3만 6501개 중 3만 6500개를 불에 달궈서 쓰고 돌 하나는 쓰지 않고 청경봉 아래에 던져뒀다. 이 돌은 자신만 재주가 없어 쓰이지 못했음을 한탄하며, 밤낮으로 비통한 마음으로 지냈다. 그러던 어느 날, 스님과 도사가 돌 아래에서 쉬고 있었는데, 두 사람의 대화를 듣고 돌이 인간세상에 가보고 싶다고 했다. 두 사람은 인생 만사가 다 공空으로 돌아가는 것이니 가지 않는 게 좋을 것이라고까지 했지만 돌의 뜻이 확고하여 작은 옥돌로 만들어졌다. 이 옥에는 바로 '통령보옥'이라고 쓰여 있었는데, 이 옥을 물고 태어난 이가 바로 가보옥이다.

가보옥은 매우 순수하고 감성이 충만한 인물로 그려진다. 작품에서 옥과 대치되는 상징으로는 금목걸이가 제시되었다. 이 금목걸이의 주인은 가보옥과 로맨스를 나누는 임대옥이 아니라, 설보차다. 이것은 소설 전체에서 임대옥이 아닌 설보차가 가보옥과 부부의 연을 가지고 있다는 것을 암시하는 중요한 복선이 된다. 설보차가 『홍루몽』에서 큰 폭으로 나오지는 않지만, 가보옥의 진정한 인연이라는 사실만으로도 내용 전체에서 중요한 역할을 차지하고 있음을 알 수 있다.

가보옥의 사랑, 임대옥은 소주 출신으로 가보옥의 고종사촌이다. 일찍이 부모를 여의고 외가인 대관원에 기탁되었고, 어릴 때부터 몸이 약해서 계속 약을 지어먹으며 지낸다. 한 도사가 임대옥에게 출가를 하지 않으면 평생 약을 먹으며 살아야 한다고 한 말이 사실이 된 셈이다. 가보옥이 통령보옥을 잃어버리고 아픈 틈을 타서 설보차와 결혼을 하게 되자, 임대옥은 피를 토하며 시름시름 앓다가 결국 요절하고 만다. 이를 계기로 가보옥은 더 이상 사랑을 하지 않기로 하고, 과거를 준비해서 시험에 급제해 관직에 입문한다. 그만큼 임대옥과 가보옥의 사랑은 매우 극진했고, 인생의 전부였다.

부드러움은 얼마나 단단한가

봉건제도의 남성 중심적 세계에서 『홍루몽』은 여성 중심적이고 감성적인 세계의 모습을 보여준다. 그간의 세계에 대해 신랄하게 비판하면서, 인간 본연이 추구하는 사랑과 돈, 명예에 관한 다양한 태도를 여실하게 묘사한다. 가보옥은 그 누구보다 봉건사회에 대해 철저하게 반항했던 투사다. 조설근은 작가 자신의 체험이 투영된 인물을 통해, 기존의 봉건 질서와 예법을 거부하며, 새로운 세상은 남성들이 욕망을 분출하는 곳이 아닌, 여성들의 감성으로 충만한 곳이 될 것임을 보여준다. 이는 진정한 유토피아에 대한 희구를 의미한다. 절대적인 순수의 세계를 동경했으며, 남성 속의 여성성을 발견하는 등 남성성과 여성성이 통합되는 새로운 가치를 모색했다.

『홍루몽』에서는 가보옥과 임대옥, 설보차 세 사람의 사랑 이야기 말고도, 한 시대를 풍미한 봉건 집안의 몰락을 자세하게 묘사하고 있다. 이 과정에서도 집안을 책임지는 여성의 역할이 두드러진다. 『홍루몽』의 다른 제목인 『금릉십이차金陵十二釵』 또한 태허환경太虛幻境에 적혀 있는 금릉(지금의 남경)의 여자 열두 명, 즉 남경에서 온 가씨 집안 여성 열두 명의 이야기를 그린 소설이란 뜻이기도 하다. 조설근이 어린 시절 자신의 집안이 옹정제에게 미움을 사 모든 재산을 압수당하고 북경으로 올라가 가난한 삶을 살았던 것처럼 소설에서도 영국부寧國府의 비리가 발각되자 재산을 압류당한다. 결국 가보옥의 할머니 사태군은 남은 재산을 집안 식구들에게 전부 나눠주고 유명을 달리한다.

이렇게 집안이 망하기 전에 그 많은 재산과 사람을 관리하는 데 가장 중요한 역할을 하는 인물도 여성인 왕희봉이다. 가련의 아내인 왕희봉을 통해, 가보옥 집안의 모든 대소사를 비롯하여 경제를 관장하는 파워 있는 여성상을 보여준다. 왕희봉과 관련한 이야기 가운데 그녀의 성격을 알 수 있는 일화가 하나 있다. 시동생 가서와 왕희봉 사이에 일어난 얘기다. 가서는 형수인 왕희봉을 짝사랑하는 처지였다. 왕희봉은 가서의 못된 마음을 혼내주려는 마음으로 일부러 밤에 만나자고 해놓고 나가지 않는다. 밤새 덜덜 떨면서 기다린 가서는 결국 똥물을 뒤집어쓰는 치욕까지 겪게 된다. 날이 갈수록 화병에 상사병까지 겹쳐서 병석에 앓아눕는다. 약으로는 병이 다스려지지 않아 모두 걱정하고 있는데, 한 도사가 풍월보감이라는 거울을 건네면서 가서에게 뒷면만 보라고 당부한다. 하지만 거울 뒷면에는 자신의 해골만 비쳤다. 너무 놀란 나머지 도사의 당부를 잊고 앞면을 보고 마는데, 그곳에서 왕희봉이 자신을 유혹하고 있었다. 왕희봉과 정사를 나누기 위해 거울 속으로 자꾸 드나들다가 가서는 결국 혼이 나가 죽고 만다.

경학經學보다 홍학紅學을 공부하겠소

중국 고전소설의 진수인『홍루몽』은 청나라 때 탄생했다.『홍루몽』은 중국 명대 4대기서 중『금병매』를 제외하고,『삼국연의』,『서유기』,『수호전』과 함께 중국의 4대 명저로 꼽히기도 한다.『홍루몽』은『석두기』에 이외에『풍월보감風月寶鑑』,『금릉십이차金陵十二釵』 등의 제목도 있다. 필사본『석두기』에 수정·보완해서 완성된 작품으로 알려져 있다. 그동안에는 이야기의 줄거리를 옛이야기에서 빌려와서 글을 지었다면,『홍루몽』은 작가의 경험을 중심으로 허구의 세계를 명확하게 그려냈을 뿐만 아니라, 그 꿈의 세상을 현실처럼 사실적으로 표현해서 독자의 몰입을 끌어냈다.

『홍루몽』을 연구하는 학자들이 일가를 이루게 되면서, '홍학紅學'이라는 이름으로 불리기 시작했다. 홍학은『홍루몽』판본은 물론이고, 등장인물, 대관원, 작가, 조설근의 과거 등『홍루몽』에 관한 모든 것을 함께 연구하는 학문으로 자리잡았다. 그중에서도 대관원이나 조설근기념관 등은 홍학을 사랑하는 많은 독자에게 인기 있는 관광지로 손꼽히고 있다. 이렇듯 한 문학 작품이 하나의 독립적 문화 부류를 이루고 문화산업적 가치를 지속적으로 유지하는 경우는 드문

청대 손온孫溫의 화책 『전본 홍루몽』에 실려 있는 대관원 그림.

데, 청대부터 근현대를 풍미한 홍학 문화는 그 대표 사례라고 할 수 있다. 특히, 북경이나 남경에 가면 대관원이나 조설근기념관 등이 홍학의 근거지로 사랑받고 있다.

대관원

대관원은 귀비가 된 원춘이 친정나들이하기 위해 지은 정원이다. 원춘이 며칠 친정을 왔다 간 후에도 대관원을 폐쇄하지 않고 가보옥 등이 사용할 수 있도록 허가했다. 이로써 대관원은 가보옥과 여인들의 유토피아로 자리잡았다. 『홍루몽』 16회에는 영국부 회방원(진가경이 살던 곳)의 담장과 누각을 헐어버리고 대관원을 짓는 내용이 등장하는데, 황실정원과 문인정원을 결합한 주거용 공간의 화원이 만들어지는 모습을 그대로 재현했다고 할 수 있다.

『홍루몽』 17회, 40회 등에서 가보옥, 임대옥, 설보차의 정원을 묘사한 내용을 살펴보면 이들의 캐릭터까지 엿볼 수 있다. 조설근은

가보옥이 사는 이홍원.
대관원에서 가장 화려한
가옥이다.

대관원에서 주인공들이 각자 머무는 공간의 특성을 통해 인물의 형
상까지 구체화한 것이다.

가보옥이 사는 이홍원怡紅園은 대관원에서 가장 화려한 가옥이
다. 이홍원에는 '이홍쾌록怡紅快綠'이라는 편액이 붙어 있다. 홍루몽
17회에서는 "저 수문에서 시작하여 동굴로 흘러들어 동북쪽의 산
골을 지나 저 마을에 이르게 끌어들였소. 거기에서 다시 한 가닥 지
류를 서남쪽으로 흐르게 하였는데, 죄다 이곳에 와서 원래대로 합
류하여 저기 담장 밑으로 흘러나가오"라고 이홍원을 묘사한다. 물
은 여성성과 연관이 깊은데, 가보옥이 사는 공간에 물을 끌어들임
으로써 여성성을 더욱 부각했음을 알 수 있다.

다음은 임대옥이 머물렀던 소상관瀟湘館이다. 소상관은 입구부
터 대나무가 즐비하게 늘어져 있고, 그 입구가 매우 좁디좁다. 그래
서 그 안이 잘 보이지 않는다. 『홍루몽』40회에서도 소상관을 "대
문에 들어서니 길 양쪽에 푸른 대나무가 우거지고 땅에는 푸른 이
끼가 깔렸는데 그 한복판에 자갈을 깔아 만든 좁은 길이 나 있었다"

대나무에 둘러싸여 있는 임대옥. 처연하고 고독한 인상이다.

라고 표현하는 대목이 있다. 작품 속에 묘사된 내용만 봐도 몹시 처연하고 고독한 사람이 사는 공간처럼 보인다.

　마지막으로 형무원蘅蕪苑의 모습을 그린 대목을 살펴보자. 형무원은 설보차가 지내는 곳이다. 현모양처 이미지인 설보차의 처소 형무원에 대한 묘사는 『홍루몽』의 17회와 40회에 걸쳐 나타난다. 17회에서는 "정면에 하늘을 찌를 듯한 큰 바위가 우뚝 버티고 섰고, 그 주위에는 여러 형태의 기암괴석이 에워싸고 있어 안에 있는 건물들을 가리고 있었다. 게다가 나무 한 그루 꽃 한 포기 보이지 않고, 다만 여러 가지 이름 모를 풀만 자라고 있었다"라고 쓰여 있다. 기암괴석에 푸른 나뭇잎만 둘러싸여 있고 꽃 한 송이도 보이지 않는 모습으로, 가보옥이 사는 이홍원보다도 화려하지 않다. 40회에서는 "눈 속에 뚫어놓은 굴처럼 하얗기만 한데 골동품 같은 것도 하나 없었다. 탁자 위에는 토정병에 국화 몇 가지가 꽂혀 있고, 책 두 권과 다구함, 찻잔 등이 있을 뿐이었다. 침상 위에는 청사휘장이 드리워져 있었고 이부자리도 매우 검소했다"라고 묘사하면서 그녀의 검소한 성품을 잘 표현하고 있다.

조설근기념관

홍학의 중심에는 북경조설근기념관이 있다. 오랫동안 북경조설근
문화발전기금회의 주관으로 문화예술제가 늘 이곳에서 열리고 있
다. 2017년도에 열린 8회 문화예술제는 1987년 드라마 〈홍루몽〉의
방영 30주년을 기념하는 행사의 의미가 더해져 더욱 주목을 받기도
했다. 드라마 〈홍루몽〉은 1987년판과 2010년판 두 가지로 나뉘는
데, 아직까지도 1987년판이 끊임없이 사랑받고 있다. 조설근기념관
은 향산에 있다. 주변이 고요하고 아늑해서 아름다운 풍경만큼 좋
은 글이 나오기 적합한 곳이라는 생각이 든다.

생각할 거리

『홍루몽』은 청대의 봉건적인 사회상을 드러내면서도 그간의 남성 중심적 문학에서 벗어나, 여성적이고 감성적이며 섬세한 문학의 특색을 겸비하고 있는 소설이다. 홍학이라는 학문적 일가가 만들어졌고, 여전히 전 세계 독자에게 사랑받고 있다. 우리나라에서도 일찍이 조선시대에 왕실에서 직접 명해서 『낙선재본홍루몽』이라는 세계 최초의 『홍루몽』 완역본을 펴냈다. 처음 출간됐을 때부터 몇백 년이 흐른 지금까지 『홍루몽』이 독자에게 사랑을 받는 것은 물론, 많은 학자에게 홍학이라 불리며 각광받는 까닭은 무엇일까. 또, 홍학이 대표하는 문화 산물 가운데, 『홍루몽』, 대관원, 조설근기념관 이외에 다른 것은 무엇이 있을까?

키워드 | #조설근 #『홍루몽』 #청대소설 #봉건사회의 몰락 #조설근기념관 #홍학 #금릉십이차

제26강

아편을 싣고 들어온 근대

임칙서와 아편전쟁

근대의 문 앞에서

1616년, 누르하치가 이끌던 후금後金이 만주족을 통일했다. 누르하치는 후에 청 태조로 추존되었다. 누르하치의 아들인 숭덕제, 즉 홍타이지가 세력을 넓히고 있을 때, 명나라는 이전에 쇠망했던 중국 왕조들과 같이 혼란을 겪었다. 당시 명나라는 몽골과 접한 북서쪽의 국경지대가 위태로웠으나, 일본의 도요토미 히데요시가 조선을 침략하는 바람에 군대를 동쪽으로 보내야 했다. 황족의 수는 늘어나서 연금과 토지가 더 많이 필요했고, 사치스러운 궁궐의 생활을 유지하기 위해 백성들에게 세금을 무리하게 거둬들였다. 무엇보다 명나라는 환관이 정권을 장악하고, 극심한 파벌 싸움을 벌이면서 쇠망의 길로 접어들었다. 숭덕제는 국호를 후금에서 청으로 바꾸고 본격적으로 통일 왕조를 세우는 데 힘썼다. 숭정崇禎 17년인 1644년, 명나라는 이자성李自成의 농민군에게 북경이 함락되면서 결국 무너지고 말았다.

청나라가 중국을 통일하고 통치권을 확립하는 데 3대 황제인 순

윌리엄 존 허긴스William John Huggins, 〈린틴의 아편 수송선The Opium ships at Lintin in China〉(1824).

치제順治帝 18년과 강희제康熙帝의 전반 22년을 합친 약 40년의 시간이 걸렸다. 청나라는 267년 동안 중국의 통일 왕조로서 존립했다. 그중에서도 강희제에서 건륭제까지의 통치 기간은 청나라의 전성기로, 오늘날의 중국 영토를 만든 시기였다. 특히 강희제와 옹정제 때에는 황권을 위협하는 세력을 견제하기 위해 제도를 정비하여 100만 명 남짓의 만주족이 1억 명이 넘는 한족을 통치하는 '중앙집권적 전제국가'를 수립할 수 있었다. 그리하여 역사가들은 이 시기를 '강건성세康乾盛世'라고 부른다.

그러나 19세기 중반에 들어 서양 열강과 마주하게 된 중국은 충돌을 피할 수 없었다. 당시 중국은 자급자족을 추구하며 해외 교역을 공식적으로 장려하지 않았고, 무엇보다 과학적 연구와 발명은 외면하고 있었다. 특히, 주요 산업은 국가에서 독점하거나 세금을 무겁게 책정하여 서양 열강과 자유롭게 경쟁할 능력이 형성되지 못했다.

아편에 빠진 나라를 구하고자

> 지방의 대관이 돈에 눈이 멀었기 때문에, 지현知縣이라는 자는 임지에서 불법적이고 가차 없는 세금의 징수를 행하여, 손에 넣은 돈을 중앙의 대관에게 뇌물로 바쳐 자신의 승진에 유리하게 상황을 만들고자 한다. 대기근이 일어나 사람이 사람을 잡아먹는 사태가 되어도 세량의 징수라든가, 관용 물자의 징발이라는 이름으로 강제 징수를 행하고, 인민은 가족을 모두 데리고 피란하는 상황이다. 며칠 동안 귀가하지 않고 관리가 돌아가는 것을 기다리는 일도 있으나, 집으로 돌아가 보면 개나 닭, 돼지, 소 등을 모두 빼앗아 가버린 뒤이다. 그 후 며칠이 지나지 않아 다시 관아의 서리胥吏나 문지기가 찾아와 재산을 남김없이 강탈해버리는 것이다.
>
> 장제량張際亮, 「홍로 황수재에게 답하는 글(答黃樹齋鴻臚書)」(일부)

당시에도 청나라는 이미 관료가 부패하고 뇌물행정이 비대해져서 지방행정의 실태를 규탄하는 목소리가 계속 나왔다. 19세기 초, 당시 관료였던 장제량이 친구에게 보낸 편지만 봐도 관료들의 부패가 얼마나 심각했는지 알 수 있다. 중앙 관료는 지방 대관의 뇌물을 받아 권세를 뒷받침하고, 지방 관료는 중앙 관료에게 뇌물을 바쳐 중앙으로 진출하는 출세의 발판으로 삼으며 둘 사이에 짬짜미 관계가 형성되었다.*

---

* '나미키 요리하사·이노우에 히로마사, 김명수 역, 『아편전쟁과 중화제국의 위기』, 논형, 2017, 16~17쪽'에서 인용문과 본문 내용을 참조했다.

임칙서林則徐(1785~1850)는 스러져가는 청나라에 남은 마지막 명신이자 뇌물을 탐하지 않은 꼿꼿한 청백리였다. 임칙서의 자는 소목少穆, 원무元撫이고, 만년에는 호를 준촌노인竣村老人이라 했으며, 복건성福建省 후관侯官 태생이다. 그의 부친은 과거 급제를 목표로 열심히 공부했으나 중도에 학업을 포기하고, 시골에서 아이들을 가르치면서 궁핍한 생활을 힘겹게 이어갔다. 그러나 그는 자신이 이루지 못한 꿈을 아들에게 성취하게 하고자 당시의 대학자인 서건학徐乾學에게서 아들의 이름을 받아 '칙서(서건학을 본받으라는 뜻)'라고 지었다. 임칙서는 이런 부친의 기대를 저버리지 않아 열두 살 때 부시府試에서 1등을 했고, 열아홉 살 때 거인擧人이 되었다. 그 후 1811년, 스물여섯 살에 과거에 급제했다.

당시 청나라는 은銀의 부족으로 백성들의 생활이 곤란한 지경에 이르렀다. 가장 중요한 원인은 영국과의 아편 무역이었다. 당나라 때 조공품의 한 품목으로 중국에 들어오기 시작한 아편은 황실과 고관, 급기야는 민간의 부유층에게까지 급속히 퍼지고 있었다. 영국은 중국의 풍부한 물산, 더욱이 비단·찻잎·자기 등을 구입하면서 물건 값으로 은을 지불했다. 그러나 영국에서 중국의 물건을 애호하는 왕실과 귀족의 수요가 늘어나자 중국에 지급하는 백은이 해마다 증가했다. 그런데 당시 영국은 산업혁명이라는 역사의 대전환기를 맞아 많은 자본이 필요한 상태였다. 결국 영국은 은의 유출을 막기 위한 방편으로 인도에 면직물을 팔고 원료를 수입하는 인도에서 아편을 가져다 중국에 넘기고, 중국에서는 차와 비단을 수입하기 시작했다. 또한 중국과의 교역을 독점하던 동인도회사가 해산되자, 많은 영국 상인이 이윤 높은 아편 무역에 손을 댔다.

아편에 빠진 두 젊은이.

결국 중국의 아편 수입량이 전체 수출량을 초과했고, 중국의 은은 급격히 외국으로 유출되었다. 청나라에서는 사태의 심각성을 인지하고, 아편을 금지한다는 명령을 내리며 강력한 규제를 펼치기 시작했다. 그러나 이미 아편에 중독된 사람들은 수단과 방법을 가리지 않고 아편 구입에 혈안이 되어 조정의 정책은 아무런 실효를 거두지 못하고 말았다. 아편 문제가 청나라 조정이 가장 시급하게 처리해야 할 현안으로 등장하자 도광제道光帝는 대신들에게 대응책을 제안하도록 했다. 이때 호광총독湖廣總督 임칙서가 도광제에게 「조진아편금연소條陳鴉片禁煙所」를 올리며, 이미 상주된 황작자黃爵滋의 엄금론을 옹호하면서, 구체적이고 강경한 방법을 제시했다. 황제는 즉각 임칙서의 의견을 받아들였고, 그를 흠차대신欽差大臣으로 봉한 다음 광동으로 파견하여 아편 흡연을 근절시키기를 촉구했다.

광동에 도착한 임칙서는 먼저 주도면밀한 계획을 세운 후 비밀리에 광동의 아편 문제에 관한 실정을 조사했다. 이에 아편이 어디서 밀수되는지와 흡연장의 개설 장소, 영국 선박이 언제 아편을 운반

호문소연(1839). 임칙서가 호문에서 아편을 소각한 조치는 아편전쟁의 도화선이 되었다.

한다는 정보를 입수했다. 그러고 나서 아편 금령을 선포함과 동시에 아편 판매상들은 3일 내에 그들이 소유한 아편을 가져오고, 외국 상인들은 앞으로 영원히 중국에 아편을 팔지 않겠다는 약속을 하라고 요구했다. 그러나 외국 상인들로서는 많은 이익이 보장되는 사업을 하루아침에 포기한다는 것은 거의 불가능에 가까운 일이었다. 외국 상인들은 그의 금령을 저지하기 위해 대책을 세웠다. 그리하여 영국 무역감독관 엘리엇이 직접 광동으로 와서 임칙서의 명령을 무시하고 아편 판매상들을 비호했다.

이에 임칙서는 아편을 피우는 사람 외에 그들에게 기구나 설비를 제공하는 사람에게도 엄벌을 내리는 한편, 중국과 영국의 무역을 전면 중지시키고 군대를 파견하여 영국 상관商館을 포위했다. 영국 상관이 포위되어 식량이 떨어져도 구입할 수 없게 되자 상인들은 어쩔 수 없이 자신들이 갖고 있던 아편 2만 238상자를 넘겨줬다. 1839년 6월 3일, 임칙서는 몰수한 아편을 호문虎門 모래사장에서 소각했는데, 당시 이 아편을 태우는 데 20여 일이 걸렸다고 한다.

'호문소연虎門銷煙'이라 불리는 이 조치는 서양 열강의 으름장 속에서 중국의 자존심을 보여주려는 의도였을지 모르지만, 오히려 이후 벌어진 아편전쟁鴉片戰爭을 부추기는 결과를 낳았다.

열강의 관심, 머뭇거리는 청나라

1840년, 중국 근대사의 역사적 사건인 아편전쟁이 일어났다. 이 전쟁으로 아편 무역이 합법화되었다. 영국은 산업혁명 이후 해외시장 개척에 몰두하며 이전부터 중국과의 무역 확대를 적극적으로 추진했으나, 청나라에서 거부했었다. 영국은 중국과의 무역 적자를 만회할 목적으로 아편 무역을 선택했다고 볼 수 있다. 중국은 아편 밀수가 급증할수록 어쩔 수 없이 강경한 태도를 취했고, 영국은 기다렸다는 듯이 이것을 빌미로 중국 시장을 개방하고자 침략 전쟁을 일으킨 것이다.

중국이 서방과 처음 접촉한 것은 명나라 중엽 포르투갈이 마카오에 와서 중국과 무역을 시작할 때부터였다. 예수회 선교사들도 함께 들어와, 서양의 종교와 천문, 지리에 대한 과학 지식이 중국으로 흘러들어왔다. 유럽은 그동안 이슬람 상인을 통해 아시아와 무역하던 것에서 벗어나, 직접 무역의 규모를 키우고 아시아 시장을 장악하고 싶어했다. 1498년 인도 항로 개척을 출발점으로 1513년에는 광주廣州에, 1571년에는 마카오에 무역 거점을 두게 되었다. 18세기에 이르러서는 중국인들도 모르는 사이에 서양 열강이 자연스레 중국으로 진입하고 있었다.

서양에서는 진작부터 중국에 관심을 두고 있었다. 이미 17세기에 파리에서 『논어』나 『맹자』 같은 중국 경전이 라틴어로 번역되었다. 프랑스의 계몽주의 문필가 볼테르도 자신의 저서 『철학사전』에서 중국의 도덕과 법을 높이 평가했다. 19세기 서양에서 들어온 근대화의 물결은 중국을 흔들기 시작했다.

당시 서양 문물과 과학기술 등에 대한 수용은 황제의 재량에 따라 결정되었다. 특히 강희제는 선교사들의 도움을 받아서 중국 최초의 실측 지도인 『황여전람도皇輿全覽圖』를 만들었고, 의술에 밝은 선교사를 순행 시 데리고 다녔으며, 천문 지식에 해박한 선교사를 천문·기상 관측기관의 관료로 채용하기도 했다. 그러나 이것은 호기심에 불과했다. 이후 선교사들로 인해 종파 문제가 생기고 나라가 시끄러워지자 선교사의 교육 활동을 금지하고, 백성들의 기독교 신봉을 불허했다. 건륭 시대에는 선교사를 학살하는 일까지 벌어졌다. 서양 종교에 대한 박해는 서양 학문의 중국 반입을 중단시키는 데까지 이르렀고, 결국 중국은 서양의 산업혁명, 미국의 독립전쟁, 프랑스혁명이 불러온 정치·경제적 사상과 제도, 학문이 발전하는 세계사적 흐름과 멀어져야 했다.

청나라는 외국과의 무역 활동을 광주 한 곳으로 제한했다. 청나라에서 서양 상인에게 항구를 열어준 이유는 자국에서 생산되는 차·도자기·비단을 팔기 위해서였다. 영국이 청나라와의 교역에서 가장 크게 불만을 품었던 점은 거래가 광동에서만 소극적으로 이뤄지도록 제한한 무역체계였다. 1757년 건륭 22년부터 그 갈등이 서서히 드러나기 시작했다. 1756년, 영국 동인도회사의 한 사원이 상해를 무역항으로 삼으면 무역 활동에 여러 이점이 있을 거라고 본국에 제안했다. 동인도회사는 즉시 상해를 조사하고 무역하는 데

최적의 항구라고 판단했으나, 청나라의 빗장정책으로 무산되었다. 청나라에서 외국과의 무역은 광동성 광주의 13행行에 관해서만 특허 상사가 담당하고, 국가는 개입하지 않기 때문이었다.

그러나 이미 아편전쟁 70년 전부터 영국은 인도에 있는 동인도회사를 통해 중국에 아편을 수출하고 있었다. 민간 무역업자들에게도 면허를 주고 선박을 이용해서 아편을 중국으로 옮겼다. 청나라 조정은 여기에 대해 아무 생각이 없었다. 아편은 기존에도 17세기에 미국-마닐라를 거쳐 들어왔고, 1729년 옹정 9년에 이미 아편 금지령이 내려졌으니 그 심각성이야 잘 알고 있었다. 그럼에도 아편은 계속 밀수되었다. 1820년, 청나라가 아편선의 황포 정박을 금지했으나 아편은 또다시 밀매되었다. 아편 수입은 결국 은의 유출로 이어졌다.

청나라는 아편의 폐단을 근절하기 위해서 경세학파의 실천가인 임칙서를 흠차대신으로 임명했다. 임칙서는 서양에 대해 알고 맞서야 한다는 생각으로 서양 각국의 역사와 지리에 관한 책을 수집해서 읽었다. 보수파는 관리로서 읽어서는 안 되는 이민족의 책을 보았다며 임칙서를 공격했다. 하지만 임칙서야말로 서양의 위협에 제대로 대응하고 싶어한 청나라의 관료였다. 임칙서가 대포 주조나 선박 건조 등을 건의한 내용은 국정에서 받아들여지지 않았다.

1839년, 임칙서는 아편 재고품에 대한 권리를 포기시킬 목적으로 외국 무역업자들을 광동 13행 구역에 감금했다. 이들은 6일 동안 감금 상태로 있다가 아편 재고품을 양도한 후 풀려날 수 있었다. 이로 인해 결국 영국 정부가 전쟁을 선포하는 구실을 제공하게 되었다. 전쟁이 일어나자, 처음에는 영국인들이 광동에서 마카오로,

1839년 8월에는 홍콩으로 퇴각했다. 돌이킬 수 없는 전쟁이 시작될 즈음이었다.

예정된 패배의 길로

> 전쟁의 원인이 이 정도로 정의롭지 못하고, 또 영국에 이번 전쟁과 같이 영원토록 불명예를 남기게 될 전쟁을, 나는 지금까지 들어본 적이 없고, 또한 읽은 적도 없다. … 영국 국기는 악명 높은 아편 밀무역을 보호하기 위해 게양되어 있다. 만약, 영국 국기가 지금, 중국 연안에 게양되는 것처럼밖에 게양되지 않는다면, 그것을 보는 것만으로 우리는 공포에 전율하게 될 것이다.
>
> 윌리엄 에워트 글래드스턴William Ewart Gladstone의 연설문에서

아편 무역의 위기는 영국 중심의 세계 경제가 위기에 처했음을 의미하는 것이었다. 당시 외상이었던 파머스턴 자작The Viscount Palmerston은 교역의 자유와 영국 시민의 안전을 명분으로 원정군의 중국 파견을 주장했다. 그 때문에 영국 정부는 원정군의 중국 파견에 수반되는 특별 재정 지출 예산안을 의회에 제출했다. 예산안은 하원에서 먼저 심의되었다. 이후에 수상까지 오르는 글래드스턴은 연설을 통해 아편전쟁을 반대했다.* 영국에서 격론이 벌어졌지만, 결과는 전쟁을 벌이는 쪽으로 기울어졌다.

---

*   '나미키 요리하사·이노우에 히로마사, 김명수 역, 『아편전쟁과 중국제국의 위기』 논형, 2017, 54~55쪽'에서 인용문과 본문 내용을 참조했다.

1860년 12월, 영국의 한 신문에 실린 2차 아편전쟁에 대한 만평이다.

WHAT WE OUGHT TO DO IN CHINA.

1839년 11월, 광동성 호문에서 처음 두 나라 사이에 충돌이 발생했다. 당시 중국인들은 서양을 '오랑캐'로 보았으나, 청나라 군사력의 쇠퇴는 바다에서 더욱 심각하게 드러났다. 1840년 6월부터 본격적으로 벌어진 1차 아편전쟁을 무마하기 위해 중국은 홍콩 할양, 양국 관계의 평등성 확인, 배상금 지급, 광동 재개방 등의 내용이 담긴 임시조약을 광동에서 체결했으나, 도광제가 분노하여 무산되었다. 1841년 영국은 전쟁을 재개했고, 결국 1842년 8월 29일에 헨리 포틴저와 남경에서 조약을 맺게 되었다. 남경조약에는 광동에서 무역을 할 때 공행公行의 독점을 폐지하고, 수출입의 관세를 정하고, 광동·하문·복주·영파·상해 다섯 항구를 개방하며, 홍콩을 영국에 할양한다는 등의 내용이 포함되었다. 그때 넘겨진 홍콩은 150여 년의 세월이 지나 1997년 7월 1일 차이나 홍콩으로 돌아오게 되었다.

이렇게 남경조약으로 문제가 매듭지어지나 싶었으나, 청나라에서 아편은 여전히 금지 품목이었던 탓에 영국은 청나라와의 무역이 만족스럽지 못했다. 1856년부터 1860년에 걸친 2차 아편전쟁은 청나라 관료가 애로호Arrow號를 수색하면서 일어났다. 영국에서는 애로호가 영국 국적의 화물선이라고 주장했지만, 사실 선주는 중국인이었고 홍콩에서 공시된 선박 등기의 유효기간도 만료돼서 영국 선박으로 볼 수 없었다. 그러나 이 사건을 빌미로 영국은 아편 취급의 합법화는 물론이고, 여러 불평등한 조건이 담긴 협정을 요구했다. 이로써 천진조약이 체결되었다. 11개 조약 항목에는 개항 항구를 확대하고, 외국인의 중국 자유여행을 허용하는 등의 내용이 들어갔다. 이후 1917년까지 전부 92개 항구가 외국과의 무역을 위해 개방되기에 이르렀다.

그러나 이러한 아편전쟁은 청나라가 자본주의와 국제정치, 법률 체계를 받아들이는 계기가 되었다. 천진조약이 이뤄진 지 얼마 지나지 않아 청나라는 양무운동洋務運動 등을 통해 중국 최초의 현대적 무기 공장을 건설하고, 지속적으로 신식 무기를 제조할 수 있게 되었다. 서양 학문에 대한 수요는 외국 유학에 대한 갈증으로 이어졌다. 다음 27, 28강에 소개되는 쑨원과 루쉰이 젊은 시절 외국 유학을 거쳤다는 사실도 이와 무관하지 않을 것이다. 이 둘은 각각 정치와 문학에서 중국이 근대로 옮겨가기 위해 어떤 노력을 했는지 보여준다.

생각할 거리

아편전쟁은 중국이 근대로 나아가는 전환점을 마련해줬다. 물론 중국은 아편전쟁 때문에 두 차례의 전쟁을 거치며 여러 지역을 강제 개방했고, 20세기 중반까지 100년 동안 내전과 서양 열강과의 전쟁을 치르며 힘겨운 시간을 보내야 하기도 했다. 아편전쟁이 중국 근대화에 미친 영향에 대해서 생각해보자.

키워드 | #청淸왕조 #아편전쟁 #임칙서 #남경조약 #애로호사건

함께 읽은 책들

나미키 요리히사 외, 김명수 역, 『아편전쟁과 중화제국의 위기』, 논형, 2017.

허부문 외, 『인물로 읽는 중국사』, 충남대학교출판부, 2010.

신승하·유장근·장의식, 『19세기 중국사회: 서양의 충격과 대응』, 신서원, 2000.

이광웅 글·윤만기 그림, 『제국주의와 아편전쟁』, 예솔, 1998.

제27강

현대 중국의 탄생

쑨원과 신해혁명

병든 나라의 의사가 되다

1866년에 태어나 1925년에 작고한 쑨원孫文의 생애는 중국의 근현대사라고 할 수 있다. 쑨원은 광둥성廣東省 샹산현香山縣 추이헝촌翠亭村에서 태어났으며, 자字는 제상帝象·초장硝長이고, 호號는 일선逸仙이다. 구미에 알려진 쑨원의 이름 'Sun Yat-sen'은 손일선의 광둥어 방언을 영문으로 표기한 것이다. 일본에 망명하면서 신분을 은폐하고자 나카야마 쇼中山樵라는 이름을 사용하여 중산中山이라는 호로도 유명하다.* 쑨원의 부친은 일찍이 농사를 짓다가 중년에 마카오로 가서 봉제 일을 했다. 말년에는 다시 농사를 지으며 장사도 했다. 어릴 적 쑨원은 동네 노인들에게 홍수전洪秀全 (1813~1864)의 태평천국운동에 대한 이야기를 들으면서 자랐다. 그 실패에 애석함을 느끼며 은연중 혁명에 대한 꿈을 키워나갔다.

쑨원이 열세 살이 되던 해, 일찍이 호놀룰루로 이민 가서 성공한

---

* 허부문 외, 『인물로 읽는 중국사』, 충남대학교출판부, 2010, 317쪽.

열일곱 살 쑨원의 모습.

형을 찾아갔다. 거대한 여객선을 타고 망망대해를 지나 서양 문명의 세계로 떠난 쑨원의 가슴은 새로운 문화에 대한 동경과 배움을 향한 열망으로 가득 차 있었다. 쑨원은 하와이에 있는 이올라니 스쿨에 입학해서 본격적으로 영어와 서양사, 과학과 성경을 공부했다. 그로부터 3년 후 우수한 성적으로 졸업하고, 오아후 대학에 들어가서 한 학기 동안 다녔다. 열여덟 살이 되어 중국으로 돌아오기 전까지 쑨원은 기독교에 눈을 뜨고, 미국이라는 거대한 나라를 이끌어가는 민주주의라는 제도에 관심이 생겼다.

쑨원은 열아홉 살이 되었을 때, 홍콩의 퀸스 칼리지에 입학해서 의학을 전공했다. 그해 4월, 부친의 뜻에 따라 루무전盧慕貞과 결혼해 슬하에 아들과 두 딸을 두었다. 그로부터 30년 후 루무전과 이혼하고, 비서 쑹칭링宋慶齡과 재혼한다. 1887년, 쑨원은 광저우廣州 박제의원 부설 의대에서 공부하다가 홍콩 서의서원(홍콩대의 전신)에 입학해서 수석으로 졸업했다. 광저우에서 쑨원은 삼합회에 가입해 반만비밀결사反滿秘密結社의 지도자 정쓰량鄭士良과 막역한 사이가 되고, 홍콩에서는 서의서원의 동창생 천사오보陳少白 등과 만나 혁명을 함께할 동지가 되었다. 또한 그의 삶에서 빼놓을 수 없는 캔틀리James Cantlie 의사와도 인연을 맺었다. 캔틀리는 서의서원의 학교 공동 설립자이자 선교사였다.

우수한 성적으로 의대를 졸업한 쑨원은 중국인으로서는 최초로 마카오에 병원을 개업하는 한편 흥중회興中會에 가입해서 본격적인 구국 운동을 전개하고자 했다. 그러나 그는 포르투갈 의사들의 질시를 받아 광둥으로 이전했다.

쑨원은 스물여섯 살이 되었을 때 청일전쟁이 발발하여 정국이 위기로 치닫는 것을 보고, 의술로 사람을 구하는 것을 포기하고 본격적인 정치 활동에 뛰어들었다. 1895년 1월, 홍콩으로 돌아온 쑨원은 홍콩 흥중회를 설립하고, 오직 혁명만이 쓰러져가는 조국을 구할 수 있다는 신념으로 광저우에서 무장봉기를 계획했다. 그러나 거사의 실패를 두려워한 주치朱祺가 자백하여 미수에 그치게 되었다. 쑨원의 친구 등 혁명군들이 대거 체포되면서 쑨원은 일본으로 변장해서 탈출한 후 다시 하와이로 발길을 돌렸다. 이듬해 쑨원은 샌프란시스코, 뉴욕을 거쳐 1896년 10월 1일 영국의 런던으로 망명했다. 마침 그곳에서 서의서원 시절의 스승 캔틀리를 만나 여러모로 많은 도움을 받았다.

공화국을 향한 꿈

1897년 7월 쑨원은 영국에서 캐나다로 거처를 옮겼고, 8월 중순에는 일본 요코하마에 있던 천사오보의 집으로 들어갔다. 1899년 미야자키 도텐宮岐滔天 등 일본 정계의 유력 인사와 연합해서 필리핀 독립운동을 주도한 아기날도E. Aguinaldo 장군을 지원하려고 했지만 실패했다. 청일전쟁이 패배로 끝나고 나서 중국은 서양 열강에게 각종 이권을 내줘야 했다. 1896년, 프랑스는 철도 부설권을 요구했으며, 중국에게서 광산 채굴권을 획득했다. 1898년, 독일은 독일 선교사 살해 사건인 조주교안(曹州敎案, 1800년대 청나라 말엽 차오저우에서 일어난 반그리스도교운동)이 발생하자 자오저우만膠州灣을 점령하고 조차했다. 동시에 철도 부설권과 광산 채굴권도 획득했다. 같은 해 러시아는 뤼순旅順·다롄大練을, 영국은 웨이하이威海·홍콩 가우룽九龍 반도 등을 조차했다. 이런 상황 때문에 중국 민중은 제국주의 열강에 저항하는 데 나섰고, 결국 의화단운동義和團運動으로 번졌다. 1900년 6월경에는 의화단운동이 산둥山東 지역뿐만 아니라 양쯔강揚子江 이북으로 확산되었으나 큰 성과 없이 끝났다.*

의화단운동 이후, 정치·경제·군사 등 모든 방면에서 위기에 빠진 청나라 조정의 무능과 실책에 대한 분노가 전 국토에 들끓었다. 서태후 등 수구 세력은 왕조가 몰락할 수도 있다는 위기감을 느끼고 신정新政을 추진해 난국을 타개하려 했다. 신정은 1901년부터 1905년 사이에 무려 30개 항목에 걸쳐 시행되었지만, 사실상 이전의 변법자강운동(1898) 때 개혁가들이 추진한 내용과 다를 바 없었다. 쑨원은 1900년 말경에 의화단운동의 혼란스러운 틈을 타 광둥 부근의 후이저우惠州에서 2차 무장봉기를 꾀했으나 이 역시 실패로 돌아갔다. 역모라는 여론이 일었던 1차 무장봉기 때와 달리, 2차 무장봉기 때는 혁명에 동조하는 민심도 커져서 쑨원은 그 실패를

---

*   앞의 책, 322~323쪽.

더욱 아쉬워했다.

이를 계기로 중국인들에게 개량주의적 변법으로는 난국을 극복하지 못하고, 혁명을 통해 청나라 정부를 타도해야 한다는 인식의 변화가 나타났다. 쑨원은 1905년 자신이 속한 흥중회 등 혁명파의 여러 세력을 규합해 중국혁명동맹회中國革命同盟會라는 새로운 혁명 단체를 결성했다. 여기서 쑨원은 간쑤성甘肅省을 제외한 17개 성의 대표가 모두 참석한 가운데 총재로 추대되었고, '삼민주의三民主義'를 강령으로 채택했다. 중화민국이라는 국호도 그때 결정되었다.

당시 일본에서는 변법자강운동 실패 이후 망명한 캉유웨이康有爲가 이끄는 보황당保皇黨 세력도 있었다. 초기에는 보황당 세력이 동맹회를 압도했으나, 머지않아 동맹회가 우위를 점했다. 캉유웨이를 지지했던 세력이 점차 쑨원의 편으로 돌아섰고, 기부금 역시 쑨원에게 집중되었다. 동맹회 회원 수도 폭발적으로 늘어나서 1911년에는 1만 명가량이 모였다. 일본으로 유학 온 학생들이 대다수였다.[*]

1911년 3월 29일, 160여 명의 혁명군은 황싱黃興의 지휘하에 광저우 총독의 관저를 습격했다. 미리 정보를 입수한 총독 장밍기張鳴岐는 사람은 물론 물건 하나 남기지 않고 깨끗이 철수시킨 채 혁명군을 기다리고 있었다. 이 사건으로 인해 혁명군 정예부대 가운데 살아남은 사람은 일부에 불과했다. 그러나 철저히 실패한 이 거사는 전국을 동요시켜, 혁명에 소극적이던 이들의 생각을 바꿔놓았다. 이는 후일 신해혁명을 성공시키는 중요한 계기가 되었다. 1911년 10월 10일, 혁명군은 후베이성湖北省 우창武昌에서 보수파

---

[*]   조관희, 『조관희 교수의 중국사 강의』, 궁리, 2014, 408~411쪽.

1911년 10월에 수립된 후베이 군정부.

를 몰아내고 총독 관청을 장악해 후베이군 정부를 조직했다. 이 소식은 순식간에 중국 전역으로 퍼졌고, 각지에서는 우창봉기에 호응해 두 달도 채 지나지 않아 13개 성이 독립을 선포했다.

그해 12월 25일, 상하이上海에 모습을 드러낸 쑨원은 4일 후에 각 성의 대표자들이 모인 회의에서 임시대총통으로 선출되었다. 1912년 1월 1일, 난징南京에서 취임식을 하며 중화민국이 수립됐음을 선언했다. 쑨원은 총통의 자리에 올랐지만 청나라 정부를 타도하려면 당시 세력가였던 위안스카이袁世凱의 힘이 필요했다. 결국 쑨원은 위안스카이에게 청나라 황제를 퇴위시키면 총통의 자리를 양보하겠다며 협상에 임했다. 위안스카이는 황제를 내려앉히고 중화민국의 총통 자리에 올랐다.

일단 대총통의 지위를 얻게 되자 위안스카이는 국회를 해산하고 홍헌제제洪憲帝制를 선포하며 황제 등극을 꾀했다. 쑨원은 위안스카이의 군주제에 반대하고 의회 정치를 실시하고자 1914년 6월 23일, 도쿄에서 중화혁명당을 결성했다. 중화민국 5년째인 1916년 위안스카이가 사망하자, 쑨원은 중화혁명당 본부를 상하이로 옮겼다. 1919년 10월 10일, 쑨원은 중화혁명당을 중국국민당으로, 국정부를 국민정부로 개칭하고 총수가 됐다. 1921년 1월 1일 상하이 국민당은 다시 조직을 개편하면서 쑨원의 민족民族 · 민권民權 · 민생民生을 뜻하는 '삼민주의'의 주요 정책을 채택해나갔다. 1924년 1월 20일, 쑨원은 광저우에서 1회 국민당 전국대표자회의를 개최하고, 11월 13일 스스로 동지들을 데리고 광둥을 떠나 북상했다. 톈진天津에 이르러 병을 얻었으나 잠시 쉬다가, 회복되지 않은 몸을 이끌고 베이징으로 갔다. 톈진에서 단순한 간장 질환으로 여겼던 병이 간암으로 판명되었다. 치료를 해도 아무런 효험을 보지 못했다. 1925년 3월 12일, 결국 예순의 나이로 세상을 떠났다.

수천 년을 이어 내려온 중국의 봉건적 관료조직을 타파하거나 변화하려는 노력 없이 그저 무기를 만드는 병기창과 군함을 건조하는 조선소 몇 개를 만드는 것으로 강대국이 되려는 기대는 지나치게 순진한 생각에 불과했던 것이다. 하지만 단순히 실패로 규정하기에는 당시 시대적 상황이나 환경이 우리의 판단을 유보하게 한다. 흔히 역사에서 말하는 '시대적 한계'란 바로 이런 것을 가리킨다. 개인이 자신의 잘못을 인지하고 그것을 고쳐나가는 데도 많은 시행착오와 시간이 필요한데, 하물며 국가의 차원에서랴.*

조관희, 『세계의 수도 베이징』(일부).

---

*   조관희, 『세계의 수도 베이징』, 창비, 2008, 34쪽.

중국의 학문을 본체로 삼고, 서양의 학문은 실용적인 측면에서 활용한다는 '중체서용中體西用'이라는 말이 있다. 정신의 혁명 없이 외형적인 결과물만 추종하는 것은 근본적인 변화의 동력이 될 수 없다는 측면에서 볼 때, 중체서용을 철학적 기반으로 한 양무운동은 애당초 실패할 수밖에 없는 태생적 한계를 안고 출발한 것이라 할 수 있다.* 그런 점에서 쑨원과 혁명가 동료들이 아주 오랫동안 다양한 방식과 노력으로 혁명을 시도하고, 근본적인 변화를 위해 지속적인 실패를 겪으며 현대 중국을 건설하는 과정은 매우 감동적이다. 처음에는 매국노나 역적으로 몰렸지만, 청나라의 문제점을 인식하고 사회 변화를 추진하면서 결국 신해혁명을 성공시켜 중화민국을 건설했다. 중국의 현대화는 결국 정치·경제·사회·문화 모든 측면에서 새로운 변화를 몰고 왔다. 그 바탕에는 쑨원 등의 지식인과 혁명가 들의 희생과 노력이 있었다.

혁명, 그리고 새로운 시작

1911년 10월 10일부터 시작된 신해혁명은 공화국의 탄생을 완성한 역사적 혁명이다. 우창에서 봉기가 성공하면서 각지에서 비슷한 봉기가 이어졌고, 두 달 동안 13개 성에서 독립을 선언했다. 융유태후가 다섯 살 먹은 어린 선통제를 대신해 퇴위 조서를 내리고 입헌제를 비롯한 갖가지 개혁안을 발표했으나, 전혀 소용이 없었다. 당시 청나라 황실은 서태후 세력이 아닌, 위안스카이를 통해서 상황

---

*   조관희, 『조관희 교수의 중국사 강의』, 궁리, 2014, 387쪽.

1911년 신해혁명 당시
상하이 시내.

을 해결하고 정리하고자 했다. 황실에서는 위안스카이의 뜻대로 의회를 구성하고, 위안스카이를 내각 총리대신으로 임명한 뒤 내각을 전담하여 조직하라는 칙령을 내렸다. 결국 모든 권력이 위안스카이에게 넘어간 것이었다. 그런데 위안스카이는 정예부대를 준비해서 우창, 한커우漢口, 한양漢陽 등 우한武漢 3진鎭을 공격하던 도중에 혁명군과 화의를 맺어버린다.

그런데 혁명군은 왜 위안스카이와 정치적 타협을 택했을까? 쑨원은 군자금을 모으다가 우창에서 봉기가 일어났다는 소식을 듣고, 유럽 국가들에게 중립을 지켜줄 것을 설득하기 위해 곧장 영국으로 넘어갔다. 1911년 성탄절에 쑨원은 상하이로 돌아왔지만 그가 조직했던 동맹회는 거의 해산 직전의 상태였고, 쑨원 역시 각 성에서 일어난 무장봉기에 직접 참여한 게 아니었기 때문에 실제로 힘을 쓰기가 어려웠다. 신해혁명이 성공했다고는 하나, 청나라 황실도 버젓이 살아 있었다. 쑨원은 이 가운데서 1912년 1월 17개 성의 대표자회의에서 임시대총통으로 선출된 상황이었다. 온전한 중화민국의 건설을 위해 쑨원은 위안스카이와 타협을 진행한 것으로 볼 수 있다.

혁명군 내부에도 여러 문제가 있었다. 원래 혁명 당원과 이후 합류한 군대 사이에 의사소통이 잘 이뤄지지 않았고, 혁명 당원들도 몇 갈래의 파벌로 갈라져 내부적으로 결속이 약화된 데다 입헌파와 혁명파 사이에 주도권 싸움도 치열했다. 무엇보다도 민중의 재정 후원이 끊어져 일본에 차관을 요청했으나 거절당해 극도로 경제적 압박을 겪고 있었다. 결국 위안스카이가 1912년 2월 14일 만장일치로 중화민국의 임시대총통으로 선출되었고, 3월 11일 새 임시헌법 초안을 만들었다.

쑨원은 12월 선거를 대비해서 기존 동맹회를 없애고 국민당을 세웠다. 1913년 1월에 발표된 중국의 첫 번째 선거 결과에서 국민당은 압승했다. 국민당은 위안스카이를 견제하려 했으나 지도자 쑹자오런宋教仁이 암살당하면서 그 계획에 차질이 생겼다. 사실 위안스카이는 스스로 황제가 되길 꿈꿨기 때문에 누구와도 세력을 나눌 생각이 없었다. 그러나 위안스카이도 자신의 꿈을 펼치지 못하고 곧 싸늘히 사라져버렸다. 쑨원도 간암으로 생을 마감하게 되었다. 이제 중국 대륙의 운명은 마오쩌둥毛澤東과 장제스蔣介石 두 사람의 대립 구도로 넘어가게 된다.

생각할 거리

중국의 근대가 언제부터 시작되었느냐고 묻는다면, 아무래도 1840년 1차 아편전쟁을 말할 것이다. 앞에서 아편전쟁에 대해 살펴봤듯이, 서양 열강에게 경제를 개방하면서 중국의 근대는 시작되었다. 일본과 강화도조약을 맺어 아픔을 겪은 한국에서나 난징조약 등으로 개항을 강요당한 중국에서나 근대는 서막부터 고통을 동반했다고 할 수 있다. 중국 근대의 시작을 1·2차 아편전쟁으로 본다면, 현대 중국의 시작은 언제부터일까.

많은 학자가 현대 중국의 출발점이 언제인가에 대해 분분한 견해를 내비치지만, 대다수는 1911년 신해혁명 혹은 1919년 5·4운동으로 보고 있다. 1911년 신해혁명부터라고 얘기하는 학자들은 청나라가 붕괴한 결정적 배경이 신해혁명이며, 1919년 5·4운동은 1차 세계대전 직후 파리에서 열린 강화회의에서 패전국 독일이 중국 산둥 지역에 대한 권익을 승전국 일본에 양도한다는 결정에서 비롯됐을 뿐이라고 보기 때문이다.

또 다른 의견도 있다. 신해혁명이 발발한 시점은 엄연히 청나라 때였고, 1919년의 5·4운동은 중국 역사를 한족의 역사만으로 간주하는 시각이 담겨 있기 때문에 지금의 다민족 역사를 포함하진 못한다는 것이다. 따라서 일부 학자는 중화민국의 초대 총통인 위안스카이가 취임했던 1912년을 현대 중국의 시작으로 보는 게 맞는다고 주장하고 있다. 현대 중국을 어떤 성격으로 볼 것인지에 따라 현대의 출발로 삼는 시점도 달라지는 셈이다.

키워드 | #쑨원 #근대 #현대 #신해혁명 #5·4운동 #중화민국 #국민당

제28강

문학은 무엇을 해야 하는가

ꑞ

루쉰과 청년정신

전통과 신문물 사이에서

루쉰魯迅은 1881년 만청시대에 태어나 1936년에 세상을 떠났다. 그는 중국 현대문학의 아버지라고 불릴 만큼 훌륭한 작품을 남겼고, 그보다 더 멋진 정신적 유산을 남겼다. 신문학 운동을 통해서 고문체가 아닌 백화체 소설을 창작했고, 이를 통해 중국 근현대문학의 기틀을 완성했다.

그는 저장성浙江省 사오싱紹興 저우周씨 집안에서 태어났다. 원래 이름은 장서우樟壽고, 자는 양성豫山이다. 발음이 우산과 비슷해서 위차이豫才로 바꿨다가 이후에 저우쉬런周樹人이라고 개명했다. 그의 필명 루쉰은 어머니 루루이魯瑞의 성을 따른 것이다. 어머니의 본가는 루쉰의 고향인 사오싱에서 조금 떨어진 안차오安橋라는 곳이었다. 그녀는 어릴 때부터 스스로 글을 깨우쳐 읽을 정도로 총명했다고 한다. 1880년에 저우씨 집으로 시집와서 1881년에 첫째인 루쉰과, 둘째로 우리도 잘 알고 있는 저우쭤런周作人과 넷째 저우젠런周建人 등을 낳았다. 나머지는 어릴 때 모두 병으로 죽었다.

루쉰은 어릴 적 주위에 배울 점이 있는 좋은 사람들이 많았다. 어머니에게도 배울 점이 많았다. 루쉰의 모친은 현명하면서도 융통성이 있는 대담한 여인이었다. 주관이 뚜렷할 뿐만 아니라 새로운 문물에 대한 거리낌이 없어서 이런 성향은 자녀들에게 좋은 영향을 끼쳤다. 두 번째로는 장경사長慶寺 스님이 있었다. 루쉰은 생일이 윤달 8월이었는데, 옛날에는 윤달에 태어나면 출세는 할 수 있지만 박명하다는 속설이 있었다. 그래서 일종의 액땜을 하기 위해 출가한 아이처럼 이름을 불교식으로 바꾸고, 절에 데려가서 키웠다. 루쉰이 실제로 출가한 게 아니었는데도, 그때 만난 용조龍祖 스님은 그에게 늘 너그럽고 친절하게 대해줬다. 루쉰도 용조 스님을 룽스푸龍師父라고 친근하게 불렀다. 스님 역시 젊은 과부 사이에서 아이를 넷이나 낳았기 때문에 불가의 법도를 루쉰에게 강요하지 않았고, 루쉰도 그를 머리 깎은 속인이라고 부를 정도로 둘의 사이가 가까웠다. 그다음으로 루쉰에게 가까운 인물은 보모 장마마長媽媽였다. 그녀는 매우 성실한 사람이었지만 일찍 남편을 잃은 후 미신을 굳게 믿었다. 루쉰에게도 귀신 이야기를 많이 들려줬고, 이를 통해 그는 『산해경』과 같은 책을 접할 수 있었다.

이런 사람들의 영향을 받아 그는 부지런하고 성실하면서도 호기심이 많은 청년으로 성장할 수 있었다. 그래도 시대가 시대인 만큼 그 역시 글공부를 하지 않을 수가 없었다. 일곱 살 때부터 글방에 다녔다. 열두 살 때는 삼미서옥三味書屋에 다니면서 사서오경을 공부했다. 그의 글 선생님은 매우 엄격하고 점잖은 이로서 항상 공맹의 도를 가르치는 고루한 인물이었다. 루쉰은 자연과 과학에 관심이 많아서 관련 서적을 스스로 찾아 읽곤 했다. 이 밖에도 루쉰은 중국

민족과 민간 예술을 좋아했고, 희곡·그림·전설 등 다양한 문화에도 관심이 풍부했다. 어릴 적 외가에 가서 연극도 보고 농촌 아이들과 속 깊은 정도 나누며 루쉰은 순박한 마음을 기를 수 있었다. 다채로운 세상을 경험하며 키운 넉넉한 마음은 이후 그가 글을 쓰는데 좋은 자양분이 되었을 게 분명하다.

어린 시절 그는 외가가 있는 작은 마을인 안고촌安稿村으로 피신을 떠난 적이 있다. 아버지는 안 좋은 일에 연루되어 모진 고문을 받으며 지위도 박탈당한 채 쫓겨났고, 그 이후 각혈을 하는 등 몸이 좋지 않았다. 큰아들인 루쉰은 전당포와 약방을 전전긍긍하면서 집안을 건사해야 했다. 그럼에도 얼마 지나지 않아 부친은 세상을 떠났다. 그때가 1896년이니 루쉰은 아직 열일곱 살이었다.

루쉰은 편안하게 앉아서 과거시험 준비를 할 수 없었지만 그렇다고 무작정 생활전선에 뛰어들지도 않았다. 그는 자신의 처지에 맞춰 무관을 준비하는 학교에 들어갔다. 다행히 작은할아버지가 그곳의 사감이었다. 그는 학비 면제만을 목표로 강남수사학당江南水師學堂에서 무관 학습에 돌입했다. 그는 입학 후 1년 만에 실습생 시험에 합격했다. 이때 작은할아버지가 저우쉬런이라는 이름을 새로 지어줬다. 그러나 그곳의 생활도 너무 따분했다. 너무 주먹구구식의 고루한 교육 방식을 고수했기 때문이다. 그는 다시 육사학당의 광로학당礦路學堂으로 편입해서 바로 시험에 합격했으나 개학까지 4개월 정도 시간이 남아 있었다. 그래서 고향집으로 돌아갔다가 가족들의 권유로 과거초시를 치러서 1차 시험에는 붙었으나, 그 이후 동생이 요절하면서 복시에 합격하지는 못했다.

난징으로 공부하러 떠난 경험은 루쉰의 삶과 사상 모든 면에서 큰 변화를 가져다줬다. 첫째는 경제적으로 너무나 빈곤한 삶을 살았기 때문이고, 둘째는 봉건교육을 거부하고 신교육을 지향하는 그의 성향 때문이었다. 그가 주로 읽었던 책도 사서오경이 아니라 자유분방함이 느껴지는 도연명, 굴원의 문장이나 당대唐代 전기傳奇 작품 등이었다. 그는 좀 더 새로운 게 배우고 싶었다. 얼마 후 일본 유학길에 오르게 된다.

의술에서 문학으로

1902년 4월 4일 루쉰은 요코하마에 도착해서 일본 사관생도가 예비학교로 다니는 성성학교成城學校를 알아봤으나 들어가지 못하고, 중국 학생들을 위한 홍문학원弘文學院에 입학했다. 교육과정 대부분이 이미 광로학원에서 배운 내용이라 그는 일본어 공부에 주력했다. 이를 통해 일본어로 번역된 외국서적을 탐독할 수 있었고, 그중에는 서양에서 들어온 게 많았다. 이런 과정에서 그는 1904년에 정식으로 반청反淸 혁명단체인 광복회 회원이 되었다. 당시에도 그는 문학에서 나라를 구하는 길을 찾았고, 중국은 중국인의 중국이어야 한다고 주장했다.

그는 1904년 9월에 도쿄 센다이 의학원에 들어갔다. 아마도 그가 어릴 때 의사의 도움을 받지 못하고 싸늘하게 죽어야 했던 아버지에 대한 기억이 영향을 끼쳤을 것이다. 그리고 일본이 발전하게 된 이유 중 하나가 서방의 학문을 공부했기 때문이라고 생각했다. 그는 일본어를 유창하게 구사했기 때문에 학비면제를 받는 최초의 중국유학생이 되었고, 그 명성이 대단했다.

이즈음 루쉰은 삶을 바꾸는 사건을 겪는다. 2학년 세균학 과목을 들을 때였다. 세균의 상태에 대한 자료를 영사기에 띄워 보여준 뒤, 선생님은 수업이 끝나고 나서 또 다른 자료를 보여줬다. 그건 일본의 군국주의를 고취하기 위해 만들어진 자료였다. 러일전쟁 당시 일본이 러시아를 격퇴한 내용이 담겨 있었다. 거기엔 러시아를 도와 정탐에 나섰던 중국인이 일본 군대에 걸려 총살당하는 장면도 나왔는데, 주위에 앉은 중국 사람들은 아무 반응도 하지 않았다. 이때 일본 학생들은 일제히 일본 만세를 외쳤다. 루쉰은 더 이상 가만히 자리에 앉아 있기 힘들어서 뛰쳐나왔다. 그날이 지나간 뒤에도 한동안 수치심을 느꼈다. 심리적 충격 탓에 마음이 가라앉지 않았다. 루쉰은 결국 일생일대의 결정을 내린다. 의학을 그만두고, 붓을 드는 것이었다. 그렇게 그는 문학의 길로 들어서게 되었다.

중국 현대문학의 아버지

루쉰은 원래 일본에서 공부를 마치면 독일로 건너가 유학을 계속할 생각이었다. 그러나 일본에서 공부하던 동생 저우쭤런이 일본 여성과 결혼을 준비하면서 돈이 필요해졌다. 모친과 저우쭤런은 루쉰에게 경제적 도움을 요청했다. 장남인 그는 어쩔 수 없이 자신의 유학을 포기하고, 중국으로 귀국했다.

신해혁명이 일어난 후, 루쉰은 다시 난징으로 건너갔다. 이때 루쉰의 친구 쉬서우상許壽裳과 차이위안페이蔡元培의 도움으로 난징의 교육부에서 과장급 관료로 일했고, 같은 해 5월 중화민국 임시정부를 따라 베이징으로 이동했다. 8년 동안 베이징의 회관에 머무르면서 루쉰은 많은 작품을 남겼다. 1918년『신청년』을 통해 첫 백화소설「광인일기」를 발표했고, 이때부터 그는 필명으로 루쉰을 썼다.

1919년 8월에는 베이징 서직문 근처에 집을 사서 모친을 모셔와 지내기로 했다. 이때 고향에 방문해서 느낀 점을 소설로 지은 작품이 바로「고향故鄉」이다. 1921년에 드디어「아Q정전」을 세상에 내놓았다. '아Q'라는 인물은 옛 영광에서 헤어나지 못하는 당시 중국인의 전형으로 해석되었다. 1924년 출간된『중국소설사략』은 베이징대학에서 강의한 노트를 정리한 것이었다. 1924년부터 1925년까지 루쉰이 집필한「방황彷徨」은 당시 시대상을 적나라하게 보여준 작품이라고 할 수 있다. 그는 1918년『신청년』에 글을 싣는 것으로 시작하여 1935년까지 써낸 잡문만 80만 자에 이르렀을 정도로 죽기 직전까지 글을 쓰는 데 주력했다.

1928년에는 상하이의 혁명문학단체에서 일했고, 그의 집은 작가·교수·미술가·기자 등 다양한 사람들이 모이는 곳이 되었다. 루쉰의 비타협적인 태도가 강해지는 만큼 구세대 보수자들의 공격도 거세졌다. 1933년에는 그의 건강이 악화되어 심각한 지경에 이르렀다. 폐병이 점점 깊어졌고, 1936년 10월 19일 새벽에 루쉰은 눈을 감았다.

문학으로 청년을 깨우다

「광인일기」에는 이런 말이 나온다. "사람을 잡아먹어 본 적 없는 젊은이들이 혹 아직도 있을는지? 아이(젊은이)들을 구해야 할 텐데…." 루쉰은 젊은이들을 가로막고 중국을 갉아먹는 낡은 세대의 사고방

별세하기 며칠 전에 찍힌 루쉰의 모습.

식이 사람을 좀먹는다고 생각했다. 어서 빨리 젊은이들을 일으켜 세워야 나라를 구할 수 있다고 믿었다. 루쉰 문학의 강렬한 주제의식은 「광인일기」에서 출발했다. 「광인일기」는 잡지 『신청년』에 처음 소개되었다. 잡지 이름부터 새로운 청년이 새로운 세상을 열어 낼 거라는 포부가 엿보인다.

잡지 『신청년』은 천두슈陳獨秀가 상하이에서 만들었던 『청년잡지』의 후속 잡지로 시작됐다. 1916년 차이위안페이가 베이징대학의 총장으로 임명되면서 자유사상을 받아들이고, 1917년 천두슈를 문과대 학장으로 취임시켰다. 『신청년』 역시 베이징으로 옮겨와 간행되었다. 『신청년』은 1919년 5·4운동을 전후해서 베이징의 새로운 사회 분위기를 싹틔우는 데 중요한 역할을 했다.

당시 루쉰이 가장 친하게 지냈던 친구는 일본에서 동문수학하며 지냈던 첸쉬안퉁錢玄同이었다. 그들은 이야기를 나누면 삼경이 지나도 자리에서 일어날 생각이 없었다. 첸쉬안퉁은 베이징대 교수로 임용되기 전 『신청년』 편집을 맡고 있었고, 어느 날 루쉰에게

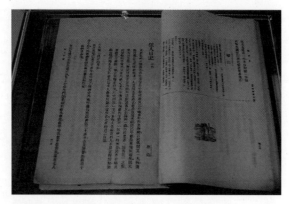

『신청년』5호에 발표된 「광인일기」. 베이징 루쉰박물관 소장.

적극적인 동참을 촉구했다. 그리하여 루쉰은 글로써 혁명과 전투의 길에 함께하기로 결심했다. 『신청년』에서 영향력 있는 사람은 천두슈와 후스胡適였다. 특히 천두슈는 루쉰이 소설을 쓰도록 힘을 줬고, 덕분에 루쉰도 「외침(吶喊)」이라는 소설을 완성할 수 있었다. 1918년 5월에 『신청년』에는 드디어 루쉰의 첫 번째 백화소설인 「광인일기」도 발표되었다.

「광인일기」는 중국에서 최초의 신문학 작품이라고 할 수 있다. 광인의 심리, 심각한 사회질서의 붕괴, 봉건예교의 폐단, 인육을 먹는 잔인함 등 인간의 진정한 광기 어린 모습을 잘 표현했다. 루쉰이 스스로 친구 쉬서우상에게 보내는 편지에 "「광인일기」는 정말 졸작이지만 우연히 『자치통감』을 보니 중국인이 식인했다는 사실을 알게 되어서 거기에 착안해 글을 쓰게 된 것이다"라고 말했다. 「광인일기」는 루쉰의 창작 작업에서 시작을 알렸을 뿐 아니라, 앞으로 루쉰이 완성하게 될 문학적 주제의 단초를 품고 있는 작품이었다.

아Q의 정신승리법

「아Q정전」은 단편에 해당하는 짧은 분량의 소설이다. 루쉰의 대표적인 작품으로, 신해혁명 즈음 웨이좡未庄이라는 마을에서 사는 봉건주의에 찌든 못난 사람 아Q를 통해 중국인의 자화상을 그려냈다. 아Q는 성도 이름도 없고, 집도 절도 없는 유랑민이나 다름없다. 그래서 낡은 절간에 빌붙어 살고 있었는데, 날품팔이를 하면서 간신히 입에 풀칠이나 하는 정도다. 그는 자존심이 너무 강해서 마을 사람들도 안중에 없고, 벼슬아치들에게도 아랑곳하지 않는다.

아Q에겐 독특한 '정신승리법'이 몸에 배어 있었다. 아Q를 놀리는 사람이 그를 붙잡고 "아Q, 이번에는 자식이 아버지를 때리는 것이 아니라 인간이 짐승을 때리는 것이다. 자, 네 입으로 인간이 짐승을 때리는 거라고 말해봐라!"라고 놀려도, 그는 "나는 벌레야"라고 대답했다. 호되게 얻어맞고도 자신을 가장 잘 경멸할 수 있는 사람은 자기 자신뿐이라고 생각했다. "자신을 경멸한다는 말만 빼버린다면 남는 것은 '첫 번째 사람'이라는 말뿐이었다. 어디에서든 '첫 번째'는 좋은 것이었다"라면서 스스로 패배를 인정하지 않고, 자기 합리화하는 생각만 되뇌었다. 돈이 있으면 도박을 하거나 술을 마셨다. 자오씨 집안의 하인과 결혼하려고 청혼했다가 도리어 곤욕을 치르기도 했다.

그러다가 신해혁명이 일어나면서 아Q의 운명은 바뀌게 된다. 원래 혁명을 좋아하지 않았지만, 관심받는 기분이 좋아서 혁명에 가담한 듯 변발에 대젓가락을 머리에 꽂고 다녔다. 그런 행복도 잠시, 아Q는 누가 자오씨 영감 댁을 도둑질한 일을 뒤집어쓰게 되었다.

조사서에 서명을 하라며 붓을 줬으나 글을 쓸 줄 모른다고 했더니 '동그라미'를 치라고 했다. 아Q는 하라는 대로 하고는 결국 참수형을 받게 되었다. 형장에 가면서도 그는 사람이 살아가면서 목이 잘리는 일도 있을 수 있다고 생각하고 아무렇지도 않게 여겼다. 죽으러 가면서도 그럴 수 있다고 생각하는 의연함, 그것은 루쉰이 당시 스스로 위안하는 것으로 만족하던 중국인들의 모습에서 포착한 정신승리법이었다. 100년이 지난 지금의 우리 또한 아Q와 같은 태도로 살아가는 것은 아닌지 흠칫하곤 한다.

아Q도 혁명당이라는 말은 오래전부터 들어온 터였다. 금년에는 혁명 당원이 살해되는 광경을 제 눈으로 직접 보기도 했다. 그러나 그는 어디서 어떻게 갖게 된 생각인지 몰라도 혁명당이란 바로 반란을 일으키는 무리고, 반란은 자신에게 고난을 가져온다고 믿었다. 따라서 그는 줄곧 혁명당을 〈죽도록 증오하고 거부했다〉. 그런데 뜻밖에도 백 리 사방에 명망이 자자한 거인 나리까지도 그토록 혁명당을 두려워한다니, 그로서는 〈마음이 끌리지〉 않을 수 없었다. 게다가 웨이좡의 남녀 어중이떠중이가 당황하는 모습을 바라보는 것도 아Q에게는 더욱더 즐거운 일이었다.

〈혁명이란 것도 괜찮은 것이군!〉

아Q는 속으로 이렇게 생각했다.[*]

루쉰, 「아Q정전」(일부)

[*]   루쉰, 김태영 역, 「아Q정전」, 『아Q정전』, 열린책들, 2011, 144~145쪽.

연극으로 만들어진 「아Q정전」. 현대 중국의 아픔과 비틀린 자조, 씁쓸함과 열정이 전부 담겨 있다.

신해혁명 당시 루쉰의 고향 사오싱에도 혁명이 일었다. 그러나 혁명이 휩쓸고 지나가도 달라지는 것은 없었다. 사람들은 오히려 청나라가 무너지고 관리 몇 명이 바뀌는 정도의 변화라고 느꼈다. 이런 생각은 아Q처럼 그저 막연히, 피상적으로 혁명을 이해한 것에 지나지 않는 것일까. 다르게 보면, 어떤 혁명에 대해서든 대중이 흔히 품게 되는 냉소적인 심중을 대변하는 것일 수도 있다.

그러나 한편으로, 아무리 혁명이 일어나서 봉건사회가 무너지고 새로운 세상이 온다 한들 무슨 소용이 있었겠는가. 변발을 젓가락으로 올리거나 잘라버리고 혁명가라고 외치는 대중의 의식이 변하지 않는다면, 과연 진정한 혁명이 이뤄질 수 있겠는가. 사회의 본질적 변화를 바란다면, 인간의 어느 지점까지 들여다봐야 할지 되짚어보게 되는 구절이다.

생각할 거리

지금 시대의 청년들은 과연 청년정신과 청년문화를 가지고 있는가? 당면한 현실이 지옥 같고, 희망은 보이지 않는데 청년정신을 일깨워서 미래를 개척하자고 하는 게 과연 지금의 청년들에게 어울리는 구호일지 모르겠다. 루쉰은 더 절박한 상황에서 일생을 보냈다. 아버지는 억울하게 재판받고 병을 얻었으나 의사를 구하지 못해 결국 죽고 말았다. 학비가 없어서 공부도 계속 이어갈 수 없었다. 하지만 루쉰은 중국 민족의 답답한 정신을 계몽하고자 붓을 잡았다. 결국에 젊은이들에게 자신의 정체성을 고민할 수 있고, 인문학적 성찰로 이끌어줄 수 있는 「광인일기」, 「아Q정전」 같은 걸작을 남겼다.

우리에게도 청년정신이 필요하지 않을까? 꽉 막혀 있는 현실에서 스스로를 반성하고, 현실을 개혁하는 데 도움을 주는 루쉰의 청년정신은 음미해볼 만한 가치가 있다. 자신이 우월하다는 생각이 깨지는 게 두려워 끊임없이 자기변명만 늘어놓는 아Q의 정신승리법을 보면서, 우리의 모습은 어떤지 돌아보게 됐다. 우리도 현실은 원래 지옥 같다고, 나만 만족하면 되는 거라고 미리 속단하고, 지성으로 무장해서 비판적으로 생각하기를 머뭇거리진 않았을까. 오랜만에 「아Q정전」을 읽으며, 고정된 내 단견을 깨뜨려줄 지성의 힘이 얼마나 중요한지 깨닫는다. 이것이 루쉰이 영원히 청년정신으로 빛날 것 같은 이유다.

키워드 | #루쉰 #중국현대소설 #신청년 #광인일기 #아큐정전 #정신승리법

함께 읽은 책들

조관희, 『중국사 강의』, 궁리, 2014, 제2쇄.
신동준, 『인물로 읽는 중국현대사』, 인간사랑, 2013.
허부문 외, 『인물로 읽는 중국사』, 충남대학교출판부, 2010.
성원경, 『노신 생애와 작품 세계』, 건국대학교출판부, 2005.
노신, 노신문학회 편역, 『노신선집 1』, 여강출판사, 2003.
왕부인王富仁, 김현정 역, 『중국의 노신연구』, 세종출판사, 1997.

도판 출처

44쪽 https://commons.wikimedia.org/wiki/File:China_2b.jpg

46쪽 https://commons.wikimedia.org/wiki/File:Bamboo_book_-_binding_-_UCR.jpg

49쪽 https://commons.wikimedia.org/wiki/File:Sword_of_Goujian,_Hubei_Provincial_Museum,_2015-04-06_06.jpg?uselang=ko

50쪽 https://commons.wikimedia.org/wiki/File:Suzhou_-_Statue_of_Wu_Zixu_at_Pan_Men.jpg

67쪽 https://commons.wikimedia.org/wiki/File:F%C3%BCllungen_1.JPG

76쪽 https://commons.wikimedia.org/wiki/File:The_situation_map_of_Qin%27s_war.gif

77쪽 https://commons.wikimedia.org/wiki/File:Xian_2006_5-62.jpg

78쪽 https://commons.wikimedia.org/wiki/File:Terracottaarmyxx.jpg

87쪽 https://commons.wikimedia.org/wiki/File:Char_en_bronze.JPG

91쪽 https://commons.wikimedia.org/wiki/File:Qin_Uprisings.png

94쪽 https://commons.wikimedia.org/wiki/File:Great_Wall_of_China,_Framed_view.jpg

99쪽 https://commons.wikimedia.org/wiki/File:China_2b.jpg

108쪽 https://ko.wikipedia.org/wiki/조선왕조실록_태백산사고본.jpg

121쪽 https://www.flickr.com/photos/koreanet/32454912436

123쪽 https://www.flickr.com/photos/koreanet/32454858396

129쪽 https://commons.wikimedia.org/wiki/File:Ruan_Ji_or_scholar._Sun_Wei._ShanghaiMuseum.jpg

183쪽 https://commons.wikimedia.org/wiki/File:The_Sixth_Patriarch_Tearing_a_Sutra.jpg

201쪽 https://commons.wikimedia.org/wiki/File:唐_彩繪陶樂女俑-Female_Musician_MET_DP105144.jpg

231쪽 https://commons.wikimedia.org/wiki/File:杜甫草堂_-_panoramio.jpg

272쪽 https://commons.wikimedia.org/wiki/File:Wang_Anshi_and_Five_Scholars.jpg

284쪽 https://commons.wikimedia.org/wiki/File:浙江_杭州_雷峰塔_西湖远眺_三岛与苏堤.jpg

285쪽 https://commons.wikimedia.org/wiki/File:Sanxia_Renjia,_Fitzrovia,_London_(5561008512).jpg

296쪽 https://commons.wikimedia.org/wiki/File:岳飛_Yue_Fei_-_panoramio.jpg

297쪽 https://commons.wikimedia.org/wiki/File:Youtiaostory_hangzhou_statue1.jpg

299쪽 https://commons.wikimedia.org/wiki/File:Liqingzhao.jpg

326쪽 https://commons.wikimedia.org/wiki/File:南京郑和南路宝船厂遗址公园_-_panoramio_-_东京村子_(12).jpg

332쪽 https://commons.wikimedia.org/wiki/File:明太祖，朱元璋，洪武帝，明高帝，朱洪武.jpg

337쪽 https://commons.wikimedia.org/wiki/File:Journey_to_the_West_on_Star_Reunion_52.JPG

348쪽 https://commons.wikimedia.org/wiki/File:CaoXueqinExHouse.jpg

358쪽 https://commons.wikimedia.org/wiki/File:Yihongyuan,_Daguanyuan.jpg

367쪽 https://commons.wikimedia.org/wiki/File:Two_wealthy_Chinese_opium_smokers._Gouache_painting_on_rice-_Wellcome_V0019164.jpg

373쪽 https://commons.wikimedia.org/wiki/File:HK_SWCC_historical_photos_exhibition_鴉片戰爭_the_2nd_Opium_War_in_China_1860_December_外國人在中國_所幹的事_English_Newspaper.jpg

399쪽 https://commons.wikimedia.org/wiki/File:Ahq.jpg

문화를 잇다 중국을 짓다

인물로 보는 중국문화 28강

2019년 2월 20일 초판 1쇄 찍음
2019년 2월 28일 초판 1쇄 펴냄

지은이 홍윤기 김준연 권운영

펴낸이 정종주
편집주간 박윤선
편집 두동원 강민우
마케팅 김창덕

펴낸곳 도서출판 뿌리와이파리
등록번호 제10-2201호(2001년 8월 21일)
주소 서울시 마포구 월드컵로 128-4 2층
전화 02)324-2142~3
전송 02)324-2150
전자우편 puripari@hanmail.net

표지디자인 가필드
종이 화인페이퍼
인쇄 및 제본 영신사
라미네이팅 금성산업

값 18,000원
ISBN 978-89-6462-113-4 (03820)

이 도서의 국립중앙도서관 출판예정도서목록(CIP)은 서지정보유통지원시스템 홈페이지(http://seoji.nl.go.kr)와 국가자료공동목록시스템(http://www.nl.go.kr/kolisnet)에서 이용하실 수 있습니다.(CIP 제어번호: CIP2019007423)

* 본 저서 작업은 2017학년도 대한민국 교육부와 한국연구재단의 재원으로 운영되는 대학 인문역량 강화사업(CORE)의 지원을 받아 수행되었습니다.